목화밭 엽기전

백민석 장편소설

목화밭 엽기전

한겨레출판

차례

1부

대공원
옆
동물원

*

누군가 그의 입속에 비닐 빵 봉지를 쑤셔 박아 넣은 것 같았다.

한창림은 혀끝으로 위아래 이들 뒷면을 핥고 또 핥았다. 침이, 비닐 빵 봉지 위를 멍울져 흘러내리듯 입속을 겉돌고 있었다. 시야는 그의 앞에서 환히 트여 있었다. 여름은 지나갔고, 겨울은 한두 달 남았다. 누렇게 탄 잔디들이 하늘이 트여 있는 쪽으로, 누군가 일부러 뭉개버린 듯 누워 있었다. 그의 구두코에는 습기가 아직 마르지 않은 속흙들이 점점이 묻어 있었다.

겉흙을 한 꺼풀 벗겨내고 삽날을 몇 번 더 박아 넣었을 때, 그는 그제야 이번 일이 중노동이 될 거라는 사실을 알아챘다. 팔 자리를 잘못 고른 것이었다. 그는 횟수가 더할수록 일이 더 어려워지고 있다고 생각했다. 그가 부주의했다. 좋은 날씨고, 바람은 그의 이마가 땀에 젖을 틈을 주지 않았다. 그래도 그는 녹초가 되었다. 갈수록 뭔

9

가 부주의해지고 있는 느낌이었다.

지난번에도 그랬고 지지난번에도 그랬지만, 그가 하는 일은 방해물이 나타나지 않아도 기운을 다 털어 넣어야 끝을 볼 수 있는 작업이었다. 오늘은 흙도 전보다 단단했고, 걸리적거리는 돌멩이들도 심심찮게 나왔다. 첫 번째 돌멩이가 삽날 끝을 구부러뜨렸다. 그는 씨부렁거리며 쭈그리고 앉아 상한 날 끝을 두드려 폈다. 세 번째 돌멩이는 그의 어깨를 강타했다. 그는 어깨에 얼린 생수병을 대고 꽤 오래 마사지했다. 어깨뼈가 탈구한 게 아닐까.

여섯 번째 돌멩이를 파낼 때는, 그는 똥을 조금 지렸다. 신음을 질렀고, 그가 작업하고 있는 이 야트막한 둔덕엔 상소리들이 울려 퍼졌다. 돌멩이를 구덩이 밖으로 밀어 올려놓곤, 그는 화를 이기지 못해 삽으로 흰 모포에 둘둘 감아놓은 거름의 얼굴 부분을 짓이겨놓았다. 아직 굳지 않은 핏방울이 구두코에 튀었고, 소용돌이치는 가을 찬 바람이 피비린내를 그의 코끝에 끼얹어 올렸다. 그는 이 뒤처리라는 게 마음에 안 들었다. 성가시고 기운을 빼고 시간을 잡아먹었다. 그는 불만스러운 얼굴로 혁대 버클을 끄르고 바지를 내리곤, 엉덩이 새에 손수건을 끼워 넣었다.

팬티가 좀 젖고 더러워졌다고 해서, 둔덕 아래 안채까지 내려갔다 다시 올라올 수도 없는 노릇이었다. 어서 끝내고, 빨리 끝내는 거야. 빨리. 그는 그의 거름이 썩어가면서 생길 그 검은 물기가 흙 표면까지 배어 나오지 않을 만큼, 안심해도 좋을 만큼, 깊게 판 구덩이를 내려다보며 중얼거렸다. 아직 두 시밖엔 되지 않았잖아. 그는 삽자루에 손을 걸치곤 둔덕의 탁 트인 쪽을 바라보았다. 꽤 큰 분지를 이룬 과천시가 한눈에 들어왔다. 펫숍에 간다, 빨리 해치우고.

그는 거름을 말아놓은 흰 모포의 끝자락을 잡고 질질 끌어, 구덩이 안으로 단숨에 던져 넣었다. 거름과 마지막 순간을 함께했던 가죽 개 목걸이 네 개와 가죽 혁대도 던져 넣었다. 거름은, 살아 있을 때도 그랬듯이, 겁을 먹은 양 아무 소리도 내지 않았다. 구덩이로 떨어질 때 모포가 약간 벗겨져, 거름의 반쯤 감은 두 눈이 드러났다. 코코아 가루를 아주 약간 섞어놓은 듯한 우윳빛이었다. 아까 삽으로 짓이길 때 눈꺼풀을 건드린 모양이었다. 그건 금방, 그의 첫 삽에서 떨어져 나온 흙덩이에 묻혀버렸다.

어쨌거나 두 시밖엔 되지 않았더라도, 그의 기분이 엉망인 건 사실이었다. 구덩이에 두 번째 흙을 퍼 넣기도 힘들 만큼 그는 지치고 기분이 잡쳐 있었다. 삽질이란 아무나 하는 게 아니다. 하지만, 어쩔 수 없잖아. 그는 일부러 느릿느릿, 한 삽 한 삽 꼼꼼히 떠 던져 넣었다.

구덩이가 반쯤 찼을 때, 주위에서 꽁초들도 주워 모아 같이 던져 넣었다. 땀을 닦기 위해 가지고 올라온 수건이며, 생수병들도 던져 넣었다. 안채에서 몇 개 가져온 트윙키 초콜릿 바 포장지도 같이 묻어버렸다. 파냈던 돌멩이들도 도로 던져 넣었다. 구덩이가 메워졌을 때, 그는 삽으로 매끈하게, 주위 흙보다 약간 낮게 높이를 맞춰 토닥여주었다. 남은 건 준비해두었던 잔디 떗장을 입히는 일뿐이다.

그는 둔덕의 반대편에서 잔디를 미리 떼다 놓았다. 둔덕의 반대편

11

에선 과천 서울랜드의 킹 바이킹을 볼 수 있었다. 킹 바이킹이 칠십 도쯤 공중에 멈춰 서는 짧은 순간, 숲 너머 먼빛으로 그 배의 검은 선체가 보였다. 해가 좋은 날은 방수 에나멜이 반사해내는 광선들로 하얗게 반짝였다. 저녁 무렵까지 킹 바이킹의 희미한 비명 소리들이, 그의 안채까지 파고든다. 그는 체온이 자꾸 떨어지는 어린아이의 어깨 위로 캐시미어 담요를 끌어 올려주듯, 뗏장을 덮었다. 그러곤 이젠 세상에 귀찮은 일은 다 끝났다는 얼굴로, 꾹꾹 그 위를 밟아주었다. 그리고 한 걸음 물러서서 고개를 들었을 때 그의 시야에서, 과천 시내가 마치 폭발하듯 환하게 펼쳐졌다. 감탄이 입에서 흘러나왔다. 그는 물뿌리개로 그저 밑동만 젖을 정도로 잔디에 물을 흩뿌려주곤, 둔덕을 내려갔다.

한창림은 샤워를 하고 새 팬티를 찾아 입고, 작업할 때 입었던 진바지와 셔츠와 구두를 챙겨 들고 세탁실로 갔다. 세탁기에 그것들을 넣곤, 물을 틀고, 세제를 넣고, 담요 빨래 버튼을 눌렀다. 세탁기가 돌아가는 동안 그는 팬티 바람으로 쪼그리고 앉아, 솔로 구두에 묻은 흙먼지와 핏방울들을 털어내고 구두약으로 오래 문질러 닦았다. 그는 세탁기 모터 소음에 맞춰 단조로운 리듬의 휘파람을 불었다. 그 휘파람이 입속에 아직 남아 있던 영 껄끄러운 맛도 같이 털어내주었다.

한창림은, 아내 박태자가 차를 갖고 친정에서 돌아오길 기다리며,

지하 작업실로 갔다. 뒤뜰로 돌아가면, 부엌 환풍 창 아래쪽에 돌출한 널빤지로 짠 뚜껑 문이 있고, 그 아래 작업실로 내려가는 사다리가 있다. 늘 그랬지만 널빤지 문을 들어 올리자마자 훅, 습기 오른 책 냄새가 났다. 이 집으로 이사 올 때, 갖고 있던 비디오테이프들과 책들 중 당장은 필요 없는 것들을 지하실에 처넣었었다. 좁은 널빤지 문으론 쓰던 책장이 들어가질 않아 아예 합판과 목재를 안양 호계동 목공소에서 사다, 그 스스로 지하실 안에서 조립하기도 했었다. 그런 책장 다섯에 빼곡히 비디오테이프들과 책들을 꽂아 넣었었는데 그만, 그것들이 썩기도 하리란 사실을 생각지 못했던 것이다. 비디오테이프들도, 지금은 희귀성이 떨어진 영화들이라 그닥 아깝진 않았지만, 반은 손상되었을 것이었다.

그는 사다리를 타고 내려가선, 어디 있는지 찾을 필요도 없이 익숙하게 팔을 놀려 형광등을 켰다. 지하실 한쪽 벽면을 빙 둘러가며 책장들이 있고, 그 앞엔 작업 중 휴식을 위한, 테이블과 쿠션이 두 개 있다. 티 테이블엔 요구르트 병이 두 개, 그리고 쿠션 위엔 아내가 심심해 꺼내보았을 양장본 소설 하나가 엎어져 있다. 그는 빠른 걸음으로 지하실을 가로지르며 그것들을 치웠다. 병이 쓰레기통으로 들어갈 땐 남아 있던 요구르트가, 그의 거름들이 발작을 일으킬 때 토해내는 것 같은 흰 가래침들처럼, 쏟아져 바닥으로 쿨럭쿨럭 흘러내렸다. 그는 선 채로 한참 주먹을 쥐었다 폈다 했다.

그는 책 몇 장을 찢어 그것들을 닦아, 다시 좀 전처럼 깨끗하게 만들어놓았다. 시큼 달콤한 냄새까지 거름들의 그것과 닮았다. 그는 티 테이블 아래 놓여 있는 공구함을 들곤 보일러로 갔다. 보일러는 그가 이 집으로 이사 오기 전부터, 아마도 이 집이 지어질 때부터, 있었다. 난방용으로, 세 아름이나 될 정도로 덩치가 큰 것이었다. 집의 전 주인은 청동으로 만든 것인 모양이라고 했지만, 관리가 형편없었고, 녹이 꽤 슬어 있었다. 질이 나쁜 청동이거나, 합금할 때 철이 많이 섞인 모양이었다. 그는 처음 한 계절 내내, 일부러 짬을 내어 처음에 보일러를 닦고 또 닦았다.

그는 아내가 돌아온 소리가 나는지 귀를 기울여보곤, 공구함의 샌드페이퍼를 꺼냈다. 그러곤 진보랏빛의 얇고 투명한 얼룩들이 생긴 곳마다 문질러주었다. 그 일은 금방 끝났다. 보일러는 석탄을 쓰게 돼 있었다. 지금은 책장들로 가려놓았지만 지하실 모퉁이들 벽면들마다 까맣고 반들반들한 탄가루가 찌들어 있지 않은 데가 없었다. 보일러를 말끔하게 닦아놓고 나서 그는, 아직도 작동하는지 알아보기 위해 책 몇 권을 태워보았었다. 짐작한 대로 매캐한 연기가 지하실을 꽉 채웠다. 안채의 난방은 지금 LPG를 쓰고 물론 난방기도 따로 있다. 아마도 십 년이나 이십 년 전에, 현대식으로 개조된 것이리라. 아내는 그때, 터무니없는 것을 바라는 그를 비웃었지만 어쨌거나 그는 좋았다. 그에겐 새로운 위안거리가 생겼는데, 바로 이 멋진 청동제 보일러였던 것이다.

이렇게 그는 지하실을, 여느 집처럼 창고나 보일러실로 쓰지 않았다. 늘 눅눅하고 발바닥이 얼얼할 만치 바닥이 차긴 했지만, 그는 지하실을 침실까지 딸린 제법 안락한 곳으로 만들어버렸다. 오늘로 일이 끝났으니 다음번 일거리가 생길 때까지는, 온전히 그의 영혼이 안식할 수 있는 곳으로 기능할 것이다. 기쁜 마음으로 그는 침실로 갔다. 보일러 귀퉁이에 안쪽으로 난 짧은 복도가 있었다. 지하실은 이렇게 보일러 뒷벽을 기준으로 두 개의 공간으로 나누어져 있다. 안쪽에 서너 평의 공간이 있고, 아마도 처음엔 세탁실로 만들어졌던 듯싶었다. 그가 이사 왔을 땐 버려둔 옷가지니 장롱이니 책 무더기니 이팔육 컴퓨터도 하나 있었다. 침실로 개조하기 적당한, 반쯤은 외부로부터 격리된 조용한 장소였다.

침대는 깨끗이 정리돼 있었다. 그가 어제 오후 내내 매달렸던 결과다. 시트는 과천 뉴코아 백화점에서 갓 사 온 새것이고 베갯잇도 아내가 작년에 미리 사다 놓은 여러 개들 중 하나였다. 포장 비닐을 뜯을 때 나는, 그 기분 좋은 휘발성 냄새가 좋았다. 그런 냄새는 며칠만 지나면 그야말로 휘발되어버리기 때문에 조심해서 즐기지 않으면 안 된다. 한번 세탁기에 넣어 돌리면 끝장인 것이다. 카펫도 세탁해 안채 거실 것과 바꿔 깔았고, 벽에 눈에 잘 안 띄게 나 있던 미세한 손톱자국들과 핏자국들에도 세심하게 신경을 썼다. 침실 벽은, 페인트 상점에서 구할 수 있는 가능한 한 거의 모든 색의 페인트들로 어지러웠다. 언뜻 보면 취미가 고약한 사춘기 소년의 침실 벽 같다. 처음 몇 번은 손톱자국들을 지우기 위해 침실 벽 전체를 다시 다칠해놓곤 했지만, 그건 엄청나게 고통스러운 노동이었기에, 곧 아이디어를 짜냈다. 즉, 누가 장난쳐놓은 것처럼 갖가지 색상의 스프레이 래커로 자국 난 부위만 두껍게 덮어버렸던 것이다. 그렇게 몇 차례 하고 나자, 침실 벽면은 잭슨 폴록의 추상회화처럼 보이게도 됐고 뉴욕 할렘 지역을 통과하는 지하철역의 벽면처럼 보이게도 됐다. 어쨌든 두 가지 점에서 그 울긋불긋하게 벽면을 칠해놓는 방법이 그의 맘에 들었다. 하나는 시간과 노동을 절약할 수 있다는 것이고 또 하나는, 뜻밖에도 예쁘게 치장된 침실 벽을 소유하게 되었다는 것이었다. 그는 자신의 예술적 취미를 만족시킬 수 있었다.

맨 안쪽으론 세안대와 변기가 있었다. 전에 세탁실로 쓰였는지 수도와 꽤 큰 수챗구멍은 이미 설치돼 있었다. 그는 어제 오후에, 락스와 철 수세미로 작은 털 하나 오줌 얼룩 하나 남겨놓지 않고 말끔하게 닦아놓았다. 거름들은 대체로 극단적으로 긴장하곤 해서, 오줌 빛깔이 놀랄 정도로 고약하곤 했다. 신장이 고장 나버린 것이다. 그런 나쁜 오줌들은 냄새도 독했고, 색소침전물 얼룩도 짙게 남겼다. 일주일만 지나면 변기는 누렇게, 빨갛게 떠버렸다. 눈썰미가 약간만 있는 친구라면, 그 변기에 과연 무슨 일이 있었는지 궁금해할 것이다. 뒤처리할 때마다 우선적으로 변기에 신경을 쓰는 것도 그 이유에서였다. 그는 변색된 변기를 닦고 또 닦고, 물을 스무 번쯤 틀었다. 오줌 찌끼들이 정화조로 쏠려 들어가 다신 알아볼 수 없게 희석되도록.

그런 것들 외엔 거의 암것도 없는 것이나 마찬가지였다. 수납장 같은 걸 들여놓았다간 골치 아픈 일만 생길지도 몰랐다. 일이 없을 땐 시디 카세트를 위층에서 가져와 침대에 누워 에프엠 같은 것을 들으며 시간을 보낸다. 일이 생겨 갑작스레, 침실에서 작업실로 변경해야 할 땐 팔 밀리 무비 카메라와 카메라 받침대를 갖다 놓는다. 전화도 없다. 인터폰이 있지만 그것은 보일러 있는 곳과 통하는 짧은 통로 벽에 붙어 있다. 침대와, 변기와, 천장의 이천 럭스 조명이 침실의 다였다. 그걸로 충분하다. 쉬는 데에도 그의 작업을 진행하는 데에도 충분했다.

침대에 누워 베갯잇에 코를 박고 그 휘발성 냄새를 맡고 있는데 위층에서 텔레비전 소리가 났다. 실제론 구별이 쉽지 않은 소음이긴 하지만, 많은 경험이 그에게 저것은 아내가 틀어놓은 텔레비전 소음이라고 가르쳐주는 것이다. 아내가 돌아왔다. 아내는 집에 들어서자마자 신만 벗고 제일 먼저, 텔레비전 리모컨을 찾아 파워 버튼을 누른다. 거실에 아무도 없고 자기 자신조차 방에 들어가 조용히 잠자리에 든다 하더라도, 텔레비전은 켜놓는다. 한 이십여 년 동안, 아내는 똑같은 짓을 반복하고 반복해왔을 것이다. 그건 습성이다. 그는 거실로 튀어 올라갔다.

아내는 펑퍼짐한 푸 파이터스 셔츠에 팬티 바람으로 컴컴한 거실 소파에 기대 졸고 있었다. 테이블에는 우유를 부은 콘플레이크가 한 그릇 놓여 있었다. 먹으려고 만들었다가 그만 깜빡 잊고 잠든 모양이었다. 가늘고 별로 핏기가 없는 입술에, 우유가 방울져 있다. 지난주 내내 수업을 나갔고 휴일인 오늘은 서울 구파발 친정까지 다녀왔다. 아내는 얇은 가운 한 장인 양 소파에 걸쳐진 채로, 금방이라도 흘러내릴 듯한 자세였다. 가냘프고 섬세한 몸을 갖고 있어서 한창림은, 아내를 다룰 땐 조심하지 않으면 안 되었다. 그는 테이블 위의 콘플레이크 그릇을 집어 들곤 소리 나지 않게 몇 스푼 떠 넣었다. 찬 우유 맛이 아직 그대로다. 밖은 아주 어두워져버렸다.

"거름은 줬어?"

아내가 눈을 감은 채로, 목멘 소리로 중얼거렸다. 그는, 아내가 입 버릇처럼 말하곤 하는 좋은 냄새를 풍기는 상태로 돌아온 자신을 느 낄 수 있었다.

"하."

그는 테이블에 콘플레이크 그릇을 내려놓으며 가만히 대꾸했다. 그는 이제 차분해졌고 예절에 주의를 기울이며 기분 좋은 냄새를 풍 긴다. 시내로 나가거나, 타인을 만나거나, 그저 그녀와 같이 있기만 해도, 그는 달라진다. 당연한 일이다. 그는 벌써 서른둘이다. 타인 앞에선 예의를 지킬 줄 알게 된 것이다.

"펫숍에 갈 거야."

"삼촌한테?"

"삼촌한테."

"삼촌이 날 질투하진 않아?"

"하."

그녀는 다시 고개를 떨궜다. 양손을 위를 향해 활짝 펼치고선. 그 것도 그녀의 습성이다. 잠들었을 때만. 그는 그렇게 빈손으로 하늘 을 향해 펼쳐진 그녀의 손 모양을, 가장 좋아한다.

그는 현관 앞에 세워둔 고질라 인형 아가리에서 차 키를 찾아 차고로 갔다. 바깥에까지 텔레비전 소음이 들렸다. 일곱 시쯤에 늘 하는 무슨 연속극인 것 같다. 만약 그가 텔레비전을 꺼버리고 나왔다면, 혼자 잠에서 깨어났을 때 아내는 극도로 우울해할 것이다. 어린 애처럼, 잠에서 깨어났을 때 엄마가 보이지 않을 경우처럼 말이다. 아내는 텔레비전 소리 대신 서울랜드 킹 바이킹의 비명 소리를 들을 것이고, 우유를 부은 콘플레이크 대신 암페타민 정제를 먹을 것이다. 그는 이제, 이런저런 견디기 힘든 아내의 습성들도 자기 것인 양 잘 적응하고 있었다. 결혼한 지 십 년이다.

한창림은 과천 시내까지 차를 몰고 나가면서 아내를 기다리길 잘했다는 생각을 했다. 택시가 한 대도 보이지 않았던 것이다. 차도 없고 택시도 잡을 수 없다면 그는 꼬박 한 시간 반을 걸어 내려가야 했을 것이었다. 날씨까지 쌀쌀했다. 그의 집은 과천 서울랜드와 동물원이 지어질 때 고립되어버렸다. 누군가 이 지역의 지적도를 보고 금을 긋는데, 그 금이 정확히 그의 집 일 킬로미터 앞에서 멈춰버렸다. 서울랜드와 산자락 사이에 옴짝달싹할 수 없게 끼어버린 형국이었다. 전 주인으로부터 들은 얘기였다. 덕분에 포장도 안 된 논둑 같은 길이 유일하게 그의 집과 도심을 이어주는 도로 역할을 맡게 됐다. 간신히 경운기 한 대 지날 폭이었다. 과천 청계산 동쪽 끝자락에 면해서 다른 인가가 좀 있었지만, 요 몇 년 사이에 거의 비워졌다. 그린벨트가 해제될 날은 아직 먼 것 같았다. 하지만 이 모든 게, 그가 원하던, 최적의 작업 조건이었다. 달리는 그의 차 뒷유리창에, 서

올랜드에서 쏘아 올린 레이저 광선과 폭죽들이 일그러진 채 달라붙고 있었다.

한창림은 정부 과천청사 맞은편 빌딩으로 차를 몰고 들어갔다. 펫숍은 오 층에 있었다. 일 층엔 세븐 일레븐과 골프용품 전문점이 있다. 부동산 중개소와 잡화점들은 빌딩 안으로 입주해 있고, 서점과 신발 가게도 있다. 지하층엔 식당들이 늘어서 있었다. 횟집이 두 개고, 꽤 큰 규모의 전통 비빔밥집도 있다. 이 층엔 옷 가게들이 있고, 거기엔 아내가 이따금 놀러 가곤 하는 헌 옷 가게도 있다. 그로선 이름도 못 들어본 상표의 옷들이 헐값에 나와 있곤 했다. 아내는 굉장한 상표들이라고 말했다. 새것 못지않은 구제품들이라고 했다. 삼 층엔 중화요릿집과 정통 만둣집이 있고 창고로 쓰임직한 사무실들 몇 개와, 노래방도 하나 있다. 사 층엔 여행사나 법무사나 팸플릿 제작사 따위가 들어서 있고, 위성방송 안테나 설치업체도 있다. 승강기는 거기서 끝난다. 이 빌딩엔 승강기가 둘 있는데 하나는 화물용이었다. 둘 다 평소엔, 사 층까지만 움직였다. 덩치 큰 물건을 옮겨야 할 때나 펫숍에 큰 고객이 방문할 때만 오 층과 육 층까지 승강기를 작동시켰다. 기계실은 육 층에 있다고 들었는데 그도 육 층까진 올라가보지 못했다. 평소에 오 층과 육 층에 볼일이 있을 경우엔, 층 끝으로 가서 비상계단을 이용해야 한다. 비상계단도 오 층에 이르러선, 안전 문으로 통제되어 있다. 그는 사 층과 오 층 사이 계단에서, 그를 가로막는 안전 문 앞에서 인터폰을 들었다.

삼촌은 계단을 올라오는 한창림의 얼굴을 한번 쓱 내리 살펴보곤, 계단 출입구 안쪽으로 돌아갔다. 냉기가 느껴졌다. 이 계단을 다 올라 계단 출입구에 들어서면, 펫숍이다. 삼촌은 펫숍용으로 빌딩의 한 층을 통째로, 비워놓았다. 콘크리트 기둥 몇 개가 일정하게 늘어서 있는 것을 빼면, 사람의 시야를 가로막고 나서는 것은 거의 없다. 삼촌은 이 넓은 층 하나를 냉기와, 약간 어두운 조명과, 외부인을 겁먹게 하는 적막함으로 꽉꽉 채워놓았다. 이 낯선 분위기가 외부인의 눈을, 몇 분 동안 침침한 상태로 만들어버린다. 그는 때때로, 시멘트 마감재 질감이 그대로 방치된 기둥들과 사람들 모양을 구별하지 못하곤 했다. 당황하고, 조명이 나쁘고, 더욱이 지금의 그처럼 어두운 저녁에 방문할 경우엔 더했다. 재작년부터 펫숍을 드나들었지만 이 분위기에는 결코 친숙해질 수가 없었다. 여기엔 소리도 없었고 눈에 띌 만한 가구도 없었으며 거의 아무 냄새도 나지 않았다.

　메리언 앤더슨 같은 흑인 영가 가수의 목소리도 없고, 하얗게 빛나는 텔레비전 브라운관도 없었으며, 하다못해 점심때 시켜 먹은 짜장면 그릇조차도 없었다. 펫숍에 올 때마다 그는 뭐 달라진 게 있을까 하고 두리번거리지만, 언제나 한결같이 아무것도 없었다. 외부인의 눈이 잠깐 백내장 환자의 그것처럼 되는 것도 당연한 일이었다. 펫숍에 있는 거라곤 거친 표면의 암회색 시멘트 기둥들과, 층 전체를 빙 둘러가며 난 창문들뿐이었다. 그리고, 이 몰취미를 맘껏 나열해놓은 삼촌 정도뿐. 빌딩을 갓 지었을 때의 날것, 그대로였다.

　삼촌은 맞은편 벽 창문 앞에서 허리를 약간 굽힌 채 엉거주춤 서 있었다. 흰색이나 다름없는 베이지색 넥타이와 재킷과 바지에, 흰 와이셔츠를 입었다. 이런 배합은 삼촌이 가장 애호하는 종류의 것이다. 와이셔츠의 소맷부리에는 자줏빛 꽃봉오리가 깔끔하게, 수제로 수놓아져 있을 것이다. 전체적으로, 어두운 조명 아래서 몽롱한 빛으로 두드러지는 실루엣이었다. 그는 주위를 훑어봤다. 삼촌 말고 펫숍 직원은 둘 있었다. 한 놈은 그의 바로 옆 기둥에 기대서서 잡지를 뒤적이고 있었다. 진 바지와 보랏빛 셔츠에 멜빵을 했다. 삼촌 등 뒤로 좀 떨어진 자리에 또 한 놈 있었다. 카키색 면바지에 흰 셔츠를 입고 엘에이 다저스 야구 모자를 썼다. 대개 직원은 셋이었는데, 오늘은 나머지 하나가 보이지 않았다. 그저 가끔 들르는 것일 뿐 그들의 사업과는 관계랄 게 없는 그로선, 그런 세심한 주의까진 필요 없는 것일는지도 몰랐다. 하지만 어쨌든 그는 한 놈의 소재를 그만 놓쳐버렸다고 생각했고, 불안해졌다.

"요즘도 어디 강의 나가?"

삼촌이 있는 방향에서, 특징 없는 목소리가 들려왔다. 억양이 거의 없고, 빠르기도 한결같은 그런 목소리였다. 선생님 앞에서 교과서를 읽듯 무미건조하게 가사지를 읊어 내려가는, 메이즈의 랩 스타일을 고대로 옮겨 온 것 같았다. 트랜지스터라디오의 스피커에서 웅웅거리며 들려오는, 심야 타임 디제이의 목소리 같기도 했다. 그는 팔십오 년 이후로 트랜지스터라디오를 들어본 적이 없었다.

"여기저기, 조금씩요."

그는 일부러 경쾌한 목소리를 꾸며냈다. 그때 야― 하는 어린 계집아이 배곯은 소리 같은 신음이 들렸다. 그는 그제야 삼촌의 앞에, 뭔가 커다란 검은 쓰레기봉투 같은 것이 웅크리고 있는 것을 알아챘다. 그것은 크게 한 번 요동치듯 꿈틀거렸다.

"요것만 끝내놓고 데이트를 하자고."

"하."

"벌써 열두 시간째 이러고 있어. 내가 바라는 건 나에 대한 서류철들을 좀 갖다 달라는 것뿐인데. 이 친구들이 나에 대해서 뭐라고 기록해뒀는지 궁금해. 나도 읽어보고 싶어. 아마 팔십 퍼센트쯤은 음해겠지. 그냥 검찰 자료실에 들어가서 내 서류만 빼다 가방에 넣고 우편으로 이리 부쳐주면 되는데. 난 우리나라 검찰이 이렇게 의리의 사나이인 줄은 몰랐어. 이런 친구들은 검찰 근무 연수가 올라가면 갈수록 우리와 같은 치사스러운 쌍둥이가 되는 경향이 있는데 말이야. 똥고집이군. 뼈는 뽑아내서 가루를 내고, 고기는 발라내서 수육을 만들어줄까…… 어때?"

"……예?"

그는 삼촌의 말을 똑똑히 알아듣지 못했다고 생각했다. 삼촌이 하는 말은 억양과 빠르기의 변화가 거의 없기 때문에, 듣는 사람이 알아서, 강조점을 찍고 악센트를 주어 생각해야만 했다. 말에 아무 감정도 담겨 있지 않기 때문에 그는 무엇을 묻고 있는지조차도 알 수 없었다. 이 검찰 자식한테 아직 순수함이 남아 있는 게 신기하지 않느냐는 것인지, 아님 뼈는 가루를 내고 고기는 수육을 만들어 포인터 사냥개를 주는 게 좋지 않겠느냐는 것인지 알 수 없었다.

"자네한테 물은 게 아냐."

그러면서 삼촌은 계집아이 같은 신음을 지르고 있는 사내의 뒤통수 부분을 주먹으로 툭툭, 쳤다. 사내는 알아들을 수 없는 몇 마디를 빠르게 지껄였다. 무릎을 꿇은 사내의 양손은 뒤로 해서, 가죽 개 목걸이로 양 발목에 묶여 있었다. 양복 상의 자락이 등 중간까지 말려 올라가 있었다. 그런 자세에선 고개가 저절로 깊이 숙여지기 마련이었다. 사내의 하얀 얼굴은 물기로 번들거렸다. 삼촌은 연한 베이지색 넥타이 끝으로 콧날을 문질렀다. 조명이 나빠 보이진 않았지만, 사내의 뒤통수를 내려다보는 삼촌의 눈빛이 지금 어떠하리라는 것은 뻔히 짐작할 수 있었다. 삼촌의 눈빛은, 이미 죽은 자를 보는 눈빛일 것이었다. 아까부터. 사내가 여기 첫발을 들여놓았을 때부터.

"현실감각이 없구나, 이 불쌍한 친구야."

삼촌은 그렇게 중얼거리곤 한 발짝 물러서며 손가락을 소리 나게 튀겼다. 그러자 바위 깨는 해머를 멘 펫숍 점원 하나가 어디선가 튀어나와, 사내를 향해 달려들었다. 펫숍 점원은 한달음에 사내 앞까지 뛰어가, 뛰어드는 그 자세 그대로, 해머를 내리 휘둘렀다. 둔한 소음과 함께 사내는 앞이마를 바닥에 찧더니 스프링처럼 퉁겨 올라 뒤로 넘어갔다.

사내는 천장을 향해 누운 채로 몸뚱일 이리 꿈틀하고 저리 꿈틀했다. 목이 부러졌는지 머리 부분만은 얌전히 맨바닥 위에, 마치 다른 곳에서 온 물건처럼 놓여 있었다. 그는 좀 더 잘 보고 싶어 몇 발짝 다가갔다. 사내의 두 눈은, 무엇을 보고 크게 놀란 사람의 그것처럼,

사방으로 뒤룩거리고 있었다. 비명을 지르려는 것인지 턱을 반쯤 벌렸다. 점원은 잠깐 머뭇거리더니, 다시 해머를 내리꽂았다. 짧고 둔한 네 번째 타격음이 오 층 펫숍의 냉랭한 공기를 흔들어놓았다.

삼촌은 고개를 끄덕이더니, 됐다는 손사래를 했다. 다른 점원들이 달려와 바닥에 기다란 핏자국을 남기며 죽은 사내를 끌어갔다. 점원은 역시 셋이었다. 그는 약간 안심했다. 시체가 저 한쪽 귀퉁이로 사라질 때까지 다들 말이 없었다. 점원 하나가 기둥 뒤에서 물이 담긴 양동이 두 개와 손걸레, 대걸레를 가져와, 뇌수와 뇌 조각들로 어지러워진 바닥을 닦기 시작했다. 삼촌은 뒷짐을 지곤, 층의 저 반대쪽으로 종종걸음 쳤다.

그는 그 작달막하고 바싹 마른 삼촌의 뒤를 천천히 뒤따라갔다. 베이지 색조 때문인지 흰 연기가 그의 앞에서 바람에 흩날리는 듯 보였다. 자주 오는 것도 아니었고, 와서도 오늘 같은 광경을 보긴 처음이었다. 하마터면 흥분할 뻔했다. 펫숍에서 흥분하는 건 몸에 이로운 일이 아니었다.

한창림과 삼촌은 사내가 죽은 자리로부터 멀찍이 떨어져 나와 섰다. 그는 멀거니, 핏방울들로 또 한번 지저분해진 자신의 두 구두코를 내려다보았다. 하루에 두 번이나 구두코에 핏방울이 튄다는 건 별로 겪고 싶지 않은 일이었다. 펫숍을 나서기 전에 닦아내야 할 텐데, 여기 구둣솔이 있을 리 만무했다. 그는 지갑을 뒤져 무슨 일로 받은 것인지 기억나지 않는 명함 한 장을 꺼내 핏방울들을 하나하나씩 조심스레 떠냈다.

"갈수록 찍는 기술이 좋아져. 이번 앤 어디서 구했어?"

"광주요, 경기도."

그는 명함을 반으로 접고 다시 반으로 접어 조그맣게 만든 다음에 셔츠 주머니에 넣어두었다. 그러곤 말이 나오길 기다렸다는 듯이, 케이스에 넣은 팔 밀리 녹화 테이프를 사파리 주머니에서 꺼내 삼촌에게 건네주었다.

"좀 더 예쁜 애들을 구해보지그래? 다리가 길면 엉덩이도 예뻐."

"열에 여덟은 뚱뚱하다고요."

그는 웃었다. 그는 사실, 자신이 찍어 삼촌에게 넘겨주곤 하는 그 테이프들을 한 번도 본 적이 없었다. 위험한 일이라는 걸 잘 알고 있었다. 자기가 찍은 비디오를 자기가 보고 그게 어떤 것인지 기억에 담아둔다는 것은, 만일을 위해 삼가고 있었다. 다만 잘 찍히고 있나 첫 부분을 조금 리와인드해볼 뿐이었다. 그 비디오에 찍힌 것을 보고, 기억에 담아두고, 하루에도 예닐곱 번씩 그 기억을 헤집으며, 상상 속에서 질펀하게 즐기는 것은 삼촌이었다. 그는 이 오십 줄에 들어선 사내가 사무실 데스크에서 바지를 내리고 발기도 되지 않는 그 것을 꺼내 조물락거리며, 마스터베이션 흉내 내는 꼴을 떠올리곤 구역질하고픈 기분이 들었다. 삼촌은 고의춤에서 꺼낸 흰 종이봉투와 검정 비닐봉지를 그의 손에 들려주었다. 종이봉투에는 수표 다발이, 비닐봉지에는 가죽 개 목걸이 서너 개와 가죽 혁대가 들어 있을 것이었다.

"모델 보는 눈을 키워야지."

"하."

"용돈 줄게."

그는 삼촌이 너무 가까이 다가오자 저도 모르게 움찔했다. 삼촌은 고개를 숙여보라고 손가락을 까딱까딱했다. 그는 눈을 부러 크게 뜨며 허리를 굽혔다. 이럴 때 삼촌은 상대가 눈을 뜨고 자신을 똑바로 바라봐주는 걸 좋아했다. 삼촌은 목을 끌어안으며 그의 입에 혀를 깊숙히 밀어넣었다. 혀는 말랑말랑하게, 부드럽게 그의 입속을 한 바퀴 돌았다. 삼촌의 몸 전체가 늙었지만 혀만은 아직, 설탕을 입히기 직전의 젤리 같았다. 아내의 혀 맛과 비슷했다. 그는 삼촌의 혀 놀림에서 아내의 혀 맛을 느꼈다는 사실 자체 때문에 또 한번 구역질 나는 기분이 되었다. 입을 떼었을 때, 누구의 것인지 모를 투명한 침이 둘 사이의 입술 끝에서, 고무줄처럼 매달려 흔들렸다. 삼촌은 아직도 눈을 감은 채 천천히 상체를 흔들며 키스의 뒷맛을 즐기고 있었다.

"자네도 나이란 걸 먹는군."

삼촌은 뭔가 아쉽다는 얼굴로 체머리를 떨었다. 삼촌도 젊었을 땐, 살갗 아래 실핏줄이 파랗게 들여다보일 정도로 피부가 좋았다. 갈게요. 그는 손목시계를 들여다보곤 계단 출입구로 향했다. 돌아서서 불안한 걸음을 옮기고 있는 그의 빈 등짝에 삼촌의 목소리가 와 닿았다.

"소식 줘, 내 옛 사랑."

서둘러 빌딩을 빠져나온 한창림은 차에 올라타자마자 도어를 걸어 잠그곤, 셔츠 주머니에서 아까 피를 닦은 명함을 꺼내 불을 붙여 깨끗이 태워버렸다. 비닐봉지는 열어보지도 않고 글로브 박스에 넣어버렸다. 그러곤 담배를 피워 물곤, 소리 죽여 울었다. 무서웠던 것이다. 공포 때문에 그는, 브레이크와 바퀴축 사이에 끼인 것처럼 온몸이 바스러지는 것 같았다. 삼촌이 옛 사랑인 자기를 어쩌진 않을 테지만, 어쩔 수 없었다. 다 울었을 때, 계기판의 시계는 아홉 시 오십구 분이었다. 그는 차에서 내려, 찌부러진 풍선에 가스를 불어 넣듯 건들거리며, 가장 먼저 그의 눈에 걸려든 사내에게 다가갔다. 이십사 시간 오토뱅크의 파란 불빛 간판 아래 서 있는 사내였다. 사내의 손엔 현금을 담는 흰 은행 봉투가 들려 있었다. 사내의 입엔 말보로 담배가 물려 있었다. 차를 타려는지 호주머니에서 차 키를 꺼내고 있었다. 그는 곧장 걸어가, 아주 가까운 거리에서 마주 섰다. 말보로 담배의 담백한 연기 맛이 코끝을 간지럽혔다. 그는 사내의 꼬나문 담배를 향해 손바닥을 날렸다. 날카롭게 파고드는 뜨거운 담뱃불 끝에서, 고무공처럼 부드러운 입술의 감촉이 느껴졌다. 불티들이 노랗게 흩어지며 사내의 이마 위로 소용돌이쳐 올랐다. 사내는 입을 감싸 쥐며 무릎을 꿇었다.

"젠장, 누가 양담배를 피랬어!"

그는 그렇게 꽥 소릴 질렀다. 사내의 입에서 핏물이 뚝뚝 듣고 있었다. 그는 아무 일도 없었던 것처럼 제 차로 돌아갔다. 이제야 찌부러졌던 것이 좀 펴지고, 기분이 편안해지는 것 같았다. 다시금 좋은 냄새가 나는 그로 돌아왔다. 그의 억누를 수 없는 공포를 대신 뒤집어쓴 사내는 기다시피 해서 자기 차에 오르고 있었다. 쏘나타 III였다. 비싼 차였고, 그것이 다시 그를 불안하게 만들었다. 그는 나중에 성가신 일을 당하기 싫어, 다시 차에서 내렸다. 그때, 사내의 쏘나타 III가 출발했다. 운전대 앞에 앉은 사내는 입을 우물거리며 그를 향해, 두고 보라는 듯이 주먹을 치켜들었다. 그는 재빨리 사내의 차 번호를 외웠다. 사내에게 질러댄 소리는 아무래도 바보 같은 것이었다. 그는 평소에 누가 양담배를 피든 말든 관심이 없었다. 말보로는 그도 즐겨 피웠다. 그런데 어째서 내 입에서 그런 소리가 나왔을까. 피식 웃으며, 그는 손바닥에 남은 까만 담뱃재 자국을 바지에 슥슥 문질러 닦았다.

"똥 밟았다고 생각해!"

그는 사라진 사내의 차를 머릿속에 그리며 중얼거렸다. 핸들을 붙잡고 부들부들 떨고 있을 그 운 없는 사내가, 똥 밟았다고 생각하라는 자신의 충고를 텔레파시로든 뭐로든 들어주길 바랐다. 그렇지 않으면, 사내는 또 한번, 자신과 아주 가까운 거리에 서 있는 그를 보게 될 것이었다. 그는 담배 한 개비를 더 태우곤, 차에 올라타 과천 경마장 쪽으로 달렸다.

아내는 방에 들어갔는지 보이지 않았다. 아직 잘 시간은 아니었다. 워낙 몸이 골골해서, 친정에 다녀오는 것 같은 약간의 무리로도 머리가 쑤시다고 했다. 텔레비전에선 변호사가 나와 착 가라앉은 목소리로 뭔가를 설명하고 있었다. 에스비에스의 〈그것이 알고 싶다〉였다. 변호사의 이름을 알고 있었는데, 생각이 나지 않았다. 한창림이 자기 방에 들어가 잠옷으로 갈아입는데 아내가 부스스한 얼굴로 들어왔다. 아내는 벗어놓은 옷가지들을 주섬주섬 챙겨 이리저리 뒤집어보곤 빨 것들을 따로 치웠다.

"원 오는 삼각형 에이비시의 외접원이고 에이비, 비시, 시에이의 비가 사 대 이 대 삼일 때, 각 에이의 크기를 구해봐."

"뭐?"

그는 또 시작했구나 생각했다. 아내는 뭔가 대화는 해야겠는데, 적당히 얘깃거리가 떠오르지 않으면 제 직업을 이용해 장난을 쳤다. 그에게 수학 문제를 내는 것이다. 이럴 때면, 그저 적당히 장단만 맞춰주면 된다.

"원 오 안에서 원 위의 에이, 비, 시, 세 개의 점을 이어서 삼각형을 만드는 거야. 그러면 이 세 꼭지점이 만드는 호 에이비, 비시, 시에이, 세 호 사이는 사 대 이 대 삼이란 얘기지? 호에 대한 원주각도 호의 길이에 비례하니깐, 호 에이비에 대한 원주각은 시지? 똑같이 따져나가면 각 시는 사고, 각 비는 삼이고, 각 에이는 이잖아. 그러면 여기서 각 에이를 구해봐. 삼각형의 세 내각의 합이 뭐야? 백팔십도잖아……."

그는 한마디도 듣지 않았다. 한마디도 듣지 않는 걸 아내도 알고, 또 당연히 여긴다. 이런 걸로 돈을 벌긴 하지만 자기가 생각해도 흰소리들이었다.

"그래서 뭐? 거기서 내가 얻을 수 있는 교훈이 뭐야?"

"바보. 삼각형의 세 내각의 합이 백팔십 도인 것처럼, 원주 위의 세 점을 잡아서 낸 원주각의 합 역시, 백팔십 도가 나온다는 거지. 교훈? 세상에 그런 건 없어, 바보야."

그러곤 그의 옆에 나란히 앉아 말다툼을 시작한다. 그는 아내의 얼굴을 들여다보다가 침대에 쓰러뜨렸다. 젖꼭지를 빠는데, 아내가 밀치고 일어났다. 나 아파. 몸이 아픈 여자랑은 하면 안 돼. 그것도 그가 많이 들어본 말이었다. 그는 그 말뜻을 체험적으로 알고 있었다. 언젠가 한번, 무리를 하다가 아내가 응급실로 실려 갔었다. 그때 병원에서 그는, 자기를 호색한이라고 비난하는 시선들에 온통 둘러싸인 듯한 망상에 시달렸었다. 여자들은 예민하다. 아내는 더 예민하다. 그래서 금전적인 불리에도 불구하고, 과외 수업 스케줄에서 주말과 휴일은 반드시 빼놓는다. 쉬는 거야 아무 요일이라도 좋겠지만, 아무래도 인류의 보편적인 생활 사이클에서 스스로 자기를 방기하고 싶지 않다는 이유였다. 그는 아내가 펼쳐놓곤 하는 논리에 대해선 참견하지 않기로 한 지 오래였다. 그는 나도 피곤해, 하며 양말을 벗어 건네주었다. 아내는 냄새나 풍기고 다닌다고 싫은 표정으로 빨랫거리를 들고 나갔다. 그는 어쨌거나 마리아 드 메데이루스를 아내로 두었다고 생각했다. 마리아 드 메데이루스가 배우가 되기 전엔 수학 과외 선생이었나? 아내의 목소리엔 비음이 넘치도록 섞여 있었다. 그 귀여운 목소리까지 메데이루스를 닮았다. 한때나마 정말로 행복했던 시절이 있었다. 그 한때 그는, 여자와 같이 산다는 건 고양이 여러 마리를 키우는 것과 같다고 여기곤 했었다.

　욕실에서 씻고 있다가 그는 문득 생각난 듯 이렇게 소리 질렀다.

　"사람 척추가 사람 몸에서 자동차 스프링 같은 역할을 한다는 거 알아?"

　"뭐?"

　아내는 그의 말을 못 알아들었다. 그래서 그는 한 글자 한 글자 떼어서, 다시 물었다.

　"글쎄, 모르겠는데? 자동차 스프링?"

　아내는 자동차 스프링 같은 기계부품을 떠올리게 하는 낱말들엔 관심이 없다. 아내는 그가 물었던 것을 곧 잊어버리곤 욕실에까지 들리도록 크게 휘파람으로 〈빠삐용〉의 테마를 불었다.

　그는 욕실에서 나와 주방 식탁에 앉았다. 밤 열한 시에 받는 저녁 상치곤 대우가 괜찮았다. 아까 피곤해서 그를 그냥 보낸 게 미안한 모양이었다. 된장찌개를 떠먹는 그를 보며, 아내는 밥 먹는 것까지 게으르게 먹는다고 구박을 했다. 그는 일부러 더 천천히 숟가락질을 했다. 암페타민의 장복 때문인지, 그와 닮은 점도 있었다. 그가 바보짓을 해 히스테리가 발동하면, 아내는 그의 옷장을 통째로 뒤집어놓고 옷가지들을 가리가리 찢어놓았다. 지하 작업실에서 거름이 자기의 성의를 계속 무시하면, 자기 핸드백에서 호신용 전자충격기를 꺼내 와 전기 찜질을 했다. 그러곤 울증 속으로 침몰해버리는 것이다. 아내에게 그런 일이 생기면 그는 서둘러 촬영을 끝내야 한다.

　설거지를 끝내고 그와 아내는 각자의 방으로 돌아갔다.

지금 한창림의 앞에 앉아 있는 이 여자애는 영화를 보는 데 편식하는 경향이 있다. 멜로물과 휴먼 드라마를 너무 많이 봤다. 멜로와 휴머니즘의 전당 호암아트홀 영화관의 정규회원인지도 모른다. 그런 애들에겐 술에 취해, 한밤중에 애인 집에 전화 걸어 시비를 거는 버릇이 있다. 그게 굉장히 멋진 일이며, 응당 해야 할 연인의 의무쯤으로 안다. 현실하고 영화하고 구별하지 못하는 건 아니다. 다만, 뻔한 멜로드라마에 그런 신을 집어넣으며 감독이 무슨 생각을 할지 짐작 못 할 뿐이다. 멍청이들한테는 그저 꼬치꼬치 죄다 설명해줘야 한다니까. 그는 이 여자애가 피곤했다.

　이 여자애는 〈샤인〉을 보곤 감격해서 울었다고 방금 말했다.

　"그래, 부모님은 딴 데 사셔? 엄마는 저기, 아빠는 여기?"

　"예. 엄마는 방배동으로 가셨고, 아빠는 그냥 살던 빌딩에 살죠."

　"하."

　"언젠간 다들 돌아올 거라고 믿어요."

　여자애는 엑스필을 홀짝이며 두고 보라는 투로 말했다. 이 여자애는 자취를 한다. 집이 서울인데도 무릇 대학생이면 집을 떠나 생활해야 한다고 고집을 피워 이 학년 때부터 나와 산 모양이었다. 부모가 이혼을 해서, 자기 말대로 충격을 받은 모양이었다. 돈이 궁한 건 당연하다. 사내애도 아닌데, 이혼한 부모 누가 딸자식에게 신경을 쓰겠는가. 그는 낮에 강의를 끝내고, 이 여자애와 함께 동숭동에 가서 〈마이티 아프로디테〉를 봤다. 이 여자애는 코미디란 형식을 이해 못 한다.

"동생들은?"

"대답해야 해요? 걔네들 다 성인이에요. 열여덟 살 이상이라고요. 가게에 담배 사러 갈 때도 보호자 없이 갈 수 있고, 여자애들하고 전화로 수다 떠느라 밤도 새워요. 어디 가서 뭐 하고 굴러먹든 제가 상관할 바 아니라고요."

여자애의 얼굴이 빨개졌다. 그는 여자애가 왜 동생들 얘기를 하면서 흥분하는지 이해할 수 있었다. 동생들한테 엄마 노릇 하기엔 여자애는 아직 어린 것이고 자기도 그 사실을 알고 있다. 어쩌면 자기가 다시 어린애가 되고 싶은 것인지도 몰랐다.

"두 분은 그렇게 떨어져선 살지 못해요. 아빠는 혼자 놓아두면 굶어 돌아가실 분이고, 엄마는 카드 빚 때문에 까짓 위자료쯤 금방 다 까먹을 거예요. 남동생이 얼마전 두 분을 만나고 왔는데 다시 합칠 가능성이 구십오 퍼센트쯤 된대요. 제 친구 중에도 비슷한 경우가 있었어요. 헤어지시곤 석 달만에 다시 신혼여행을 떠나셨죠. 그게 얼마나 큰 충격일지 선생님은 모르실 거예요. 제 친구가 대학 이 학년 때였는데, 난생 처음 가출을 해선 걔네 아빠가 우리 집으로 잡으러 올 때까지 버텼죠. 매일 엄마 아빠한테 번갈아 전화해선 다시 안 합치면 죽어버릴 거라고 협박했어요. 우리 집 전화비가 얼마나 많이 나왔었는지 아세요?"

여자애는 벌써 다섯 병째다. 그는 여자애를 끌고 맥줏집을 나와 이리저리 돌아다니다가, 그가 대학생이었을 때 가곤 하던 감자탕집으로 데려갔다. 그 집이 아직도 있다는 게 신기했다. 여자애는 거기서도 소주를 두 병이나 먹었다. 그는 소주잔을 소리나게 내려놓으며, 뭔가 바쁜 일이 있는 듯 시계를 들여다봤다. 그러자 여자애도, 목을 길쭉하니 빼곤 같이 들여다봤다. 그러곤 몇 시인지 저도 굉장히 궁금하다는 표정을 짓는 것이었다. 그는 그런 태도에 당황했다. 여자애는 지금 그를 놀려먹는 중이었다.

"아빠는, 제 엉덩이를 보면서, 난 네 엄마 엉덩이에 반해 결혼했다, 하시곤 했어요. 농담일 수도 있고, 정말일 수도 있는 거죠? 그렇죠? 남자들은 정말 그런 데 반해 청혼을 결심할 수도 있다니까. 하지만 전 제 어디가 엄마랑 닮았다는 건지 모르겠어요. 인정해요, 엄마는 애를 셋이나 낳았고, 신혼 초엔 집세를 내려고 아이스크림 장사를 다녔다니까. 몸매를 버렸겠죠. 아빠가 지난번 선거에 시의원에 출마하셨던 게 실수였어요. 그건 저도 인정해요. 집 안에 돈이 씨가 말랐었으니까. 모르셨어요? 남자는 오십이 넘으면 뭐든 말아먹지 못해 몸이 근질근질해지나 봐요."

그는 아까부터 궁금하던 것을 물었다.

"너 호암아트홀 회원이야?"

"어머, 어떻게 아셨어요? 호암아트홀에서 상영한 영화는 고등학교 때부터 거의 다 봤어요. 놓치면 비디오로라도 봤죠. 그런데 실은 올해부턴 회원 안 해요. 그날, 학점 신청하느라고 기한을 놓쳤어요. 방심했던 거죠. 근데 이렇게 같이 술까지 먹어드리는데 D는 주시지 않으시겠죠? 게다가 유부남하고."

그는 재미있다는 듯이 고개를 끄덕여 보였다. 여자애는 실은 공부를 곧잘 했다. 특히 외우는 쪽으로 잘했다. 여자애는 텔레비전의 구어적 특성에 관한 존 피스크의 짧은 논문을, 시험지에 반쯤 베껴놓았다. 반쯤 베껴놓고도, 어떻게 호암아트홀풍의 진부한 휴먼 드라마들이 휴머니티를 결국엔 외면하게 되는 것인지 이해 못 하고 있었다. 여자애는 베낀 원본을 그가 모를 거라고 생각했다. 그는 모른 척하고, 에이를 주었다. 아이들의 답안지를 꼼꼼히 읽는다는 것은 미련한 일이지만 그는 여자애에게 관심이 있었다. 자기가 이미 말한 대로, 그리고 삼촌이 바라는 바대로 엉덩이가 예뻤던 것이다. 열두 시가 가까워서 둘은 커피를 마셨다. 그는 커피잔을 쥔 희고 바싹 마른 여자의 손을 좋아했다. 그에게 여자의 섹시함은 거기서부터 시작된다.

"아빠가 시의원에 나서면서 스트레스를 많이 받았었나 봐요. 그게 국회의원도 아닌데."

여자애는 힐힐, 웃으며 커피잔 쥔 손을 그의 코앞에서 흔들어댔다.

"믿었던 아랫사람한테 배신도 당하고. 박 사무장이란 아저씨가 있었는데, 배신을 때렸거든요. 누가 감히 날 배신하랴, 뭐 그런 자만이 있었던가 봐요, 아빠한테. 선거가 끝나자마자 엄마가 내가 감히 배신하지 하면서, 집을 나가버렸어요. 여자 문제가 또 그 사이에서 무슨 역할을 했겠죠, 뭐. 아빠는 덕분에 지금 정신과 치료를 받으러 다녀요. 자폐 비슷한 증상인가 봐요. 제가 어렸을 때, 두 분이 부부 싸움하는 걸 봤는데, 엄마가 안방에서 나가 뒈져버리라고 악을 쓰고 있었죠. 아빠는 마당에서 그 소릴 듣고 마루로 뛰어올라와선 텔레비전을 집어 들었어요. 그러곤 엄마한테 던지려고 안방으로 급하게 뛰어들다, 그만 문턱에 걸려 넘어졌죠. 아빠는 병원에 실려 갔어요. 코피가 나고 텔레비전에 뒤통수를 맞아 가벼운 뇌진탕을 일으켰죠. 힐힐. 그때 엄마는 아빠가 퇴원할 때까지 병원에서 며칠이고 밤 새웠었단 말이에요!"

여자애는 바락 소리를 질렀다. 그는 따라 웃다가, 놀라서 커피를 엎지를 뻔했다. 여자애는 찔끔찔끔 눈물을 짜기 시작했다. 그는 내 버려두었다가 여자애가 다시 낄낄 웃기 시작하자, 커피숍에서 나와 자취방이 있는 아현동까지 바래다줬다. 강사 자리가 좋은 것은 강사를 편하게 여기는 아이들로부터 유혹받을 기회가 많기 때문이다. 그는 많이 피곤했다.

*

박태자는 남편 한창림에게, 이 년 전쯤에 자기가 가르치던 어떤 애 이야기를 들려줬다. 남편은 괜찮아? 하고 그 애의 상태를 되물었다.

"그럭저럭, 괜찮아."

그녀는, 그 애의 아버지가 오늘 신문에 나왔다고 했다. 신문 경제면의, 정부의 경제 정책을 다룬 짧은 인터뷰 기사에서였다. 그 애의 아버지는 현대에서 꽤 발언권 있는 자릴 맡고 있는 모양인데, 무슨무슨 연구소 소장이라고 소개돼 있었다. 남편은 아 나도 읽었어, 라고 무심하게 중얼거렸다. 그 애의 아버지는 인터뷰에서, 아파트

값 폭락 같은 사태는 없을 것이며 앞으로도 완만히 가격 상승 곡선을 그릴 것이라고 했다. 그 애는, 그 바보의, 넷째 애야, 그녀는 똑똑 끊어 말했다. 이 년 전에는 청담동에 살았는데 이사 갔을까. 작년에, 고등학교에 들어갔다고 편지도 왔었는데. 그러곤 아이에 대해 이것저것 늘어놓았다. 아이의 이름은 윤수영이다. 칠십육 평짜리 빌라에 산다. 좌변기의 좌대를 올리지 않고 그냥 오줌을 누는 버릇이 있다. 머리 손질을 좋아해서 한 달에 다섯 번씩 헤어숍에 간다. 참치회를 좋아해서 그 애의 아버지가 거실 한편에 일본 횟집풍의 작은 바까지 차려줬다고 했다. 월말에는 회 전문 요리사를 불러와선 온 식구가 회 파티를 벌인다. 노출증 증세가 좀 있어서, 발가벗고 있다가 파출부나 가정교사를 깜짝 놀래곤 한다. 물론, 그냥 해본 장난은 아니다. 그건 일종의 실험이거나 진지한 도발이거나 했다. 상대가 흥미 없어 하면 침울해져서 톰 존스 같은 올드 팝을 듣는다.

"엉덩이도 예뻐?"

빨갛게 양념된 게장에서 살점을 발라내며 남편이 물었다. 여전히, 흥미 없다는 표정이었다.

"응, 얼굴도. ……걔는 착한 애는 아니야."

그녀는 키는 좀 작지만 몸에 균형이 잘 잡혔다고 덧붙였다. 뽀뽀해주고 싶을 정도로 미소년이라고 했다. 그러고선 이젠 좀 구미가 당겨, 하는 투로 남편의 얼굴을 빤히 들여다보았다.

"……착한 애도 아닐뿐더러, 좀 나쁜 애지."

"잘사는 집 막내 애라고 다 버릇없고 못된 건 아냐."

남편의 흐릿하던 두 눈이 반짝이면서 윗입술이 말려 올라갔다. 호기심이 일곤 할 때 짓는 표정이었다. 그녀는 속으로 됐어, 했다. 넌 이제, 뭔가 배우게 될 거야. 남편은 양 볼 가득 밥 알갱이를 물고선, 그녀가 들려준 이야기를 확인이라도 하듯 되풀이해 보였다. 현재 고등학교 이 년생, 청담동 칠십육 평 빌라에 살고, 참치회를 먹고, 좌변기를 오줌으로 더럽히는 버릇이 있고, 한 달에 다섯 번씩 헤어숍에 가고, 노출증이 좀 있고, 톰 존스를 좋아하고…… 엉덩이가 예쁘다? 게다가 얼굴도.

"공부도 못 하고. 고등학교 수학은 진짜 복잡한 건데, 그걸 어떻게 하고 있을지 걱정이야."

"정말 걱정돼?"

"아니."

그녀는 남편의 눈치를 살피며 나지막이 웅얼거렸다.

"하."

"까맣게 잊어버리고 있었는데, 걔 아버지 얼굴을 신문에서 보는 바람에 갑자기 생각난 거야."

남편은 재미있을 거야, 하고 말했다.

"하, 무서워서 똥을 질질 싸겠지."

"윤간당하는 기분이 어떤 건지 가르쳐주고 싶어, 과외비 한 푼 안 받고 말이야."

그녀는 남편이 마악 내린 동의에, 쐐기를 박아 넣기로 했다. 그 애가 언젠가 들려준 윤간의 경험을 전했다. 동네 놀이터에서 아이와 아이 친구들이 윤간했던 때의 얘기. 아이는 설거지를 맡았다. 그녀가 그 얘기를 듣고 기가 막혀서 마구 화를 내자, 아이는 책상머리에서 닭똥 같은 눈물을 펑펑 흘리며 분위기상 어쩔 수 없었다고 변명했다. 그녀가 더 화를 내자 아이는, 그렇지만 자기가 잘못한 것은 확실하며 이젠 그런 게 얼마나 못된 짓인가 잘 깨닫고 있다고 덧붙였다. 그녀는 그걸 어찌 깨닫게 됐느냐고 물었다. 아이의 답변은 자기에게도 얼마 전 애인이란 게 생겼다, 였다. 고교 입시가 얼마 남지 않았던 땐데, 그녀는 그 즉시로, 그 재미 쏠쏠한 과외 자리를 그만둬버렸다.

"날 모욕 주기 위해서 그런 얘기를 했던 게 틀림없어. 괘씸하지 않아?"

"네 성격으로 봐서, 상당히 참은 거로군."

남편은 즐겁게 미소 지었다.

"이번엔 그 애를 하는 거야."

"글쎄."

"그 집은 애가 넷이나 돼."

그녀는 채근하는 투로, 갸르릉거렸다.

"그중 하나가 잘못된다고 해서 크게 불행해하지는 않을 거야. 그 자식이 작년 편지에서 뭐라 했는지 알아? 친구들이랑 얼마 전에도 윤간을 했는데, 이젠 머리가 굵어져서, 놀이터 같은 데서 안 하고 여관에서 한다는 거야. 그런데 그런 걸 좋아하는 여자애들도 있고, 게다가 나 같은 오피스 레이디에게선 어떤 맛이 날까 궁금하대."

"니가 오피스 레이디야?"

남편이 두 눈을 크게 뜨곤 소리쳤다. 그래 좋아, 걔를 하자! 남편은 그녀가 받은 모욕을 함께 나누기로 했다. 이제 그 애를 어떻게 그녀의 집으로 데려올까, 데려와선 어떻게 요리할까를 궁리할 차례였다. 전례를 보아 그 궁리는 속도감 있게 진행될 것이다. 그녀는 월요일부터 금요일까지 과외가 있었지만, 남편은 일주일에 사 일은 일이 없었다. 빈둥거릴 시간이 많은 남편이 일의 분배에서, 꼭 그런 이유에서만은 아니지만, 계획의 몫을 맡고 있었다. 좋아하기도 했다. 남편이 맡고 있는 작업의 여러 단계 중에서 가장 생기 있는 단계여서였다. 작업에서, 가장 생기 넘치며 즐거운 단계가 바로 실행 전 상상하는 단계였다. 물론 가장 귀찮고 재미없고 기운을 빼는 단계는, 거름주기 즉 뒤처리 단계였다.

"그 애는, 수컷이야."

그녀는 그 애한테는 수컷 기질이 있어, 라고 귀띔했다.

"하."

남편은 감탄했다.

"수컷 기질이 있는 사내애를 만나는 건 요즘 세상에 쉽지 않은 일인데."

남편은 얼이 빠져선 두 눈을 희번덕거렸다.

그녀는 다음 차례 거름으로 그 애를 선택한 것에 있어, 남편이 혹한 것이 무엇인지 잘 알고 있었다. 모욕을 함께 나누고 싶다는 것은 핑계, 점잖게 말해서 명목이었다. 그보다는 예쁜 엉덩이, 좌변기를 오줌으로 더럽히는 습관, 헤어숍과 참치회, 노출증, 그리고 윤간 취향에서 배어나는 악취 강한 불량함이, 남편의 마음에 더 크게 작용했을 것이었다. 그러니까 그녀는, 남편이 혹할 얘기들만 밀가루 반죽에 건포도를 박아 넣듯 꺼내 찔러 넣은 것이었다. 저 혼자 강하고 똑똑한 척하곤 하지만, 이렇듯 그녀에게 쉽게 넘어가곤 하는 남편이었다.

"어쩌면 네가 짐작하고 있는 것보다 그 애는, 더 강력한 싹을 품고 있을는지 몰라."

그녀는 속살거렸다. 그냥 놔두면 그 애의 수컷 기질은 갈수록 더 또렷해질 거라고.

남편의 지론은 이런 것이었다. 그 애처럼 수컷 기질이 있는 놈들은 아직 이빨을 드러내기 전에 그 이빨을 제거해버려야 한다. 그리고, 제거엔 지금이 적당한 시기다. 더 자라기 전에. 아직 어린놈일 때. 수컷들이란, 더 강한 수컷이 나타나면 꼬리를 말고 낑낑대기 마련이니.

"흥미로워진다."

남편이, 수저를 가지런히 열을 맞춰 내려놓으며 으르렁거렸다.

"아주 흥미로워. 빨리 만나보고 싶다, 하."

박태자는, 수컷을 다룰 줄 알았다. 그녀 역시, 대단한 암컷이었던 것이다. 그리고 때론 그 암컷으로서의 능력을 스스로 확인하고 싶어 하곤 했다. 신혼 초 아직 둘 다 학생이었을 때였다. 임, 이라는 과 강사가 있었다. 어리고 예쁘고 그쪽 학부 출신인데다 능력도 인정받을 만해서, 학생들에게나 교수들에게나 귀여움을 받았다. 전임으로 추천받을 거라는 소문도 있었다. 그녀로선 이해하기 힘든 일이었지만, 여학생들에게도 인기가 있었다. 그런데 그 임이, 그녀에게 해를 끼쳤다. 연속해서 두 학기나 디 마이너스를 줌으로써 그녀의 학점 평균을 왕창 깎아버렸던 것이다. 졸업은 하겠지만 그런 학점으론 수학 과외 교사밖엔 할 수 없을 것이 뻔했다.

그녀는 화가 났다. 남편과 상의했다.

"그것만 디 마이너스야?"

남편은 학점이 쓸 만했다. 취업 시즌에 그걸 팔아먹을 수도 있을 만치. 돈도 항상 쓸 만큼 있었다. 그녀가 아직, 펫숍 삼촌의 존재를 모르고 있던 때였다.

"아니."

"일부러 디 마이너스를 준 거야? 네가 잘했는데도?"

"아니."

"그럼 그 점수는 정당한 거 아냐? 그게 부당하다는 증거는 있어?"

"없어. 하지만 난, 그 여자가 날 다른 애들보다 좀 덜 봐줬다고 생각해. 정수 그 바보가 시 플러스를 받았단 말이야."

그녀는 더 화가 났다. 그녀는 함박 미소를 지었다. 한동안 약물복용을 중단하고 있던 상태였기 때문에, 그녀에게는 스스로를 제어할 장치가 없었다. 그녀는 그 임, 이라는 강사에게 무언가 가르쳐주고 싶어졌다. 그녀는 먼저, 학기의 남은 몇 주일 동안 임 강사와 꼭 붙어 다녔다. 몇 주일 동안 캠퍼스를 임과 함께 나란히 가로질러 다녔다. 북적거리는 강사실로 임을 찾아가 자질구레한 선물 몇 개를 쥐여주기도 했다. 학생들이 많이 찾는 학교 앞 찻집에 억지로 임을 앉혀놓곤 이러구러 수다를 떨곤 했다. 몇 번 그러고 나자 임의 표정에서 경계하는 빛이 사라졌다. 자기 신상에 관해 조심스레 털어놓기 시작했다. 임의 표정이 바뀌자 그녀는 과 친구들 몇몇을 불러 모아 술자리를 마련했다. 그녀는 왁자지껄한 가운데서도 임 옆에 꼭 붙어 앉아선, 귀에 대고 장시간 무언가 속삭였다. 자리를 파할 때도 항상 같이 나갔다. 임의, 혼자 사는 아파트에 놀러 가기도 했다. 이제 소문이 났다. 그녀와 임이, 꽤 친한 사이라는 소문이. 서로 간에 정보를 공유하는 사이가 됐다는 소문이. 그녀는 이제, 임의 신상에 대한 정보를 흘리고 다니기 시작했다.

그녀는 정보를 흘릴 때, 모호한 어법을 사용했다. 듣는 사람은 그것이, 긍정적인 정보인지 부정적인 정보인지 얼른 파악할 수 없었다. 임은 크레디트카드를 다섯 장이나 갖고 다닌다. 생리가 폭발하면 쇼핑광이 된다. 지갑에 애인과 경포대에서 찍은 사진이 들어 있다. 그 애인은 저번에 다 함께 보았던 그 애인과는 어쩐지 다른 사람 같아 보였다. 출강하는 다른 학교에도 남자 친구가 있다. 지난 삼 년 반 동안 자가용을 두 번이나 바꿨다. 런던 유학 기간은 알려진 대로 오 년이 아니라 이 년이었다. 임의 서가엔 전공 서적의 축약본만이 가득했다. 언젠가는 '난쟁이 우리'라는 호스트바로 데려가려 했다. 가계에 대한 것도 있었다. 거실에 놓인 가족사진을 보니, 임의 여동

생과 임은 전혀 닮아 보이지 않았다. 게다가 그 가족사진에는, 아버지가 없었다……. 그녀는 또, 과의 노땅 교수들에 대한 험담을 유도했다. 임이 방심해서 짤막하게 코멘트를 하면, 그녀는 그것을, 한 자도 빼거나 더하지 않고 해당 교수에게 달려가 일러바쳤다.

그 모두가 학기가 끝난 동계 휴가 기간에 이뤄졌다. 임이 빠진 루머라는 함정은 점성이 강하고 악취 나는, 헤어나기 어려운 것이었다. 루머의 깊이와 폭은, 가계에서부터 지적 정직성, 성적 취향에 이르기까지 거칠 것 없었다. 임은 이미 두 팔만 내놓은 채 허우적거리고 있는 꼴이었지만, 형편이 어떻게 돌아가는지 아직 깨닫고 있지 못했다. 너무 짧은 기간에 너무 빠르게 진행된 탓이었다.

그녀는 일을 마무리 짓기로 했다. 그녀와 임은 연극, 셰익스피어의 〈오셀로〉를 보러 갔다. 단순하게 정리될 수 있는, 흔하고 흔한 애증의 삼각관계를 다룬 비극이었다. 이때쯤 해서 임은, 친동생처럼 그녀를 대하고 있었다. 일은 잘 풀려나가고 있었다. 극장 밖에서는 남편이 그녀와 임을 기다리고 있었다. 그래서 그녀는 연극이 따분해도 마냥 즐거울 수 있었다. 오셀로와 데스데모나는 부부였다. 서로를 사랑했다. 그런 둘 사이에, 이아고라는 자기 비하증에 빠진 음모가가 끼어든다. 이아고는 둘 사이를 이간하고 음해한다. 이아고의 간계대로, 오셀로는 의처증에 걸려 아내를 죽게 한다. 물론 자기도 죽는다. 주인공들이 하나씩 죽는데도, 그녀는 극 진행 내내 딴생각만 했다. 그녀에게 다음 학기란 없었다. 졸업이었다. 학교로 돌아갈 일도, 임을 다시 볼 일도 없었다. 임이 나락으로 떨어지는 그 순간,

그녀는 그 자리에 없을 것이었다.

극에 흥미로운 점이 아주 없는 것도 아니었다. 극이 왜 이리 지루할까, 가 그녀의 흥미를 끌었다. 셰익스피어는 낡았어, 하고 그녀는 눈살을 찌푸렸다. 극의 진짜 주역은 이아고의 간계였다. 간계가 짜이고, 먹혀들어가는 과정이 〈오셀로〉였다. 셰익스피어는, 사람과 사람 사이의 신뢰에 대해 묻고 있었다. 그 시대에도 신뢰란, 문서 위에나 끄적여지곤 하던 것인 모양이었다. 이아고는 실수 한 번 없었고, 간계는 찌꺼기 하나 없이 말끔히 먹혀들어갔다. 그건 십칠 세기의 극장에서나 각광받을 낡은 세계관이었다. 요즘의 극장에 어울리는 것은 '적도 생각할 수 있다'란 세계관이다. 이아고가 꾀를 낼 때, 오셀로도 꾀를 내는 것이다. 이게 더 흥미진진하다. 그래서 오셀로 대신 이아고가 죄를 덮어쓰고 죽을 수도 있다. 좀 더 흥미진진하게 만들자면, 가련한 여인 데스데모나도 한몫 거들게 하면 된다. 셋이서 서로, 속고 속이는 것이다.

"단순해요."

극이 끝나자 그녀는 말했다. 적에게도 생각할 머리가 있다는 걸 염두에 뒀어야 했어요. 연출이 그렇게 각색을 새로 했어야 했는데.

"각색? 새로 했잖아."

각색은 했다. 다만 감각이 모자랐을 뿐이었다. 연출은 시대와 배경만 현재의 것으로 바꿔놓았다. 오셀로의 피부 색깔도, 대기업 중견 간부의 술과 피로와 식탐에 찌든 너절한 누런색으로 덧칠했다. 임은, 그녀의 촌평을 잘 이해하지 못하고 있었다. 그녀로선 다행인

일이었다. 그녀는 더 설명할 필요를 느끼지 못했다. 그 대신, 가방을 챙기며 반쯤 몸을 일으키는 임의 두 눈동자를 내리 쏘아보며 진지함으로 굳어진 얼굴로, 한마디 한마디 일러주었다.

"선생님, 적도, 생각할 수, 있다, 고요."

그녀는 그 일을 더는 진행시키지 않았다. 임을 가만 놔두기로 했다. 극장 밖 뒷골목에서 그녀와 임을 기다리고 있던 남편은 그냥 쫓아버렸다. 〈오셀로〉 이후론 연락도 끊어버렸다. 다음 학기는 없었다. 그녀는 졸업했다. 임이 어찌 되었을지 관심도 접어버렸다. 그녀의 애초 계획은 남편을 동원해, 임에게 회복할 수 없을 만치 상처를 주는 것이었다.

당시를 추억하자면 그녀는 요즘도, 희미한 흥분에 눈가가 젖어오곤 한다. 누군가의 평생을 망쳐버린다는 건 아무래도 흥분되는 일이다. 계획을 끝까지 밀어붙였다면 지금의 흥분은 좀 더 짜릿했을 것이었다. 임의 남은 평생도 짜릿했을 것이다. 그녀가 손을 뗐던 것은, 셰익스피어의 극이 왜 낡아 보일 수밖에 없는가, 도 이해하지 못하는 임의 어리석음 때문이었다. 그녀는 자기가 임을 과대평가하고 있었다는 걸 깨달았다. 임은 그녀의 상대가 못 되었다. 그녀는 코웃음을 쳤고, 그날로 임을 놔줬다.

그녀는 다시 정신과에 들러 약을 처방받아 왔다. 졸업식은 즐거웠다.

그렇지만 약이, 제어장치의 기능을 제대로 발휘하지 못할 때도 있다. 윤수영이란 사내애와 있었던 어떤 일이 그랬다. 그 아이와는 한

번 잔 적이 있었다. 삼 년 전에, 아이가 아직 중학생이었을 때였다. 과외 하러 가서 벨을 눌렀더니, 현관 옆에 달린 폐쇄 회로 브라운관에 아이의 얼굴이 비쳤다.

"누나야?"

"그래."

"혼자야?"

그녀는 그렇다, 고 했다. 문은 열리지 않았다. 어쩐지 평소 같지 않았다. 일 분쯤 현관 앞 복도에 우두커니 서 있은 다음에야, 찰칵 소리와 함께 자동 잠금장치가 풀렸다. 그녀는 현관 안쪽으로 한 발 들여놓았다. 복도며 저 멀리 모퉁이가 드러난 거실이며 온통 캄캄했다. 그녀는 거실 쪽으로 걸음을 옮겼다.

거실 식탁에 기댄 자세로, 어두운 사람 그림자가 하나 비쳤다.

"장난치지 마."

그녀가 입을 떼는 것과 동시에 식탁 천장에 달린 펜던트 등이 켜졌다. 빛의 세기를 조절할 수 있는 등이었다. 최저에 맞춰져 있었다. 흐릿하고 연한 불빛 아래 아이의 알몸이 드러났다. 아이는 계면쩍어하고 있었다. 부드럽게 휜 아이의 등줄기 아래, 열여섯 살 먹은 어린 사내애의 엉덩이가 도톰하게 빛을 내고 있었다. 그녀는 한숨을 쉬었다.

"사람 피곤하게 하지 마."

그녀는 짜증을 냈다. 아이에게 그런 버릇이 있다는 건 알고 있는 사실이었다. 느닷없이 아이의 알몸과 마주친 것도, 처음이 아니었다. 발가벗고 있다가 가정부나 그녀를 놀래곤 했다. 그건 아이가 조숙했다는 증거였다. 아이는 타인의 눈을 빌려 자기 육체의 예쁘장함을 비춰보고자 했다. 풋내 나는 자기애이긴 했지만 그 또래엔 드문, 미적 감수성이었다.

"화났어?"

아이는 뒤통수를 긁적였다. 그녀는 아이를 좀, 놀려먹기로 했다. 수학 말고도 가르쳐줄 게 있을 듯했다. 그녀는 한 발짝 한 발짝 다가가 가만히 손을 뻗어, 아이의 성기를 쥐었다. 아이는 움찔했다. 뜻밖의 역습에 아이는 벌어진 턱을 다물지 못했다.

아이가 너무 놀라 옴짝달싹 못 하고 있는 동안, 그녀는 장난을 쳤다. 그녀는 손톱 끝으로 아이의 발간 귀두를 깔짝, 깔짝거렸다. 아프지 않도록 조심하기까지 했다. 그녀는 아이보다 몇 센티미터쯤 더 컸다. 그래서, 울컥 겁을 집어먹은 아이의 두 눈을 똑바로 내리 쏘아볼 수 있었다. 아이는 아직, 여자와 자보지 않은 게 확실했다. 그녀는 즐겁다기보다는, 흥미로웠다. 그녀는 찡긋, 윙크했다. 아이의 온몸이 알레르기를 일으킨 것처럼 빨개졌다. 그녀는 빠져나가지 못하도록 한 손으로 계속 성기를 부여잡은 채로, 서둘러 옷을 벗었다.

거기까지 갈 생각은 아니었다. 그냥, 네 풋내 나는 탐구심 따위를 재미있어할 어른이 아니란 것만 가르쳐주려 했는데 주방 불빛이 어린, 아이의 알몸 실루엣이 지나치게 예뻤다. 그녀의 얼굴도 빨개졌다. 그녀는 탁자에 엉덩이를 걸치고 앉았다. 그러곤, 스타킹을 말아내리라고 명령했다. 거들을 끌어 내리라고 속삭였다. 아이가 쩔쩔매는 동안 그녀는 동전 지갑에서 암페타민 두 알을 꺼내 혀뿌리 깊숙이 밀어 넣었다.

"쉽지 않을걸."

그녀는 호호거렸다.

박태자는 설거지를 하며 그때 내가 참 여러 가지를 가르쳐줬지, 하고 흥얼흥얼댔다. 이제 다시 남편이 그 아이를 그녀 곁으로 데려올 것이다. 아이의 키가 얼마나 컸을지 궁금했다. 지금도 그 아이의 눈을 내리 쏘아볼 수 있을까. 노출증은 여전할까. 아직도 누군가에게 보여주고 싶어질 만치 몸이 예쁠까. 고등학교 입시 생활이 몸매를 망쳐놓지는 않았을까. 심지어는 거웃이 돋았겠지, 하는 생각도 했다.

"아주 흥미로워. 빨리 만나보고 싶다, 하."

그녀는 날카롭고 째지는 목소리로 남편을 흉내 냈다.

*

한창림은 아내의 눈치를 살피기 바빴다. 아내는 피곤하고 골이 지끈지끈 쑤신다는 표정으로 그의 옆에 앉아 있었다. 입만은, 실로 오랜만에 시아버지를 뵈어 대단히 감격한, 순종적인 며느리의 입이었다. 그의 아버지는 그 부드러운 미소를 띤 입술만을 보는 모양이었다. 이게 얼마짜리 집이냐. 아버지의 첫마디였다. 아버지는 겨울이 다 되었는데도 그 흔한 섀미가죽 털외투 하나 없다고 불평했다. 과천에서 그의 집까지 택시를 탔는데 삯이 만 원이나 됐다고 투덜댔다. 그러곤 자기가 가져온 조기가 얼마나 비싼 것인지에 대해서도 구구한 설명을 늘어놓았다. 노인정에 잘 아는 할망구가 있는데, 그 할망구 셋째 아들이 지방에서 배를 여러 척 가진 부자라는 것이었다. 그래, 아들 내외 물 좋고 순 토종인 조기 한번 먹이고 싶어, 특별히 부탁해 비싼 금 치르고 구해 왔다는 것이었다. 그 할망구는 예방 차원에서 이번에 병원에 가 혈관에 쌓인 지방을 깎아내는, 특별한 주사를 맞고 왔다고도 했다. 풍 맞아 쓰러지면 그게 뭔 고생이냐, 아버지는 입맛을 쩍쩍 다시며 그렇게 말했다.

"아들을 잘 두었나 보네요."

그는 아버지의 절절한 신세 한탄을 잘라먹었다.

"잘 됐지, 아무렴. 큰아들 집에 얹혀사는데 이번 여름에 캐나다로 관광까지 다녀왔다."

"하."

아내는 이런 부자간 광경을 넘치게 보아왔기 때문에 아무 참견도 하지 않았다. 남의 일이라고 여기는 훈련을 한 모양이었다. 그가 원하는 것도 그것이었다. 그는 피곤했다.

"내가 그것까지 바라겠냐."

아버지는 묻지도 않은 대답을 하며 아내를 향해 어색한 미소를 지어 보였다. 아내도 어색한 미소로 받았다. 울상이었다.

"저녁 준비해야죠?"

아내는 주방으로 달아나버렸다. 이렇게 오실 줄 알았으면 밥을 미리 지어놓는 건데. 미리 연락하면 무슨 대단한 행차한다고 할 거 아니냐, 아버지는 볼멘소리로 중얼거렸다. 아내가 저녁을 준비하는 동안 그와 아버지는 텔레비전을 봤다. 다섯 시쯤에 하는 외화였다. 그는 좀처럼 보지 않는 것이었다. 아버지도 그런 걸 볼 리가 없다. 아내도 그것을 보지 않는다. 그냥, 늘 그랬듯이 텔레비전이 틀어져 있고 우연히 거기 채널이 맞춰져 있는 것뿐이었다. 한 사내가 행복에 겨운 표정으로 자기 차고에서 핼러윈 데이용 고무 괴물 가면을 만들고 있었다. 그와 아버지는 뚫어져라, 갓 완성된 그 고무 괴물 가면을 들여다봤다. 한쪽 눈은 이마에 달려 있고 한쪽 눈은 뺨에 달려 있었다. 아무도 리모컨에 손을 댈 생각을 하지 않고 있었다. 그는 지금 지갑 속에 얼마나 들어 있을까, 따져보고 있었다. 아내에게도 아버지가 원하는 만큼은 없을 것이다. 게다가 오늘은 토요일 아닌가.

텔레비전 속의 사내가 싸웠던 친구와 막 화해하려 할 때, 그와 아버지는 주방으로 갔다. 아내는 명란젓을 새로 양념하고 찌개를 다시 끓였으며 김을 구워 내왔다. 새 김치를 담아 오고 아버지가 가져온 조기를 올려놓았다. 마른반찬과 나물 무친 것들도 있었다. 냉장고를 통째로 식탁 위에 올려놓고 탈탈 턴 것 같았다. 그는 아내를 이해할 수가 없었다. 급하게 찬을 하느라고, 하고 아내는 피곤한 얼굴로 아버지에게 말했다.

"형은 뭐랍니까."

그는 아버지가 막내 대학 등록금 얘기를 꺼내자 그렇게 물었다.

"거 오죽 들어가기 힘드니. 들어간 거 졸업은 하게 해주자."

"졸업하지 말라고 누가 그래요?"

"글쎄, 형편이 그렇잖아. 네 형도. 네 누나도."

그는 멍청해진 눈으로 아버지를 바라봤다.

"등록금이 확실해요? 요즘은 등록금 내는 계절이 아닌데!"

"등록금 말고도 들어갈 돈은 많아."

그는 드세요, 하곤 입을 다물어버렸다. 차려준 밥이나 들고 얌전히 있다 가세요, 그런 말이 밥알과 함께 잘근잘근 씹혔다. 아내는 반쯤 자는 얼굴로 밥알을 깨작거리고 있었다. 아버지도 얼굴이 벌게져서 아무 말 하지 않았다. 실은, 그가 그 꽤 되는 액수를 줄 거라곤 기대하지 않았을 것이다. 막내도 형도 누나도, 누구도 그에게 뭔가 나오길 기대하지 않을 것이다. 형제들을 본 지도 벌써 일 년은 넘었다. 막내가 아직도 대학에 적을 두고 있는지도 의심스러웠다. 형은 멍청이인데다 욕심만 많았다. 욕심 많은 멍청이는 구제불능이다. 아버지에게 이따금 주먹을 휘두르는 것 같다. 누나는 편집증 증세가 있는 정육점 주인과 결혼했다. 아버지가 누나 얘기만 나오면 효녀라고 침을 튀기는 걸 보면, 남편 몰래 용돈을 챙겨주는 것 같다. 둘 다 살림이 넉넉하지 못하다. 막내는 몇 년 전 대학 입학금을 그에게 부탁하러 와선, 그렇지만 기대하진 않는다고 쌀쌀하게 덧붙였다. 그는 막내의 기대가 어긋나지 않게 해주었다. 돈을 주지 않았던 것이다. 이런 네 형제를 간신히 이어주고 있는 게 바로 아버지의 저 누추한, 거짓말하는 습성이었다. 하지만, 이런 정도의 트러블은 어느 가정에나 있는 것이라고 그는 생각한다. 대체로 사이들이 좋지 않으며 그 거미줄처럼 얽혀 있는 좋지 않은 사이들 위에, 거미가 빨아 먹다 남긴 파리 찌끄러기들처럼 이런저런 돈 문제들이 올라앉아 있는 것이다. 그의 한 친구는 벌써 이 년째, 노모를 순환기성 질환 전문 병원에 버려두고 있다. 그 친구가 만나는 건 노모의 간병인뿐이다. 이런 문제는 너무나 흔해서 얘깃거리조차 안 된다. 그러니, 신경을 끊자.

그와 아내와 아버지는 식사를 끝내고 거실에서 아까 앉았던 자리 그대로 둘러앉아 차를 마셨다. 아내는 텔레비전에 코를 박고 있었다.

"이 집 얼마짜리냐."

아버지가 다시 물어왔다.

"아버님, 이 집 그린벨트에 묶여 있다는 거 말씀드렸었잖아요. 게다가 서울랜드가 저렇게 집 앞을 탁 가로막고 있는데."

아내는 그렇게 말하곤 길게 하품을 했다. 여름이어서 창문을 열어놓고 있었다면, 나른한 파리 떼 날갯소리 같은 킹 바이킹의 비명들로 짜증이 더했을 것이었다.

"그랬냐?"

아버지는 한숨을 쉬며 일어났다.

"가야겠다."

그와 아내는 말없이 뒤따라 일어섰다. 수치로 파들파들 떠는 아버지의 늘어진 두 뺨이 눈에 들어왔다. 그는 갑자기 노인네가 안됐다는 생각이 들었다.

"예까지 왔는데 용돈도 안 주는 건 아니겠지."

아버지는 가래 끓는 소리를 내며 중얼거렸다. 울화가 목구멍까지 올라온 목소리였다. 아내는 감상적인 슬픈 얼굴로 변한 그를 뒤로하고 설마 아버님, 하며 아버지의 팔짱을 끼었다. 아버지는 아내가 정부 과천청사 지하철역까지 태워다줄 것이다. 그러곤 잠깐 기다리라고 하고선, 국민은행 오토뱅크에 가서 백만 원쯤 현금으로 찾아 군청색 바바리코트 주머니에 넣어줄 것이다. 일 년이면 두어 번은 반복되는 일이다. 몇 년 전에 이미 그는, 그 돈을 아버지가 어떻게 써버릴 것인지 더 이상 신경 쓰지 않기로 했고 또 그렇게 했다.

아버지는 서른이 넘은 결혼한 아들에게 왜 아직 아이를 만들지 않느냐, 고 한 번도 물어온 적이 없었다. 예의로라도 말이다. 그런 일이 생기길 바라지 않는 것이다.

한창림은 아내가 얘기한 사내애를 쫓기 시작했다. 그에게 쥐어져 있는 단서들이라곤 그 애의 몇 가지 습관과, 편지봉투에 적힌 집 주소가 다였다. 그 바보 자식은 편지에다 고등학교에 들어갔다고만 썼지 어느 고등학곤지는 밝혀놓지 않았다. 아내는 그 애의 헤어스타일을 잘 보라고 했다. 올이 굵은 생머리를 가르마를 타서 잘 빗어 넘기곤, 오일을 처발라 두피에 찰싹 달라붙게 한 스타일이란 것이었다. 젠더리스 룩이란 거야. 그는 아내의 그 설명을 전혀 이해 못 했다. 보면 알아, 아내는 고개를 끄덕였다. 스웨이드의 브렛 앤더슨을 떠올려봐.

"하, 그 게이 자식."

수컷이라면, 게이 차림을 해서라도 자기가 볼만한 물건이란 걸 남들에게 알리고 싶을 것이다. 그는 청담동 그 애의 빌라로 들어가는 진입로 입구에 차를 세워놓곤, 스웨이드의 브렛 앤더슨 같은 헤어스타일의 키 백육십오 센티미터쯤 되는 캐주얼 정장 차림의 빼빼 마른 게이 자식이 나타나길 기다렸다. 중학교 때도 작은 키였으니까, 지금도 그 이상은 아닐 거야. 그리고 고등학교에 다닌다면 아마 교복을 입었을 거라고 아내는 말했다. 넥타이도 매고 있을 거야. 그는 그렇다면 잘됐다고 생각했다. 넥타이를 맨 상대만큼 손쉬운 것도 없다. 말랐다니, 어쩌면 한 손으로 집어 던질 수 있을지도 몰라. 그러면 엉엉, 울어버리겠지. 그는 저녁 여섯 시부터 열한 시까지 기다리다 허탕을 치고 집으로 돌아왔다.

다음 날도 마찬가지였고 강의 때문에 며칠 건너뛰고 다음 주에 갔을 때도 마찬가지였다. 그는 기분이 나빠져서 아내에게 그 주소가 맞는 것이냐고 물었다. 아내는 이사 갔을 수도 있다고 말했다. 그러면 꽝이잖아, 그는 투덜거렸다. 아내는 새벽 일찍 나가보라고 했다. 걔는 고등학생이잖아. 아내는 고등학교 수학 문제집을 펴놓고 노트에 공식을 끄적거리며 심상하게 중얼거렸다. 한 네 시쯤에 가봐. 새벽 네 시쯤부터 기다리다 보면, 어쩌면 만날 수 있을지도 모르잖아. 아무튼 눈에 띄지 않게 해. 빌라 경비실 근처엔 얼씬도 말아. 어쩌면 그 애를 벌써 보았던 것일 수도 있었다. 눈앞에 빤히 두고도 그가 놓쳤던 것인지도 몰랐다.

기대는 하지 않았지만 새벽에 나간 첫날 그는, 아내가 말해준 것과 비슷한 모양의 사내애를 볼 수 있었다. 다섯 시 반쯤에 사내애는 빌라 단지에서 나왔다. 딥블루 컬러의 추동복을 입고 교복 넥타이는 흰 와이셔츠 주머니에 꽂은 채로, 엉거주춤 서서 두리번거리고 있었다. 날은 파랗게 밝고 있었다. 사내애의 하얀 입김이 멀리서도 보였다. 곧, 갈 길을 정했는지 한 손으론 머리를 매만지며 그의 차 쪽으로 걸어오기 시작했다. 아내 말대로, 손이 많이 갈 헤어스타일이었다. 차창 바로 옆을 스쳐 지나갈 때 자세히 볼 수 있었다. 희고 깔끔한 게 한눈에 띌 정도로 피부가 좋은 얼굴에 짙은 눈썹과 크고 예쁜 눈망울을 갖고 있었다. 한쪽 눈두덩에 까만 점이 붙어 있었다. 어깨엔 여대생들이나 좋아하게 생긴 구찌 숄더백을 둘러메고 있었고 비닐 구두를 신고 있었다. 턱 밑에 젖살이 또렷했다. 바지 밑으로 드러난 실루엣을 보면 엉덩이도 예쁠 게 틀림없었다. 저 외모 어디에 혀를 내밀고 헐떡대는 수컷이 들어 있을지 그는 궁금했다. 아내는 무슨 환자 이야기하듯 했지만 역시 어린 나이티가 났다. 귀여웠던 것이다. 하지만 이 아이가 그 아이인지는 확신할 수 없었다. 그는 천천히 차를 몰아 사내애의 뒤를 쫓았다.

사내애는 몇 블록을 죽 걷다가 신사고등학교로 들어갔다. 건물 창마다 초록색 커튼들이 예쁘게 정돈돼 있는, 깔끔한 냄새가 나는 학교였다. 계기판의 시간은 여섯 시 칠 분이었다. 그만하면 하루에 할 수 있는 일은 다 한 셈이었다. 그는 부족한 잠을 보충하기 위해 집으로 돌아갔다.

저녁에 집에 돌아온 아내에게 그는 오늘 보았던 사내애에 대해 말했다.

"눈에 눈물점이 있어?"

"웅?"

"눈에 눈물점이 있어?"

아내는 아마 그럴 거라고 했다. 아내는 과천 펫숍이 있는 빌딩에 들렀다 오는 길이라고 했다. 거기서 싸고 아직 쓸 만한 양가죽 무스탕을 봤는데, 사고 싶다고 했다. 있던 무스탕은 보관을 잘못해서 망쳐버렸다. 그는 좋을 대로 하라고 했다. 아내는 그럼 같이 가서 사자고 했다. 뭔가 그에게도 적당한 겨울옷이 있을 거라고 했다. 스웨터 같은. 그는 싫다고 말했다.

다음 날, 그는 강의가 끝나는 대로 집에 들렀다가 청담동 사내애의 학교로 가볼 생각이었다. 강의는 오전 타임이니까 시간을 맞출 수 있을 것 같았다. 그 애가 이 학년 어느 반에 있는지 정도는 알아 둬야 했고, 보드라운 가슴팍에 달린 명찰을 보고 이름도 확인해야 한다. 확실하게. 언제 수업이 끝나는지도 알아야 했다. 밤 열한 시가 넘도록 학교 앞에서 기다리는 것엔 자신이 없었다. 위험한 일이지만 그 애의 반 친구를 사귀어둘 수도 있을 것이다. 의심하는 데 익숙하지 못한 멍청한 놈으로. 그리고 뭣보다 그는, 초록빛 커튼이 곱게 접혀 있는 교실에 다소곳이 앉아 있는 그 애를 보고 싶었다. 다른 친구들과 함께 공책을 펴놓고, 고개를 갸우뚱거리며 심심한 얼굴을 하고 있는 그 애를 보고 싶었다.

집으로 돌아와 간편한 차림으로 옷을 갈아입고 있을 때, 전화벨이
울렸다.

"거기 한창림 씨 집이죠?"

이런 젠장, 하고 그는 낮게 중얼거렸다. 목소리에서 그는 느낄 수
가 있었다. 뭔가 골치 아픈 일이 생겼다.

"예."

"한창림 씨 계십니까."

"전데요."

"여기 과천서인데요, 낼모레 금요일 시간 좀 내셔야겠습니다."

전화를 건 사내는 사정을 말했다. 그는 그러마, 하고 전화를 끊었
다. 사내는 과천 경찰서의 오 형사라고 자신을 밝혔다. 그러면서, 차
번호를 묻고 그게 그의 것인지 확인했다.

"구월 십육 일에 과천 뉴코아 뒤에서 누구랑 싸우신 적 있었죠?
보니까 대학교 선생님이시던데, 별거 아니니까 복잡하게 만들지 맙
시다. 형사계로 나와요. 아, 그 대학에 내 친구 동생도 다니고 있는
데. 그럼 금요일 오후 다섯 십니다."

그는 비명을 질렀다. 그의 두 주먹은 허공을 비틀어 쌌다.

한창림은 무엇부터 해야 할지 판단이 서질 않았다. 경찰서 경험이
라곤 주운 지갑을 돌려주기 위해 잠깐 들러, 신고자 연락처를 써주
었던 것밖엔 없었다. 그것도 십이삼 년 전 일이다. 그때 그는 칭찬을

받았지만, 지금은 다른 경우였다. 그는 그 흔한 담배꽁초 무단 투기 딱지도 한 번 떼어본 적이 없었다. 그는 지나치게 깔끔했던 자신의 전력에 펑크가 나버렸다고 불쾌해했고, 화를 냈다. 녹이 잔뜩 슨 지하 작업실의 청동 보일러가 떠올랐다. 그런 생의 오점들은 샌드페이퍼로 삭삭 문질러 없애야 한다. 그는 청담동 사내애를 데려오는 일은 당분간 물 건너갔다고 생각했다.

금요일 다섯 시가 될 때까지 그는 안절부절못했다. 더러운 오물을 뒤집어쓴 것 같은 기분으로 그 이틀을 보냈다. 아내한테도 삼촌한테도 얘기하지 않았다. 무엇이 어떻게 되어갈지 알 수 없기 때문이었다. 아내는 화를 낼 것이고, 삼촌에겐 아예 얘기를 꺼내지 않을 것이다. 삼촌이 끼어들면 또 한번 가죽 개 목걸이를 양 손목과 양 발목에 찬 사내를 보게 될 테니. 그 자식은 뺨 한 번 얻어맞았다고 경찰에 날 찔러 넣었다. 그런 생각을 하니 자존심이 상했다. 그가 그 자식의 차 번호를 외우고 있을 때, 그 자식도 도망가면서 그의 차 번호를 외웠던 것이다. 그는 금요일 강의 시간에 이번 대통령 선거 주자들의 티비 토론 대응 전략들을 칠판에 간략히 요약해주며, 이런 생각을 했다. 찔러 넣은 그 자식은 이제 곧 보험금을 받게 될 거야, 아직 보험이 없다면 빨리 들어두는 게 좋겠지.

형사계의 그 사내는 자기를 오 형사라고 밝혔다. 한창림의 또래로밖엔 보이지 않았다. 말쑥한 캐주얼 정장 차림에 수수한 스킨 로션 냄새도 풍기고 있었다. 머리는 스포츠형이었지만 가꾼 티가 났다. 연해 보일 정도로 동글동글한 얼굴은, 어딜 가나 단번에 상대를 안심시킬 인상이었다. 그는 평소에 형사들이란 죄다, 배불뚝이에다 반대머리인 늙은 곰 같을 거라고 여기고 있었다. 둘러보니 오 형사란 사내만 빼곤 형사계 사내들 거개가 그의 짐작에서 벗어나지 않는 몸집들을 하고 있었다. 몸매 따위엔 신경 쓰지 않는, 자기 관리 프로그램이 부재하는 놈들인 것이다. 겉모양만 봐선 잔 죄들만 저지르고 다니는 놈팡이들이나 마찬가지였다. 기품이란 찾아볼 수도 없었다. 그는 기분이 나빠져서 큰 소리로 마구 불평을 늘어놓고 싶은 심정이었다. 그는 악취 나는 과천 동물원 곰 우리 안에 들어온 것처럼 코를 감싸 쥐고 싶어졌다.

"앉아요."

형사는 슥 그를 훑어보더니, 노트북으로 다시 눈을 돌렸다. 그러잖아도 바빠 죽겠는데 귀찮은 일거리가 또 하나 나타났다는 얼굴이었다. 형사는 그를 앉혀둔 채로, 한참을 자판 두드리는 데 몰두했다.

"양담배를 피웠다고 때렸어요?"

노트북을 밀쳐놓곤 형사가 그에게 물었다.

"나도 기분 좋을 땐 버지니아 슬림스를 피우는데. 보통 땐 팔팔을 피우고. 귀찮고 복잡하고 뭐 그렇고 그런 일을 막 끝냈거나 하면, 자기한테 주는 상으로 한 대 피우고 그래요."

형사는 서랍에서 버지니아 슬림스를 꺼내 한 대 빼물곤 그에게도 주었다.

"아저씨도 양담배를 피우네요?"

형사가 불을 붙여주며 뻔한 일이라는 듯 웃었다.

"이번 일처럼 핑계가 빈약한 건도 드물어요. 좀 나은 핑계는 없었어요? 실은 그냥 한 대 쥐어박고 싶었던 거죠? 그렇죠?"

그는 얼굴이 빨개졌다. 아무렇게나 말했다간 일이 복잡해질 것 같았다.

"이런 식으론 말 못 하겠어요. 어떻게 돼가는 거요?"

그러자 형사는 작은 목소리로 계집아이처럼 낄낄거렸다. 그는 이 자식의 이름도 기억해두기로 했다.

"괜찮아요, 역시 교수님답네요. 그냥 말씀하셔도 돼요. 아저씨한테 맞은 사람도 복잡하게 만들 생각은 없나 봐요. 적당히 달래주면 되는데. 오 분 드릴게요."

형사는 부드럽게 타이르듯 그에게 말했다. 그는 그 사람이 얼마나 다쳤느냐고 물었다. 형사는 좀 머뭇거리더니, 실없이 웃으며 말했다.

"이 주 나왔어요. 입술이 좀 찢어지고 아귀처럼 부푼 모양이던데."

그는 기가 막혀서 벌떡 일어나 소리 지를 뻔했다.

"이 주요?"

그는 이제 좀 마음이 놓이는 듯했다. 자리에서 일어나 별것 가지고 다 골치 썩였네, 하곤 집으로 돌아갈 생각을 했다.

"그런데 일이 꼬였어요."

형사가 문득 자세를 고쳐 앉으며 재빨리 말을 이어나갔다.

"이 친구, 포기는 안 할 거예요. 아저씨가 대학에 강의 나가는 선생인 것도 알고 어느 어느 대학인지도 다 알아요. 아저씨 나일 알더니 십 년이나 어린놈한테 맞았다고 아주 화가 많이 났어요. 기억나는지 모르겠는데, 아저씨가 때릴 때 은행에서 이백만 원인가 찾아갖고 나오던 참이었대요. 맞고 나서 정신을 차려보니 그 돈 봉투가 없어졌더래요. 아저씨가 그걸 훔쳐갔을 거라고 하더군요. 이건 단순 폭행이 아니라, 잘못하면 강도로 들어가게 생겼어요."

그는 갑자기, 복잡해진 상황 설명 때문에 당황했다. 무슨 소리야.

"돈 봉투 기억나요, 아저씨?"

그는 고개를 갸우뚱거리다 모르겠다고 했다. 그러고 보니 돈 봉투를 본 것도 같았다. 그런데 내가 그걸 집어 왔나? 그건 아니었다. 그는 꼿꼿이 등을 세우곤 바짝 정신을 차렸다.

"그 사람 이름이 뭐요?"

"그건 얘기할 수가 없네요. 이 친구는 아저씨가 자기가 누구란 걸 알게 되길 원치 않아요. 쯧."

"상대가 누군지는 알아야 합의를 볼 거 아니에요? 소송장은 봐야 하잖아요? 곤란하면 어디 있는지만 가르쳐줘요. 번거롭게 안 하고 당사자끼리 해결할 테니까. 내가 가서 직접 만나서 그 돈은 난 모른다고 할 테니까. 그깟 돈 아쉬워서 누굴 폭행할 사람이 아니란 것도 보여주고."

그가 그렇게 말하자 형사는 안타깝다는 얼굴로 눈썹을 찌푸렸다. 미결 서류함에 종이 뭉치들이 바리바리 쟁여져 있었다. 젊은 여자의 전신 사진이 든 프레임이 서류함 옆에 세워져 있었다. 긴 생머리에

등산복 차림이었다.

"양담배 피운다고 사람을 패는 사람인데도요?"

"하."

그 말에 그는 할 말을 잃었다. 함정에 빠진 기분이었다. 양담배를 피운다고 사람을 때릴 정도의 인격이라면, 사회적 위치의 높낮음에 상관없이 돈 봉투 같은 건 얼마든지 집어 올 수 있다.

"그리고 소송장 같은 건 없어요. 그게 있었다면 아저씨가 이 자리에 있겠소? 벌써 들어갔지. 그냥 합시다. 굳이 소송장이 있어야 한다면 지금 만들 수도 있고. 어쩔래요?"

형사는 자기도 그러긴 싫다는 표정으로 되물었다. 그는 한숨을 쉬었다.

"어쩌면 좋겠어요?"

"……좋아요."

형사는 이제야 그가 고분고분해졌다고 생각했는지 다시 동글동글 미소 띤 얼굴로 돌아갔다.

"이젠 돈이 문젠데."

그는 얼마냐고 물었고, 형사는 자기가 제시할 순 없으니 본인이 알아서 수준을 맞춰 얘기해보라고 했다. 이 자리에서. 그는 오백만 원을 불렀다. 형사는 고개를 저었다. 다시 칠백만 원을 불렀다. 형사는 아무 말도 안 했다. 다시 천만 원을 부르자, 형사는 손가락을 두 개 폈다.

"이천만 원?"

"분실한 이백만 원하고, 이자가 포함됐대요. 치료비랑."

그는 혼자 있을 때 하던 버릇대로, 비명을 지를 뻔했다. 주먹을 쥐곤 힘을 주어 무릎을 문질렀다. 이천만 원. 이천만 원. 그는 이제야 머리가 좀 돌아가기 시작하는 것 같았다. 좋은 냄새가 나는 상태의 그는 이 순간 사라지고 없었다. 핏기가 빠져나가 얼굴이 창백해지는 걸 느낄 수 있었다.

"그 이하는 안 된대요. 안 주면 아저씬 진짜로, 소송장이란 걸 보게 될 겁니다. 그럼 졸지에 대학 강사에서 강도 상해 용의자가 되는 거요. 이십 일 줄게요. 음…… 십일월 팔 일까집니다. 준비되면 전화 줘요."

"하."

형사는 보라는 듯이 책상 달력에 동그라미를 그려 넣었다. 그러곤, 이쪽 일은 다 끝났다는 얼굴로 돌아앉아 노트북을 펼쳤다. 콧날만은 날카로운 직선으로 뻗어 있었다. 그리고 보니 이 친구도 쉬운 상대는 아닐 것 같다.

"근데 그 사람은 어떻게 날 뒷조사했답니까."

그는 일어서다 말고 통 모를 일이라는 듯 물었다.

"조사는 당연히 우리가 했죠. 그런데 우리가 조사한 걸 어떻게 이 친구까지 알게 된 걸까요. 젠장. 난 형사예요. 왜 이런 잡다한 일을 형사인 내가 맡았겠어요? 알게 되겠지만, 우린 둘 다 이번 일로 똥 밟은 거요. 그 친구가 그럽디다, 교수 자리 따려면 억대가 필요하다던데 강사 자리 지키는 덴 이천만 원쯤 안 들어야겠냐고."

형사의 그 끝말이 강력하게 그를 후려쳤다. 그 자식의 차 번호를 기억해두고 있었지만 스스로의 힘으로는 차적 조회를 할 수 없었다. 그는 과천서를 나서자마자 가장 가까운 공중전화에서 펫숍으로 전화를 넣었다.

삼 일 후 한창림의 무선호출기엔, 펫숍이 알아낸 사내의 인적사항이 녹음돼 있었다. 그는 내용을 재빨리 수첩에 옮겨 적곤 녹음을 지워버렸다. 만일의 경우를 위해, 펫숍은 늘 공중전화를 이용해 메시지를 남겼다. 그 빌어먹을 자식은 회계사였다.

더 꾸물거릴 필요도 없이 그는 회계사의 집으로 갔다. 대치동의 괜찮은 아파트였다. 저녁 일곱 시에 도착해선 백사 동 앞에서 좌석을 뒤로 젖혀놓곤, 한숨 푹 잤다. 자면서 그는 잠시 후 깨어났을 때 자신이, 전에 없이 아주 지독한 냄새를 풍기고 있게 되길 바랐다. 한 번 맡으면, 뒈져서 영안실에서 알코올로 염(殮)하기 전까진 결코 씻겨지지 않을. 그 냄새는 회계사가 이 서울 대치동의 삶에선 단 한 번도 맡아보지 못했을, 그런 냄새가 될 것이었다. 한 번도 맡아보지 못했으면서도, 무엇인지 단박에 알아차리고 엉엉 무서워 울게 될 그런 냄새가 될 것이었다. 회계사의 아르엔에이 폴리펩타이드 사슬들만이 감지하고 기억해낼 수 있는 그런 냄새일 것이었다. 오직 회계사의 세포핵 염색체들 안에서, 이미 수천 세대 전에 잠들어버린, 그런 비활성 유전물질들만이 겨우 기억하고 있을, 그런 냄새일 것이다. 회계사는, 회계사 수천 세대 이전에 존재했다가 이젠 잊힌, 그런 냄새를 맡게 될 것이었다. 그의 냄새가 그, 염색체들 속에서 휴면 중인 유전물질들을 두들겨 깨우게 될 것이다. 아무튼 그건, 개기름이나 질질 흘러내리는 회계사의 코로는 맡을 수 없는 성질의 것이다. 그 냄새는 좀 더 동물적으로, 회계사의 염색체들이나 겨우 감지할 수 있는 것이고, 온몸으로 엉엉 울음을 터뜨리게 할 성질의 것이다.

밤 열두 시가 다 돼서야 회계사의 차가 나타났다. 회계사의 얼굴은 기억나지 않았지만 펫숍에서 얻은 차량 번호와, 무엇보다 직감이 그를 확신에 떨게 했다. 그는 미리 보아둔 아파트 뒤 베란다를 뛰어넘어 경비실을 피해, 아파트 안으로 들어갔다. 회계사가 차 주차시키는 것을 보며 그는 승강기를 탔다. 회계사의 집이 있는 칠 층에서 내렸다. 승강기는 도어가 닫히자마자 곧장 일 층으로 내려갔다. 회계사 자식이 승강기가 빨리 내려오지 않는다고 서류 가방을 앞뒤로 촐랑대며 구시렁거리는 게 눈에 선했다. 이 일은 아내에게도 삼촌에게도 얘기하지 않았다. 아내에겐 오늘 일의 결과를 봐서, 여담처럼 얘기할 생각이다. 일은 물론 잘못되지 않을 것이다. 일이 끝나고, 그것도 좋게 끝나고, 아침 식탁쯤에서 재미 삼아 얘기하게 될 것이다. 펫숍의 삼촌은 왜 차적 조회를 해달랬느냐고 꼬치꼬치 물을 테지만 그것은 정말 궁금해서 묻는 것이 아닐 것이다. 자신의 적적함을 달래줄, 젊은 수컷의 활기 넘치는 무용담을 듣고 싶어서일 것이다. 그는 회계사의 집 도어에, 편안한 자세로 등을 기대고 섰다. 혈관들을 타고 피가 질주하는 것이 느껴졌다. 피는 수만 가닥으로 갈라진 혈관들, 림프관들의 맨 끝에 도달해 결국, 대기 속으로 흩어질 것이다. 땀샘과 기름샘을 뚫고 나와, 그의 온몸을 끈끈하게 적시며, 콘크리트 비린내로 충만한, 역겨운 대기 속으로 흩어질 것이다. 역겨운 대기를 더 역겹게, 더 참지 못할 것으로 만들며 흩어질 것이다. 그는 손바닥을, 핥듯이 코로 문질렀다. 손바닥은 분비물 냄새와 기름땀으로 질펀했다. 그와 동시에 또 다른 새로운 피가, 혈관 벽을 할퀴고 긁어내리며 초고속으로 밀려드는 게 느껴졌다. 그는, 초고속으로 혈관 벽에 달라붙은 콜레스테롤 찌끼들과 지방 덩어리들을 쓸어내버리고 있는 새 피들을 느꼈다. 청소는 끝났다. 새 피가, 심장으로부터 시작해 그의 수만 가닥 혈관들, 림프관들을 꽉꽉, 도로 채워놓고 있었다. 그는 기분 좋은, 뜨거운 한숨을 깊게 길게 내쉬었다. 이럴 땐 온몸의 살갗이 끓는 듯 뜨거워진다. 새로운 피가 초고속으로 혈관들 속을 질주할 때 발생하는 뜨거운 열이다. 혈관들, 림프관들뿐만 아니라, 몸 저 깊은 곳, 몸을 이루는 수백억 개의 체세포들까지 단번에 달아오르는 기분이었다. 너무 뜨거워져서, 팬티와 러닝셔츠가 새카맣게 그을리고, 그를 둘러싼 밤공기들까지 훈훈해지는 느낌이었다.

모퉁이 저쪽에서 승강기 도어 열리는 소리가 났다. 그는 이제 어떡할 건지를 생각하며 문에 무슨 구덩이라도 패어 있는 듯이, 더 깊숙이 등을 기댔다. 일이 복잡해지지는 않을 것이다. 그는 한 발짝도 움직이지 않고 그냥 거기 있을 것이며 회계사 역시, 느닷없는 공포 속에 딱딱하게 굳어버릴 것이다. 단조롭고도 순진하기 이를 데 없는 구두 소리가, 모퉁이를 돌고 있었다.

"당신 뭐야?"

회계사는 제집 문을 가로막고 서 있는 그를 똑바로 쳐다보며 물었다. 처음엔 그저 그가 비켜나주길 기다리는 눈치였다. 집을 잘못 찾았나 하곤, 주위를 돌아보기도 했다. 회계사 자신보다 이십 센티미터는 더 커 보이는 길쭉한 덩치의 어깨 너머로, 아파트 호수를 넘겨다보기도 했다. 길쭉한 덩치는 회계사 자신과 아주 가까이 서 있었다.

"당신 뭐야?"

회계사는 다시 물었다. 그러곤, 뭔가 잘못됐다는 것을 갑작스레 깨달은 사람처럼 휘둥그레 눈을 치켜떴다. 이런, 젠장! 하는 짧은 탄식이 회계사의 입에서 흘러나왔다. 다음 순간, 회계사는 아— 하는 비명과 함께 두 손으로 코를 움켜쥐었다.

"내가 이백만 원을 훔쳤어?"

그는, 아침 식탁머리에서 아내에게 전날 학교에서 들은 재미없는 우스갯소리를 들려줄 때 같은 목소리를 냈다. 경쾌하고 발랄하고, 그러면서도 속이 텅 빈 듯한 목소리를 냈다. 그는, 빛이라고 할 만한 게 별로 없었기 때문에 회계사의 얼굴을 똑똑히 볼 수 없었다. 회계사도 마찬가지일 것이다. 회계사는 거의 울고 있었다.

"내가 이백만 원을 훔친 게 확실해? 정말 그랬다고 생각해?"

그는 다시 한번 물었다. 경쾌하고 발랄하고 속이 텅 빈 목소리로 물었다. 회계사는 코를 움켜 싼 채, 머뭇머뭇 고개를 저었다. 회계사는 오줌 마려운 계집애처럼 두 무릎을 붙이곤, 안절부절못하고 있었다. 그가 회계사를 자세히 볼 수 없는 것처럼 회계사도 그를 자세히 볼 수 없을 텐데도, 회계사의 두 눈은 뭔가 크고 확실한 것을 보고 있는 듯 부릅떠져 있었다. 그는 그, 당장 퉁겨져 나올 것 같은 두 눈이 지금 무엇을 보고 있는지 잘 알고 있었다. 냄새를 보고 있는 것이다. 그의 손바닥에서 나는, 기름땀에 푹 전 얼굴에서 나는, 사타구니와 겨드랑이에서 나는, 항문에서 나는, 그 분비물 냄새를 보는 것이었다. 회계사의 두 눈을 단번에 꿰뚫어버릴 듯한, 뜨거운 수컷의 냄새를 보고 있는 것이었다.

"다쳤다는 데는 다 나았어? 입술은 다 나았어? 정말 깨끗하게 흉터 하나 없이 다 나았어? 이 주 진단 나왔다며? 이 주 진단으로 집칸이라도 늘려보려고 그랬어? 진단서는 어느 병원에서 끊어 왔어?"

그는 또박또박, 강의할 때처럼 발음에 조심하며 내처 물었다. 잘 보이진 않았지만 입가엔 반창고 한 장 붙어 있지 않았다. 이제 회계사는 흐느끼고 있었다. 형사의 끝말이 그를 후려쳤던 것처럼, 무언가 강력한 것이 회계사의 연약한 가슴 흉골 안쪽에서 소용돌이치고 있을 것이다. 뭔가, 아주 작은 폭풍 같은 것이. 평생, 한 번도 경험해보지 못했을 어떤 것이. 회계사는 앓는 소리를 내며 한 손을 내려 왼쪽 가슴을 움켜쥐었다. 딱딱딱, 짧게 끊어지는 단속음이 회계사의 가슴팍에서 들려왔다. 그는 그 소리 또한 잘 알고 있었다. 보잘것없는 뼈 몇 개로 이뤄진 회계사의 흉골이, 안에서부터 바수어지는 그런 소리였다. 그 어떤 공포 같은 것이 가슴 흉골을 꿰뚫고 나오려 발광하듯 소용돌이치는, 그런 소리였다. 회계사의 흉골이란 이십 년이면 헐어버려야 하는 허약한 아파트 내벽 따위와 같을 것이다.

"어떻게 나한테 이럴 수가 있어, 응? 내가 텔레파시로 얘기했잖아, 날 찾지 말라고. 그러면 아주 가까이 서 있는 날 발견하게 될 거라고 말이야. 난 그냥 기분이 좋지 않았을 뿐이라고."

그러면서 그는 재킷 안주머니에서 돈 봉투를 꺼냈다. 그러곤 푸득 푸득 경련하고 있는 회계사의 손을 억지로 펴고선, 꼭 쥐여주었다. 회계사는 무릎을 꿇고 앉아 소리 죽여 울었다. 코를 틀어쥐고 있기 때문에 코맹맹이 소리가 났다. 그 소리는 듣기가 좋았다. 그는 그건 삼백만 원이야, 하고 덧붙였다.

"잃어버렸다던 이백만 원하고, 치료비 조로 백만 원이야. 그런데 정말 잃어버렸어? 꼬불치곤 나한테 덮어씌운 거 아냐?"

그는 한쪽 발을 들어 가볍게 회계사의 어깨를 밀쳤다. 회계사는 빈 가방처럼 균형을 잃고 뒤로 넘어갔다. 틱, 하는 뒤통수가 복도 베란다에 부딪는 소리가 회계사의 코맹맹이 울음소리에 섞여 들려왔다. 눈물로 범벅이 된 회계사의 얼굴이 어두컴컴함 속에서 반들거렸다. 회계사는 고개를 쳐들고, 한 손으론 코를 감싸 쥐고 한 손으론 돈 봉투를 쥔 채로, 얼이 빠진 울음을 계속 울고 있었다.

"좋아, 믿어줄게. 다음부턴 나잇값 좀 해."

그는, 회계사의 눈이 보이든 안 보이든 잔뜩 비웃어주는 얼굴로 그렇게 내뱉었다. 그러곤 천천히 뒤돌아 승강기가 있는 쪽으로 걸었다. 모퉁이를 막 돌았을 때, 문이 열리는 소리가 나면서 회계사의 아내인 듯한 여자의 목소리가 들려왔다. 남편이, 세탁기에 넣고 두어 시간

돌린 것처럼 후줄근해 있는 걸 보곤, 크게 놀란 목소리였다.

"여보! 이게 무슨 냄새야! 아! 무슨 냄새가 이래! 여보!"

공황에 휩쓸린 여자의 목소리가 승강기 안에까지 따라왔다. 승강기 도어가 닫히고 그는 멈춤 없이 일 층까지 내려갔다.

회계사와의 일을 아내는 듣는 둥 마는 둥 했다. 한참 후에, 간신히 분을 삭인 얼굴로 아내는 삼백만 원이 아깝다고 했다. 그러면서도 그런대로 적당한 가격이라고 덧붙였다. 자기와 미리 상의했더라면 하는 눈치였다. 십 원도 안 줄 수는 없잖아. 누가 주지 말라고 그랬어? 처리가 맘에 안 든다는 거지. 상의했더라면 아내는 어떤 해결법을 제시했을까. 한창림은 갑자기 움츠러들었다. 아내는 방금, 그 일 때문에 무스탕을 포기했다.

"왜 그래? 그냥 사면 되잖아? 중고라면서."

그는 미안해하며 말했다.

"니가 살림에 대해서 뭘 알아? 또 쓸데없는 짓해서 공돈 나가는 일 만들면 난 정말……."

그렇게 말꼬리를 흐리며 아내는, 들고 있던 젓가락으로 그의 뺨을 긁었다. 얕게 살갗이 패었다. 그러곤 미리 준비해두고 있었다는 듯 크리넥스 티슈 몇 장을 뭉쳐 재빨리, 그의 일그러진 뺨에 갖다 대주었다. 축축하게 젖어 드는 크리넥스 티슈의 감촉이 느껴졌다. 이럴 때의 아내는 마리아 드 메데이루스보다는 발레리아 골리노 같다. 성난 라틴 여자. 암페타민 먹고 젖꼭지까지 뾰족해진 여자, 젠장. 그는 고개를 숙이고 밥그릇을 마저 비우기 시작했다.

일이 어찌 될 것인지 며칠 기다려보다가, 그는 회계사와의 일을 완전히 잊어버리기로 했다. 나머지 일은 지금, 회계사 스스로가 과천서 오 형사라는 놈과 알아서 처리하고 있을 것이었다. 돈도 받았고, 한밤중에 자기 집 문 앞에서 또 한번 그와 마주치긴 싫을 테니까. 그는 원래 하려 했던 일로 돌아갔다.

한창림은 신사고등학교 정문 맞은편 이 층 카페에서, 다섯 시부터 기다렸다. 학교 교무실로 전화를 넣었더니, 이 학년 정규수업은 다섯 시에 끝난다고 했다. 그는 좋아하지도 않는 카푸치노를 엉겁결에 시켜놓곤, 줄곧 길 건너편을 노려봤다. 만일을 위해 계산도 해놓았다. 교무실에선, 학생들마다 하교 시간이 다르다고 했다. 어떤 아이는 열한 시에 집에 간다. 수컷 기질이 있는 그 아이는 어떨까, 못 견뎌 하지 않을까? 누군갈 화장실 맨 뒤 칸으로 불러내어, 명치를 쥐어박은 다음에 뽀뽀를 하지 않을까. 아니면 제 수컷다움을 뽐내며, 친구들 앞에서 불붙은 담배를 혀 깊숙한 곳까지 삼키는, 어설픈 묘기를 부려 보이지 않을까. 가장 확실한 것은 밤 열한 시까지 계속되는 보충수업을 거부하고, 누구보다도 먼저 교문을 빠져나오는 경우다.

어두워지자, 그는 자기가 바보 같다는 생각을 하며 카페를 나왔다. 길 건너편에서 어른거리는 사람들의 얼굴을 일일이 알아볼 수 없었던 것이다. 카페에서 나와 그는 일 층 슈퍼마켓의 파라솔 아래 자리 잡았다. 여기서라면, 스웨이드의 구역질 나는 브렛 앤더슨풍 헤어스타일을 수월하게 찾아낼 수 있을 것이다. 하이트 두 병과 저녁 대용의 포장 족발을 시켜놓곤, 그는 정문에서 눈을 떼지 않았다. 거기서 두 병쯤 더 비웠을 때, 사내애가 나타났다. 여덟 시였다.

사내애는 비슷한 키의 친구들 서넛과 함께 교문을 나서 택시를 탔다. 그 역시 택시를 잡아타고 아이들의 뒤를 쫓았다. 아이들은 양재 지하철역 부근의 입시 전문 학원 앞에서 내렸고 그도 내렸다. 아이들은 학원 빌딩 안으로 들어갔다. 그는 또다시 슈퍼마켓 파라솔 아래 피곤한 엉덩이를 걸쳤다. 잠시 후, 빌딩 이 층 당구장 창문에서 아이들이 고개를 내민 것이 보였다. 어떡할까, 그는 아내 호출기에 좀 늦을 거란 메시지를 남겼다. 아내는 지금쯤 역삼동 어딘가에서 중학생 아이들을 모아놓고, 수학 문제집을 펼쳐놓곤 사기를 치고 있을 것이다. 밤 열한 시쯤 되어 아이들이 빌딩 밖으로 몰려나왔다. 학원 과외가 모두 끝나는 시간인 모양이었다. 그는 벌떡 일어서 길쭉이 목을 뽑곤 이리저리 두리번거리며 표적을 찾았다.

사내애는 친구들과 헤어져 택시를 탔다. 그 역시 택시를 타고 사내애를 쫓았다. 다시 그들은, 청담동으로 돌아왔다. 사내애는 집으로 들어갔고, 그는 노곤한 하품을 내지르며 과천 가는 방향의 버스 정류장으로 걸어갔다.

똑같은 일과가 일주일 내내 그에게 계속됐다. 강의가 늦게까지 있는 날은 어쩔 수 없었지만, 그렇지 않은 날은 언제나 신사고등학교 앞에 가 있곤 했다. 당연한 얘기지만 매번 관찰 장소를 바꿨다. 파라솔에서 카페로 오락실에서 거리의 야바위판으로 다시 파라솔 밑으로. 그는 새삼스럽게, 사람들이 얼마나 세상의 위협적인 눈들로부터 폭넓게 노출되어 있는지 깨닫곤 놀랐다. 사람들은, 다만 망상증에 걸리지 않기 위해, 자기가 안전하다고 스스로를 속이고 있는 것 같았다. 나중엔, 쓸 만한 장소를 답사해놓기까지 했다. 아내가 쉬는 날은 차를 갖고 나왔다. 약속들은 잡지 않거나, 뒤로 밀었다. 이런 일은 성가시게도, 집중이 필요하다. 잘 보이지도 않는 아주 작은 한 점이 지금 그의 앞에 놓여 있는데, 이리저리 꼼지락대며 움직이기까지 한다. 그렇다면 당연히, 맞추기 힘든 표적이다. 한번은, 그 아이가 맞는지 이름을 확인하기 위해 학교 안까지 들어갔던 적도 있었다. 정문 경비실의 경비는 그를 한 번 쓱 훑어볼 뿐이었다.

마침 점심시간이었다. 시끌벅적한 수다쟁이 아이들이 새카맣게, 그를 이쪽저쪽으로 퉁겨내며 식당으로 몰려갔다. 그는 아이들로부터 놀림거리가 된 듯해서 짜증이 났다. 시간을 잘못 맞춘 것이었다. 그는 곧, 이 흔치 않은 기회를 즐기기로 마음을 먹었다. 식당으로 들어가 기다랗게 늘어선 줄 끝에 서서, 차례가 오길 기다렸다. 차례가 왔을 때 식판을 챙겨선 카레 덮밥을 배식 받았다. 그러곤 빈자리가 나길 기다리며 멍청한 얼굴로 한참을 서 있었다. 자리가 나자, 재잘거리는 아이들 틈에 비비고 들어가 열심히 숟가락을 놀렸다. 이 모든 게 그에겐 십 년도 더 된 일들이었다. 고등학교로부터 너무 멀리 와버렸다. 이 아이들은 한눈에도, 난폭하고 약빠르고 충동적이고 그러면서도 기이할 정도로 현명하게 보였다. 하긴 그도 그 나이 때 그랬으니까. 하지만 불행히도, 그는 그 수준에서도 너무 멀리 와버렸다. 너무 멀리 와서, 이젠 이 갸르릉거리는 새끼 수컷들이 예뻐 보이기까지 했다. 그는 이 모든 걸 그저 즐기고 싶었고, 왜 여기 들어와 있는지에 대한 생각은 카레 덮밥과 함께 삼켜버렸다.

그는 교사용 자판기에서 커피를 뽑아 마시며 운동장으로 나가 한가한 시간을 보냈다. 점심시간이 끝나자 아이들의 뒤를 따라 다시 교사 안으로 들어갔다. 그리고 이 학년이 있는 삼 층으로 올라갔다. 복도를 죽 따라 걸으며 누가 이상하게 보든 말든, 창문으로 이 학년 교실 하나하나를 넘겨다봤다. 육 반까지 있었다. 복도 끝까지 갔다가 다시 돌아올 때, 사 반에서 그 사내애를 발견했다. 앞에서 네 번째 줄 창가 쪽에 앉아 있었다. 졸고 있었다. 그는 일 층으로 내려갔다가 시간을 맞춰 다시 올라왔다. 휴식 시간이 되어 아이들이 교실 밖으로 몰려나오자, 그는 아주 가까운 거리에서 사내애의 명찰을 확인할 수 있었다. 예쁘게 각이 진 가슴이었다. 아내가 말한 그 이름이었다. 그는 차로 돌아와 글로브 박스에서 검정 비닐봉지를 꺼내 내용물을 확인했다.

*

수컷들은 역시 못 말려.

박태자는, 뷰티풀 피플의 언니에게 뭐라 해야 좋을지 몰랐다. 사겠다고, 남의 손이 타지 않게 치워놓아달라고 했던 게 벌써 열흘 전이었다. 그래서 언니는 그 가죽 반코트를 매장에서 떼어다, 카운터

아래 넣어두었던 것이다. 꼭 사겠다고 그렇게 해놓곤 이런저런 일이 있어 열흘을 질질 끌었더니, 이번엔 남편이 속을 썩였다.

괜한 짓을 해서 삼백만 원이나 가계에 펑크를 내버린 것이다.

남편이 누굴 때렸는데, 그 합의금 조라는 것이었다. 오늘 아침 식탁에서 남편은 그 일에 대해, 근사한 폭력물 한 편을 짜나가듯 장면 하나하나를 묘사해가며 얘기해줬다. 남편에게 얻어맞은 사람은 나이가 열 살 정도 많은 중년이고, 서울 대치동에 산다고 했다. 남편 신상을 어떻게 알아냈는지, 대학 강사인 것을 꼬투리 잡아 터무니없는 가격을 부르더라는 것이었다. 게다가, 은행에서 찾아 나오다 잃어버린 이백만 원까지 덤터기를 씌우려 했다.

아무튼 결과적으로, 그 중년은 상대를 잘못 고른 게 됐다. 남편은 어리석긴 하지만, 결코 약하지 않다.

남편은 그 중년의 가슴에서 딱딱딱, 하는 소리가 났다고 했다. 어떤 종류의 질환이길래, 흉골 늑골이 그런 소리를 낼까. 남편이 잘못 들었을 수도 있다. 남편은 합의금 이천만 원을 삼백만 원으로 깎았다고 했다. 가슴에서 딱딱딱 소리가 나는 사람을 협박하다니, 제정신이 아니다. 남편은 그 회계사를, 양담배를 피운다고 때렸다. 사람을 때리며 그런 핑계를 댈 수 있는 남편의 사고 구조 자체가 그녀에겐, 불가사의로 느껴졌다. 수컷들은 못 말려.

그녀는 가죽 반코트를 포기했다. 남편에게 벌을 줬다. 쇠젓가락으로 뺨을 좀 할퀴어주었다. 수컷들에겐 말로만 교훈을 가르칠 수 없다. 육체적인 훈육도 필요하다.

다음 날 박태자는 뷰티풀 피플에 갔다. 뷰티풀 피플은 과천에 있다. 구제품 옷을 파는 뷰티풀 피플은 과천 뉴코아 백화점 쪽에 있고, 차와 음료를 파는 뷰티풀 피플은 도로 건너편, 정부 과천청사 쪽에 있다. 팔 차선 도로를 사이에 두고 똑같은 상호의 점포가 둘 있는 것이다. 옷을 팔고, 차를 팔고. 뷰티풀 피플의 언니는, 온종일 횡단보도를 건너다니며 이 두 점포를 동시에 경영하고 있다.

따뜻하게 데운 우유를 홀짝이며, 그녀는 언니가 이 층으로 올라오길 기다렸다. 데운 우유가 식도를 타고 위장으로 흘러들자 두통이 진정되는 듯했다. 손 떨리던 것도 가라앉았다. 이 찻집은 언니가 장식을 했다. 인형들로.

그녀의 테이블 쪽 벽감에는 웃는 플라스틱이 들어앉아 있다. 웃는 플라스틱? 웃는 플라스틱은 반짝이는 황적색 머리카락을 길게 늘어뜨리고, 감촉이 거친 핑크빛 파티복을 입었다. 정강이까지 오는 까만 부츠는 살갗에 아주 달라붙어 있어서, 무릎 아래를 잘라내기 전에는 벗길 수 없다. 눈동자는 아름다운 비췻빛이다. 속눈썹은 공업용 물감으로 정교하게 그려져 있다. 당연하게도, 입술은 빨갛고 두 볼엔 홍조가 돈다. 웃는 플라스틱이란, 뷰티풀 피플의 언니가 플라스틱 인형을 나름대로 부르는 말이다. 언니는 '인형'이라고 하지 않는다. 난 솔직히 인형이란 말이 무슨 뜻인지 모르겠어, 라고 언니는 말했었다. 인간의 형상이긴 하지만, 그것 말고 어디가 인간과 닮았다는 말인가. 플라스틱은 플라스틱, 이란 얘기였다.

그녀는 그 얘기를 흘려듣긴 했지만, 언니가 웃는 플라스틱이라 입에 올릴 때마다 희미하게, 거부감이 들곤 했다. 울증의 최저 컨디션에선 그녀의 생각은 확연히 달라지곤 했다. 인간의 형상을 흉내 낸 솜씨는 어설프기 그지없지만, 그 근원의 성질은 도무지 인간과 다른 점이 없었다. 휘면 휘어지고 자르면 잘리고 뽑으면 뽑히고, 눈엔 초점이 없으며, 속은 텅 비어 가볍기 한이 없고, 아무리 사랑해줘도 반응이 없다. 너무 비극적인가? 과장했나? 어쨌거나 그녀는 울증이 깊어져선 그런 식으로 생각하길 즐겼다. 재밌지 않은가. 자기가 속한 종(種)을 갈 데까지 폄하하고 폄하해서, 스스로를 위안하는 것.

어쨌거나 플라스틱의 근원적 속성 자체에 그런 의미가 포함돼 있기도 하다. 플라스틱은 레오 베이클랜드라는 사람에 의해 천구백구 년에 발명되었다. 최초의 것은, 포름알데히드와 페놀을 이용했다. 이 두 독극물의 합성 물질이 지난 몇십 년 동안 세계 완구 산업의 판도를 바꾸어놓았다. 헝겊 인형이 플라스틱 인형으로 대체된 것이다. 플라스틱은 인형에 표정을 부여했다. 헝겊일 때보다 더 다양한 더 리얼한 더 질감 있는 표정을 가능케 했고, 고착시켰다. 그 실감 나는 표정의 근원은 포름알데히드와 페놀이다. 고착된 인형의 표정이 너무 생생하고 좋아 입에 넣고 빨다 보면, 혀가 썩고 뇌에 고장이 생긴다. 전혀 뿌리가 다른 의견이긴 하지만, 그런 의미에서 그녀도 역시, 인형보단 웃는 플라스틱이 더 적당한 명칭일지 모른다고 생각했다. 웃는 표정만 있는 건 아니지만.

뷰티풀 피플은 그러한 웃는 플라스틱들의 궁전처럼 보였다. 찻집을 장식할 때, 언니는 사방 벽에 벽감을 뚫어놓았다. 벽에, 오목한 구멍을 갖가지 크기로 뚫곤 구멍마다 웃는 플라스틱들을 입주시켰다. 삼각형, 사각형, 육각형, 오각형, 원형 벽감들엔, 벌집 봉방(蜂房) 속의 새하얀 애벌레들처럼 웃는 플라스틱들이 들앉아 일제히, 미소를 띠고 있다. 세어보진 않았지만, 일이 층 벽에 뚫린 벽감만 해도 서른 개는 넘었다. 테이블이 아홉 개뿐인 이 작은 찻집 어딜 봐도 웃는 플라스틱이 있었다. 차 한 잔 마시기 위해 들른 이들은 잠시 후, 웃는 플라스틱들의 발그레한 미소들 속에 둘러싸인 자신을 발견하게 된다. 그 미소들로 뷰티풀 피플은 꽉 차, 마침내 포화 상태에 다다른 것 같았다. 박태자는 그 미소들이 버거웠다. 무게도 부피도 냄새도 없는 미소라는 것들이 어떻게 실재하는 공간을, 채우고 내리누르고 비좁게 할 수 있는지 궁금했다.

뷰티풀 피플의 웃는 플라스틱들의 면면은, 십 센티미터짜리 소형 바비 인형에서부터 칠십 센티미터가 넘는 예카테리나 2세 여황제의 미니어처까지 다양했다. 여황제의 인형은 계산대 주방 옆 벽감에 따로 놓여 있다. 개중 가장 오래된 것은 천구백오십삼 년 제작의 누이면 눈썹이 감기는 바일로 베이비 인형이고, 가장 최근의 것은 영국에서 어렵사리 구해 온 스파이스 걸스 바비 인형들이다. 대부분은, 금발에 파란 눈을 하고 허리는 잘록하고 젖가슴은 풍만한, 바비 인형류였다. 바비 인형에서 그저 이미저리(imagery)만 달리한 것들이었다. 드레스를 벗겨내고 파티복을 입히거나, 금발을 뽑아내고 긴 곱슬머리를 심어놓는 식으로. 공주의 금실 목걸이를 떼어내고 유니섹스 스타일의 까만 넥타이를 거는 식으로. 계집애들이 하는 식으로.

언젠가 남편에게 이곳 얘기를 들려주자 하― 동심으로 돌아가는 것 같겠구나, 하며 남편은 콧방귀를 뀌었었다. 남편은, 계집애들의 인형 놀이라는 것을 고작 옷 갈아입히고 목욕시켜주는 것뿐으로 안다. 여자아이들이 한 달이 멀다 하고 새 인형을 사대는 데는 이유가 있다. 바비 인형 산업이 육십 년대 이후로 쭉 번성해온 데는, 이유가 있다. 여자아이들이, 바비 인형의 팔다리를 뽑고 머리카락을 태우고 엄마 립스틱으로 흉한 낙서를 해놓고선, 목을 빼서 장롱 밑에 처박 길 즐기는 까닭이다. 병원 수술실에서 나온 적출물 더미처럼 만들어 놓길 재미있어하고 즐기는 까닭이다.

언니가 올라왔다. 밤 아홉 시 반이었다. 이 시간쯤이면 서서히 테이블들이 비기 시작한다. 과천은 도심의 유흥가완 다른 방식으로 시간이 흘러가기 때문에, 가게를 일찍 열고 일찍 닫았다. 아침 아홉 시, 밤 열 시. 언니는 핼쑥한 얼굴로 머그컵을 들고 올라와 테이블에 앉았다.

"괜찮아."

언니는 녹차 봉지 끝에 달린 종이 탭을 손가락으로 꼭 쥐며 말했다. 이제 겨우 시월 말이니까 겨울이 오기 전에 임자가 나서겠지, 그 가죽 반코트는 정말 입어볼 만하니까, 가우디 오리지널은 찾는 사람이 많아. 그녀는 다시 미안해, 했다. 녹차 봉지를 가만가만 흔드는 언니의 손에 그녀의 눈이 멈췄다. 왼손 중지 가운데 마디가 보일락 말락 멍들어 있고, 관절은 또 좀 부어 있다. 컵을 쥐는데, 왼손 중지만 구부정하니 펴진 채로다.

"남편이?"

"……."

언니는 울상을 지었다. 어색함을 감추려고 억지 미소를 짓는 것뿐인데, 다른 사람의 눈에는 울상으로 보였다. 울상을 타고났다. 언니의 남편이 또 괴롭힌 모양이었다. 그녀는 눈썹을 추켜올리며 나쁜 새끼, 하고 중얼거렸다. 부러졌어? 아니, 모르겠어. 나쁜 새끼. 지금 좀 어려서 그래, 언니는 그녀의 욕에 깜짝 놀라는 척을 해 보였다.

뷰티풀 피플 언니의 남편은 구로동에서, 버스나 지하철 같은 데 쓰이는 승객용 손잡이를 만드는 공장을 하고 있었다. 남미 쪽으로 수출도 곧잘 하고 규모도 작은 게 아니었는데 작년부터 운영에 어려움을 겪더니 올해 초 더 큰 제조 회사에 흡수됐다고 했다. 망한 건 아니고 그러니까, 계약서에 사인을 하고 팔아넘긴 것이었다. 언니 남편 손에 떨어진 건 백만 원권 수표 한 장과 빳빳한 만 원권 스무 장이 다였다. 그래도 파산까지 가지 않고 일찌감치 공장을 포기한 게 다행이었다. 남편 나이 마흔다섯, 그 짧지 않은 평생을 팔려고 내놓았더니 딱 백이십만 원이더라는 것이었다. 가족의 한 달 치 생활비였다. 그런 일을 올 초에 겪고 나선 남편은, 갑자기 수다쟁이가 됐다. 언니가 들어주지 않으면, 벽이나 거울에 코를 처박곤 혼자 떠들어대기도 했다. 양기가 몽땅 입으로 올라와서 그래, 언니는 말했다. 이제 그들 가족에게 남은 가계 수입원이라곤, 언니의 뷰티풀 피플이

유일했다. 뷰티풀 피플을 팔면 얼마나 될까, 남편은 벽에 대고 중얼 거리곤 했다.

"세일하재."

"세일?"

"뷰티풀 피플 세일."

당연한 얘기지만, 뷰티풀 피플 두 점포를 팔아도 이것저것 빼고 나면 요즘 같은 부동산 불경기에 일억도 남지 않는다. 그럼 왜 팔자는 거야? 일억으로 뭘해? 망한 김에 같이 망하자는 거야?라고 그녀는 물었다. 뻔한 일이지, 언니는 짧게 끊어 대꾸했다.

언니의 남편은 벽이나 거울에 대고 중얼거리던 것을, 얼마 전부터는 가족의 얼굴에 대고 지껄여대기 시작했다. 정신이 이상해졌다고 의문도 품을 만했다. 판단력이나 삶의 의지가 흐려진 정도가 아니라는 것이다. 파괴적이 됐다. 언니의 왼손 가운뎃손가락에서부터 자기 가족의 전 미래까지, 파괴의 대상으로 삼은 듯 보였다. 원래부터 좀 짐승다운 데가 있었는데, 얼마 전부터 그 짐승다운 데가 노골적으로 배어 나오기 시작했다는 것이었다.

"짐승."

언니는 욕설을 퍼붓듯, 그 단어를 몇 번이고 외웠다. 어제저녁에도, 걸레질하고 있는 언니의 손가락을 지끈 밟아버렸다. 언니가 발버둥을 치자 남편은 생긋 웃으며 뷰티풀 피플 세일하자, 세일하자, 하더라는 것이었다. 한술 더 떠서 자꾸 싫다고 하면 널 팔아버릴 거야, 널 세일할 거야, 하더라는 것이었다.

무서워, 언니가 어색하게 웃으며 말했다. 뷰티풀 피플은 내가 낳고 내가 키운 거야.

"그래. 차라리 날 팔라고 하지."

언니는 긴가민가하면서, 대수롭지 않게 여기려고 부단히 노력하고 있었다. 아내를 세일하다니, 어떻게? 밟힌 손가락이 아파 굽히지도 못하면서, 그 얘길 농담으로 여기고 싶어 했다.

확실한 것은, 남편의 린치가 갈수록 그 도를 더해갈 거라는 점이었다. 언니는 올 오월에 처음으로, 세일 협박과 함께 남편에게 뺨을 얻어맞았다. 남편 눈빛이 이상해졌어, 언니가 수치심으로 바들바들 떠는 목소리로 그녀에게 전화를 걸었었다. 지난달엔 주먹질을 당했고, 두 주 전엔 군용 부츠에 정강이를 걸어차였다. 언니도 가만있지 않았다. 보답으로 남편의 코를 물어뜯어주었다. 남편은 병원에 가세 바늘을 꿰맸다. 그러곤 스스로 혼란스러웠는지, 가출해버렸다. 그러다 사나흘 전에 돈이 떨어져 돌아왔는데 얌전히 밥만 잘 먹다가, 어젯밤에 드디어 언니의 손가락을 밟아버린 것이었다.

"병원에 안 가봐?"

"왜 이 가겔 팔려고 하느냐고 물어도 대답을 안 해. 그냥 끝까지 가보고 싶은 걸까."

언니는 백칠십일 센티미터의 키에 체중이 사십오 킬로그램밖엔 안 나갔다. 머리카락은 윤기 없이 메말랐고, 앙상한 어깨뼈까지 치렁치렁했다. 방치해둔 채로 묶지도 않았다. 날카로운 엉치뼈 윤곽이, 무엇을 걸쳐도 옷 밖으로 흉하게 드러났다. 얼굴은 언제나 울상이었다. 이런 여자의 인상이 의미하는 건 뻔했다. 수컷들로 하여금 가학증을 발동케 한다. 도발한다. 언니는 망설이고 있었다. 이혼 같은 걸 말이다.

"애는?"

"걔도 지 아빠한테 맞았어. 지금 불평이 대단해. 나한테까지도. 프라이드가 훼손당했대."

언니에게는 고등학교에 다니는 사내아이가 있었다. 한 번도 보지 못했지만, 가끔 듣는 얘기론 수학을 꽤 잘하는 것 같았다. 수학 과외 선생인 그녀는, 그래서 그 아이에 대한 흥미를 잃어버렸다. 언니는 그 애가 걱정된다고 했다. 어쩌지? 그러잖아도 좀 산만한 아인데. 언니는 중얼거렸다. 그녀는 잔뜩 부러운 눈치를 보이면서도, 언니 자신 걱정이나 하라고 핀잔을 줬다.

같은 여자가 보기에 언니는 사실, 테이블을 사이에 두고 마주 앉은 이로 하여금 자기에게 몰두하게끔 만드는, 상당한 매력을 지니고 있었다. 수컷에겐 바싹 마르고 빈티가 흐르고 당장이라도 눈물을 찔끔찔끔거릴 듯 비치는 얼굴이, 그 자체로 오랜 시간 다듬어지고 세련되어져 마침내 매력으로 우아하게 육화된 것이었다. 어딘가 진정제 효과 같은 구석이 있었다. 언니가 구제품 옷 가게와 작은 찻집에 불과한 뷰티풀 피플을 이만큼이나마 꾸려올 수 있었던 것도, 그 시간의 진한 매력 때문이었다. 그녀는 함부로 말해서, 언니를 사랑했다. 뷰티풀 피플과 언니를 안 지 삼 년밖엔 안 되었는데도, 친형제처럼 따를 수 있었던 것도 그 매력 때문이었다.

"이 웃는 플라스틱들이 아깝게 되지 않게 잘해봐."

그녀는 찡긋, 윙크하며 그렇게 말했다. 남편의 협박이 무서워 뷰
티풀 피플을 정말로 팔아버리는 사태가 오면 그녀도 누구 못지않게
섭섭해할 것이었다. 따뜻한 우유 한잔이 그리워질 것은 물론이고,
그녀가 각성제 겸 진정제로 복용해오던 암페타민을 구할 길도 막막
해질 것이었다. 병원 정신과에 매주 들러 처방받아 와야 할지도 몰
랐다. 그렇다면 그녀는 정말 실망하게 될 것이었다. 웃는 플라스틱
들과도 안녕이겠지.

박태자는 뷰티풀 피플의 언니와, 감당키 어려운 일이 벌어지면 꼭
연락하기로 약속을 했다. 그녀의 생각엔 아무래도 손가락 하나로 끝
날 것 같지 않았다. 그 생각만 하면 머릿속에 두통이 일었다. 가정
내 폭력을 다룬 엠비시의 〈PD수첩〉을 보고 뭔가 배우는 건, 여자들
만이 아니다. 창의력이 부족한 남자들도 뭔가 배운다. 머리 나쁜 남
자들은 그런 프로그램을 통해, 말 안 듣는 여편네들을 어떻게 다루
어야 하는지 터득하고자 한다. 창고에 처박아두었던 골프채를 집 거
실에서도 활용할 수 있다는 사실을 습득하거나, 달군 다리미론 와이
셔츠 말고도 다른 것도 지질 수 있다는 사실을 깨닫게 되는 것이다.
텔레비전에 나온 폭력 남편이 내뱉은 멋진 말을 기억해두었다가, 어
울리는 상황이 아닌데도 똑같이 한 말씀 하는 것이다. 일일구 대원
이나 병원 응급실의 당직자에게 어떻게, 무어라 얘기해야 하는지도
배운다. 린치의 세계에, 새 경지가 열리는 듯할 것이다. 뭣 좀 새로

운 볼거리가 없나 이리저리 채널 서핑을 하다가, 그렇듯 효과적이고 새로운 린치법을 발견해내는 것이다. 폭력 남편들이 그 공익성 프로그램을 보고 수치심을 느끼거나, 뉘우치게 될 확률은 거의 없다. 왜냐하면, 창백하게 빛나는 브라운관을 그들은 지금, 홀로 앉아 바라보기 때문이다. 어두컴컴한 거실에서 지금, 홀로 앉아 그 창백한 것을 바라보기 때문이다.

그 거실에 텔레비전 세트 대신, 뷰티풀 피플의 주방에 놓여 있는 예카테리나 2세 여황제의 미니어처를 갖다 놓으면, 어떨까. 그 칠십 센티미터가 넘는 덩치 큰 인형을 갖다 놓고, 여황제의 일생에 얽힌 무시무시한 이야기를 들려준다면, 어떤 반응을 보일까. 지난 일주일 내내, 언니에게서 연락이 없었다. 그녀는 언니가 처한 딱한 상황과 언니가 들려준 여황제의 일생을 함께 떠올리곤 했다. 예카테리나 2세는, 십팔 세기의 러시아 여황제였다. 언니는 여황제를 침실 상대를 스스로 선택한 여자, 라고 불렀다. 독일 태생으로 러시아 황실에 팔려 와선, 추남에다 저능아인 황태자와 결혼했다. 남편과는 성관계랄 게 없었다. 예카테리나 2세는 애인들을 만들었고, 침실로 끌어들여 씨 다른 황태자를 둘씩이나 낳기도 했다. 사랑 없이는 단 한 순간도 행복을 느낄 수 없었던 여자였어, 라고 언니는 말했다. 사랑만이 아니었다. 정치에의 감각도 대단했다. 배신한 애인을 폴란드 국왕으로 앉혔다가 하룻밤 만에 폐위해선, 굴욕 속에서 죽어가도록 버려두었다. 남편으로부터 왕위를 뺏기도 했다. 그녀는 쿠데타를 일으켜 남편을 감옥에 가뒀다. 그러곤 독이 든 술을 강제로 마시게 했다. 남편이 죽어가는 속도가 더디자, 그녀는 젊은 애인에게, 목을 조르게 했다. 여황제의 카리스마는 대단했다. 이제 여황제가 다가서면, 모두가 무의식중에 뒤로 물러서곤 했다. 누구나 여황제 앞에서 전율했다. 여황제의 평생은 사실, 간단했다. 사랑과 음모와 지배욕, 이 세 단어가 여황제의 평생이었다. 죽음조차도 그러했다. 죽음의 병인은 실연이었다. 여황제도 늘그막에, 젊은 애인으로부터 버림을 받았다.

언니로부터 예카테리나 2세의 이야기를 듣고 나서 그녀는 생각했다. 그렇다면 존경받을 만한 암컷 아닌가. 여황제의 행적을 보면 사실, 여느 폭군이나 다름없어 보인다. 폭군이란 어느 시대 어느 나라에나 흔히 있는 것 아닌가. 그녀가 예를 들 수 있는 가장 최근의 폭군은 전두환 아저씨였다. 김정일 삼촌과 더불어. 예카테리나 2세의 그 이야기는 그래서, 권력을 쥐고 흔든 성격 포악한 여자의 이야기가 아니라, 여자로 태어나 폭군이 되었던 야망을 지닌 암컷의 이야기로 들렸다. 아니면 인간의 모든 도덕적 핸디캡을 뛰어넘은, 위대한 사랑의 이야기거나.

언니가 여황제의 일생에 애정을 느끼고 있는지 아닌지는 알 수 없었다. 그저 자기 찻집에 놓인 인형에 얽힌 옛이야기를 들려준 것인지도 몰랐다. 그녀는 언니가, 뷰티풀 피플의 벽감에 놓인 여황제 인형을 조금만이라도 닮길 바랐다. 정신 나간 남편의 코를 깨물어준 것 가지고는 안 된다. 언니도 조금쯤은, 무자비해질 필요가 있다.

이런저런 생각으로 그녀는 복잡했다. 일도 바빴다. 그녀는 겨울

방학이 닥치기 전에, 학생을 하나라도 더 확보해놓기 위해 여기저기 일주일 내내 뛰어다녔다. 지금도 그룹 셋에 개인을 둘 맡고 있어 부족하진 않았지만, 선후배들에게 연결해줄 물량도 선점해놓아야 했다. 그런 브로커 수입이야 얼마 되지 않았지만 언젠가 그녀가 궁해질 때 신세 진 이들이 도움을 줄 것이다. 그녀는 방학 동안 한 그룹 정도 더 맡는 것도 괜찮을 거라고 생각했다.

*

십일월 팔 일로 날짜를 잡았다. 토요일이었고, 등교 시간인 아침 다섯 시 반에 사내애가 사는 빌라 진입로에 가 있기로 했다. 그날 그 시간이 적당해 보였다. 토요일이니, 아이가 전화 연락 없이 귀가가 늦어도 걱정하지 않을 것이다. 등교하지 않은 것은 모를 것이다. 외박을 하고 일요일 아침까지 돌아오지 않아도 어디 짧은 여행을 갔겠거니 할 것이다. 중학교 때도 가끔 그랬다니까. 아이가 말썽쟁이라면 학교에서도 토요일 오전 수업을 빼먹은 것을 대수롭지 않게 여길 것이고, 월요일 아침이 돼서야 아이를 찾기 시작할 것이다. 그러면 한창림으로선 이틀을 버는 셈이었다. 하긴 하루든 이틀이든 아무래도 상관없다. 사내애를 차 안으로 끌어들일 그 단 몇 초 동안만, 세상 모두가 눈을 감아주고 있으면 된다. 일단 그래 주기만 한다면, 끌어들인 다음엔, 누구도 사내애를 어디서 찾아야 할지 모를 테니까.

그는 벌써 그 사내애를 자기 손에 넣은 기분이었다. 아내는 추운 아침 날씨 때문에 뒷좌석에서 구시렁구시렁 불평을 늘어놓고 있다. 변덕을 부렸다. 봄에 하면 안 돼? 봄에 하면 안 돼? 봄에 하자. 짜증 난 고양이 새끼처럼. 그는, 내년 봄에 한다면 일이 전혀 다르게 진행되리라고 생각했다. 사내애가 딴 데로 떠나버릴지도 모르고, 밤 열한 시까지 입시 공부를 하느라 파삭 늙어버릴지도 몰랐다. 키도 그렇다. 겨울 동안 오 센티미터쯤 더 커버릴지도 몰랐다. 지금의 키도 좋은 그림이 나오기엔 좀 큰 것인데, 그렇게 되면 흉해져서 모델을 다시 찾아야만 할지도 몰랐다. 겨울잠을 자고 나면 사내애는 더 강한 수컷이 돼 있을 것이다. 그러니 온 김에 해치우자.

"내년이면 내가 그놈을 못 이길지도 몰라."

그는 말했다. 아내는 콧방귀를 뀌었다.

"내가 하면 돼, 난 수컷을 다룰 줄 아니까."

"하."

십 분쯤 있다가 사내애가 나왔다. 그는 진입로에서 천천히 차를 대로 쪽으로 몰았다. 한길로 나와서 차를 멈추고 사내애를 기다렸다. 기다리다가 사내애가 숄더백을 앞뒤로 흔들어대며 한길로 걸어 나오면 아내가 아는 척을 할 것이다. 그러고선 학교까지 태워다주면 어떻겠냐고 물을 것이다. 사내애는 올라탈 것이다. 그러면 차는 과천으로 방향을 돌린다. 이건 너무 쉽다.

"왜 안 나와?"

아내가 안절부절못하는 얼굴로 물었다. 그는 뭔가 잘못됐다고 생각했다. 시간을 재지 않아서 얼마나 기다리고 있었는지는 알 수 없었다. 하지만 오 분은 더 지나지 않았을까. 그의 딴에는 치밀한 계획과 사내애 사이에 빈틈이 생겼다. 빈틈이란 그가 두려워하는 것들 중 하나였다. 그는 차를 몰아 빌라로 돌아갔다. 진입로에서 갈라지는 길이 셋 있다. 슈퍼마켓 쪽, 의상실 쪽, 한길 쪽. 그리고 빌라 너머 맞은편에 오르막길이 있다. 그 오르막길은 끝에서 다시 둘로 갈라지고 있었다. 그는 고개를 돌려 아내를 쳐다봤다. 아내 역시 두리번거리며 보일 리 없는 사내애의 흔적을 찾고 있었다.

"그렇게 간절한 눈은 하지 마."

아내는 그러면서 손가락을 들어, 오르막길을 가리켰다. 그는 기어를 넣고 오르막길로 쫓아 올라갔다. 빨리 어느 쪽이든 선택해야 한다. 빈틈이란 놈의 이빨은 너무나 강력해서, 모든 걸 씹어 쓰레기로 만들곤 뱉어버린다. 오르막길을 다 올라 좌우로 갈라진 두 길과 마주쳤을 때도 사내애는 보이지 않았다. 아내의 직감이 보기 좋게 틀린 것이다. 아내의 직감은 평소엔 신뢰할 만한 것이었다, 젠장. 그는 다시 아내를 돌아봤다. 아내는 기분 상한 얼굴로 다시 왼쪽 골목을 가리켰다. 그쪽은 신사고등학교완 방향부터가 달랐다. 어쩌지, 하다가 그쪽으로 방향을 틀었다. 오늘 사내애를 놓쳐서 며칠 후에 다시 여길 온다는 건 생각하기 어려웠다. 그땐 누군가가, 새벽부터 남의 동네를 어슬렁거리는 이 낯설고 냄새가 안 좋은 차를 기억하게 될 것이다.

한 십 미터 정도 들어갔을 때, 그와 아내의 입에서 탄식이 흘러나왔다. 골목 안쪽 계단에 쪼그리고 앉아 담배를 태우고 있는 사내애를 발견한 것이었다. 사내애가 고개를 들었다. 그는 사내애와 눈이 마주쳤다. 지금 당장 뭔가 행동을 해야 하는데, 너무 갑작스러워 아무 생각도 나지 않았다. 그는 딱딱하게 굳어서 그저, 사내애의 똑같이 놀라 당황해하는 두 눈을 마주 쏘아볼 수 있을 뿐이었다. 그때 뒷좌석에서 아내 목소리가 났다.

"너, 수영이 아니니?"

그가 뒤돌아보았을 때, 아내는 차창 밖으로 목을 길쭉하게 뽑곤, 사내애에게 말을 걸고 있었다.

"어, 어…… 어, 누나!"

사내애가 몸을 반쯤 일으키며 누나, 라고 외쳤다. 놀랐잖아, 웬일이야. 응, 볼일이 있어서. 아내는 생긋 웃으며 이쪽으로 와보라고 손짓을 했다. 새벽부터? 응, 친정에서 자고 막 나오는 길이야. 사내애는 반가워하는 얼굴로 차에 바싹 다가섰다.

"아쭈, 더 예뻐졌는데!"

"정말이니? 너도 많이 컸다."

아내는 학교에 가는 길이냐고 물었다. 사내애는 그쪽을 힐긋 쳐다보곤 그렇다고 했다. 어느 고등학곤데? 신사고. 태워다 줄까? 사내애는 어쩔까 하는 표정으로 머뭇거렸다. 타, 괜찮아. 남편이야. 백미러로, 아내가 핸드백에서 호신용 전자충격기를 꺼내는 것이 보였다. 사내애는 히죽, 웃으며 좋다고 했다. 아내는 엉덩이를 틀어 안쪽 자리로 물러나 앉았다. 적어도 그의 시야엔, 그들 외엔 아무도 보이지 않았다.

"좋아, 오랜만인데."

사내애는 도어를 열고 숄더백을 던져 넣고는 자리에 앉았다. 사내애가 도어를 닫자마자, 백미러가 전자충격기 불꽃으로 새파랗게 물들었다. 거의 동시에 사내애가 경련을 일으키며 풀썩 퉁겨 올랐다. 그는, 전기쇼크로 발작적으로 내지르는 발길질에 뒤통수를 얻어맞았다. 그는 재빨리 차창을 올렸다. 꾸룩꾸룩하는 침 삼키는 소리가 났다. 아내는 고개를 낮춘 채 빨리해, 빨리해, 하고 재촉했다. 그는 글로브 박스에서 가죽 개 목걸이 두 개와 가죽 혁대를 꺼냈다. 그러곤 일어나 뒷좌석으로 몸을 틀어, 사내애의 머리채를 움켜쥐었다. 그때, 씨발 하고 소리치며 사내애가 팔꿈치를 날렸다. 깨어난 것이다. 아내가 당황해 어머, 어머, 소리를 지르며 핸드백을 쏟았다. 그는 턱을 얻어맞곤 아찔해서 비틀거리다 앞 좌석으로 고꾸라졌다. 백미러로, 사내애가 도어를 열기 위해 손을 뻗으려고 애쓰고 있는 게 보였다. 근육 쇼크로 손이 맘대로 움직여주지 않는 것 같았다. 아내는 보이지 않았다. 차 바닥에서 전자충격기를 찾고 있는 모양이었다. 전자충격기는 크기가 겨우 핸드폰만 한, 그야말로 호신용이었다. 사내애가 울부짖기 시작했다. 구해달라는 소리 같은데 턱과 혀가 마비되어 그저 고통 섞인 신음 소리로밖엔 들리지 않았다. 그는 체머리를 떨며 일어나 혁대를 풀어 주먹에 감았다. 나머지 한 손으론, 사내애의 넥타이를 부여잡았다. 그러곤 혁대에 달린 스틸 버클로 한 대 치려는 순간, 아내가 사내애 왼쪽 옆구리에 전자충격기를 박아 넣었다. 다시 새파란 불꽃이 눈을 어지럽혔다. 그는 사내애의 입과 발목에 개 목걸이를 채웠고, 손은 뒤로 해서 혁대로 허리에 단단히 고정시켰다. 아침 다섯 시 사십칠 분이었다.

땀에 푹 젖은 채로 그들은 집에 도착했다. 차 안에서도 사내애는 두 번 더 깨어났다. 아내는 무섭도록 화가 나서, 꼭 그럴 필요는 없었는데도 전자충격기를 휘둘렀다. 한번은 목젖 바로 아래를 찔렀다. 그게 치명타였고, 사내애는 죽은 거나 다름없이 조용해졌다. 전기쇼크로 기도가 오그라들었는지, 숨만 쌔액색쌔액색 힘겹게 몰아쉴 뿐이었다. 아내는 사내애가 생선회를 많이 먹어 십이만 볼트 전기쇼크쯤은 우스워질 만큼, 신경이 강해졌나 보다고 중얼거렸다. 도착하자마자 한창림은 사내애를 업어 지하 작업실로 통하는 입구에 내려놓곤, 발길질을 해댔다. 아내는 머리가 아파, 골이 빠개질 것 같아, 하며 안채로 들어가버렸다.

땀이 마르기 시작하자 한기가 느껴졌다. 사내애는 죽은 것처럼 보였다. 이젠 거친 숨소리나마 거의 들려오지 않았다. 그는 사내애를 로프에 매달아 지하 작업실로 내려보냈다. 날은 이제 완전히 밝아 있었다. 최근 어느 때보다 좋은 날씨였다. 어쩌면 그의 서른두 해 인생에서 하늘빛이 가장 아름다운 날인지도 몰랐다. 그는, 지하 작업실 안 어둠에 가라앉은 사내애를 내려다보면서, 수컷인 것만은 확실한가 보다고 중얼거렸다. 힘들고 역겹고 골치 아픈 아침이었다. 물끄러미 사내애를 내려다보다 갑자기 그는, 서글퍼졌다. 그는 우울한 얼굴이 되어 훌쩍거렸다. 눈물이 뺨의 먼지와 섞여서 짭짤하니, 입속으로 흘러들었다. 누가 그의 입속에 비닐 빵 봉지를 쑤셔 박아 넣은 것 같았다.

일의 시작이 이처럼 힘들었던 것도 처음이었다. 이번 일은, 일의 모든 단계에서 방해물이 있었다. 경찰서에 불려가지 않나, 공돈이 삼백만 원이나 나가고, 추적물인 사내애를 놓치고, 간신히 잡아놓았더니 사내애는 몇 번이나 전기쇼크에서 깨어나 발광을 했다. 예감이 좋지 않아, 젠장. 그는 그제야 그걸 깨달았다. 하지만 어쩔 수 없잖아. 그는 이번 일을 포기하는 대신 빨리 끝내기로 했다. 어쩌면 일주일이나 열흘 만에.

아내 목소리에 잠이 깬 건 열두 시쯤이었다. 한창림은 투덜거리며 소파에서 몸을 일으켰다. 아내는 전화를 받고 있었다. 예, 여기 깨었네요. 아내는 그에게 수화기를 건네주었다.

"납니다. 오장근이에요."

그는 그가 누군지 잠시 기억을 더듬다가 아, 예, 하고 중얼거리며 아랫입술을 깨물었다. 과천서의 형사였다. 젠장, 그 회계사놈 끝장을 내놓고 오는 건데! 그는 주먹을 쥐었다 폈다 하면서도 당황한 티를 내지 않으려 목소리를 낮췄다. 형사는 오늘 좀 나올 수 있겠느냐고 했다. 오늘이 그 약속한 십일월 팔 일이라고 했다. 그는 아, 그렇습니까 했다.

"아직 준비가 안 됐는데, 며칠 기다려줄 수 있을까요?"

"아뇨."

형사는 아뇨, 했다. 전날의 그, 친절하고도 동글동글한 목소리가 아니었다. 신경질적으로 약간 톤이 올라가고 말꼬리가 짧게 끊어지는, 그런 목소리였다.

"그럼 소송을 하는 거예요?"

"벌써 다 알고 있지 않아요?"

형사는 히스테리가 발동했는지, 숨을 몰아쉬며 말을 이었다.

"내가 말했죠? 아저씨랑 난 똥 밟은 거라고. 소송은 없을 거요, 그 친구가 여길 떠버렸으니까."

형사의 얘기론, 그 회계사가 경찰서로 찾아와 모든 걸 없었던 일로 만들어버리곤, 사라졌다고 했다. 사무실에도 나오지 않고, 부인도 다만 요양을 갔다고만 하지, 어디로 갔는지는 모른다고 한다는 것이었다. 그리고 실제로도 모르는 것 같다. 실종은 아니고, 회계사는 스스로 증발해버렸다. 형사도 자세히는 알지 못하는 것 같았다. 누구도 자세히는 알지 못하는 것 같았다. 형사가 분개하는 것은 이 일로, 상관에게 재떨이로 얻어맞았다는 사실이었다. 그 상관은, 그를 다시 만나보도록 권했다. 그래서 전화했다는 것이었다. 회계사는, 그 상관의 재산관리인이었다.

그는 이 모든 게 뭘 의미하는지 얼른 판단이 서질 않았다. 회계사가 소송을 없었던 일로 한 데까지는, 그의 예상이 맞아떨어졌다. 그 뒤로 회계사는 요양을 핑계로 사라졌고, 이젠 누군지 모를 형사의 상관이 사건 조사를 지시했다. 그는 하, 하고 무릎을 쳤다. 일에 새 인물이 끼어든 것이다. 형사의 상관 말이다. 새 인물이 끼어들었으니, 일이 어떻게 되어갈지는 앞으로 두고 봐야 한다. 젠장. 배배 꼬일지, 아니면 형사의 면담 한두 번으로 끝날지. 어쨌든 회계사는 증발해버렸다니까.

"오늘은 일이 있어서 시간을 내기 어려워요. 소송은 끝난 일이라면서요? 난 오늘 못 나갈 것 같아요."

그는 세게 나가기로 했다. 형사는 입을 다물어버렸다. 분을 삭이느라 말을 잇지 못하는 형사의 얼굴이 떠올랐다. 잠시 후, 난 아저씨를 만나야 해요, 오늘 당장, 하고 형사가 가래 끓는 소리를 냈다.

"좋아요. 그럼 점심 식사나 같이 합시다. 이것도 인연인데."

그는 진지하게 권하는 투로 형사를 초대했다. 형사는 망설이는 듯하더니, 그럼 그러자고, 지금 그의 집으로 가겠다고 했다. 그는 오는 길을 알려준 다음 전화를 끊었다. 아내에게 형사가 밥을 먹으러 집으로 올 것이라고 했다. 아내는 표정 없이 고개만 끄덕거렸다. 아내가 손님을 위한 새 찬을 만드는 동안, 그는 지하 작업실로 내려갔다.

형사는 한 시가 좀 넘어서 왔다. 한창림도 형사도, 이 아무 명분 없는 초대와 식사를 껄끄러워했다. 그는 형사에 대해 아는 게 없었고, 그저 일이 어찌 되려 하는지만 형사로부터 캐내고 싶어 했다. 형사도 그에 대해선 신상 명세 정도만 알고 있었고, 그저 회계사에게 무슨 일이 있었는지 그 일에 그가 연루되었는지만 캐내고 싶어 하는 눈치였다. 형사는 그를 한 형이라고 불러주었다. 둘은 적대적인 사이일 수도 있었다. 그리고 껄끄러운 사이에서 흔히 볼 수 있듯이 둘은 제삼자, 즉 그의 아내에게 더 많은 관심을 보였다.

김대중의 비자금을 가지고 몇 마디 농담을 나누는 것으로, 거실에서의 그와 형사의 대화는 끝났다. 형사는 이회창이 고작 육백칠십 원 갖고 난리를 쳐대더니 결국 제 무덤을 팠다고 했고, 그는 깔깔 웃었다. 그는 이회창이 마지막 남은 정치력까지 탈탈 털어먹었다고 정치력이란 게 소주처럼 시키면 또 나오는 거라면 얼마나 좋겠냐고 했고, 형사는 깔깔 웃었다. 어쨌든 둘 다 김대중을 찍을 거라고 했지만 그가 생각하기에 둘 다 선거일엔 투표장에 없을 것 같았다. 그는 형사와 흰소리를 하면서, 생각보단 자기가 덜 의심받고 있다는 걸 깨달았다. 회계사에게 무슨 일이 일어났는지조차 모르는데, 어떻게 의심이란 게 성립될 수 있겠는가. 형사가 상상할 수 있는 최대한의 것은 혹, 그가 회계사를 찾아가 협박이라도 넣지 않았나 하는 것 정도다.

식탁으로 옮겨와서도 마찬가지였다. 오히려 상대를 의심하고 상대에게 적대적이고 싶어 하는 쪽은 그였다. 형사는 게를 넣은 해물찌개를 좋아한다고 했고, 아내의 솜씨가 훌륭하다고 했다. 아내는 창피해하는 척했고, 그도 기뻐하는 척했다. 둘의 반응이 그러하자 형사도 기분 좋은 척했다. 그는 식욕이 돌았다. 아침을 그렇게 일찍 먹고, 젖 먹던 힘까지 쏟았으니 배고프지 않을 리 없었다. 사내애는 지금 막, 아직 죽지 않았다면, 지하 작업실에서 정신을 차리고 있을 것이었다. 그러곤 극심한 혼란에 빠져 손과 발을 미친 듯 비틀어볼 것이다. 그는 사내애를 발가벗기곤, 꼼짝 못 하게 묶어놓았다. 침대 옆 바닥에 신문지를 넓고 두껍게 깔곤, 양말까지 깡그리 벗겼다. 그러곤 꿇어 앉힌 채로 손을 뒤로 해 가죽 개 목걸이로 묶고, 허리를 단단히 쥔 가죽 혁대 틈에 꼭 끼워넣었다. 두 발목엔 따로따로 하나씩의 개 목걸이를 채워, 쇠줄로 허리의 혁대에 엮어 묶어놓았다. 그러자 엉덩이 새가 활짝 벌어졌다. 사내애의 입은 팬티로 틀어막았고 그 위에 개 목걸이를 한 번 더 둘렀다. 그러곤 쇠사슬을 길게 빼, 침대 다리에 묶었다.

사내애는, 때깔 좋은 하얀 고무공 같은 자세가 되었다. 뽀얗고 탱탱한 계집애 같은 엉덩이를 길쭉하게 뒤로 빼고, 고개를 바닥으로 떨군. 엉덩이는 물론이고 불알까지 예뻤다. 아내도 좋아하게 생겼다. 삼촌 같은 늙은 수컷은 말할 것도 없고.

거름들은 보통, 충격에서 깨어날 때 소변과 대변을 싸지르곤 해서 처음엔 침대가 아닌 신문지를 깐 바닥에 앉혔다. 하루 정도만. 그는 밥을 먹으며 아내가 형사와 수다를 떠는 동안 그 생각을 했다. 이번 거름은 또 얼마나 싸지를까. 제발 바닥을 더럽히지는 말았으면 좋겠는데. 형사가 지하 작업실에 내려가보자고 할 경우를 생각해보았지만, 설마 그럴 리가. 저 멍청이는 이 식탁 아래 지하 작업실이 있는지도 모를 것이다. 사내애가 갑자기 슈퍼맨이 돼서 가죽 개 목걸이를 끊고 비명을 질러대며 문을 뜯어내고 위로 올라오기 전에는.

"내가 알고 싶은 건, 그 친구한테 무슨 일이 있었느냐 하는 거예요."

형사가 티슈에 손가락을 문지르며 말했다.

"얻어맞고 소송을 준비 중인 사람이 느닷없이 담당 형사 앞에 나타나 괜찮으니 관두자고 말을 꺼낼 때는, 그전에 뭔 일이 있었다는 얘기 아닙니까? 상식적으로."

그는 놀랐다는 표정을 지어 보였다. 그래요? 그렇습니까? 하고 되물었다. 형사는 그렇게 나올 줄 알았다는, 체념하는 표정을 지었다. 당연한 일이다. 그래요 내가 찾아가 협박했습니다, 하고 털어놓을 바보가 세상에 어디 있겠는가. 게다가 검찰 취조실도 아닌 자기 집 식탁머리에서. 형사는 그의 두 눈을 똑바로 쳐다보며 이 일은 아직 끝난 게 아닙니다, 하고 덧붙였다. 회계사는 언제고 돌아올 거고, 그러면 난 아주 자세한 것까지 물어볼 겁니다, 아주 자세한 것까지, 하고 사무적인 어투로 덧붙였다.

"오늘은, 우리 서 영감이 가보라고 해서 온 거예요. 가서 한 형한테 물어보라고요. 헛걸음이 될 줄은 잘 알고 있었지만, 어쨌든 난 내 할 일은 한 거요."

그러면서 형사는 낯선 사람들 앞에서 자기완 상관없는 일로 창피 당했다는 표정을 지었다.

"웬걸요."

아내가 끼어들었다.

"좋아하신다던 해물찌개는 드셨잖아요. 그것도 헛걸음이었나요?"

아내가 그렇게 말하자, 형사는 다시 전의 친절한 얼굴로 돌아왔다. 아내를 좋게 본 모양이었다. 형사가, 자기가 걸터앉은 식탁 의자 아래에서 지금 어떤 일이 벌어지고 있는지, 전혀 눈치채지 못하고 있다는 게 즐거웠다. 형사의 엉덩이 바로 아래에선 지금, 완전 나체의 열여덟 살 사내애가 피똥을 싸고 있다. 지하 작업실의 깜깜한 자궁에 포근히 안긴 채로. 식사를 끝낸 형사는 단념했는지, 긴장이 풀린 눈으로 천천히 주위를 돌아봤다. 거실 전면 창에 형사의 눈이 멎었다.

"참 좋군요. 여름엔 온통 파랗겠어요."

"그럼요."

형사는 전면 창 밖으로 얕은 둔덕을 이루며 펼쳐져 있는 잔디밭을 가리켰다. 서울 근교에 이런 단독주택을 갖고 있다는 게, 부러운 눈치였다. 게다가 과천에. 저 반짝이는 건 뭐죠? 하, 애들이 타는 킹 바이킹이요. 서울랜드. 그가 대꾸했다. 형사는 아, 하고 고개를 끄덕였다. 여기서 다 보여요. 그래서 난 가끔 디즈니랜드 한가운데 들어가 살고 있는 듯한 착각이 듭니다. 그는 천진한 목소리로 그렇게 덧붙였다. 동물원도 있겠죠? 그럼요. 요 앞이죠. 난 여기서 근무한 지 이년이나 됐는데도 한 번도 가보지 못했어요, 형사가 부럽다는 듯이 중얼거렸다.

"비 오는 날 동물원 가보셨어요?"

그때, 아내가 흥미로운 얘기일 거라는 투로 형사에게 물었다.

"예?"

"비 오는 날 동물원 가봤냐고요."

형사는 어린애처럼 두 눈을 반짝이며 고개를 저었다. 그는 아내의 얼굴이 묘하게 일그러지는 것을 보았다. 형사가 온다는 얘길 듣고 암페타민을 먹은 모양이었다. 거실 전면 창에서 쏟아져 들어온 햇볕이 아내의 얼굴을, 강철 격자에 끼인 얇은 유리판처럼 투명하게 만들었다. 싸늘하고, 무기질 같은 질감으로 존재하는. 하긴 지금 거울이 있다면, 거기에 비친 그의 얼굴도 아내와 다르지 않을 것이었다. 그는 다시 한번 지하 작업실의 발가벗은 사내애를 떠올리곤, 섬뜩한 쾌감을 느꼈다. 형사는 어떤데요, 하고 물었다.

"냄새가 아주 지독해요."

"그래요?"

형사는 말꼬리를 흐렸다. 약물 작용으로 흥분 상태인 아내의 표정에서, 뭔가 부조리한 걸 감지한 모양이었다. 당황한 얼굴이었다. 방금 뭔가 듣긴 들었는데, 그게 자신의 일과 무슨 관계가 있는지 짐작을 못 하겠다는 표정이었다. 아내는 히죽, 그를 향해 이를 드러내며 웃었다. 언젠간 알게 될 거야, 이 멍청한 자식아, 그는 속으로 그렇게 중얼거렸다. 네놈이 우리 일에 자꾸 끼어든다면 말이야, 어서 우리한테서 떨어져.

형사는 일어나 주섬주섬 점퍼를 챙겼다. 낡았지만 손질이 깔끔하게 돼 있었다. 세탁소 솜씨다. 결혼을 하지 않았거나, 했어도 혼자 살고 있다. 형사는 이제 그만 가봐야겠다고 했다. 그러곤 갑자기 생각났다는 듯이 회계사 얘기를 다시 꺼냈다. 다시 만나게 될 거요, 형사는 말했다. 전에도 말했듯이 우린 똥 밟은 겁니다, 이게 악연인지 아닌지 어디 기다려봅시다. 형사는 지친 얼굴로 점퍼를 걸쳐 입고는 바깥마당으로 나갔다. 저 잔디밭엔 뭐가 있죠? 형사는 둔덕 쪽을 가리키며 따라 나온 그에게 물었다. 아내의 그 비 오는 날 동물원 애기 때문이다. 그냥 돌아서기에는 뭔가, 계속 구두 뒤축을 잡아 끌어내리는 것이 있다.

"하, 보다시피……."

그는 친절하게 미소 지으며 대꾸했다, 아무것도 없어요.

"난 아파트에서 태어나서 아파트에서 살다 아파트에서 죽을 놈이에요. 저렇게 휑 비워놓은 곳을 보면 젠장, 가슴이 답답해져요."

자기 차에 올라타서도 형사는 차창 밖으로 고개를 내밀곤, 뭔가 켕기는 듯 시간을 끌었다. 그가 대답하는 그 잠깐만이라도, 지금 자신을 꺼림칙하게 만드는 그 뭔가를 알아내고 싶어 하는 눈치였다. 그 때문인지 형사의 목소리는, 식탁에서완 달라져 있었다. 구겨진 입술 사이에서 신경질 섞인 목소리가 새 나왔다.

"하지만 뭔가 만들긴 만들어야겠어요. 공터로 그냥 놀려두긴 아깝고."

그는 형사가 빼 문 담배에 불을 붙여주며 말했다.

"뭘 심으면 좋겠군요…… 이를테면,"

형사는 뭔가 애기하려다 입을 다물었다. 혀뿌리까지 올라오긴 했는데 그게 말이 돼 나오지 않는 것이다. 형사의 얼굴이 빨개졌다. 역시, 둔한 놈이다.

"이를테면…… 목화밭 같은 것?"

그가 말했다.

"목화밭? 아, 예. 그렇군요."

형사는 끙, 하고 앓는 소리를 내며 고개를 갸웃했다. 그러곤 차를 몰고 과천 쪽으로 내려갔다.

형사가 떠나고 나자 그는 거실로 돌아와, 아내와 함께 나란히 소파에 드러누워버렸다. 아내는 자면서도 웃고 있었다. 형사를 골려 먹었으니 당연하달밖에. 아내는 울증과 조증 사이를 저속으로 왕복하며 삶을 산다. 그는 누워서 곰곰 따져보았다. 자기가 왜 목화밭, 이라고 했는지 이해할 수 없었다. 왜 양담배를 피우냐고 회계사를 쥐어박았던 때나 마찬가지다. 그 한마디 때문에 젠장맞을 모든 일이 뒤틀어져버리고, 꼬여서 복잡하게 됐다. 이번엔 목화밭이다. 세상에, 목화밭이라니! 생각지도, 예상치도 못한 단어였다. 그는 그게 뭔지도 모르고, 그걸 본 적도 없었다. 목화밭이 어떻게 생겼는지 전혀 알지 못했다. 그는 아내의 머리에 팔베개를 대주곤, 같이 곯아떨어져버렸다.

육식
원숭이

*

　박태자는 샤워기 아래서 몸을 쭉 폈다. 더운물이 여기저기를 여리게 핥으며 흘러내렸다. 남편은 지금쯤 지하 작업실에서 아이를 묶고 꼼짝 못 하게 하는 데 몰두하고 있을 것이었다. 칫, 하고 그녀는 소리 내 투덜댔다. 개 같단 말이야, 아무래도. 그녀는 새벽 네 시 반부터 일어나 설쳤다. 뇌가 작고 귀여운 회색 구름 덩어리처럼 머릿속을 떠돌고 있는 듯한 기분이었지만, 오늘 아침은 암페타민도 사양해야 했다. 신경이 지나치게 각성되면 일을 그르칠 수도 있기 때문이었다. 아이를 찾아냈을 즈음 해선 두통으로 목소리뿐 아니라, 손까지 발발 떨렸다.

　그녀는 스콜피온이라는, 촌스러운 이름의 전자충격기를 사용했다. 우리나라 상표를 달고 있었지만, 생산지는 타이베이로 돼 있었다. 피 한 방울 안 내고 표적을 무력하게 하는 이 청결한 무기를, 남편은 맘에 안 들어 했다. 남편은 자기를, 피 냄새를 좋아하는 왕수컷이라 믿고 싶어 하는 경향이 있다. 오늘은 스콜피온이 제 위력을 다 발휘하지 못하는 것 같았다. 과천을 향해 달리는 차 안에서 아이는 몇 번이나 깨어났다. 그녀는 격해졌다. 아이의 쏘아보는 두 눈이 거슬려, 몇 번이나 전자충격기를 휘둘렀다. 그녀의 신경은 가늘어질 대로 가늘어져 있었다.

그녀가 샤워하는 동안, 남편은 이제 아이를 묶어 지하 작업실로 내려보낼 것이다. 거기 어두컴컴한 바닥에 하루 이틀쯤 혼자 버려둘 것이다. 그래야 반항하지 않고 고분고분해질 테니까. 어쩌면 과도한 전기쇼크 때문에 심장이 오그라들어 내일 새벽쯤 숨을 멈추게 될지도 몰랐다. 그러면 남편은 아이를, 잔디밭의 거름으로 쓸 것이다. 내년 봄이 되면, 아이를 거름 준 자리의 흙은 새카맣게 젖어 들고, 잔디들은 주위 어느 것들보다 더 파릇파릇 생기를 띨 것이다.

"지겨워. 정말 지겨워."

물줄기 아래 오 분이나 서 있었지만 기분은 나아지지 않았다. 나아지기는커녕 그녀의 기분은 바닥을 쳤다. 그녀와 남편 둘 다, 기절한 아이를 차에서 끌어내 지하 작업실 입구가 있는 뒤뜰에 팽개칠 때마다, 어떤 식으로든 평소완 다른 반응을 보였다. 남편은 멍청이 수컷답지 않게 눈물을 흘리고, 그녀는 치를 떨었다. 턱이 얼얼하고 어금니가 잇몸에 콱 박혀버린 것 같을 만치.

어째서 치를 떨게 되는지, 박태자는 알지 못했다. 점잖지 못한 우아하지 못한 감정들이 그녀의 가슴속에서 고무공처럼 튀었다. 그러곤 치를 떤다는, 순간적인 신체적인 증후로 나타났다. 남편이 지하 작업실에서 만지작거리고 있을 아이와는 관계없는 것이었다. 남편의 눈물이, 아이가 불쌍해서 나오는 게 아닌 것처럼. 아마도, 아이를 꾀어내어 차에 태워 기절시키고 뒤뜰에 팽개친다는 그 격렬한 행위와 관련 있을 것이었다. 흔치 않은 그 격렬함의 순간이 해소된 후에, 느닷없이 밀려드는 어떤 감정과 관련 있을 것이었다.

의식의 확장감 말이다. 가스를 불어 넣은 풍선처럼, 의식의 용적량이 터무니없이 커진 듯한 확장감. 그녀의 두개골 용적이 무한히 넓어지고, 그녀의 작고 귀여운 회색 구름 덩어리도 육중한 비구름으로 다시 태어난 듯하는 것이다. 그러곤 비를 뿌려대기 시작하는 것이다. 의식이든 무의식이든, 과거의 것이든 현재의 것이든, 이미지로 이뤄진 것이든 언어로 이뤄진 것이든, 무질서하게 마구잡이로, 폭우처럼 뿌려대는 것이다. 최면 치료의 실험 대상처럼 신이 오른 무당이나 영혼을 미래로 떠나보낸 예언가처럼, 그녀도 잠깐이나마 그런 의식의 확장 상태에 이르곤 하는 것이다……

……휘몰아치는 빗발 가운데, 있지도 않은 기억까지 떠오른다. 아주 어렸을 적의 박태자, 그녀 자신처럼 보였다. 다섯 살이나 여섯 살쯤이다. 옅은 보랏빛의 치맛단이 짧은 원피스를 입었다. 머리카락은 두 줄기로 땋아 내렸다. 나비 모양의 핀도 꽂았다. 이마는 시원스레 넓고, 하얗다. 그녀는 뻣뻣하게 두 다리를 벌리고 서선, 떨리는 걸음

을 한 발 한 발 떼고 있었다. 무릎관절이 없는 인형 같아 보였다. 그리고 그 인형은 울고 있었다. 무슨 일이 있었던 거지? 그녀는 자문했다. 그녀는 그늘진 휑한 마루를 가로지르고 있었는데, 그녀가 그만한 나이 때 살던 집은 아니었다. 기역 자로 휜 어두운 갈빛 마루였고, 뒤편으론 환히 형광등 켜진 방이, 왼편 냉장고 놓인 쪽으로 어두컴컴하니 불 꺼진 방이 또 있었다. 더러웠다. 냉장고와 벽지엔 누렇게 때가 꼈다. 마룻바닥은 얼마나 걸레질을 하지 않았을까, 발바닥에 기분 나쁜 것들이 잔뜩 묻어났다. 그녀 허벅지 양쪽으로 피가 흥건했다. 걸쭉했고, 방울져 흘러내리고 있었다. 그 피 탓에 그녀는 우는 걸까. 그 피를 쏟아지게 한 어떤 상황 탓에 우는 걸까. 그녀의 부자연스러운 걸음걸이는 저 뒤편의 환히 형광등 켜진 방으로부터 시작되었던 게 틀림없어 보였다. 저 방에서, 무슨 일이 있었을까. 아무 일도 없었고, 그저 피 탓에 우는 걸까. 어쨌거나 그 피는, 멋진 초록이었다.

너무나 생생한 게 모두가 실제의 것처럼 보였다. 그 장면은 아이를 집 뒤뜰에 팽개칠 때면 어김없이 되풀이됐다. 오늘도 떠올랐다. 뭘까? 그게 뭘까? 내 과거에, 그런 일이 있었나? 아무리 헤집어봐도 기억에 없었다. 흔히 말하는 감춰진 기억일까. 그렇다면, 암시하는 바는 뭘까. 실제의 것이 아닐 수도 있었다. 예전에 봤던 공포영화의 한 장면이거나, 누군가 들려준 이야기를 그녀의 무의식이 이미지화한 것인지도 몰랐다. 창작인지도 몰랐다. 여러 가지 가능성 가운데 그녀는, 신경 쓰지 않는 쪽을 택했다. 그녀는 피곤했다.

어쨌거나, 위협적으로 보이지는 않았다. 초록 빛깔의 피라니! 허벅지를 적신 초록 피를 보면서, 그녀는 두터운 솜이불에 꼭 안겨 있는 듯한 평안과 안도를 느꼈다. 흥건한 핏빛에서 연상되는 끔찍함이나 불안과는 거리가 멀었다. 젖가슴을 적당히 압박해주는 솜이불 아래서 그녀는, 눈을 감고 영원히 잠이라도 잘 수 있을 것 같았다.

박태자는 눈을 감곤 빠른 맥박이 느껴지는 관자놀이를 손가락으로 마사지했다. 마사지를 계속하는데 문득 물컹, 했다. 그녀는 엄지손가락의 양 끝이 맞닿아선, 이젠 서로를 비비고 있다는 걸 깨달았다. 엄지손가락이 관자놀이를 뚫고 관통해 들어간 것이었다. 그녀는 고무찰흙처럼 말랑말랑해진 제 머리가 우스워 깔깔거렸다. 손가락을 빼자 이번엔, 총천연색의 꽃봉오리들이 손가락 끝에 붙어 줄줄이 딸려 나왔다. 그녀는 그 꽃들로 서울 서초동에 꽃가게를 차렸다. 난로를 놓자 금세 따뜻한 공기가 돌았다. 그다음 순간, 가게의 희뿌연 비닐 문이 열리더니 찬 바람이 쌩 불어닥쳤다. 웬 사내가 문턱을 밟고 서서 그녀에게 여기가 한창림 씨 댁이죠, 하고 정중히 물어왔다.

"예."

"아까 전화드렸던, 오장근입니다."

사내는 누가 쫓아내기라도 한다는 듯이, 문턱 안쪽으로 구둣발을 얼른 디밀었다.

"그렇군요. 들어오세요."

그녀의 목소리는 흐물거렸다. 잠꼬대나 다름없었다. 그녀는 암페타민 탓에 맑은 정신 상태가 아니었다. 꿈을 깬 건 확실한데, 아직도 꽃밭을 밟고 서 있는 기분이었다. 폭신했고, 구름 위를 걷고 있는 듯했다. 구름 위라니. 비행기를 처음 탔을 때, 그녀는 구름 위가 결코 좋기만 한 자리는 아니란 걸 깨달을 수 있었다. 구름은 그녀가 탄 비행기를 허공에서 수백 미터씩 위아래로 들었다 놨다 했다. 꿈이 아니란 걸 자신에게 확인시킨 다음에도, 발바닥의 감촉은 여전했다. 폭신했고, 여전히 구름 위에 떠 있는 것처럼 현실감이 없었다.

증세가 나빠지려 할 때 가장 먼저 나타나는 징후는, 꿈이 없어지는 것이었다. 사람들은 꿈이란 누구나 꾸는 것이며 흔한 것이라고 생각하지만, 어떤 사람들에겐 결코 그렇지 않다는 걸 그녀는 잘 알고 있었다. 그녀가 두려운 것은, 잠잘 때 꿈이 보이지 않는 것이었다. 사실, 꿈을 꾸지 않는 사람들이란 주위에서 어렵지 않게 찾아볼 수 있다. 정신과의 대기실에서 말이다.

그녀는 입을 꼭 다물곤 점심을 준비하기 위해 주방으로 갔다. 그녀가 꿈속에서 불러들인, 과천 경찰서의 오 형사라는 사람을 위한 점심이었다.

"그 해물찌개에 혹시 꽃게도 들었어요?"

"그럼요."

"아, 아주 좋아합니다."

그녀는 가스레인지에 손을 짚고 서선, 식탁에 앉은 형사의 얼굴을 쳐다봤다. 저 형사는 꽃게를 좋아한다. 남편하고 식성이 똑같군, 잘 만났어. 그녀는 화가 치밀었다. 그녀는 생글생글 미소 지어 보였다. 형사가 찾아온 것은 남편이 한 대 쥐어박은 회계사 때문이었다. 남편이 또 뭔가에 부주의했을 게 틀림없었다. 잘 처리했다고 떠벌린 게 엊그젠데, 이젠 담당 형사가 집까지 찾아온다. 당장이라도 형사와 남편을 쓰레기봉투에 처박아 집 밖으로 던져버리고 싶었다. 그녀가 보기에, 형사는 녹록한 작자가 아니었다. 남편을 표정 없이 바라보는 그의 눈동자가, 하얗게 빛나고 있었다.

뭐랄까, 위기 상황에 대한 동물적인 감각 같은 것이 그녀에겐 있었다. 닥쳐올 위기, 벌써 코앞에 닥쳤거나 아니면 연쇄 반응 끝에 십 년 후에나 벌어질 훗날의 위기, 그런 것들에 대한 동물적인 감각이 있었다. 사실 암컷들에게선 그리 드문 감각도 아니었다. 그녀는, 언제 비교해본 적은 없었지만, 자기의 그것은 다른 누구의 것보다 월등하다고 여기고 있었다. 그래서 그녀는 피부밑을 콕콕 찌르고 할퀴어대는 듯한, 자기의 육감을 믿었다. 그것은 닥쳐올 위기에 대한 감각이었고, 닥쳐올 공포에 대한 감각이었다. 그리고 이번에도 그것을 확실히 느꼈다.

식사가 끝났을 때 그녀는, 형사 앞으로 바싹 다가앉았다.

"비 오는 날 동물원에 가보셨어요?"

그녀의 물음에 형사는 당혹스러워했다. 가보지 않았다고 했다. 비오는 날뿐만 아니라 서울대공원 동물원엔 한 번도 가본 적이 없다고 했다. 뻔한 일이지, 그녀는 속으로 중얼거렸다. 비 오는 날 동물원에 가 거닐어본 경험이 있는 사람은 정말 드물다. 뷰티풀 피플 언니는 동물원에 갔다가 하늘이 어두워지고 소나기가 쏟아지자, 출구까지 숨 한 번 안 쉬고 뛰어 내려왔다고 했다. 대부분의 사람들은, 비가 오면 동물원이 폐장하는 줄 안다.

그녀는, 그 뜬금없는 물음에 당혹스러워하는 형사에게 재미를 느꼈다. 역시 둔한 놈은 아니었어. 그녀의 물음에서 형사는, 무언가 본능적으로 알아챘다. 그래도 본능은 본능일 뿐이다. 본능엔 언어, 라는 눈이 없다. 그래서 형사는 기분 나쁘면서도 왜 기분이 나쁜지에 대해서, 영 답이 궁할 것이다…… 가스레인지 위 냄비에서 뭔가 끓고 있고 냄새도 솔솔 풍기는데, 정작 뚜껑을 열어 안을 들여다보면 그 안에 아무것도 없는, 어떤 악몽처럼 말이다.

그녀는 함빡 미소를 지어 보이면서 힌트 하나를 더 내주었다.

"냄새가 아주 지독해요."

그녀가 냄새가 아주 지독하다고 하자, 형사는 그래요…… 하고 얼뜬 표정을 지었다. 남편은 잇몸까지 드러나도록 입술을 온통 까뒤집으며 즐거워했다. 남편도 조금, 흥분했다. 남편의 얼굴은 싸늘하니 굳은 채로, 격렬하게 일그러졌다. 거실 전면 창에서 쏟아져 든 햇살이, 남편의 냉랭하게 흥분한 얼굴을 하얗게 빛냈다. 잘 닦인 스테인리스 싱크대처럼.

형사가 비 오는 날 동물원에 가본 경험이 있다고 말했다면, 그녀는 좀 더 깊이 있는 힌트를 주었을지도 몰랐다. 이를테면…… 맨드릴 육식 원숭이 사육장에 가보았어요? 하고 말이다. 형사가 정말로 예민한 자라면 코를 킁킁거리며 그 물음엔 이렇게 대답할 것이었다, 아 그러고 보니 이 집 이 주방에서 그 사육장 냄새가 나는군요, 특히 바깥분한테서.

하지만 행인지 불행인지 형사에겐 그런 쪽으론 아무런 경험도 없었다. 맨드릴 육식 원숭이 사육장은 고사하고 동물원에도 가본 적이 없다. 그녀는 진심으로 즐거웠다. 형사를 놀려먹는 것이 이렇게 재밌을 줄은 미처 몰랐던 것이다.

형사는 결국 불쾌하다는 표정으로 과천으로 돌아갔고, 그녀는 소파에 드러누웠다. 텔레비전에선 무슨 쇼 프로그램이 나오고 있었다. 한 사내가 물구나무선 채로 팔굽혀펴기를, 육십 초에 마흔 몇 개쯤 할 수 있다고 자랑스레 떠벌리고 있었다. 곧 시범을 보일 차례. 눕자마자 그녀는 눈을 감고 잠들어버렸다. 물구나무서서 팔굽혀펴기를 육십 초에 몇 개쯤 할 수 있나, 하는 어리석은 짓은 맨드릴 육식 원숭이라면 절대 하지 않을 것이다. 그녀는 남편이 배웅하고 돌아오면 꿈 얘기를 들려줄 참이었다. 이렇게.

'그 자식이 우리 집 문턱을 밟고 있었어, 재수 없는 놈이야.'

그녀는 온종일 잠이나 퍼 자기로 했다.

다음 날 새벽 박태자는 안채 뒤뜰, 주방 환풍 창 아래로 갔다.

좀 전에 그녀는 재채기를 해대며 곤한 잠에서 깨어났다. 종아리까지 닭살이 돋아 있었다. 날이 갑자기 사나워진 것이다. 멍한 눈으로 깜깜한 침실 창밖을 바라보다가, 문득 지하 작업실의 아이가 생각났다. 어제 아침 거기 버려두곤 한 번도 들여다보지 않았다. 남편은 자기가 해놓은 일의 결과와 영 마주치기 싫은 눈치였다. 전기쇼크를 너무 줬어, 벌써 어떻게 됐을지 몰라, 하고 남편은 그녀를 탓했다. 그녀도 내키지 않았다. 한두 번 한 게 아님에도, 이런 따위 일엔 전혀 익숙해질 수가 없었다. 지금도 시체나 다름없고, 머지않아 진짜 시체가 될 것이 분명한 사람을 앞에 두고 좋은 기분을 유지한다는 건 무리였다. 그녀가 미치광이이며 학대증이 있는 여자라면 몰라도 말이다. 그녀 자신은 조울증이 좀 있긴 하지만. 아직 약물중독도 아니었다. 복용량을 잘 조절하고 있으니까. 아이를 지하 작업실에 버려둔 지 꼭 스물세 시간이 지났다. 날이 이런데, 전기쇼크에서 회복되었다 해도 추위 때문에 몸이 상할지도 몰랐다.

그녀는 이불장에서 캐시밀론 담요를 꺼내 들곤 안채 뒤뜰로 갔다. 주방 환풍 창 아래 지하 작업실 입구에 서서 숨을 골랐다. 바닥에 돌출한 널빤지 뚜껑 문이 지하 작업실의 통로였다. 눈썰미 좋은 사람이 아니면 그게 문이라고는 생각 못 하게끔 꾸며져 있었다. 그저, 흙바닥에 놓인 하얀 널빤지 한 묶음 정도로 보일 것이었다. 그것을 들어 올리면 그 아래서, 지하실로 통하는 어둡고 냄새나는 수직 통로가 나타나리라곤 아무도 생각 못 할 것이다. 그녀와 남편이 일부러 그렇게 위장한 것은 아니었다. 이 집에 처음 이사 올 때부터 구조가 그랬다. 그녀는, 자기 집 같은 지하실 구조가 딸린 단독주택은 아직 한 번도 보지 못했다.

그녀는 쪼그리고 앉아 널빤지 문에 걸린 자물쇠를 열었다. 얼마 전 맞쇠를 구리제로 바꿔 달았더니 움직임이 부드럽고, 신경을 자극하는 소음도 없어졌다. 그녀는 수직 통로 쇠 사다리에 발을 내려놓기 전 아래쪽을 향해 귀를 기울였다. 그러곤 한 발 한 발을 조심스레 내디디며 사다리를 탔다. 바닥에 내려와선 형광등 스위치를 올리고, 또 한번 귀를 기울였다. 그녀는 뒤뜰 흙이 묻은 단화를 벗고 깨끗한 털슬리퍼로 갈아신었다. 냉기가 가득했지만 그래도 바깥보다는 따뜻했다. 남편의 책과 비디오테이프들이 빼곡히 꽂힌 오 단짜리 책꽂이 몇 개가, 지하 작업실 벽을 빙 둘러가며 들어차 있다. 남편은 이제 책에도 영화에도 관심을 보이지 않는다. 저 책들과 영화 테이프들은 그녀가 심심풀이 삼아 이따금 들춰본다.

그녀는 슬리퍼가 바닥에 끌리지 않게 조심하면서, 지하실 통로를 돌아갔다. 남편이 아끼는 청동제 대형 보일러 뒤편에 짧고 좁은 통로가 있고, 그 뒤로 서너 평쯤 되는 작은 공간이 또 하나 있다. 그녀와 남편은 그 공간에 침대와 변기를 갖다 놓고, 작업실로 꾸몄다. 이제 곧 거름이 될 아이들을 위한.

흐릿하니 빛나는 아이의 웅크린 등짝이 보였다. 지린내, 구린내가 독하게 코를 찔렀다. 쌌어, 그녀는 코를 막으며 중얼거렸다. 장 깊이 박혀 있던 숙변까지 쏟아져 나온 모양이었다. 그녀는 작업실 조명 스위치를 올렸다. 조명도가 이천 럭스쯤 될 정도로 높아, 여기 불을 켤 때면 늘 눈이 부셨다. 모퉁이 구석에 쌓인 먼지 한 올에까지 빛이 환하게 내려앉았다. 아이는 고개를 들고, 갑작스레 쏟아지는 불빛이 참기 힘든지 얼굴을 찌푸렸다. 누렇게, 뺨까지 눈곱이 흘러내려 있었다. 아이를 앉혀놓은 바닥의 신문지는 배설물로 흥건히 젖어 있었다.

아이를 묶은 걸 보니, 남편의 결박 솜씨는 이제 전문가 수준에 도

달한 것 같다. 무릎을 꿇린 채로 가죽 개 목걸이로 두 손목과 발목을 꼼짝 못 하게 해놓았다. 소리를 못 내게 입에까지 개 목걸이를 채웠다. 쇠줄과 가죽 개 목걸이와 가죽 혁대가, 웅크린 아이의 벌겋게 달아오른 맨살과 멋진 조화를 이루고 있었다. 그 조화가 이렇게까지 예뻐 보였던 적이 있었던가. 바비 인형처럼 말이다. 삼 년 전 아이의 누드를 보고서 느꼈던 것관 또 다른 흥분이었다. 누드에, 폐허가 드리웠다. 부드럽게 휜 아이의 등줄기 아래서 도톰하게 빛을 내는 어린 사내아이의 엉덩이에, 폐허가 드리웠다. 아이는 이제 칠십육 평짜리 빌라에 살고 있지도 않고, 오줌을 누기 위해 좌변기의 좌대를 올릴 필요도 없다. 헤어숍과 참치회는 아이의 생에서 말끔히 지워졌다. 노출증도 이제 실험이거나 도발일 필요가 없었다. 팬티라도 걸칠 수 있었던 그때가, 미치게 그리울 것이다. 톰 존스도 없다.

그녀는 코를 움켜쥐곤 아이에게 다가가, 턱을 고정시킨 개 목걸이를 풀어주었다. 그러곤 입안 가득 물려 있던 브리프 팬티를 빼내주었다. 침과 피로 진득진득했다. 입안이 트이자, 아이는 거칠게 심호흡을 하고 기침을 해댔다.

"내게 왜 이러는지 생각해봤어."

몇 분 후에야, 아이의 말문이 트였다. 목소리는 그저 가래 끓는 소리나 다름없었다. 목구멍 깊숙한 데까지, 이물질들이 잠긴 모양이었다. 전기쇼크로 기도가 오그라들었을 수도 있었다. 결후 바로 아래에, 새카맣게 탄 자국이 나 있었다. 그르릉그르릉, 아무튼 아이는 그런 소리라도 끌어내기 위해 최선을 다하고 있었다.

"뭐?"

그녀는 뭐? 하고 되물었다.

"씨발, 쌍년."

아이는 그렇게 내뱉곤, 다시 고개를 떨구었다. 그러곤 못 알아들을 몇 마디를 더 중얼거렸다. 쌍년? 그녀로선 참 오랜만에 들어본 말이었다. 요즘 아이들도 그런 욕을 쓰나? 그녀는 혀를 찼다. 서른 줄로 접어든 게 벌써 몇 해 전이다. 거의, 아이 나이의 두 배다.

"날 죽일 거지?"

아이가 갑자기 소릴 질렀다. 격렬하게 기침을 해댔다. 그녀는 깜짝 놀라, 뒷걸음질 쳤다. 몇 해 동안 이 지하 작업실로 끌려 내려온 아이들은 여럿 있었지만, 지금껏 그걸 물어온 아이는 없었다. 그래 네 말이 맞아, 라고 자신의 짐작을 사실로 확인해줄까 봐 두려워하는 눈치들이었다. 요즘 아이들은, 초등학교 오 학년만 돼도 제 미래를 논리적으로 구성해볼 수 있는 능력을 갖춘다. 그때부터 고등학교, 대학교 입시 시스템이 가동되니까. 죽일 거냐고? 물론이다. 그녀는 아닐 테지만 남편이 그 일을 할 것이다. 그녀는 아이가 딱했다. 아이는 지금, 며칠 후의 자기 미래를 보고 있는 것이었다. 두 눈 뜨고. 아이는 지난 스물세 시간을 연신 까무러쳤다 깨어났다 하면서, 그런 생각에 몰두했을 것이었다. 이게 뭘까. 난 어떻게 될까. 엄마는 왜 날 찾지 않을까. 왜 하필이면 날까. 왜 날까.

"내가 누나한테 뭘 잘못했다는 건지 얘기해봐. 내가 해결할게."

아이가 다시 한번, 억지로 짜내는 듯한 목소리를 냈다. 해결한다고? 사과하겠다는 얘기일까? 아님, 부모에게 연락해 돈으로 갚겠다는 얘기일까?

"넌 잘못이 없어. 잘못이라면 이 누나한테 있지, 쯧."

그녀는 안됐다는 듯 혀를 차며, 다시 아이 앞에 쪼그리고 앉았다. 그러곤 개 목걸이를 집어 들었다. 아이가 재빨리 추워죽겠어, 했다. 다 알아, 그래서 담요를 갖고 왔어. 그녀는 이 문제는 중요해 시험에 나올지도 몰라, 하는 투로 아— 입을 벌려봐, 했다. 아이는 순순히 그녀 말에 따랐다. 개 목걸이가 다시 입에 채워지자, 아이는 코맹맹이 소리를 내며 울기 시작했다.

"아깝지만, 팬티는 버리자. 침 땜에 못 입게 됐어."

그녀는 우느라 달싹이는 아이의 벗은 어깨에, 캐시밀론 담요를 덮어주었다. 그녀는 침대 다리에 묶어놓은 쇠사슬이 느슨해지지 않았나 확인하고, 안채로 돌아갔다.

"작업실에 내려가봐야 하지 않아?"

박태자는 늦은 아침을 차리며 남편에게 물었다. 난 오늘 나가봐야 해. 그녀는 덧붙였다. 남편은 영 내켜 하지 않는 얼굴이었다. 그녀는 부러 비죽거리며 난 아까 가봤어, 했다.

"정말? 가봤어?"

"그래."

"어떻디? 죽었디?"

그녀의 생각이 맞았다. 남편은 자기가 해놓은 일의 결과와 마주치기가 겁났던 것이다. 뻔하지. 아무 생각 없이 내려갔다가, 아이가 싸늘해져 있으면 그것만큼 골치 아픈 일도 없다.

"추울까 봐 뭘 좀 덮어줬어."

"하—"

남편은 거참 반가운 말이라는 듯, 탄성을 질렀다.

"냄새가 진짜 심해. 다 배겠어."

"많이 싸놨어?"

그녀는 그렇다고 고개를 끄덕했다. 많이 쌌어, 정말로. 정말 놀랐었나 봐. 전기쇼크가 과도했기 때문인지, 그 어느 경우보다도 배설물이 많았다. 거름의 배설물을 처리하는 것은 남편의 일이었다. 배설물량이 많다는 얘기에 남편은 다시 시무룩해졌다.

"알았어. 너 나가고 나면, 치워줄게."

남편은 치워줄게, 하는 식으로 말하는 버릇이 있다. 그녀의 할 일을 자기가 기꺼이 도와준다는 식이다. 수컷은 못 말려.

"밥은?"

"낮에 마실 물이나 주지. 내가 먹일게."

＊

한창림은 아내의 꿈 얘기를 들었다. 꿈에서 아내가 서초동의 꽃집 주인이 되었는데, 그 꽃집의 문턱을 밟고 서선 그 자식이 여기가 한창림 씨 댁이죠? 하고 물었다는 것이었다. 그 자식이란 어제 왔던 과

천 경찰서의 오장근 형사다. 형사는 아내가 해준 꽃게가 든 해물찌

개까지 아주 맛나게 얻어먹고 갔다.

"뭔가 느껴지는 사람이야, 조심해야 하지 않을까."

아내는 외투를 걸쳐 입고, 현관의 고질라 인형 아가리에서 차 키

를 꺼내 들었다. 밤에나 들어올 거야. 아내는 진지한 얼굴로 그 자식

말이야, 하고 덧붙였다. 그는, 당연히 조심해야겠지 하고 중얼거렸

다. 아내 말대로 조심은 해야겠지만, 그렇다고 어찌해볼 수도 없는

노릇이었다. 형사는 아직 한 발짝도 움직이지 않았다. 그와 아내가

경계하고 있는 그들만의 영역 안으론 아직 한 발짝도 들여놓지 않았

다. 그저 그럴 가능성만 쪼끔 보여준 것뿐이다. 아직 한 발짝도 움직

이지 않은 그를, 도대체 얼마나 경계할 수 있단 말일까.

"그 자식에 관한 거라면 이제부터 나랑 상의해."

아내는 아무래도 맘이 안 놓인다는 얼굴로 현관 신발장 앞에서 멈

칫멈칫하고 있다. 손가락 끝에서 차 키가 가벼운 금속성 소음을 내

며 돌고 있다. 겨울 늦은 아침의 햇볕이, 회전하는 차 키에 부딪쳐

찰랑찰랑 조각나고 있다. 그는 금속성으로 하얗게 빛나는 그 조각

들 때문에 순간적으로, 골치가 쑤셨다. 날카로운 각을 갖고 있는 조

그만 스테인리스 스틸 조각들…… 그것들이 수도 없이 제 동공에 와

박히는 듯한 착각이 들었다. 스테인리스 스틸 조각들이 두개골 안까

지 뚫고 들어와 뇌를 스파게티 국수 다발처럼 헝클어놓는 느낌이었

다. 여태껏 살아오며, 이런 느낌을 가졌던 적은 없었다. 그는 근본적

으로 둔한 사람이었다. 젠장맞을, 오장근 형사란 놈의 눈빛이 바로

저랬어. 바로 어제, 그의 코앞에서 알짱거리고 있던 눈빛이었다. 그
는 갑자기 불안해졌다. 젠장.

"그리고 작업실에 좀 내려가봐."

지하 작업실에 내려가서 사내애가 싸질러놓았을 것들을 치우고
좀 씻기라는 얘기였다. 작업실 청소와 거름의 목욕은 항상 그의 몫
이었다. 차를 몰고 마당을 빠져나가는 아내를 졸린 눈으로 바라보다
가 그는 갑자기 비명을 질렀다. 짜증이 머리 꼭대기에서 끓고 있었
다. 콧물로 얼굴이 범벅이 돼 있겠지! 침이 허옇게 말라붙어 있을 거
야! 똥은 또 어떻고! 그는 주먹을 쥐었다 폈다 하며 색색, 숨을 몰아
쉬었다. 전혀 산뜻하지 못한 일요일 오후를 보내게 될 것이었다. 거
름이 그의 신경을 긁어놓기라도 하면 그는 그에 대한 보상을 받으려
할 것이었다.

지금이 십일월 겨울이 아니었으면, 이 악취들은 더 견디기 힘들었
을 것이었다. 흙이 서서히 온기를 띠기 시작하는 오월이나, 무엇이
든 반나절이면 물컹물컹해지는 한여름 땡볕이나, 대기가 지표 위에
꼼짝 않고 눌러앉아버리는 칠팔월의 장마철이었으면 한창림은 아마
지하 작업실 근처엔 내려오려고도 하지 않았을 것이었다. 철제 사다
리에서 지하 작업실 바닥에 첫발을 내려놓았을 때 그가 맨 처음 한
행동은 구역질이었다. 거름이 쏟아놓은 배설물들 냄새가 그의 콧속
을 기다란 외과용 도구처럼 찔러왔고, 그의 뇌 속을 후벼 파며 참을
성이란 참을성은 죄다 빨아내가버렸다. 물론, 냄새가 이런 정도의

수준일 줄은 예상하고 있었다. 그는 얼굴에 마스크를 두 겹이나 덮어썼고 혹 파상풍균이라도 옮을까 봐 손에도 위생장갑을 네 겹씩 겹쳐 꼈다. 그러곤 트레이닝복 소매를 길게 내려 맨살이 드러나지 않게 했고, 옷깃도 세워 목의 연한 피부를 둘둘 감쌌다. 청소 도중에 어떤 더러운 것들이 그의 맨피부에 튀게 될지 몰라 걱정스러워서였다. 똥이나, 오줌이나, 누런 분비물이나, 아니면 거름이 그에게 내뱉을지도 모르는 된 가래 같은 것들 말이다. 그런 것들이라면 차라리 안전하다. 닦아내면 되니까. 하지만 그가 정말 신경 쓰지 않을 수 없는 건, 너무나 작아 인간의 눈엔 보이지 않는, 미크론 단위의, 그런 것들이었다. 한 손엔 양동이를 한 손엔 플라스틱 솔을 들고, 그는 신경질로 뻣뻣해진 걸음을 지하 작업실 안쪽으로 옮겼다. 양동이 속엔 신문 세 부와, 종량제 쓰레기봉투와, 재스민 향의 방향제 스프레이와, 거름에게 먹일 생수병 하나가 담겨 있었다.

사내애는, 오렌지 옐로 바탕에 커다란 호랑이 초상이 들어간 캐시밀론 담요를 뒤집어쓰고 있었다. 새벽에 아내가 내려와 덮어주고 간 것이었다. 확실히 춥긴 했다. 이런 날씨에 시멘트 바닥은 정말 시렵겠지. 그는 담요가 들썩이는 걸 보곤 아직 살아 있네— 하고 큰소리로 감탄했다. 담요 밑으로 까맣게 젖어 있는 신문지 깔개와 시멘트 바닥이 보였다. 아내 말대로 정말 많이 싸놓은 모양이었다.

"이런 담요가 우리 집에 있었나?"

그는 운동화 끝으로 담요의 어깨 부분을 툭, 건드려보았다. 사내애가 움찔하며 끙, 소리를 냈다. 놀랐지? 그는 다시 물었다. 그러곤 손가락 두 개를 조심스레 뻗어 담요를 꼭 집곤 재빨리 들어 올렸다. 담요가 들썩이자 독한 배설물 냄새가 그의 코 밑에서 폭발하듯 피어올랐다. 하, 쌍! 벗은 두 어깨가 파들파들 떨고 있었다. 하얗다. 냄새와 안 어울리게 너무나 하얀 피부다. 맨엉덩이가 그의 눈 아래에서 동그랗게 반원을 그리고 있었다. 균형이 잘 잡힌 허리 곡선 아래 하얗고 부드러운 추처럼 매달려, 몸매의 정점을 이루고 있었다. 차가운 시멘트 바닥 때문에 엉덩이 아랫부분은 파랗게 얼어 있었다. 하, 너 정말 많이 쌌구나. 그는 담요를 통로 쪽으로 던져 치우며 소리 질렀다. 화가 나서 지른 소리지만, 마스크를 두 개나 덮어쓴 덕분에, 그의 말소리는 모음이 강조되어 실제보다 훨씬 친절한 투로 들렸다. 실은 불편한 입술 때문에 말소리를 내는 것도 쉽지 않았다. 사내애는 탈진했는지 고개를 푹 수그리고 있었다. 하긴 이틀 동안 물 한 모금 얻어먹지 못했다. 얼어 죽지 않은 것만 해도 정말 다행이다. 배설물 가스 때문에 콧속은 물론이고 입속까지 아려왔다. 어떤 이물질 입자들이, 그의 입천장에 새까맣게 파리똥처럼 달라붙어버린 것 같았다. 누군가 그의 턱을 억지로 벌리고, 비닐 빵 봉지를 그의 입속에 힘껏 틀어박은 것 같았다.

"지금부터 청소해야 돼. 그러니까, 조용히 있어줘."

그는 금세 시무룩해진 목소리로 중얼거렸다. 그는 먼저 양동이 속의 신문과 쓰레기봉투와 방향제와 생수병을 침대에 쏟아놓고, 세면대로 가 빈 양동이가 넘칠 때까지 물을 받았다. 그러곤 사내애의 양겨드랑이 사이에 팔을 끼우곤, 낑낑거리며 들어 올렸다. 딱딱하게 굳은 채로, 작은 고무공 모양으로 딸려 올라왔다. 그는 사내애를 몇 발짝 옆자리로 옮겨놓았다. 들어 올리자마자 그 밑에서, 그를 기다리고 있었다는 듯이 새까맣게 오그라든 대변 한 무더기가 드러났다. 느닷없이 이런 지하 작업실로 끌려와 며칠 갇히게 되면 누구나, 격렬한 신체 반응을 보이기 마련이다. 내장이 휘발유를 붓고 성냥을 그은 것처럼 타버린다. 대변도 물론 새까맣게 오그라든 채로 탈진해 개개 풀린 항문 밖으로 미끄러지듯 떨어져 내린다. 이 모든 건, 경험이 그에게 가르쳐준 것이었다. 경험이 가르쳐준 것이었지만, 결코 익숙해질 수 없는, 그런 종류의 경험이었다. 반 양동이는 될 듯한 그 양을 보곤, 그는 한숨을 내질렀다. 앉혀놓았던 신문지 깔개는, 싸지른 오줌으로 푹 젖다 못해 보풀이 일 정도로 삭아 있었다.

그는 멀찌감치 떨어져서 플라스틱 솔로, 신문지를 둘둘 말았다. 그러곤 쓰레기봉투를 뒤집어 신문지 뭉치를 살짝 집어 올리곤, 재빨리 다시 뒤집었다. 그 와중에, 그토록 조심했는데도, 신문지가 찢어져 대변 몇 덩이가 바닥으로 굴러떨어졌다. 하, 쌍! 그는 다시 한 번 비명을 질렀다. 떨어진 대변 덩어리는 휴지로 감싸 올려 좌변기에 던져 넣었다. 변기의 물을 틀어 쓸려 내려가도록 했다. 그는 쪼그리고 앉아 쓰레기봉투의 입구를 세심하게, 묶어 틀어막았다. 그러곤 세면대로 가 양동이를 들었다. 그는 양동이의 물을, 수챗구멍 쪽으로 흘러 내려가도록, 오줌과 똥 자국들로 범벅이 된 바닥에 끼얹었다. 몇 차례 그렇게 하고 나자 그런대로 깨끗해진 듯했다. 그러고도 그는 열 번이나 세면대와 수챗구멍 사이를 오가며 그 짓을 반복했다. 그에겐 웬만큼 마음에 든다, 는 말은 없었다. 웬만큼이 아니라, 완전해야 하지 않을까. 그것이, 그의 생활의 시간을 그에게 끝이 없는 것으로 만들어주었다. 그가 마음먹은 것들이 완전히 그의 맘에 들 때까지, 완전히 흡족해질 때까지, 그의 생활은 끝도 없이 연장되고, 무언가 이유가 있는 삶으로 가늘게 가늘게 서른두 해가 이어졌다. 아무튼 그는 그렇게 생각했다. 이를테면, 똥으로 범벅이 된 바닥을 청소하는 일에서까지도 말이다.

바닥 청소가 끝나자, 그는 다시 위층에서 가져온 신문 세 부를 넓게 겹쳐 깔았다. 사내애를 들어 처음 있던 대로, 그 위에 앉혔다. 좀 청결해진 느낌이었다. 이젠 사내애를 목욕시킬 차례다. 아내는 그가 사내애의 악취 나는 밑까지 닦아주길 원하겠지. 오늘은 얼굴을 씻겨주는 것까지만 하자. 그걸로도 넌 감사해야 해! 그는 양동이 가득 물을 받아놓곤, 사내애 앞에 쪼그리고 앉았다. 그러곤 입에 채웠던 가죽 개 목걸이의 버클을 끌렀다. 개 목걸이를 벗겨내자, 사내애는 격하게 기침을 해댔다. 귀여운 분홍빛 젖꼭지가 붙은 가슴이 부풀어 올랐다간 갑자기 꺼졌다. 개 목걸이를 채웠던 자리는 빨갛게 패어 있었다. 사내애는 혀를 굴려 입안 이곳저곳에 났을 상처를 핥았다.

얼굴을 봐선, 세수시키는 것만으로도 족히 반 시간은 걸릴 것 같았다. 콧물과 침 자국들이 사내애의 얼굴을 여러 쪽으로 쪼개놓고 있었다. 거품을 물었던 입 주위 살갗은 하얗게 일어나 있었다. 그는 기막혀 한숨을 내쉬었다. 눈곱이 꼭 고드름 같구나, 하고 그는 말했다. 괜한 얘기가 아니라, 진심으로 그랬다. 사내애 눈가에 말라붙어 있는 누런 왕눈곱들은 어딘가, 매해 겨울이면 그의 집 처마 끝에 매달려 동당거리는 예쁜 고드름을 떠올리게 하는 묘한 매력이 있었다. 동당거리다니? 어째서 또 그런 생각을 했을까. 전혀 어울리지 않는다. 결후 바로 아래 살갗엔 전자충격기에 탄 자국이 까맣게 남아 있었다. 그는 양동이의 물을 사내애 얼굴에 뿌렸다. 사내애는 움찔, 하며 어깨를 뒤틀었다.

"날 탓하지 마."

그는 장갑 낀 손으로 부걱부걱 사내애의 얼굴을 문지르며 단호하게 말했다.

"누군가를 탓해야 한다면, 그건 삼촌이야. 그 사람은, 삼촌은……."

그는 말을 더 잇지 못하고 입을 다물었다. 삼촌에 대해 아무리 지껄여도 사내애는 이해하지 못할 게 뻔했다. 내겐 삼촌이 있어, 그렇지만 진짜 삼촌은 아냐, 그렇지만 그 어떤 피붙이보다도 더 가깝지— 라는 설명은 아무래도 엉성했다. 진짜 삼촌도 아닌데 어쩌다 삼촌이라 부르게 되었는지, 그리고 그저 삼촌이라 부를 뿐인 사람이 어쩌다 피붙이보다 가깝게 되었는지에 대한 구구한 부연설명이 필요했다. 더구나 '피붙이보다 더 가까운'이란 수식을 이 사내애가 이해할 수 있을까. 싸구려에 상투적이면서도 무엇보다 근원적인, 그 표현을 이해할 수 있을까. 인간관계에 몇 번이고 상처받아본 이라면 누구나 가슴이 저릴, 그 신파조의 표현을 이해할 수 있을까.

또 이런 설명도 있을 수 있었다. 삼촌을 찾으려면 정부 과천청사 앞 육 층짜리 빌딩으로 가봐라, 승강기를 타고 사 층에서 내려 오 층 펫숍을 찾아라. 거기서 펫숍의 보스인 삼촌은 옅은 베이지색 양복을 입고 휘적휘적 유령처럼 걸어 다닌다. 너무 가까이 다가가거나 서 있지는 말아라. 그리고 그 육 층에 무엇이 있는지는 내게도 수수께 끼다─이건 틀림없는 사실들의 나열이지만 사내애는 여전히 아무 것도 이해하지 못할 것이었다. 한창림 자신의 귀엔 더할 나위 없이 뚜렷하지만, 사내애의 귀엔 빌어먹을 은유나 환유의 부서진 퍼즐처 럼 들릴 것이었다.

그렇담 이건 어떤가. 삼촌은 말이야, 어디에도 없으면서 어디에나 있는 그런 사람이며, 그 사람 앞에서 지킬 수 있는 비밀이라곤 하나 도 없다─이 역시 삼촌이란 존재의 이해에는 방해만 될 뿐이었다. 이 설명에 얽힌 공포와 섬찟함의 느낌은 한창림 자신에겐 소름 끼치 는 현실 자체였지만, 사내애에겐 잠꼬대나 다름없을 것이었다. 표현 이 너무나 추상적 관념적이어서, 결국은 아무것도 표현하고 있지 않 은 것이나 마찬가지였다. 교회 설교단에 놓인 성경책에서 유일하게 현실감이 있는 것이라곤, 성경을 감싼 가죽 표지 두 장뿐인 것처럼.

어떤 식으로 설명하더라도 사내애는, 삼촌을 알지 못할 것이었다. 하긴 알아서 무얼 할까, 공포만 더할 것을. 물론, 방법이 없지도 않 았다. 삼촌이란 존재를 이해시키기 위한 가장 확실한 방법은, 지난 시간을 차근차근 털어 들려주는 것이었다. 그와 삼촌 사이에 맺어져 왔던 지난 시간의 관계, 모두를 들려주는 것이다. 물론 그건 지겹고 짜증 나는 작업이다.

모두가 가치 없는 생각에, 부질없는 노력이었다. 그는 사실 삼촌의 존재를 설명하기 위해 그 무엇도 할 필요가 없었다. 사내애에게 삼촌을 설명해줄 의무도, 까닭도 없었다. 사내애 역시 바라지 않을 것이다. 사내애는 그와 눈조차 마주치려 하지 않는다.

"이제 바깥일이 궁금해질 때가 되었지, 안 그래?"

그는 화제를 바꿨다.

"대통령이 바뀔 거야, 올해가 가기 전에."

이것이 그가 머릴 굴려 짜낸 얘깃거리였다. 정말 어색한 얘기였지만, 그보다 덜 어색해 보일 얘기란 찾을 수가 없었다. 어떤 사내가 어떤 사내애를 자기 집 지하실에 유괴해다 놓고 가죽 개 목걸이로 온몸을 친친 감아놓았다—대충 이런 관계인 둘 사이에서 어색하지 않게 오갈 수 있는 얘기란 흔치 않을 것이다. 그가 솔직한 사람이어서 사내애 앞에서 거름, 집 뒤의 잔디밭, 펫숍, 유괴, 필름 같은 진짜 얘깃거리를 들먹였다면 사태가 그만 돌이킬 수 없이 돼버릴지도 모른다. 상심한 사내애가 작업을 시작하기도 전에 시체가 돼버릴 수도 있고, 그러면 그가 그동안 기울인 모든 수고도 헛짓했던 게 된다. 사내애가 안돼 보이기도 했다. 동정심이 그로 하여금 혀를 차게 했다.

"쯧."

한창림이 기억하는, 펫숍과의 첫 대면은 구로동 시장통에서였다.

"그래, 너였단 말이지."

초면이었기에 그는, 삼촌을 뭐라 불러야 할지 몰랐다. 하긴 굳이 부를 기회도 없었다. 사십 줄에 접어든 그의 아버지보단 좀 어려 보였다. 기름 바른 긴 생머리에 왼 가르마를 탔다. 오른쪽만, 귀밑머리를 찰싹 붙여 귓바퀴를 내놓고 있었다. 이마며 뺨이며 팔목이며 드러난 살결들이 죄다 하얬다. 누이의 살결보다 한결 나아 보였다. 하얀 와이셔츠에, 약간 노란빛이 도는 하얀 양복 재킷을 걸쳐 입고 있었다. 하의는 허벅지에 착 달라붙는 멋진 청바지였다. 가냘픈 몸매에, 상당히 작은 몸집이었다. 앉아 있는 가죽 소파에서 일어서 발돋움을 하더라도, 그에게 못 미칠 듯했다.

그가 그런 사내에게서 받은 첫인상은, 누이가 대본소에서 빌려오곤 하는 순정만화의 남자 주인공 같다는 거였다.

"그래, 네가 날 털었어."

그때는 펫숍도 진짜 펫숍이었다. 그는 방금 진료실 뒤편의 널따란 임시보관소를 거쳐 지나왔다. 벽의 사면 중 두 면은 개들 고양이들 원숭이들의 우리가, 좀 떨어진 두 면에는 새장과 칸칸이 나뉜 대형 수조가 들여놓아져 있었다. 악취가 코를 찔렀다. 분뇨 내와 살 비린내, 상한 먹이 냄새, 물비린내…… 그의 코가 조금만 더 예민했다면 거기서 수십 수백 가지의 악취의 종류를 구분해낼 수도 있었을 것이었다. 아프간하운드의 헐떡이는 아가리에서 떨어지는 걸쭉한 타액 냄새, 친칠라 고양이의 설사 냄새, 수조 바닥에 가라앉은 상한 인공 사료 냄새, 방울새의 썩어가는 깃털 냄새, 고든 세터가 그 통에도 짝을 찾겠다고 사방에 뿌려놓은 암내, 갈라고원숭이의 눈에서 흘러내린 진물 냄새, 에틸알코올, 베타딘, 과산화수소수…… 그가 동물과 화학약품의 종류를 좀 더 알고 있었더라면, 그것은 평생 잊지 못할 경험이 되었을 것이었다. 하지만 그는 무식했기에, 게다가 그에겐 약한 축농증 기운이 있었기에, 그 온갖 악취는 한데 뭉뚱그려져 해머처럼 그의 콧등을 내려쳤을 뿐이었다.

"어쩌면 그럴 수 있어?"

삼촌의 기분이 어떤 상태인지 종잡을 수가 없었다. 삼촌의 표정과 목소리의 색깔은 너그럽게 부드럽게, 옅은 미소를 띤 것이었다.

"애완동물은 사람의 보살핌을 떠나선 제대로 살 수 없다는 걸 몰라? 개든 고양이든 사람을 떠난 자유는 지옥이야. 새는 더더구나."

바로 그 표정과 목소리의 색깔이 아무것도 탐지할 수 없게 했고, 그를 혼란스럽게 만들었다. 뭐 이런 사람이 다 있나, 하는 생각이 어린 그의 머릿속을 스쳐 지나갔다. 기이했다. 삼촌의 표정과 목소리는 아까부터, 삼촌 앞에 앉은 그 순간부터, 전혀 변함이 없었다. 그게 문제였다. 표정과 목소리가, 말의 내용과 따로 놀고 있었다. 미치게 겉돌고 있었다.

"여기가 어딘지 몰라? 하긴 알 리가 있겠어."

"공단 동물병원이잖아요."

그는 가볍게 항의하는 투로 대꾸했다. 여러 가지로, 돌아버릴 지경이었다. 삼촌의 말을 정확히 파악하기 위해서 그는 온 신경을 집중하고 있었다. 본능이 그렇게 시켰다. 눈을 감고 귀만을 사용한다면, 좀 수월하려만 그럴 수도 없었다. 게다가 지금 들어와 있는 방의 기이한 분위기도 그를 거세게 압박해왔다.

"장난치니?"

순정만화의 남자 주인공 같은 삼촌의 앞에 꿇려 앉혀지기까지, 그는 세 곳을 지나쳐왔다. 입구에 '공단 동물병원'이란 간판이 붙은 환한 조명의 진료실, 그 안쪽의 커튼으로 분리된 임시보관소, 그리고 이 방이었다. 동물병원의 안채 같았다. 임시보관소에 붙은 쇠로 된 쪽문을 나오자 여느 한옥 가정집의 마당이 나왔다. 널찍했다. 수돗가에는 양철 세숫대야가 몇 개씩이나 뒹굴고 있었다. 마당의 하늘을 가로지른 빨랫줄에는 십여 벌의 셔츠와 청바지가 널려 있었다. 마루 아래 운동화와 구두가 수십 켤레나 정돈돼 있었다. 그는 건물 한편의 툇마루를 신발도 벗지 않고 올라, 여기 방으로 끌려 들어왔다. 그러곤 무릎 꿇려 앉혀졌다. 생시멘트 바닥이었다. 벽도 생시멘트였다. 겁에 질려 있어서 그런지 상당히 넓어 보였다. 천장만은 추상적인 문양이 볼륨 처리된 벽지로 덧씌워져 있었다. 생경했다. 생경하고, 끔찍하게 살풍경했다. 가죽 소파 외엔, 휑하니 아무것도 놓여 있지 않았다. 바로 그래서 그는 현기증을 느꼈다. 너무나 생경한 광경이 현기증을 일으켰다. 낮이어서 시야는 밝았지만 그런 풍경의 방에선 빛이란 사실, 쓸모가 없는 것이었다. 빛이 있든 없든 낮이든 밤이든 망막에 걸쳐지는 게 없을 테니까. 구역이 났다.

"우리 사업은 번창일로에 있어."

삼촌이 다시 말문을 열었다.

"이제 사람은, 동물이 사람에게 주는 여러 가지 혜택을 인정해주어야 해. 도대체가 한두 가지야? 우린 애완동물의 공로를 존중해야 돼. 더 이상 장난감이 아니지. 더불어 살아가는 반려자야."

"그러자고 국제회의라도 열려야 해. 반려자로서의 애완동물이라는, 애완동물을 바라보는 시각의, 새 역사를 열어야 한다고. 내가 항상 주장해왔던 것 아냐?"

삼촌은 손가락을 튀겼다.

"항상 주장해오셨죠."

등 뒤 아주 가까운 곳에서 남자 목소리가 들려왔다. 돌아보고 싶었지만, 그러다간 목이 부러질 것 같았다. 셔츠에 땀이 흥건했다. 돌이켜보면 그때나 지금이나 펫숍은, 다중 공간이었다. 입구는 항상 분명했다. '공단 동물병원'도 과천의 육 층짜리 빌딩도 확실하고 또렷했다. 그리고 그 안쪽에, 삼촌이 손님을 맞는 생시멘트 일색의 감춰진 공간이 있다. 여기서부터 공간은 모호해진다. 그곳엔 표지가 없다. 아무 간판도 안내판도 달리지 않았다. 이렇다 할 집물이 없어, 용도를 미루어 짐작할 수도 없다. 펫숍 빌딩의 승강기도 사 층까지만 운행한다. 오 층과 육 층을 가리키는 단추는 접착제와 스티커로 지워지고 가려졌다. 뭘 하는 곳인지, 뭔 일이 벌어지곤 하는 곳인지 알 수 없다. 그곳은 아직 태어나기 전의 공간처럼 보인다. 용도에 맞춰 단장하기 전의 공간. 아니면 쓸모가 다한, 버려진 공간처럼도 보인다. 그래서 생시멘트라는 가죽만 남고, 내장이며 눈코가 싹 비어버린 그런 공간 같아 보이기도 했다. 무슨 일이 벌어지곤 하는지 알고 싶다면, 방법은 하나다. 겪어보는 것이다. 지금 그가 겪고 있는 것처럼.

그렇다고 진면목을 다 보는 것도 아니다. 겪는 것만을 겪는 것이고, 보는 것만을 보는 것뿐이다. 아니 좀 더 엄밀히 말해서, 보여주고 싶은 것만 보여주고 겪게 하고 싶은 것만 겪게 한다. 마치 의지를 가진 동물처럼. 펫숍과 삼촌의 의지가 실려서. 그리고 세 번째 공간은 빈틈없는 수수께끼다. '공단 동물병원'의 안채에, 또 하나의 용도를 알 수 없는 공간이 있다는 것을, 그는 나중에 알게 되었다. 그 공간은 안채의 일 층과 이 층 사이에 있었다. 층계참에 작은 쪽문이 달렸고, 삼촌과 펫숍 직원들이 드나드는 것을 딱 한 번 봤었다. 과천 빌딩의 육 층도 그렇다. 알려진 것은, 그가 알 수 있는 것은, 그 공간이 펫숍의 일부고 거기에 드나드는 사람들과 화물이 있다는 것, 그뿐이었다. 가까이 가 그저 들여다보는 것조차 불가능하지 않을까. '공단 동물병원'의 층계 아래엔 웬 덩치가 걸상을 끌어다 놓곤 버티고 앉아서 〈선데이 서울〉을 읽고 있었고, 과천 빌딩의 육 층 비상계단엔 육중한 안전 문이 설치돼 있었다. 그 출입금지의 표지는 보는 이를 얼어붙게 할 만치 위압적이라서, 감히 정체를 캐물을 호기심의 여유조차 허용하지 않는 것이었다. 정체를 머릿속에서 짜 맞춰보다가는, 금세 덩치나 안전 문이 떠올라 스스로 사고를 정지해버리는 것이었다. 그곳에 대해 알고 싶다는 생각이 싹 가셔지는 것이었다. 펫숍의 세 번째 공간은 질문을 허락하지 않는 수수께끼고, 손대는 것을 허락지 않는 조각 퍼즐이었다.

그러한 펫숍의 공간 구조는 자연스레, 세 번째 너머의 공간도 있지 않을까 하는 의구심을 일으켰다. 네 번째 공간, 다섯 번째 공간,

여섯 번째…… 말이다. 갈수록 수수께끼의 안전 문은 육중해지고, 접근 불가능해진다. 가능한 얘기였다. 그는, 꼬리에 꼬리를 물면서 바닥없는 심연으로 사라지는 펫숍의, 암흑을 닮은 공간들을 떠올리곤 한다. 공포스러운 광경이 아닐 수 없다.

"인간의 충성스러운 반려자를 존중하지 않는 자식한테 필요한 게 뭘까? 아, 그게 뭐지?"

하마터면 한창림, 그가 답할 뻔했다. 그의 두 줄 성대가 마악 간지러워지려는데, 다시 등 뒤에서 대답하는 말소리가 났다. 좀 전과는 다른 사내의 목소리였다. 그에게 물은 것이 아니었다. 그때부터 알아봤다. 삼촌이 무엇을 묻는지, 특히 누구한테 묻는지 제대로 파악하려면, 실수하지 않으려면, 아주 주의가 깊어야 한다는 것을. 억양과 빠르기의 변화가 거의 없고, 알아차릴 만한 아무런 감정도 거기 담겨 있지 않은 까닭이어서였다. 확실히 그랬다. 심지어는, 상대를 바라보지도 않고 물을 때가 있었다.

"개 목걸이를 안겨줘야죠. 가죽 개 목걸이."

그런데도 펫숍 직원들이 대꾸를 곧잘 하는 것을 보면 직원들과 삼촌 사이에, 일종의 감응이 있는 게 틀림없었다. 그는, 삼촌의 뇌로부터 가냘프고 길게 뻗어 나온 보이지 않는 어떤 끈을 상상했다. 그 끈은 이를테면 센서로서, 직원들 각자의 뇌를 파고들어가 침 끝처럼 꽂혀 있는 것이다. 그래서 삼촌이 뭐라 한마디 하면 빠르고 실수 없이, 반응하는 것이다.

개 목걸이가 무엇을 뜻하는 것인지 몰랐지만, 상당히 위협적으로 들렸다. 어깨가 흠칫 떨렸다.

"뼈는 뽑아내서 가루를 내고 고기는 발라내서 수육을 만들어줄까, 응?"

어디서도 대꾸는 없었다. 그도 아랫입술을 피나게 깨물고 있었다. 사실 그건 그 누군가를 향해 던져진 것이 아니었다. 뼈를 가루 내고 고기론 수육을 만드는 따위의 생살권(生殺權), 생살여탈의 권리와 책임은 온전히 삼촌에게 있었다. 그건 논의의 대상조차 아니었다. 아무리 펫숍 직원이라 할지라도 논의는커녕, 그것에 대해 자기 혼자 따져볼 권리조차 주어지지 않았다. 생명을 빼앗고 주는 것은 펫숍 내부에서도 중요한 문제여서, 일개 직원은 그에 대해 생각하는 것조차 금지돼 있었다. 그 무엇보다 엄격했다…… 그래서 한때는, 어리고 경술한 마음에, 인간 생명에 관한 진정한 존중과 도덕은 교회나 법원이 아니라, 펫숍에나 존재하는 것이 아닌가 하는 착각에 빠져 있기도 했다.

꽤 긴 침묵이 흘렀다. 시멘트 바닥은 땀으로 새카맣게 젖어 들었다. 땀에 젖어 무거워진 셔츠는 그의 무릎 위까지 늘어졌다.

"아직 어리잖아."

삼촌은 소리 내 웃었다. 초등학교 수업 시간에 국어책을 읽는 듯한 웃음소리였다. 등 뒤 사방에서, 뒤따라 와자지껄 폭소가 터져 나왔다.

"미성년자야."

"그래, 게다가 학생이야."

"학생이야."

"학생은 놔둬."

한둘의 목소리가 아니었다. 사방에서 빽빽이, 개중엔 천장에 달라붙어 있는 듯한 것까지 있었다.

"어쨌거나 조심해. 애야."

삼촌은 한 문장 한 문장마다 긴 쉼표를 찍었다.

"내가 너무 가까이 다가갈 때면 말이야, 그럴 때면 내 눈을 봐."

"그게 살아 있는 사람을 바라보는 눈빛인가, 아님 벌써 죽어 있는 사람을 바라보는 눈빛인가."

그는 그 몇 줄 되지 않는 문장을, 지금까지 단 한 순간도 잊어버리지 않고 있었다. 이젠 거의 그의 것이 됐다. 그는 경고할 필요가 있을 때, 자신의 전 존재를 실어 속삭이곤 한다. 조심해, 그렇지 않으면 아주 가까이 서 있는 날 발견하게 될 테니까 말이야.

그것이 한창림의 기억에 남아 있는 펫숍과의 첫 대면이었다. 펫숍이 실제로 언제 시작되었는지 언제 처음 차려졌는지는, 지금도 알지 못한다. 그저 '공단 동물병원'이 처음은 아니며, 눈치로 봐서 역사가 꽤 되었을 거라고 짐작할 수 있을 뿐이었다. 펫숍은 여기저기 자리를 옮겨 다녔다. 구로동 다음은 잠실이었다. 올림픽이 열리던 해였다. 반포에도 한때 있었고, 그러다가 양재로 옮기기도 했다. 안국동 시절부터 드디어 '동물병원', '펫숍' 간판을 떼어버렸다. 어떤 간판도 달지 않았다. 펫숍은 여전히 있었지만, 세상의 눈은 그걸 볼 수가 없었다. 악취 뿜는 동물들도 그때부터, 가죽 개 목걸이만 남기고 펫숍에서 자취를 감췄다.

펫숍과 인연을 맺게 된 사연은 사실 우스웠다. 그는 당시, 억지로라도 사고를 치고 싶어 하는 나이였고 그래서, 사고를 쳤다. '공단 동물병원'은 한 달에 한 번씩 대청소를 했다. 매달 첫째 월요일, 시장통에 인적이 사라질 시간인 밤 열 시쯤에 했다. 그날이면, 병원 앞 인도에 빽빽이 쌓인 동물 우리들을 볼 수 있었다. 개들과 새들은 아우성을 쳤다. 고양이들은 눈을 희번덕댔다. 그 광경이 그를 자극했다. 몇 달인가 유심히 호기심을 보이다가, 어느 날 충동적으로 일을 저질렀다. 새장부터 개 우리까지, 우리의 문을 모조리 따버렸다.

어찌 된 일인지 고양이든 개든 새든 멀리 가지 않고, 우리 주위에 머물러 있었다. 갑자기 놓여난 그 동물들은 약간 어리둥절해하는 것처럼 보였다. 시장 곳곳에는, 아직 철시(撤市)하지 않은 가게들의 백열등 불빛들이 남아 있었다. 이렇듯 꾸물대다간 도로들 잡혀 들어갈 것 같았다. 그는 거리 가운데로 나와 두 팔을 번쩍 들어 올렸다. 그러곤 왁왁 소리를 질러대며 풀쩍풀쩍, 우두커니 정신을 놓고 있는 동물들의 뒤를 쫓아다녔다.

그 순간 그의 머릿속엔 한 가지 생각밖엔 없었다. 해방. 가련한 동물들에게 자유를 되찾아주자는 것이었다. 그리고 그 해방된 모습을 즐기면서 자기도 무엇 좀 득을 보자는 감춰진 욕심도 있었다. 사춘기 때나 있을 수 있는 유치한 카타르시스 말이다. 동물들의 자유는 핑계였고 진짜 목적은, 해방감의 대리 충족이었다. 어쨌거나 그는 원하던 것을 얻었다. 만면에 멍청한 미소를 띠고 두 팔을 번쩍 추켜 올린 채 와와 소리를 질러대며 그가 쫓아오자, 그때까지만 해도 우두커니 서 있던 동물들에게서 비명이 터져 나왔다. 고양이들은 사방 벽으로 기어올라갔고 개들은 시장 거리를 내달렸으며 새들은 멀리 주택가 지붕들 쪽으로 날아가버렸다. 그의 얼굴은 다섯 살배기의 얼뜬 미소로 가득했다. 완전히 만족해선 두 팔을 거두어 내리는 것도 잊어버렸다. 턱을 다물 줄도 몰랐다. 동물들은 사라졌다. 해방됐다.

그가 잡힌 것은 이틀 후였다. 펫숍이 그를 어떻게 추적해냈느냐, 라는 수수께끼는 그 후 몇 년 동안이나 그를 사로잡고 놓아주지 않았다. 그 한밤중의 탈주 사건은 아무에게도 얘기하지 않았다. 목격자가 있었다고 생각되지도 않았다. 그들 펫숍이 그를 잡으러 왔을 때, 그들은 아무것도 묻지 않았다. 그 사건을 아느냐고도 네가 그랬지라고도 묻지 않았다. 추궁 비슷한 것은 한마디도 없었다. 펫숍 안채로 끌려와서도, 심지어는 집으로 돌려보내질 때까지도 그들은 한마디도 묻지 않았다. 그래서 그는, 펫숍 앞까지 끌려와서 '공단 동물병원'이란 간판을 보았을 때야 비로소, 자기가 그 탈주 사건 때문에 끌려왔다는 걸 깨달을 수 있었다.

나중에 알았지만, 그건 처벌의 일종이었다. 자기변명이라는 피의자의 권리를 뺏어감으로써 심리적인 타격을 입히자는 의도였다. 이성과 감정이 처음부터 존재하지 않았다는 듯, 객체의 존엄성을 싹 무시해버리는 것이었다.

그리고, 사실이 그랬다. 문제를 일으켜 펫숍에 끌려온 것이라면,

그는 벌써 산 존재가 아니다. 그래도 한창림 그는 돌려보내졌다. 펫숍 삼촌과의 인연이 시작되었다. 그는 삼촌을 삼촌이라 불렀으며, 삼촌의 애인이 되었다. 처음 몇 년은 괴로웠지만, 갈수록 그게 팔자라고 믿게 되었다. 팔자란 어쩔 수 없는 거야, 그는 현실을 받아들였다. 펫숍의 영어 표기 pet에, 성애의 개념도 함께 포함되어 있는 것도 그때쯤 해서 알았다. 삼촌의 pet에서는 도착적인 냄새가 났다.

사내애는, 얼굴이 씻기느라 몸이 흔들릴 때마다 앓는 소리를 내며 입술을 깨물었다.

"쯧."

한창림은 다시 혀를 찼다. 충분히 그럴 만했다. 사내애는 나쁜 자세로 지하실의 찬 바닥에서 근 서른일곱 시간을 옴짝달싹 못 하고 있었다. 아무리 뼈가 나긋나긋한 어린애라도, 이 정도면 모든 관절의 연골들이 푸석푸석 오그라들고 말라붙어버릴 것이었다. 목이 마른지 입술을 달싹거리며 흘러드는 더러운 물을 빨아 먹고 있었다. 그는 이전에 이곳을 거쳤던 다른 아이들보다 혹독하게 다루고 있었다. 당연한 일이다. 무엇보다 이번 사내애는 수컷이니까. 애인은 있어? 설마, 없을라고. 그는 찔끔찔끔 짠물을 흘리기 시작하는 사내애의 귓불에 대고 속삭였다. 떠올려봐, 그리고 잊어버리지 마, 애인 얼굴 말이야, 여기 있는 동안 힘이 돼줄 테니까. 사내애는 고개를 끄덕였다. 그는 생수병을 따서 입에 물려주었다. 천천히 먹어, 흘리지 말고. 병이 비자 개 목걸이를 양동이 물에 한 번 담가 흔들었다간, 다

141

시 채웠다.

그는 양동이의 물을 버리곤 침대로 가, 재스민 방향제 스프레이를 집어 들었다. 그는 지하 작업실 전체를 재스민 향으로 물들일 생각이었다. 철제 사다리가 있는 입구부터, 책꽂이와 보일러를 거쳐, 통로를 지나 사내애가 있는 침실까지. 자신의 꼼꼼하고 세심한 코가 만족스러워질 때까지 악취를 몰아붙일 생각이었다. 그는 스틸 용기에서 맑고 투명한 소리가 날 때까지 스프레이를 뿌려댔다. 특히 냄새가 배기 쉬운 쿠션과 카펫에는 방울이 맺힐 때까지. 그리고 사내애의 냄새나는 알몸뚱이 위에 나머지 재스민 향을 털어버렸다. 아 시원해, 하고 그는 면 마스크를 벗어 양동이에 던져 넣으며 중얼거렸다.

"좋은 냄새가 나지 않아?"

그는 흡— 소리가 나게 숨을 크게 들이마셨다. 좋은 냄새가 난다—뭔가 상쾌해진 느낌이었다. 뭔가 달라졌어, 그는 지하 작업실을 둘러보며 중얼거렸다. 그러곤 위생장갑과 방향제 용기와 플라스틱 솔과 빈 생수병을 다시 양동이에 챙겨 넣었다. 나, 간다. 한 손엔 양동이를 한 손엔 쓰레기봉투를 들고 그는 위층으로 올라갔다.

*

박태자는 열 시가 넘어서야 귀가했다. 남편은 텔레비전에 코를 박고 케이비에스에서 일요일 밤에 하는 외화에 넋을 놓고 있었다. 몇 달 전 둘이 같이 비디오로 보았던 영화였다. 그녀가 그건 본 거야,

하자 남편은 정말, 하곤 채널을 돌렸다. 지하 작업실을 깨끗이 치워놓았다고, 똥이 한 양동이는 되었다고, 그런 일엔 정말 적응이 안 된다고 남편은 투덜거렸다. 마실 물도 좀 주었고, 욕지거리를 하길래 버릇을 고쳐주려고 몇 대 쥐어박았다고 했다. 밥은 내일쯤 주자, 남편은 구시렁거렸다. 기가 안 죽어, 그놈 겁주려면 어째야 돼? 그 말에 그녀는 신경질적으로 깔깔거렸다. 왜? 말 안 들으면 거름으로 줘버릴 거라고 하지. 그녀와 남편은 내일 저녁쯤 해서 같이 내려가보기로 했다.

밤 두 시가 다 되어 전화벨이 울렸다. 그녀는 수화기로 손을 뻗으며, 뷰티풀 피플 언니의 전화란 걸 직감했다. 자고 있었니, 하고 혀 깨물고 내는 듯한 언니의 목소리가 그녀를 찾았다. 어디야. 뷰티풀 피플이야, 찻집. 그녀가 일일구에 전화해, 구급차 보내달라고 해, 라고 소리치려는 순간 수화기가 언니의 손아귀에서 벗어나 바닥에 떨어지는 소리가 났다. 수화기를 놓쳤을 수도 있고, 언니의 남편이 빼앗았을 수도 있었다. 그녀는 잠옷에 점퍼만 걸쳐 입고 과천으로 차를 몰았다.

입김이 하얗게 뿜어져 나왔다. 그녀는 뷰티풀 피플이 있는 빌딩 뒤편에 차를 세워놓곤 잰걸음으로 앞으로 돌아 나왔다. 뷰티풀 피플 입구가 빠끔히 열려 있었다. 안쪽은 깜깜했다. 그녀가 입구 손잡이를 잡고 막 당기려는데, 겨우 한 뼘 정도 열려 있는 문틈을 통해 수컷 냄새가 훅 끼쳤다. 나빠, 하고 문득 멈춰 서선 중얼거렸다.

'좋지 않은 냄새야, 이놈도 수컷일까?'

문을 좀 더 열자, 거리 가로등 불빛에 흐릿하니 사물들 윤곽이 드러났다. 그녀는 안으로 뛰어들었다. 그러곤 눈에 띄는 대로 카운터의 금전출납기를 집어 들었다. 언니의 남편이 아직 찻집 안 어디를 서성이고 있을지 몰랐다. 여차하면 그걸로 이마를 깨줄 생각이었다. 나쁜 냄새가 계속 그녀의 코를 찔러왔다. 이런 종류의 냄새는, 남편이 아닌 다른 누구에게선 맡아본 적이 없었다. 정도는 미약하지만, 남편 같은 수컷이 세상에 하나 더 있을 거란 생각에 그녀는 신경이 곤두섰다.

"그인 갔어."

그녀는 깜짝 놀라 주저앉을 뻔했다. 언니 목소리였다. 불 좀 켜주겠어? 지치고, 잔뜩 움츠러든 목소리였다. 그러고 보니 희끄무레한 물체가 이 층으로 올라가는 층계에, 기다랗게 늘어져 있었다. 그녀는 손을 더듬어 스위치를 찾아 불을 켰다.

"나 보기 흉하지?"

그녀는 아— 했다. 뷰티풀 피플 언니는 층계에 거꾸로 처박혀 있었다. 한쪽 발목은 구부러진 채로 층계 난간 버팀목에 걸쳐져 있고, 그 긴 머릿단은 풀어 헤쳐져 층계 맨 아랫단까지 윤기 잃은 오물처럼 흘러내리고 있었다. 치마가 가슴팍까지 말려 올라가 있었다. 두 팔은 맥없이 펼쳐져 있었다. 층계 아래엔 무선전화기의 핑크색 형광빛 수화기가 떨어져 있었다. 발목이 층계 난간에 묶여 있었다.

"보기 흉해, 항상 그랬지만 오늘은 더해."

그녀는 속 빈 플라스틱처럼 자꾸만 균형을 잃는 언니를 간신히 일으켜 앉히곤, 발목의 노끈을 풀었다. 남편이 가게까지 찾아와? 그녀의 물음에 언니는 울상만 지어 보였다. 수치스러운 걸 감춰보려고 억지로 웃는 것인데, 그녀가 보기엔 그저 울상일 뿐이었다. 잠시 후 좀 진정된 듯 언니는, 진짜로 울기 시작했다.

그녀는 일일구에 전화를 넣었다. 며칠 전, 이번엔 언니가 가출했다. 집에 안 들어가고 이 뷰티풀 피플 이 층에서 매트를 펴놓고 잠을 잤는데, 오늘 남편이 찾아왔다는 것이었다. 처음엔 애교까지 떨며 설득하려고 하더니 느닷없이 숨을 헐떡대며 이런 꼴을 만들어놓더란 것이었다. 머리끄덩이를 잡곤 층계 아래로 낚아챘다. 발목을 묶곤 신고하라고 손에 수화기를 들려줬다. 뭐래? 세일해버릴 거래. 날 세일해버릴 거래, 날. 몇 마디 나누지도 않았는데 밖에서 경보음이 귀 따갑게 울렸다. 앰뷸런스의 경광등 불빛이 뷰티풀 피플의 내부를, 나이트클럽의 사이키 조명처럼 어지럽게 맴돌았다. 언뜻 보기엔 아무 외상도 없어 보였다. 멍이 겉으로 드러날 만큼 시간이 지나진 않았다. 언니가 몸 균형을 잡지 못하는 걸 보니 어디 어딜 얻어맞았는지 대충 짐작이 갔다.

"끝났어."

언니가 말했다. 끝났어, 그 인간하곤. 그때, 흰 가운을 걸친 사내가 안으로 들어와선 걸을 수 있습니까? 하고 물었다. 그녀는 아니라고 했고 언니는 걸을 수 있다고 했다. 결국 들것까진 가지 않고 구급대원의 등에 업혀 나갔다. 앰뷸런스에서, 언니는 갑자기 수다스러워졌다. 나한테 이럴 순 없어, 이제부턴 내 눈에 띄는 즉시로 경찰을 부를 거야. 그 인간한테선 냄새가 나. 무서운 냄새가 나. 태자야 난 걱정이다. 우리 애한테까지 그 냄새가 밸까 봐. 그 애한테서까지 그 냄새를 맡게 될까 봐. 그럼 경찰을 불러서 그 앨 줘버릴 거야. 아 참 네 약은 카운터에 뒀어. 내일 미림이한테 찾아달라고 해. 약값은 오만 원만 줘. 사 온 값에서 차비만 더한 거야. 어떻게 너한테 돈을 받을 수 있겠니. 앞으론 꼭 우유에 소금을 넣어달라고 해…… 언니는 병원 응급실에서 침대 카로 옮겨져 방사선과 안으로 실려 들어갈 때까지, 계속 그렇게 떠들어댔다. 그녀는 알아들을 수 있는 말에만 적당히 대꾸해주었다. 수치와 두려움과 울화가 뒤범벅돼, 언니의 혀를 꼬이게 만들어놓은 것 같았다. 그런 와중에서도 언니는 연락 좀 해달라고, 인천 어디에 산다는 제 사촌 언니의 전화번호를 불러주었다. 그러곤 까무러쳤다. 그녀는 이런 얘기를 제 남편인 한창림이 들으면 어찌 반응할까 궁금했다. 여자들이 입 싸게, 모였다 하면 남편 흥을 본다고 하겠지. 뻔한 일이다. 그렇지만 그 흉이 때에 따라선, 한 남자의 미래를 결정해버릴 수도 있다.

"밤에 어디 갔었어?"

남편이 물었다. 박태자는 하룻밤을 꼬박 정신없이 뛰어다녔다. 겨우 돌아와보니 에스비에스에서 하는 월요일 아침 연속극이 다 끝나갈 때였다.

"뷰티풀 피플, 언니한테."

"하, 왜?"

"골치 아파."

"……그런데 비가 사랑한다고 시한테 아직 고백 안 했어?"

외투를 벗고 방으로 들어가다 말고 그녀는 텔레비전을 흘깃 쳐다보며 물었다. 그녀는 이 연속극의 팬이다. 남편도 대학에서 강의까지 하는 주제에 어울리지 않게, 팬이다. 사실 딱 남편 취향이다. 무엇이든 뻔한 연속극. 이야기도 뻔하고 구조도 뻔하고, 사랑도 불륜도 파격도 뻔하다. 비극이지만, 그 비극의 미래를 투명하게 들여다볼 수 있게 해준다는 점에서 유쾌하기까지 하다. 지난 몇 회 동안의 이야기는 이랬다. 에이가 사랑하는 비는 에이에게 자기는 시를 사랑한다고 털어놨다. 그러자 에이는 고통스러운 표정으로 친구 디를 찾아가 속내를 털어놓고 도움을 청한다. 하지만 디도 비를 사랑하는 처지. 디는 에이와 비를 두고 우정과 질투 사이에서 고민한다. 디는 아내까지 있는 몸. 디의 아내 이는 눈치를 채고 비를 직접 만나볼 생각을 하고 있다. 이는 우아하다. 비를 만나 머리끄덩이를 잡고 법석을 피우거나 하진 않을 것이다.

"했어. 그런데 디도 비를 사랑하잖아. 디가 그걸 지 아내한테 얘기할까."

"디가 비를 사랑해? 에이가 비를 사랑하는 게 아니고? 디가 비를 사랑해? 정말?"

"아이, 몰라. 텔레비전을 보는 거야 마는 거야, 잘래."

그녀는 만사가 다 귀찮다는 듯 손사래를 하곤, 방으로 들어가버렸다. 사실 이 연속극은 디가 비를 사랑하는지, 아니면 에이가 비를 사랑하는지, 그도 아니면 시가 에이와 디를 동시에 사랑하고 있는지 종잡을 수 없을 정도로 사건과 관계들이 복잡하게 꼬여 있다. 어찌 보면 그녀든 남편이든 헷갈리는 건 당연했다. 극에, 복잡하게 꼬인 것을 풀어주고 정리해줄 사색하는 인물이 없는 것이다. 연속극 등장인물 누구도 사색하지 않는다. 그 누구에게도 사색하는 힘이 주어지지 않았다. 에이, 비, 시, 디, 이, 그 누구도, 누구에게도. 그러니 에이, 비, 시, 디, 이 중 누가 누굴 사랑하는지 사랑하지 않는지 매일 아침마다 텔레비전 수상기 앞에 앉으면서도 기억하지 못하는 건, 그녀와 남편만의 잘못이 아니다.

하긴 그들에게도 사색은, 반갑지 않은 물건이다. 그녀와 남편은 사색보다는, 아침 시간의 뻔한 안식과 뻔한 평화를 더 원했다. 연속극의 제작자들도, 그녀와 남편 같은 시청자들의 이러한 경향을 확실히 숙지하고 있는 듯했다. 사색이란 물건을, 일반 시청자들이 불편해하고 못 견뎌 한다는 경향 말이다.

그녀도 남편도 일반 이상은 아니었다. 사색은 수상기 속뿐 아니라, 그녀의 집에도 없다. 그녀의 집 구석구석에서 진행되고 있는 피비린내 나는 일상 어디에도, 사색이란 물건은 없다. 남편은 사색보다는 하, 소리를 지르며 맨드릴 원숭이처럼 날뛰기를 더 좋아하고, 그녀 역시 사색보다는 발작하길 더 즐겼다. 그녀가 무엇이라도 좀 사색하기 위해선, 암페타민 몇 알을 삼켜야 한다. 그러니까 이 집엔, 극이 시작되고 끝날 때 읊조리는 듯한 내레이션으로 꼬인 관계들을 해명해주고 지나간 사건들을 정리해줄 인물이 없는 것이다. 찡그린

옆얼굴로 과거와 현재, 미래를 읊어줄, 통시(洞視)해줄 사색의 힘을 지닌 눈이 없는 것이다. 그래서 그녀는, 조울증에 걸린 수학 과외 교사 그녀와, 하는 일이라곤 집 뒤 잔디밭에 거름을 주는 게 전부인 왕수컷 남편, 그 둘의 아슬아슬한 안식처인 이 집의 운명이, 그녀나 남편의 손이 아닌, 누군가 다른 이의 손에 의해서 끝이 날 것임을—잘 예감하고 있었다. 구역 나는 악취투성이 이 집의 운명을 마무리해주는 것은, 그녀도 남편도 아닌, 누군가 사색하는 힘을 지닌 뜻밖의 인물일 거라, 예감하고 있었다.

수학 과외 교사와 왕수컷의 삶의 엔딩 크레딧은, 누군가 다른 이에 의해 작성되고 올려질 것이었다.

"뷰티풀 피플이 아니구만, 하. 전혀 뷰티풀하지 않아. 추한 사람들, 간판을 바꿔 달자. 바꿔 달자."

남편은 뷰티풀 피플에서 있었던 일을 들려주자 그렇게 대꾸했다. 듣는 둥 마는 둥 했고 나중엔 지겨워했다. 예상했던 반응이다. 남편은 계속 지껄여댔다. 그런 얘긴 요즘 세상에선 얘깃거리조차 안 돼. 뭣 좀 화끈한 것 없어? 박찬호를 봐, 붉은 악마들을 보라고!

수컷은 역시 못 말려. 그녀는, 미국 메이저리그의 프로야구 선수와 한국의 월드컵 축구 원정 응원단이, 뷰티풀 피플의 언니가 처한 불행한 처지와 무슨 관련이 있다는 건지 통 알 수가 없었다. 개그 아냐? 그 셋을, 그렇게 묶어, 함부로 지껄여댈 수 있는 남편의 사고 구조가 신기해 보일 정도였다. 그녀 남편이니까 가능한 것이고, 수컷이니까 가능한 그네들만의 사고 구조다.

"생각해봐."

그녀는 참다못해 좀 더 자세한 상황 설명을 그려주었다.

"어떤 남편이 자기 아낼 거꾸로 쥐고 흔들 수 있겠어. ……그 미친놈이 언니를 거꾸로 쥐고 이리저리 흔들다간, 층계 아래로 던져버린 거야. 주먹질은 한 번도 하지 않았어. 그저 다만 발목을 쥐고 이렇게!"

지난밤에 찻집 뷰티풀 피플에서 벌어졌음직한 상황을 재연해 보였다. 그녀는 두 팔을 앞으로 뻗곤 사정없이 흔들어대는 시늉을 해보였다. 그리고 상황이 그토록 악화되기까지 저간의 사정까지 줄줄이 읊어주었다.

"그런 얘긴 요즘 세상에선 얘깃거리조차 안 된다고. 뭣 좀 화끈한 것 없어? 지금 너, 수다 떠는 거지?"

남편은 눈을 가늘게 뜨곤 기다랗게 하품을 했다. 그녀의 이야기를 죄다 한 귀로 흘려버렸다.

"칫."

그녀는 입을 꾹 다물어버렸다. 남편이 '수다'라는 표현을 쓸 때마다 그녀가 취하는 행동이었다. 그러곤 온종일, 때로는 며칠간이나 꼭 할 말, 해야 할 대꾸만을 한다. 그러면 남편 쪽에서 안절부절못하면서 오줌 마려운 강아지 모양으로, 그녀 앞에서 낑낑 수다를 떨어대기 시작한다. 수컷들이란 사실, 아내들이 여자 친구들이 자기 곁에서 꾀꼬리처럼 줄곧 쫑알쫑알거려주길 바란다. 그것을 일종의 음악처럼 즐긴다. 말수가 적은 여자가 수컷들에게 인기가 없는 것도 그런 이유에서이다. 음악이 빠진 탓에 무언가 허전한 감을 느끼는 것이다. 그러니 수다라고 타박을 주는 것은, 순전히 수컷의 변덕에 의한 것이다. 즐거운 음악이냐 시끄러운 수다냐를 가르는 기준은 수컷의 변덕, 그 이상도 그 이하도 아니다.

"남편이란 놈이 몇 살이나 처먹었어? 키가 이 미터는 되나 보지? 사람을 거꾸로 쥐고 흔들게. 그런데 가만있어? 경찰에 신고라도 하지."

그녀가 입을 다물자 남편은 금세 꼬치꼬치, 없던 호기심을 보이기 시작한다. 즐거운 음악이 느닷없이 그치면, 수컷들은 불안해하는 것이다.

그녀는 아이의 입에 채운 개 목걸이를 풀어주며 짐짓 찌푸린 얼굴로 고개만 끄덕여 보였다. 아이는 그녀와 남편 사이에 오가는 대화 따위엔 관심 없다. 그녀가 지금 들고 있는 화채 그릇이 아이의 온 정신을 빼앗았다. 이거 먹자. 그녀는 콘플레이크가 담긴 화채 그릇에 위층에서 데워 온 우유를 부어 아이의 턱 밑에 대주었다.

박태자는 남편에게 그 자식한테서도 나쁜 냄새가 나, 하고 말했다.
"너랑 똑같은 냄새야. 나쁜 냄새. 그 점, 어떻게 생각해?"
남편은 문득 표정이 굳더니, 생각에 잠겼다.
"수컷 냄새가 말이지. 흔한 일은 아니군."
남편은 끙, 하고 앓는 소리를 내더니 혀를 쑥 내밀었다.
"흔한 일은 아니지. 난 끔찍해. 너 같은 수컷이 하나 더 나타난 것일지도 모르잖아."

수컷이라 불러도 남편은 기분 상해하지 않는다. 내심 자랑스러워하는 것인지도 모른다. 내색은 하지 않지만, 명예라고 여길지도 모른다. 그녀가 말하는 '수컷'에는 두 가지가 있다. 첫째는 수컷 일반, 즉 거시기가 달린 남성 일반이다. 둘째는 남편처럼 나쁜 냄새를 피우고 다니는 족속들이다. 좀 불명료한 분류다. 앞으로 얼마나 더 나타나게 될지 모르겠지만, 두 번째의 범주로 그녀가 예를 들 수 있는 것은 유일하게 그녀의 남편뿐이었다. 그리고 잘 알 순 없지만, 뷰티풀 피플 언니의 남편도. 지금으로써는 말이다. 두 번째 범주의 특징은, 수컷이 냄새를 피우기 시작할 때면 절대로 가까이 서 있으면 안 된다는 것이다.

남편이 좀, 상당히 특이한 수컷이라는 것은, 연애할 적에도 알지 못했다. 몇 년씩이나 연애를 해놓고도 아무런 이상 징후를 발견 못했다니 그녀가 부주의했던 것일까. 하긴 나쁜 냄새는 아무 때나 풍겨 나오는 것이 아니었다.

결혼하고 나서 학교를 휴학하곤, 논현동에 있는 정신병원에 입원해 있던 때였다. 증세가 격렬해졌거나, 발작을 일으킨 게 아니었다. 우선 약을 구할 개인 루트를 뚫어야 할 필요를 느꼈고, 다음으론 얼마 전에 두 번째 유산을 겪어 요양할 필요가 있었기 때문이었다. 컨디션은 최악이었다. 언제 조울증의 격발장치가 당겨질지 몹시 불안했다. 무슨 무슨 'Psychiatric Clinic'이라는, 외국계 의사가 과장으로 있는 병원이었다. 사 층짜리 아담한 빌딩이었다. 일 층은 슈퍼마켓

과 레코드 가게였고, 나머지를 병원에서 쓰고 있었다. 격리가 필요할 만치 중증인 환자는 없었다. 다들 그녀처럼, 검사나 짧은 치료만을 요하는 단기 입원환자들이었다.

약 구입 루트는 입원 한 달 만에 뚫을 수 있었다. 옆실의 중년 남성 환자가 루트를 알고 있었다. 여러 제약회사의 신약 개발부와 끈이 닿아 있는 브로커를 소개받았다. 브로커는 그녀의 사정을 듣더니, 짐짓 딱하다는 표정을 지어 보였다. 그녀는 병원에 오지 않고도 약을 구할 수 있었으면 했다. 의료보험도 되지 않고, 무엇보다 남편과 시댁 식구들에게 죄스럽다는 것이었다. 사실 그건 모두의 사정이었고 누구나 다 대는 핑계였다. 브로커는 그녀의 하소연을 잘라먹더니, 접촉 판매와 우편 판매가 있는데 어느 쪽이 편하겠느냐고 물었다.

"접촉 판매는 물건을 손상 없이 받을 수 있다는 장점이 있지만, 부러 걸음을 해야 하는 불편이 있습니다. 우편 판매는 편하기는 하겠지만, 도중에 손상되거나 잃어버릴 위험이 있습니다."

"잃어버린다뇨?"

브로커는 오랜 고된 생활 탓에 표정이 곤약처럼 물러버린 사람이었다. 밋밋하니, 아무 재미도 없어 보이는 중년 사내였다. 눈썹이 흉하게 짙었다. 만나자마자 그녀는 그 얼굴에 싫증을 느꼈다. 약이 필요할 때마다 그 얼굴을 대해야 한다는 게 부담스러웠다. 그녀는 우편 판매를 택했다.

"선불이에요."

사내가 주소를 적을 쪽지를 내밀며 말했다.

"무엇을? 얼마나 사야 하지?"

브로커는 웃으며 고개를 저었다. 자기한테는 진료도, 처방도, 주의사항도 없다― 라고 속삭였다. 그러니 약품명에서부터 앰풀이냐 정제냐까지, 그녀 스스로 결정해 지정해달라고 했다. 브로커는 자기는 그저 보따리장수일 뿐이라고 표현했다. 건축공학과 출신이란 얘기도 했다. 거래는 시작됐다. 몇 년이 지나는 동안, 처음의 트랭퀼라이저계의 여러 약들을 거쳐, 지금은 암페타민종에까지 이르렀다. 암페타민을 쓰고서도 그 후로 약의 상품명을 여러 가지로 바꿔왔다. 어떠한 경우에도 바닥나지 않는 것은, 유일하게 상품명이었다. 복용량과 복용 주기, 약의 종류는 주치의의 처방을 따랐다. 그녀는 부러 정신과를 찾아 처방을 받아오곤 했다. 연락은 브로커 쪽, 일방에서 했다. 경고와는 달리 우편물 사고는 없었다. 브로커는 가짜 주소를 쓰고 있을 것이었다. 유난도 심한 유난 아닌가. 조심한답시고 유난을 떠는 브로커가, 그녀는 바보 같아 보였다. 그러다가, 그 브로커는 삼 년 전쯤에 폐업 신고를 해왔다.

"목구녕에 풀칠도 못 하겠수. 직업을 바꿔야겠어."

"아들놈이 고삼인데, 이만저만이 아니에요. 환자들 형편이 뻔한데 약값을 올릴 수도 없고."

"누가 내 대신 연락할 거요. 지금 거래처를 넘겨주고 있는 중입니다."

"뭘 하실 건데요?"

그녀가 안됐다는 투로 물었다.

"장난감 가게나 할까? 지하상가에 야채 코너를 얻을 수도 있다던데."

며칠 후, 새 브로커가 전화를 걸어왔다. 여자였다. 전화 속의 말투는 어눌하고 느려터졌다. 뷰티풀 피플의 언니였다. 언니와의 인연은 그렇게 해서 맺어졌다. 언니는 유난을 떨지도 않았고, 목적이 꼭 돈만도 아니었다. 고객이 딱해서였다. 언니라도 사업을 인수하지 않았다면, 그녀는 매주 병원을 들러 약 처방을 받아야 할 것이었다. 게다가 정신과는 외과나 내과와는 달리, 달라고 해서 약을 내주는 곳도 아니었다.

첫 번째 임신은 연애 첫해에 있었다. 어쩌다 임신을 하게 됐는데, 설레는 마음에 약물복용을 중단한 상태였다. 그러다, 조증 발작이 일어났다. 금단현상 탓인지, 증세는 더 격심했다. 그녀는 스무 시간을, 단 한 순간도 앉지 않고 줄담배를 피워대며 캠퍼스 안의 온갖 곳을 다 헤집고 싸돌아다녔다. 몸에 감각이 사라졌다. 무릎이 깨져도 모를 지경으로 몸에 통각(痛覺)이 없었다. 스무 시간쯤 그러고 나자, 배 속의 태아가 멀미를 했다, 함께 발작했거나. 그녀는 연못가 기념비 근처에서 혼절했다. 그녀가 두 번째로 임신을 하게 되자, 그녀와 남편은 결혼하기로 했다. 남편은 수컷답게, 임신한 애인을 책임지지 않는다는 건 영 사내답지 못하다고 생각하고 있었다. 언제 또 발작해 유산하게 될지 모르니, 아예 결혼해 같이 살면서 감시하겠다는 것이었다. 그게 이유라면 군이 결혼할 필요까진 없었다. 둘이 동거한 지 이미 이태째였던 것이다.

그녀는 자기 마음을 헤아려보았다. 자기가 정말로 아이를 낳아 잘 길러보고 싶어 하는지 잘 알 수 없었다. 친구들이 쑥쑥 잘만 낳아놓는 걸 보고 부러운 마음이 들었던 건지도 몰랐다. 어쩌면 아이 낳는 게 어떤 것인지 그저 알아보고 싶었을 따름이었는지도 몰랐다. 낳아 놓고 생명 탄생의 수수께끼가 사라지면, 키우려 들지 않을지도 몰랐다. 그녀에겐 가능한 얘기였다. 이번 임신 기간 중에는, 약물복용을 중단하지 않았다. 약물 부작용보다 발작이 태아의 건강에 더 위협적이라는 확신이 서서였다. 대신 생약 추출물로 바꾸었다. 값이 네 배나 비쌌다. 남아시아에서 무당들이 귀신 들린 사람의 치료에 썼다는, 뱀나무 뿌리에서 뽑아낸 추출물이었다. 약효가 달리는 것은 당연했다. 그녀는 때때로, 배 속의 안녕 따윈 까맣게 잊고 그 짙푸른 환약을 한 주먹씩 털어 넣곤 했다.

그렇지만, 두 번째 유산이 있었던 그날 아침에는, 미처 약 먹을 겨를도 없었다. 아침 일찍 손님이 왔던 것이다. 아빠였다. 결혼했다는 소식이 어쩌다 거제도까지 날아간 모양이었다. 방문 겸 현관문을 열자, 웬 사내가 서 있었다. 사내는 두 손을 가슴께에서 맞잡은 채로, 엉거주춤 두 구두코를 한데 모으고 서 있었다. 코팅이 누렇게 벗겨진 고동색 가죽 구두였다.

"누구세요?"

그녀는 물었다. 사내는 아빠다, 하고 짧게 대꾸했다. 그녀는 눈곱 낀 눈을 몇 번 깜박이곤, 고개를 저었다. 아, 그러니까…… 방금 올라왔다. 들어가도 되냐? 그녀는 길을 비켜줬다. 사내는 무슨 실수라도 저지를까 봐 지레 겁부터 내는 눈치였다. 사내는 문가의, 걸레를 담아놓는 플라스틱 대야를 살짝 옆으로 밀어놓더니 그 자리에 양반다리를 하고 앉았다.

그녀는 헝클어진 머리카락을 훑어 올리며, 그때는 어깨를 덮을 만치 길었다, 침대에 가 걸터앉았다. 문가의 사내를 물끄러미, 한참이나 내려다봤다. 그녀의 눈길은, 어쩌다 가스 검침원이나 신문 배달 총각을 마주쳤을 때와 같은, 아무 흥미도 흥분도 담겨 있지 않은 눈길이었다.

"……그래 안녕하셨어요?"

그렇게 한참을 바라보다가, 그녀는 가까스로 아빠를 기억해냈다. 그럭저럭 사는구나. 참 멀리도 와서 살아. 대학을 다닌다며. 아빠가 뭐라 뭐라 연신 주절거리는 동안, 그녀는 깜박 졸았다. 임신한 후로 아침잠이 많아졌다. 결혼했다니, 이름이라도 알려줘야 하지 않니. 그녀는 대꾸 대신 하품을 커다랗게 했다. 그녀는 새 침대 매트리스가 맘에 들었다. 머릿속이 한없이 가벼웠다. 그녀의 목 위로 머리 대신, 새하얗게 구름 덩이 하나가 올라앉은 듯했다. 그녀와 아빠, 둘 사이에도 희뿌옇게 구름의 막이 끼어 있는 듯했다. 그녀는 목을 길게 빼곤 아빠를 향했다. 그녀는, 아빠와 연락 없이 산 지 오륙 년쯤 되지 않았을까 생각했다. 가족 없이도, 그녀의 삶은 그럭저럭 결혼까지 하며 제법 꾸려져왔다.

"내겐 궁금한 게 없나 보구나."

아빠는 대단히 실망한 눈치였다. 아빠는 그녀의 남편을 좀 만나

볼 수 있겠느냐고 했다. 그녀는 저녁 여덟 시에나 들어올 거라고 했다. 결혼식은 어떻게 올렸느냐고 하자, 간소하게 치렀다고 했다. 왜 연락하지 않았느냐고 하자, 연락처를 잃어버렸다고 했다. 생활은 어떠냐고 하자, 밥벌이는 한다고 했다. 전세냐고 하자, 반지하 두 칸짜리 전세라고 했다. 요즘도 병원엘 다니냐고 하자, 요즘도 잠깐씩 입원해 있는다고 했다. 다행이야, 아빠는 한숨을 쉬었다. 배가 불렀어. 애를 가졌어요, 두 번째예요.

"첫애는 어뎄냐?"

아빠는 깜짝 놀라서 소리를 높였다.

"사고가 있었어요."

그녀는 다시 잠깐 졸았다. 그녀는 졸면서도 일일이 대꾸해주었다. 비록 단답형이긴 했지만 성실하려고 노력도 했다. 친부니까, 그 정도 성실함은 갖추어야 예의라고 생각했다. 엄마가 어떤지 궁금하지도 않냐, 아빠의 쉰 목소리에 짜증이 섞였다. 그래요, 엄마는? 엄마는 좋다. 보러 와도 좋으냐고 네게 물어봐달란다. 그녀는 귀찮은 생각에 입을 다물었다. 그녀는 아빠도 뭐도, 이제는 자기와 아무 상관도 없어졌다는 생각을 했다. 어째서 자기 쪽에선 아무 질문도 하지 않는지 알 것 같았다. 어째서 흥미도 애정도 솟아나지 않는지, 어렴풋이. 남보다 못하구나, 아빠는 가겠다고 했다. 그녀도 뒤따라 몸을 일으켜 문턱까지 쫓아갔다.

그녀는 문단속을 하곤 침대로 돌아와 새 매트리스에 몸을 파묻었다. 잠에 들기는 아주 쉬웠다. 아빠는 마치 무엇을 잘못이라도 한 양

잔뜩 움츠러들어 있었지만, 세상에 아빠 잘못이란 없었다. 그녀가 고향 집을 떠나게 된 게 문제라면, 그것도 아빠의 잘못이 아니었다. 엄마의 잘못도 아니었다. 다만 부정기적으로 찾아오는 조증 주기 탓이었다. 그녀는 조증 주기에는 며칠이고 동네 밖까지 쑤시고 다녔고, 울증 주기에는 며칠이고 뒷방에 틀어박혀 있었다. 그러다, 발작이 심해져서 서울까지 날아오게 된 것이었다. 아빠나 엄마는, 누구에게든 무얼 잘못할 만치 대담한 분들이 아니었다. 아빠는 거제도에서 우체국 출장소 영업을 하는 점잖은 사내였고, 엄마는 그런 아빠를 빼다 박은 여자였다. 술도 약간, 담배도 약간인 분들이었다. 손찌검을 하는 법도 없었다. 바로 그래서 그녀가 아빠를, 길가의 우체통이나 커피 자판기 보듯 했는지도 몰랐다. 우체통이나 자판기에 누가 흥미와 애정을 쏟겠는가. 그러고 보니, 아침 식사 하시겠느냐고도 묻지 않았다.

얼마나 시간이 지났을까, 그녀는 요기를 느끼곤 잠에서 깨어났다. 잠에서 덜 깨어 얼떨떨했다. 그녀는 화장실로 가, 좌변기에 앉았다. 〈주간 조선〉을 펼쳐 들었다. 아랫배에 약간 통증이 있었다. 힘을 주는데 풍덩, 덩어리가 떨어지는 소리가 났다. 그녀는 그대로 앉아 읽던 페이지를 마저 다 읽고, 휴지를 끊어 닦곤 일어섰다. 그러곤 무엇이 떨어졌나, 물을 내리기 전 허리를 굽혀 변기를 들여다보았다. 핑크빛 덩어리가 가라앉아 있었다. 그녀 주먹보다 약간 큰 정도였다. 휴지 몇 장이 덩어리 위에 푹 젖어 달라붙어 있었다. 핏덩이 몇 점이 녹지도 않고 그대로 떠다녔다. 그녀는 비명을 질렀다. 두 번째 유산이었다. 앰뷸런스를 부른 건 그녀였다. 그녀는 외출복으로 갈아입곤 반지하 층계를 태연히 걸어 올라가 골목 전신주에 기대서선 앰뷸런스를 기다렸다.

그녀는 병실을 독차지하고 누워 링거를 꽂았다. 주치의는 그녀를 옆 블록의 종합병원으로 보내려 했지만, 거부했다. 그녀는 도망치는, 숨어드는 심정으로 논현동 병원의 일인실을 찾아들었다. 그녀는 미친 듯 눈동자를 되록되록거렸다. 자기를 진정시키려면 구속복이라도 입혀야 할 것이라고, 히스테리를 부렸다. 실제의 그녀는 머리카락 한 올 꼼짝 못 할 가수(假睡) 상태였다.

"언제 왔어?"

깨어보니 남편이 보호자 침대에 앉아 그녀의 손을 지그시 눌러 잡고 있었다.

"어제, 열 시쯤?"

그녀는 커튼을 걷어달라고 했다. 아침 햇살이 눈 따갑게 그녀를 덮쳤다. 남편은 그녀 뺨의 솜털이 참 예쁘다고 했다. 그녀 스스로 입을 열기까지 남편은 결코 어제 일에 대해 물어오지 않을 것이었다.

"수술하자."

그녀는 한참 만에 입을 열었다.

"애 안 낳는 수술?"

그녀는 남편에게, 나도 할 테니 너도 같이해야 한다고 했다. 남편은 좋다고 했다. 정관수술? 하지 뭐. 싫다고 하면 냅다 뺨을 긁어버릴 거라 지레짐작해 나온 답이었다. 그녀는 그럼 당장 가서 하고 오라고 했다. 남편은 잠시 쭈뼛대더니 병실을 나갔다. 혼자 있게 되자, 일인실은 비싸니 육 인실로 옮겨야겠다는 생각이 들었다. 어제 아침, 걸레를 담아놓은 플라스틱 대야를 치우곤 그 자리에 양반다리를 하고 있던 사내의 상도 떠올랐다. 사내의 상이 무엇을 의미하는지 그녀는 알 수 없었다.

남편은 오후 늦게야 돌아왔다. 창가의 햇살도 이젠 한껏 무거워져 있었다. 남편은 손바닥만 한 종이쪽지를 꺼내 보여주었다. 수술 영수증이었다. 쪽지를 쥔 오른손의 소맷부리에, 지워지다 만 피 얼룩이 져 있었다. 이상한 느낌이 들어 남편 얼굴을 보자, 표정이 지저분하게 흐트러져 있었다. 그보다, 훅 냄새가 풍겼다. 남편 뒤를 따라 들어온 냄새인지, 남편 자신에게서 풍기는 냄새인지 잘 알 수 없었다. 그녀는 코를 감싸 쥐었다. 콧속이 쓰라리고 구역이 났다. 악취라는 표현도 부족할 것 같은, 강렬하고 독한 내였다. 그녀는 얼른 남편에게서 얼굴을 치우곤, 창가로 물러나 앉았다.

"이게 무슨 냄새야."

남편은, 이쪽 병원으로 오다 웬 건달 자식과 주먹다짐이 있었다고 했다. 뻔한 일이었다. 수컷의 상징 중 하나를 잃어버린 참에, 분풀이할 곳을 찾은 것이었다. 굳이 캐물을 필요도 없었다. 그녀는 남편의 수다를 끊어먹으며 소리 질렀다.

"이게 무슨 냄새냐니까!"

남편이 수컷 중에서도 유별난 수컷이라는 것은, 그때야 비로소 알았다. 남편은 이렇게 답했다.

"수컷 냄새."

아이는 박태자가 내민 수저를 허겁지겁 핥고 있었다. 지하 작업실에 끌려 들어온 지 삼 일째였다. 정상적인 상황에서라면 여덟 끼의 식사와 여러 차례의 군것질과 어쩌면 참치회 파티도 한 번 했을 시간이었다. 아이는 참치회를 좋아했고, 집으로 회 전문 요리사를 불러 파티를 열곤 했었다. 그녀는 그런 호사를 시켜줄 형편도 못 됐고, 그럴 마음도 없었다. 그녀는 화채 그릇에 콘플레이크를 담고 데운 우유를 잔뜩 부어선 아이 턱 밑에 대주었다. 그러곤 한 숟갈씩 입에 떠 넣어주었다. 삼 일 만의 첫 식사였다. 의외로 아이는 콘플레이크를 좋아했다. 아이 엄마가, 콘플레이크는 공업용 화학약품이나 같다고 금지시켰다고 했다. 그녀도 똑같은 이유에서 콘플레이크를 준비했다. 비타민이나 철분 같은 기능성 영양소들이 첨가돼 있어, 이런 일에 쓰기엔 적당했다. 지하 작업실에서 개 목걸이에 옴짝달싹 못하게 묶여 있는 아이에게, 찬과 식의 구색을 맞춰줄 순 없는 노릇이었다. 그 수발이 얼마나 고달픈데. 얼마나 있게 될진 몰라도, 아마도 아이는 입안이 얼얼할 때까지 우유와 콘플레이크를 먹게 될 것이었다. 화채 그릇이 반쯤 비자, 그녀는 사나운 얼굴을 하며 그릇과 수저를 뒤로 치웠다. 남편이 아까 좀 씻긴 덕에 얼굴도 깔끔했고, 배설물 냄새도 훨씬 덜했다.

"널 풀어줄 수도 있어."

남편이 침대에 다리를 꼬고 앉아 말했다. 아무리 빳빳하게 힘이 들어간 새끼 수컷이라도, 삼 일이면 꼬리를 말 것이라고 남편은 짐작하고 있었다. 그래서 좀 더 자유롭게 해줄 생각을 하고 있었다. 손목과 발목을 연결한 개 목걸이만 풀어주면, 아이는 걷기도 하고 대소변도 변기에서 처리할 수 있다. 콘크리트 바닥이 아닌 침대에서 십 대의 마지막 남은 시간들을 보낼 수도 있다.

"다리가 아프지? 저리지? 이젠 감각도 없어? 다리를 쭉 뻗게 해줄 수 있어. 쭉 뻗게 해줄 수 있을 뿐만 아니라, 이 침대에서 편히 자게 해줄 수도 있어. 네가 약속만 지킨다면—"

남편은 호기롭게 떠들어댔다. 그녀는 간신히 웃음을 참았다. 아이는 고개를 숙인 채 반응이 없었다.

"싫어?"

귀가 먹었나. 남편은 기분이 나빠져선 입을 다물어버렸다.

"아빠가 돈을 줘도,"

잠시 후, 아이가 입을 열었다.

"결국엔 날 죽일 거죠?"

"뭐?"

남편의 얼굴이 볼만했다. 한 방 먹었다는 표정이었다. 하, 남편은 한숨을 뱉었다. 그런 건 또 어디서 알았어? 여기에도 영화광이 있었군그래. 기가 막혀서, 애들을 다 버려놓았단 말이야. 얘가 방금 날 유괴범으로 만들어놨어. 이쪽 손엔 딕터폰을 들고 또 이쪽 손엔 수화기를 들고 협박 전화나 넣는 한심한 머저리로 말이야. 박카스 상자에 지폐를 바리바리 쟁여서, 내일 열세 시에 피카디리 극장 이 번

매표소로 나오쇼, 박찬호 야구 모자 쓰고. 자존심이 상한 남편은 새된 소리로 떠들어댔다. 난 싸구려가 아냐, 돈 얘기가 끼어들면 추해 보이잖아! 까·불·래, 하고 남편은 딱딱 끊어 말했다.

"까·불·래."

남편은 꼰 다리를 풀고 당장이라도 튕겨 오를 듯 엉덩이를 들썩였다. 남편의 얼굴이 험악해지는 걸 보곤 그녀는, 바로 지금이 자기가 끼어들어야 할 순간이란 걸 알았다. 재빨리 아이와 남편 새를 가로막아 섰다. 네 아빠한텐 연락하지 않았어, 그녀는 예전의 착한 과외 선생 누나의 목소리를 냈다. 아무한테도 연락하지 않을 거야. 우린, 네 몸뚱이 외엔 바라는 게 없어! 그러니까 우리 얼굴을 똑똑히 잘 봐 둬!

"네가 이 세상에서 볼 수 있는 마지막 사람 얼굴일 테니까 말이야."

남편은 혀를 끌끌 찼다. 그러곤 침대에 벌렁 누워버렸다. 니가 알아서 해, 남편이 말했다. 니가 데려오자고 했으니까.

"아저씨, 할 얘기가 있어요."

아이가 그녀를 쏘아보며 갸르릉, 가래 끓는 소리를 냈다.

"누난 나랑 잤어요."

아이는 절박함에 잔뜩 움츠러든 눈으로 그녀를 올려다보며, 재빠르게 말을 이어나갔다. 누난 나랑 잤어요, 그래서 이러는 거예요, 아저씨한테 이를까 봐. 집에 혼자 있는데 들어와선 나더러 자기 옷을 벗겨달라고 그랬어요. 정말이에요, 정말.

남편은 침대에 벌렁 드러누워버렸다.

"저 새끼가 태자랑 잤다? 태자랑 잤어? 내 아내랑? 뭐야, 이런 걸 스캔들이라고 하나?"

"하, 진짜 잤어?"

"그래."

그녀는 웃었다. 남편도 따라 웃었다. 둘은 지하 작업실이 왁왁 울리도록 목청껏 웃었다. 남편은 침대에서 일어나 그녀 곁을 가로질러 사내애 앞에 가 섰다. 앞을 스칠 때 그녀는, 움찔해서 그만 오줌을 지릴 뻔했다. 희미하게나마 수컷 냄새가 남편의 어깨에서 풍겼다. 남편은 허리를 굽혀 아이의 얼굴에 입을 바싹 붙였다. 물어뜯기라도 할 듯이 이빨을 드러내곤 속삭였다. 넌 방금 실수한 거야.

"넌 방금 네 유일한 아군을 적의 편으로 만들었어. 태자 누나는 이제 네 적이다. 적이 둘이 된 거야. 셋뿐인 세상에서 적이 둘이라니, 쯧쯧."

남편은 그녀 곁으로 다가왔다. 그러곤 혀를 차며 몇 대 쥐어박을 수도 있지만 것도 귀찮아, 하고 중얼거렸다. 이런 제길, 솜털도 안 벗겨진 놈한테……. 내가 너무 친절했나?

"이젠 네가 애를 교육해. 진짜 창피는 내가 아니라, 네가 당한 거니까."

남편은 혼잣말하듯 몇 마디 더 지껄이곤, 알아서 하라는 듯 그녀의 어깨를 툭 치곤 지하 작업실을 나갔다. 그녀는 길게 한숨을 내쉬었다. 잠시 후 그녀는 아이 앞에 쪼그리고 앉아 넌 어른들의 세계를 몰라, 하고 속삭였다.

"그게 뭔지 가르쳐줄게."

그녀는 아이의 발목을 고정시켜놓았던 쇠줄을 풀어주었다. 좀 아플 거야, 삼 일이나 무릎 꿇고 있었으니까. 그녀는 두 팔을 아이의 겨드랑이에 끼우곤 조심해서 옆으로 뉘었다. 무릎관절이 조금 펴지자 아이는 비명을 지르고 눈물을 쏟았다. 두 발이 눈에 띄게 부어 있었다. 엉덩이의 발뒤꿈치에 눌린 자리는 빨갛게 헐어 있었고, 찬 바닥에 닿아 있었던 무릎 아랫부분엔 피멍이 들어 있었다. 항문 주위엔 배설물이 까맣게 말라붙어 있었다. 반드시 변기를 이용해, 똥오줌을 가리란 말이야. 그게 우리와 지켜야 할 약속이야. 그녀는 아이의 머리를 틀어 변기를 볼 수 있게 해주었다. 알았어? 아이는 고개를 위아래로 세차게 흔들었다. 아이는 침몰해버렸다. 볼일을 보곤 물을 꼭 틀어, 좌변기 사용법은 알지? 냄새 안 나게 해. 무릎관절이 그럭저럭 펴지자 이번엔, 두 발목의 개 목걸이 사이를 쇠줄로 연결했다. 입에 다시 개 목걸이를 채웠다. 아이는 이제, 깡충깡충 캥거루처럼 뛰어다녀야 한다. 엉덩이에 똥이 묻었으면 절대로 침대에 앉거나 눕지 마. 난 빨래하는 걸 싫어해. 우리가 수시로 내려올 테니까 그때 닦아. 그녀는 침대 다리와, 목과, 손목과, 발목과, 턱을 얼키설키 엮어놓은 개 목걸이 쇠줄들을 점검했다. 안됐구나, 텔레비전도 못 보고. 그녀가 지하 작업실을 나가며 혀를 찼다.

*

아내는 한 시간 반쯤 후에, 조금 굳어진 얼굴로 거실로 올라왔다. 한창림은 밥 줘, 하고 일부러 발랄한 목소리를 냈다. 그런데 그 새끼 이야긴 뭐야? 둘이서 예행연습을 벌써 한 거야? 아내는 아무렇지도 않은 일로 호들갑 떨지 말라는 투로, 틀린 말은 아니라고 했다.

"틀린 말이 아냐?"

"틀린 말은 아니지. 그렇다고 옳은 말도 아냐. ……과외하러 재네 집에 갔더니 발가벗고 있잖아. 노출증 환자라고 말했지? 날 놀려먹으려고 하길래 내가 장난 좀 쳤지. 어른들의 섹스란 건 이런 거다, 하고 말이야. 그런데 뭐야! 지금 날 심문하는 거야?"

"하, 그래서 잤어? 내가 누구야? 박태자한테 한창림이 뭐야?"

그가 정말로 하고 싶었던 것은 아무 말 없이 아내를 한 대 후려치는 것이었다. 아님 뷰티풀 피플의 그 남자처럼 아내를 거꾸로 들고 와인병처럼 흔들든가.

"어쩔래? 나, 걔랑 잤어. 자고 싶었어, 예쁘니까. 그래서? 생각해봐. 나 같이 젊고 허벅지 탱탱한 여자가 그 애처럼 어리고 잘생긴 남자애랑 만나서 도대체 무슨 일을 하겠어? 안 그래? 어느 날 문을 열고 들어갔다. 그런데 문 안에 발가벗은 예쁘장한 어린 사내애가 날 기다리고 있다. 고추도 엉덩이도 다 싱싱하다―"

아내의 희고 동그란 이마에 혈관 몇 개가 도드라졌다. 아내는 이제 발레리아 골리노다, 조증과 울증 사이를 초고속으로 왕복하는 뾰족한 폭탄. 이럴 때 건드리면 아내는, 그의 얼굴 껍질을 벗겨버릴 것이다. 그는 갑자기 움츠러들었다. 어쩔까, 끝낼까, 아님 좀 더 밀어붙여볼까. 이 정도의 약점이면 이 년은 간다. 식탁머리에서 이 년 정도는 두고두고 우위를 점할 수 있다. 잘만 하면, 여름만 되면 그물 팬티만 입고 온 집 안을 돌아다니는 아내의 그 불결한 습관도 고칠 수 있다.

"하, 젠장!"

그는 좀 더 진도를 나가보기로 했다. 그는 리모컨의 파워 버튼을 눌러 텔레비전을 꺼버렸다. 결혼해 같이 산 지난 십 년 동안, 다툴 때면 그가 늘 하던 행동이다. 텔레비전을 끄면, 텔레비전의 그 웅웅거리는 소음이 오프되면, 아내는 갑자기 적막해진다. 그 적막이, 그 납득할 수 없는 종류의 외로움이, 아내의 고막을 후려친다. 외로움이 아내의 고막 속에서 아프게 울려댄다. 아내는 느닷없이 외로워진다. 그건 아내가 존재하는 방식이다. 그가 텔레비전을 끄자마자 아내의 눈빛이 눈에 띄게 흔들렸다. 그는 소파에서 일어나 가만히 리모컨을 테이블에 내려놓았다. 이제 아내가 리모컨을 손에 쥐려면, 그의 앞을 통과해야 한다.

"해보자는 거야?"

아내의 얼굴이 새빨개졌다. 그는 뭔가 기선을 잡은 듯한, 뿌듯한 기분이 되었다.

"난, 내가 보지 않는 곳에서 네가 그러는 걸 참을 수가 없어."

그는 경쾌하고 발랄하고 속이 텅 빈 듯한 목소리를 냈다. 내가 보지 않는 곳에서 딴 남자랑 그러는 걸 참을 수가 없어, 알겠어?

"내가 보는 앞에서 해! 내가 들고 있는 카메라 앞에서 해!"

그는 아내 쪽으로 한 발짝 내디뎠다. 알았어? 내가 보는 앞에서 해, 내가 확인할 수 있게!

"병신!"

아내가 소리 질렀다.

오케이, 그는 속으로 중얼거렸다. 한마디만 더 해봐. 한 번 더 소리 질러봐.

"병신, 네 꼴을 한번 봐. 넌 벌써 살갗도 거칠어지고 엉덩이도 처지기 시작했어. 엉덩이가 물 먹은 휴지 같아, 팍팍해졌단 말이야! 팍팍해! 살갗은 무슨 빼빠 같아!"

"내가 늙었단, 그런 말인가?"

그는 아내가 더 지껄이기 전에, 덮쳤다. 빼빠가 아니라, 사포야, 빼빠가 아니라 샌드페이퍼야. 아내는 소파에 쓰러져선 상소리들을 늘어놓으며 그의 셔츠를 할퀴고 찢었다. 그는 아내를 깔고 앉아 아내의 코끝을 한참이나 소리 나게 씹고 빨았다. 그는 생각했다, 오늘은 내가 이겼군, 다행이야.

한창림은 아내가 주방에서 저녁 찬을 하고 있는 동안, 지하 작업실에 내려갔다. 사내애는 침대에 모로 누워 있었다. 사내애는 이제 허리를 쭉 펼 수도, 걸을 수도, 누울 수도, 잘 수도, 변기에 앉을 수도 있다. 그런 얘길 듣고도 저런 친절을 베풀다니. 아내가 착한 여자였던가. 그는 곧장 침대로 다가가 사내애의 엉덩이를 걷어찼다. 머리칼을 쥐곤 이마 높이까지 들어 올렸다간 바닥에 찧어버렸다. 슬리퍼 속 발가락들이 경련을 일으켜 꼬부라져 펴지지 않을 때까지, 사내애를 걷어찼다. 이제 내가 어떡할 건지 알아? 뚫린 아구라고 아무 말이나 지껄이면 어떻게 될까! 사람 대접을 받으려면 사람 노릇을 해야지, 예의란 게 뭔지 알아야지! 그는 사내애의 목을 한 손에 거머쥐곤 침대 쪽 벽을 향해 던져버렸다. 예전엔, 삼십 대면 어딜 가나 탱탱한 젊음을 뽐내고 인정받을 수 있었다. 그의 펫숍 삼촌 세대만 해도 그랬다. 그러던 것이 이젠, 엉덩이에 물기가 빠지기 시작했다고 아내로부터 타박을 듣고 있다. 젠장. 질투가 공포가 되는 순간이었다. 이제 젊음의 평균수명은 이십 대다. 서른이면, 젊음은 벌써 죽은 목숨이다. 언젠가는 그 젊음의 평균수명이 스물두 살 이하로 떨어질지 모른다. 아님, 이미 그렇게 됐나, 하!

린치를 가하다 문득 잡담처럼 딴생각이 들었다. 아내가 들려준 뷰티풀 피플 생각이었다. 아내가 자주 놀러 가는, 과천의 카페와 옷가게 이름이다. 과천 종합청사 쪽 도로변에 찻집 뷰티풀 피플이 있고, 그 건너편 마주 보고 있는 육 층짜리 상업용 빌딩에 옷 가게 뷰티풀 피플이 있다. 아내는 그 두 뷰티풀 피플의 사장 여자를 '언니'라고 부른다. 그가 펫숍의 호색한을 '삼촌'이라 부르는 것처럼. 그 언니가 린치를 당했다고 했다. 그는 찻집 뷰티풀 피플엔 가보지 못했다. 옷 가게엔 가봤다. 청재킷을 사기 위해서였다.

그때 그가 본 언니는 사실, 린치당하게 생겼다. 엉망으로 헝클어진 누렇게 타버린 머리카락과, 자긍심이라곤 찾아볼 수 없는 흐린 눈빛과, 가파르고 좁다랗게 튀어나온 광대뼈와 턱.

'이런 제길, 우리 엄마잖아.'

언니를 보며 그는 중얼거렸었다. 어머니를 떠올리게 하는 구석이 있었다. 항상 기억나곤 하는 어머니의 상은, 연탄재가 가득 담긴 빨간 플라스틱 대야를 머리에 이고 막 산 아래 쓰레기 공동 수거장에 다녀온 어머니상이었다. 영양 부실로 누렇게 타버린 성긴 머리카락 위에 흰 연탄재가 푸뜩푸뜩 내려앉은, 그런 어머니였다. 어머니에겐 죄송한 얘기지만, 어쩐지 한 대 쥐어박고 싶어지는 상이다. 그에게조차 한 대 쥐어박고 싶은 충동을 일으키게 하는 얼굴이었다. 쥐어박고, 아파서 엉엉 우는 그 얼굴에 침을 뱉고 싶게끔 하는 얼굴이었다. 어머니는 그가 대학에 갓 입학했을 때, 상한 닭죽을 먹고 죽었다. 응급실 당직 의사가 연세가 몇이냐고 물어서 마흔아홉이라고 주민증의 나이를 댔더니, 놀라며 되물었었다. 예순다섯은 돼 보이시는데, 하고. 그는 아직도, 왜 아버지가 어머니를 구타하지 않고 그럭저럭 잘 살 수 있었는지 의문이었다. 아버지가 별 볼 일 없는 수컷이라 그랬나?

"왜 누구는 린치를 당하는 누구가 되고, 누구는 린치를 가하는 누구가 될까!"

그는 새된 소리를 지르며 사내애의 오른쪽 귓불을 걷어찼다. 사내애가 한 바퀴 구르자, 이번엔 왼쪽 귓불도 걷어찼다. 언니라는 여자의 인상도 마찬가지다. 남편에게 얻어맞는 건 당연하다. 수컷들의 가학 충동이란 무릇, 그런 얼굴 앞에선 도무지 참을 수가 없는 것이다.

171

린치가 있고 난 다음, 그는 지하 작업실에 대해 신경을 끊어버렸다. 고 새끼 수컷의 얼굴은 꼴도 보기 싫다. 고 새끼 수컷이 비죽이 내밀고 있을 엉덩이와 마주치는 것도 싫다. 그는 아내에게 알아서 하라고 했다. 네가 다해, 난 삐쳤으니까. 아내는 밴댕이 소갈머리 어쩌고 하면서도, 며칠째 사내애의 수발을 혼자 들고 있다. 사실 그는, 무서웠다. 사내애를 너무 팼다. 린치가 있은 다음 날, 먹을 걸 주러 내려갔다가 아내는 사색이 되어 뛰어 올라왔다. 그러곤, 그를 째려보면서 구급약통을 들고는 황급히 차를 몰고 과천으로 내려갔다. 그 다음 날 세탁실 건조대엔 핏자국이 채 빠지지 않은 침대 시트가 널려 있었다. 물어보지 않아도 지금 사내애가 어떤 상태인지 알 수 있었다. 무엇보다 그는 자기가 해놓은 일의 결과와 마주치기 싫었다. 젠장, 이번엔 되는 일이 없군. 그는 실망한 얼굴로 베개에 얼굴을 묻고 며칠 동안, 하루에 열두 시간씩 잠만 잤다.

십팔 일이야, 한창림은 동물원 매표창구에서 표를 받아 들며 웅얼거렸다. 벌써 그렇게 됐나. 사내애가 그의 집 새 식구로 들어온 지 열흘째다. 아내는 사내애를 치료하고, 먹이를 주고, 씻기고, 훈육하는 그 골치 아픈 작업들을 혼자 해내고 있다. 피곤해, 골치가 아파, 하고 투덜대면서도 그에게 일을 나눠주려 하진 않는다. 당연하다. 약점이 잡혔으니까. 그리고 사내애가 또다시 린치를 당할까 봐 걱정하고 있는 것이다. 그러면 사내애는 죽는다. 피로해하는 아내가 안됐긴 했지만 그도 어쩔 수 없었다. 그에겐 아직 그 자신의 희생자와 대면할 용기가 없었다. 바보, 겁쟁이, 아내의 째진 눈이 그렇게 말하고 있었다. 회복 중이라니, 린치당한 상처들이 아물고 있다니, 그나마 다행이다. 곧 다시 만나게 되겠지. 그는 동물원 관리소 앞 광장에 엉거주춤 멈춰 서선 하, 하고 씁쓸한 웃음을 웃었다.

과천 서울대공원 동물원을 찾는 버릇은, 이곳 과천에 이사 오고 난 다음에 생긴 버릇이었다. 가끔씩, 기분이 아주 더러울 때 그는 동물원을 찾았다. 오전 열한 시쯤에 정문에 들어서서 느긋하게, 아주 느긋하게 몇 시간이고 동물원 여기저기를 기웃거린다. 더러운 기분이 들어 스스로를 견디지 못하겠을 때, 동물 우리들 앞을 느긋하고 한가한 걸음걸이로 어슬렁거린다. 산책하는 것이다―이를테면 산책 같은 것이다. 어깨에 긴장을 풀고 두 팔을 가볍게 늘어뜨리고, 등은 약간 구부린 채로. 그렇게 몇 시간이고 걷고 나면 기분이 괜찮아지곤 했다. 왜일까. 우리에 갇힌 동물들의 개개풀린 눈동자들 앞에서, 왜일까. 개개풀려 무엇도 더는 쏘아보지 못하는 그 눈동자들 앞에서, 왜일까.

그는 정문 앞 광장에서 갈라지는 두 길 사이에서 동쪽 관람로를 택했다. 겨울엔 그쪽이 더 볼 게 많다. 남쪽 관람로의 야행 동물관은 맥이 빠질 정도로 의기소침하다. 냄새도 강력하다. 언젠가 아내와 박쥐를 보러 왔다가, 악취와 지나치게 캄캄한 조명에 아내의 울증이 도진 적도 있었다. 아내는 그 콧속을 후벼 파는 듯한 독취를 품은 어둠 속으로 침몰해버렸다. 여름에도 그런데, 겨울엔 오죽할까. 그는 제1, 제2 아프리카관 앞길을 따라 천천히 올라갔다. 동물들은 실내로 옮겨졌다, 는 안내문이 붙어 있었다. 울타리 안엔 건초와 진흙 바닥, 그리고 까치 몇 마리밖엔 보이지 않는다. 동물들은 실내 관람장의 지저분한 통유리 안에서 97~98 겨울 시즌을 날 것이다. 그는 자판기에서 콜라를 빼 들었다. 그러곤 벤치로 가 앉았다. 그의 뒤쪽으론 유인원관이 있고, 또 그 안엔 맨드릴 육식 원숭이가 있다.

여기까지 올라오는 동안, 그 삼십여 분 동안, 그가 볼 수 있었던 건 고작 까치 몇 마리와 똥개 한 마리 그리고 팔짱을 낀 남녀 두 사람뿐이었다. 겨울이고, 아직 오전이니 그럴 만도 했다. 동물도, 관람객도, 무엇도 보이지 않는 동물원. 얼마나 좋아. 그는 흐뭇했다. 한여름 장마철과 한겨울 눈 많이 쌓인 날이면 그는, 우산을 펼쳐 들고 부츠를 꺼내 신고, 동물원에 가고 싶어 안달한다. 아니면, 보슬비가 내리면 초가을 오전이나 벌떼가 막 날아다니기 시작하는 늦봄 오후도 좋았다. 아무튼 콜라 한 캔을 다 마실 때까지 단 한 사람도 그의 눈앞에 나타나지 않는 그런 날이면, 그는 무조건 좋았다. 그는 빈 콜라 캔을 우그러뜨려 쓰레기통에 던져 넣었다.

그는 유인원관의 맨드릴 육식 원숭이 우리로 갔다. 맨드릴 원숭이류의 우리는 기둥 건너편, 고릴라 우리 바로 옆에 있었다. 서너 놈이 좁다란 우리 안에서 뒤엉켜 퀭한 눈으로 플렉시 유리 바깥, 이쪽을 내다보고 있다. 퀭한 눈, 개개풀린 눈, 그런 따위엔 흥미 없었다. 그런 눈빛은, 동물원 우리 안에서 너무나 오랫동안, 아무런 변화 없는 삶을 산 동물들이 갖게 되는 눈빛이었다. 육식이든 초식이든 다 마찬가지였다. 우리 안에서 폭우도 기근도 천적도 어떤 자극도 격변도 없이 몇 년이고 지내다 보면, 우리 안으로 스며들어오는 보일러의 석유 냄새를 맡고 반가워하며 고개를 쳐들게 될 것이었다. 그가 찾는 원숭이는 그런 눈빛의 원숭이가 아니었다.

그는 맨드릴 육식 원숭이를 향해 이빨을 드러내며 크게 미소 지어 보였다. 두 달 만이다. 그동안 놈이 무사했다니, 좋았다. 놈의 눈빛은 다른 놈들과 다르다. 우리의 플렉시 유리가 지저분해서 세세한 것까진 보이지 않았지만, 그는 느낄 수 있었다. 수컷, 수컷, 수컷들은 눈으로만 서로를 확인할 수 있는 게 아니었다. 그는 유리에 김이 서릴 만큼 가까이 다가가 섰다. 그렇게 가까이 서니, 냄새도 한층 더해지는 것 같다. 그것은 이 유인원관에서 몇 해째 버티고 있는 불결한 몸뚱이들이 내는 것이었다. 원숭이들의 더러운 몸뚱어리들이 내뱉는 냄새였다. 오줌을 싸듯 된 가래를 뱉듯 공기 중에 그들의 냄새를 내뱉는 것이었다. 플렉시 유리 안에서, 플렉시 유리 바깥의 영역을 향해, 온몸의 땀샘과 기름샘이 질펀하게 젖어 들 때까지 분비물을 쏟아내는 것이었다. 자신의 발바닥에서 나는, 기름땀에 푹 전 얼굴에서 나는, 긴 털로 뒤덮인 사타구니와 겨드랑이에서 나는, 된똥이 비죽이 밀려 나온 항문에서 나는, 그 뜨거운 분비물이 눈 따갑게 기화(氣化)된, 그런 냄새를, 독취를 흩뿌리는 것이었다. 플렉시 유리 바깥의 영역을 향해, 인간들이 흰 얼굴들을 디밀며 지나다니는 그 바깥의 영역을 향해. 오줌만큼이나 독하고 된 가래만큼이나 진득진득한 독취를 내뿜고, 묻히고, 쉽게 무시할 수 없는 강력한 영역 표시를 찍어놓는 것이었다.

그는 눈이 따가웠다. 겨울철이나 장마철, 극도로 환기가 안 되는 이런 실내 관람장에선 흔한 일이었다. 질감이 느껴질 정도로 고이고 고인 동물들의 악취가, 그의 각막을 찌르는 것이었다. 콧속을 자극하고, 재채기를 나게 한다. 그가 예민한 사람이었다면 알레르기 반응을 일으켰을 것이었다. 이런 날, 이런 동물원을 한 번 순례하고 나면 입었던 옷가지를 죄다 빨아 널어야 한다. 머리를 감고 샤워를 하고, 가죽 구두는 볕이 잘 드는 곳에 하루 정도 내놓아 냄새를 날려버려야 한다. 그래야 동물원에서 묻혀 온 냄새들을 제거할 수 있다. 동물들이 찍어놓은 그 보이지 않는 강력한 표식으로부터 풀려날 수 있다. 그는 기분 좋은 얼굴로 쩝쩝, 소리를 냈다. 냄새가 얼마나 독한지 입안이 다 싸아하다. 누군가 그의 입속에 비닐봉지를 힘껏 쑤셔 박은 듯했다. 하지만, 동물원에서라면 비닐봉지 따위야 아무래도 상관없었다. 그는 그의 앞 플렉시 유리 속에 갇힌 맨드릴 육식 원숭이 놈의 냄새를 뚜렷이 기억하고 있었다. 놈의 냄새야말로 대단한 것이었다. 독취라 부를 만했다. 그는 손가락을 구부려 플렉시 유리를 톡톡, 두들겼다. 놈의 우리는 다른 우리의 사 분의 일 정도밖엔 안 돼 보이는 좁다란 독방이다. 놈에겐 왼팔의 다섯 번째 손가락이 없다.

그가 놈을 처음 본 건 사 년 전 늦봄쯤이었다. 비가 왔고, 오늘처럼 관람장마다 텅 비어 있는 날이었다. 맨드릴 육식 원숭이, 그놈은 그때만 해도 유인원관에서 동남쪽으로 칠백 미터쯤 더 올라가야 하는 동양관에 있었다. 그물무늬 왕뱀이나 아마존 왕뱀, 왕도마뱀, 크로커다일이나 앨리게이터 같은 대형 파충류들을 한데 모아놓은 곳이었다. 동양관에 발을 들여놓자마자 그는 이곳이 좋아졌다. 원형 돔 구조에, 흑록색의 야자수들이 우리 사이사이를 메우고 있고, 베이지 빛으로 관람장 전체가 페인팅돼 있었다. 조명은 밝고 청결했다. 그리고, 다른 어떤 관람장보다도 조용했다. 파충류들이 짖고 울고 날뛸 리 없으니까. 코끼리거북은 모래밭에 코를 박은 채로 썰어 놓은 당근을 씹고 있었고, 악어들은 돔 중앙의 수조에서 네 다리를 활짝 펼친 채로 꼼짝 않고 있었다. 움직이는 것이라곤 사람들과, 돔 내곽 벽 쪽의 우리들 안에 있는 것들뿐이었다. 앵무나 공작, 긴꼬리원숭이 따위가.

동양관이 아닌가 봐, 하고 그는 어떤 원숭이 우리 앞에 서서 생각했다. 그 원숭이 우리의 안내판엔, 놈이 서부 아프리카에 서식한다고 쓰여 있었기 때문이었다. 맨드릴, 긴꼬리원숭잇과, 잡식성, 거참 이상하게 생겼어, 하고 그는 안내판을 따라 읽으며 중얼거렸다. 세 평 남짓한 우리 속엔 겨우 육십 센티미터가 될까 말까 한 흑갈색의 원숭이 두 마리가 들어 있었다. 우리의 높이는 거의 오 미터는 될 듯 싶었다. 흑색의 나무와 철골 구조물이 공중에 얽혀 있었다. 두 마리는 나란히 바닥에 엉덩이를 깔고 앉아, 그들을 기웃거리는 그를 기웃거리고 있었다. 언뜻 보기엔, 텔레비전 〈동물의 왕국〉에 가끔 출연하던 비비 원숭이와 비슷했다. 짧고 굵은 목, 딱 벌어진 어깨, 약간 굽은 등, 긴 팔, 짧은 다리. 올림픽에 출전하는 역도 선수들, 하체에 비해 기형적으로 발달한 상체. 그리고 위아래로 길쭉한 대가리, 하품할 때마다 견치(犬齒)가 비죽이 드러나는.

그는 잠시 후, 맨드릴 원숭이에 반해버렸다. 흔히 보는 비비 원숭이와는 달랐다. 비비 원숭이는 기껏해야 약간 은빛이 섞인 잿빛 털 투성이고, 그야말로 개코(Papio)답게 볼품없다. 그가 동양관에서 그 날 처음 본 맨드릴 원숭이는, 우선 그 기다란 코부터가 달랐다. 얼굴 길이의 사 분의 삼이나 차지하는 코는, 콧마루부터 코끝까지 진홍색으로 온통 화사하게 빛났다. 그가 보기에 그건, 아주 맛있어 보이는 핏빛이었다. 그는 저도 모르게 입맛을 다셨다. 부챗살 문양으로 활짝 펼쳐져 있는 주름진 두 뺨도, 먹음직스러운 연보랏빛이었다. 윗눈썹과 턱의 갈기는 눈이 아릴 만큼 하얬다. 그런 색깔들은 인간이 가진 화공 약품들과 기계들론 조작해낼 수 없는 것들이었다. 어떤 물감도, 어떤 렌즈도, 어떤 필름도, 어떤 조명 장치도, 어떤 현상 약품들로도 조작해낼 수 없는. 그것은 원숭이의 비린내 나는 더운 피가 만들어낸 색이었다. 맨드릴…… 그는 잠시 얼이 빠져 있었다. 화려해, 아주 화려해, 그는 입속으로 말을 꼴깍 삼켰다. 원숭이 목의 동맥을 따, 놈의 꿈틀거리는 피를 한번 보고 싶었다. 그 화려한 생명을 만들어낸 놈의 피는 또 얼마나 화려할지, 확인해보고 싶었다.

그것이 첫 만남이었다. 그는 동양관을 나서기 전, 동양관 관리실의 문을 두드렸다. 관람장 비상 출입문 옆에 조그맣게 따로 달린 철문 안이었다. 수십 개의 선반이 두 벽면에 층층으로 걸려 있었다. 그 선반마다 파인애플, 옥수수, 복숭아, 고등어, 꽁치 따위 통조림들이 쟁여져 있었다. 문 맞은편 벽엔 시커먼 기름 먼지를 뒤집어쓴 무슨 계기판들이 달려 있었다. 그 아래 철제 테이블엔 정육점에서나 쓰는

2부 육식 원숭이

178

커다란 나무 도마가 놓여 있었고, 그 위에 토막 내다 만 닭 몸통과 야채들이 흩어져 있었다. 문을 열어준 사내는 동양관이라고 부를 수는 없다, 고 했다. 동양의 것들은 대체로 체구가 작은 놈들뿐이니까. 작은 놈들을 우리에 넣어두고 입장료를 내고 온 관람객들에게 즐거워하라고 할 순 없으니까. 사내는 과천 서울대공원, 이라 쓰인 점퍼를 걸치고 있었다. 그는 영화를 찍는 데 소용이 될까 하고 찾아왔다고 했다. 그러자 사내는 이래 봬도 여기서 십 년이나 쥐를 키우고 닭을 잡았지, 하고 친절하게 웃어 보였다. 그래, 어떤 영화요? ……단편영화입니다. 단편영화? 아, 나도 〈슬픈 열대〉라는 비디오를 봤어요, 이상하더만. 그는 사내를 만나고 나서야, 그 맨드릴 원숭이가 그곳에만 있는 것이 아니란 걸 알았다. 아래쪽 유인원관에 맨드릴 원숭이 일가가 또 있다고 했다. 여기 있는 두 놈은, 그 일가 중에서 털빛이 아름답고 건강 상태가 좋은 놈으로 골라 옮겨놓은 것이라고 했다. 여기는 동물원 전체에서, 그런 놈들만 골라 모아놓은 곳이라우, 그래서 손님도 가장 붐비지. 저 위쪽 시베리아 호랑이 우리 다음으로. 동물들이 싱싱하니까. 그러고 보니, 다른 관람장에서 보던 투명 아크릴판이 이곳엔 없었다. 시야를 가로막는 더러운 아크릴판 대신, 안이 선명하게 보이는 철망이 세워져 있었다. 그러니까, 동물원에서 전략적으로 밀고 있는 그런 관람장이라는 얘기였다.

"하. 수컷과 암컷."

사내가 말했다.

"쌍으로 갖다 놨지. 수컷은 한 살하고 팔 개월 됐고, 암컷은 두 살하고 이 개월 됐어요. 다 크면, 굉장할 거요, 맨드릴 원숭이는 순 짐승이니까. 치타도 잡아서 나무 위에 걸쳐놓고 내장을 꺼내 먹는답니다, 드문 일도 아니래요."

맨드릴 수컷은 다 크면, 성체가 일 미터 가까이 된다고 했다. 사내는 맨드릴 원숭이가 어떤 족속인지 알고 싶으면, 놈의 눈을 보라고 했다. 그는 동양관을 나가기 전, 맨드릴 원숭이 우리 앞에 한 번 더 섰다. 눈을 보라고? 두 놈 다 아까와 똑같은 자리 똑같은 자세로 앉아, 그들을 기웃거리고 있는 그를 기웃거리고 있었다. 그로선 어느 것이 수컷이고 암컷인지 잘 알 수가 없었다. 옴폭 파인, 새카맣게 반짝거리는 작은 눈. 작고 똥그란 눈. 아카시아 관목 가지 위에 앉아 생글생글 웃고 있다가, 잎을 따 먹으러 온 토피 영양 새끼의 목덜미로 갑자기 뛰어내리는, 그런 공격적인 동물의 눈. 그런 눈은 원숭이만 가지고 있는 게 아니었다. 흔치는 않지만, 그의 주위에서도 찾아볼 수 있었다. 그런 눈을 가진 사람 앞에선 그는, 꼬리를 말았다. 절대로 제 엉덩이에서 나는 구린내를 맡지 못하도록, 갖은 신경을 다 기울였다.

그는 유인원관에서 나와 온실 식물원 쪽으로 걸어 올라갔다. 그는 좀 더 어슬렁어슬렁거려볼 생각이었다. 시간은 넘쳐나고, 되바라진 새끼 수컷이 있는 집으론 돌아가기 싫었다. 주객이 바뀌었어, 그는 분에 차서 한숨을 쉬었다. 그 새끼 수컷이 날 내 집에서 쫓아낸 셈이로군, 내 집에서 날 말이야.

"여기 동물원 직원들은 좋겠어요."

여자가 플라스틱 수저로 오뎅 국물을 저으며 말했다. 여자와 근 이십 분을 걸어 내려와 간신히 찾은 곳이 이 정문 옆 간이식당이었다. 비수기이고, 그제 내린 눈이 아직도 발밑에서 뽀드득 소리를 내는 날이니, 그럴 만도 했다. 이런 날 아침부터 동물원 여기저기를 기웃거리고 다니는 자신이 더 이상해 보일 것이었다.

"동물원을 없애기야 하겠어요?"

여자는 동물원에 정오쯤에 와서 남쪽 관람로를 따라 걸어 올라왔다고 했다. 야행 동물관이 있는 쪽이다. 유인원관은 동쪽 관람로였다. 한창림과 여자는, 그렇게 엇갈려 동물원을 돌다가 들소사 앞에서 만났다. 들소사는 동물원 원형 동선의 남동쪽 끝이다. 여자는 한 무리의 버펄로를 향해 노래를 불러주고 있었다. 그는, 이런 날 동물원에서 자기처럼 혼자 구경 온 젊은 여자를 만나기가 얼마나 어려운지, 경험으로 알고 있었다. 그저 점심 한 끼 같이할 대상인데도 말이다.

"물소가 새끼를 쳤어요."

여자는 메뉴가 오뎅과 우동 두 가지뿐인데도, 이런 날 그거라도 어디냐는 표정을 지었다. 식당은 바깥 좌판만 열어놓고 있었다. 점원도 둘뿐이었다. 여자는 일 년 중 두 달간만 동물원을 찾는다고 했다. 여름 장마철과 겨울 동지 무렵. 그맘때 사람들이 제일 없지요, 하고 여자가 살짝 웃었다. 동물원에서 동물보다 사람들이 더 시끌벅적 요란스러운 건 못 참겠다고도 했다. 과격해, 그는 생각했다. 당신은 동물원을 즐길 줄 아는 여자야─나도 그쪽 취향이랑 똑같습니다, 라고 말하려다가 그는 입을 다물었다. 여자는 무언가에 몰두하고 있었고, 그걸 방해하고 싶지 않았다.

"다 먹었네요, 그렇죠?"

여자가 오뎅 국물까지 홀홀 깨끗이 비우곤 말했다. 점심을 마칠 때까지 여자가 한 얘기라곤 그게 다였다. 차 가져왔어요? 여자가 물었다. 과천에 가서 커피 할래요? 여자는 서른 초반이나, 뭐 그쯤으로 보였다. 얼굴을 보고 그리 짐작한 것이 아니라, 자기 또래에게 하듯 반말과 존대를 적당히 섞는 그 말투에서 안 것이었다. 다른 사람 눈에 비친 그의 얼굴은, 오갈 데 없는 서른 초반이니까. 그는 이 여자가 무엇에 이리 골똘해 있나 알고 싶었다. 재밌을까. 그는 오른쪽 눈하나에만 쌍꺼풀이 진 이 여자를 찬찬히 들여다보았다.

"과천에 있는 커피숍들의 분위기는 한결같아요, 죄다. 사무적이고 왠지 딱딱하고, 공무원 냄새가 나지요. 공무원 냄새라는 게 뭔지 명쾌하게 설명할 순 없지만, 감출 수 없는 사실인 것은 확실해요……안 그래요? 그렇게 느껴지지 않아요?"

여자가 메뉴판을 웨이터에게 도로 건네주며 말했다. 여자는 커피를 시켰고, 그도 커피를 시켰다. 아내라면, 따뜻하게 데운 우유를 시켰을 것이었다.

"공무원 냄새!"

그러고 보면 여자의 말이 그리 틀린 것도 아닌 것 같았다. 그가 들어가본 과천의 커피숍 레스토랑들엔 뭔가 한결같은 데가 있었다. 위치도 크기도 내부 장식도 조명 빛깔도, 심지어는 주방장들도 저마다 다르고 독특했지만, 그래도 뭔가 한결같은 데가 있었다. 그 한결같음이 여자가 말하는 공무원 냄샐까. 이 여자한테 하나 배웠군, 하고 그는 생각했다.

"정부 과천청사 때문에 이래요…… 그런데 제가 이런 얘길 하면 사람들은, 공무원들이 업무에서나 사생활에서나 얼마나 흐트러지고 엉망진창이고 파격적인 사람들인지 모르느냐, 고들 해요."

여자는 호호 웃었다. 여자는 또, 여기 과천이 수도권에서 가장 살기 좋은 시로 뽑힌 걸 아느냐고 물었다. 아, 알아요. 그가 말했다. 범죄율이 가장 낮은 시죠. 그렇게 말해놓고 그는 피식, 했다. 한마디로 좋은 냄새가 나는 도시라고요, 그가 잔을 두 손으로 가만히 받쳐 들며 말했다. 좋은 냄새가 나쁜 냄새들을 죄다 몰아냈죠, 쫓아낸 거예요.

"하. 그래서 그 쫓겨난 나쁜 냄새들이란 것들이 숨어버렸답니다. 똘똘 뭉쳐서, 증류하고 난 다음 비커 밑바닥에 고인, 무슨 끈적끈적한 진액처럼."

그는 그 쫓겨난 나쁜 냄새들의 엑기스, 진액들이 언젠간 이 과천의 위생 처리된 맨홀 뚜껑 바깥으로 넘쳐날 순간이 올 거라고 말해주고 싶었다. 그러니 항상 경계를 늦추지 마, 긴장을 놓지 마. 하지만 여자는 그의 그 이야기를 이해하기 힘들어하는 것 같았다. 하긴, 이해한다는 것도 이상한 일이지. 여자는, 길 건너편 어느 평범한 상업용 빌딩의 다섯 번째 층에서, 무슨 일이 벌어지고 있는지 짐작도 못 하고 있을 것이었다. 그들이 방금까지 산책하다 온, 과천 서울대공원 옆구리에 바싹 달라붙은 어느 집 지하실에서 무슨 일들이 벌어지곤 하는지 짐작도 못 할 것이었다. 짐작은커녕, 상상으로라도 말이다.

"무슨 말인지 모르겠어요. 표현이 음, 철학적이네요. 뭐 하시는 분인지 궁금해."

여자는 날카로운 소리로 깔깔거렸다. 여자의 커피가 약간 넘쳐 잔 테두리에 옅은 갈색 얼룩을 만들었다. 그가 과천에 아내와 함께 산다고 하자, 여자는 자기도 과천에 산다고 했다. 그는 여자의 눈동자를 들여다보았다. 너무나 오랫동안, 너무나 변화 없는 삶에, 너무나 익숙하게 길들여져온 그런 동물들만이 가질 수 있는, 그런 눈빛을 하고 있었다. 요 몇 년 동안, 혹은 그보다 오래, 나쁜 냄새라곤 맡아보지 못한. 좋은 냄새만 편식해온. 이 여자의 맛은 어떨까.

여자는 자기가 안다는 어떤 남자의 얘기를 했다. 남자의 와이프가 아이 과외 교사와 바람을 피웠다는 것이다.

"뻔하잖아요. 과외 교사는 일주일에 이틀을 와서 두 시간씩 중학교 영어를 가르치다 가요. 남자는 포스코 홍보실에 다니는데, 집이 일산이라 강남 대치동 회사까진 두 시간 거리죠. 일곱 시 출근에 아홉 시 귀가. 와이프는 시 의회에 다니고. 어느 날, 포항제철 홍보 자료 순회 전시 때문에 일산 근처에 왔다간 집에 들러봤대요. 와이프도 출근했을 시간이라, 열쇠로 문을 땄는데 현관에 남자 구두가 놓여 있더래요. 과외 교사의 구두 말이에요. 월요일이었는데. 게다가 저녁도 아닌 점심 시간인데. 들어가봤더니, 과외 교사가 주방에서 커피를 마시고 있더래요. 와이프는 빨래를 하고 있고. 난리가 났죠."

"하, 난리."

그가 고개를 끄덕였다. 골치 좀 아팠겠군.

"남자는 무슨 일이 있었느냐, 고 물었겠죠. 와이프와 과외 교사는 당연히 아무 일 없었다, 고 했겠죠. 남자는 그럼 무슨 일을 벌일 생각이었느냐, 고 물었겠죠. 와이프와 과외 교사는 당연히 벌이다니 무슨 일을 벌인다는 얘기냐, 고 했겠죠. 답답해진 남자는 니들끼리 잘 살아봐, 하고 소리 한 번 지르곤 집을 나와버렸대요. 그러곤 이혼 수속이 끝날 때까지 자기 아파트에는 한 발짝도 들여놓지 않았죠. 집 명의가 자기 이름으로 돼 있는데도 말이에요. 남자가 스스로 집에서 나갔기 때문에, 와이프는 그 이후로도 그 젊은 과외 교사와 한동안 동거했대요."

"하."

그는 여자가 뭐라 하는 것인지 얼른 파악할 수가 없었다. 어떤 남자가, 어떤 다른 남자와 씹했거나 씹하려고 했을지도 모를 자기 와이프가 미워 집을 나갔다. 참 착한 친구로군. 그는 혀를 찼다. 나라면 그 과외 교사 자식은 죽었어, 거름으로 썼겠지. 아무튼 그래서? 이런 얘기는 너무나 흔해빠져서 이젠 텔레비전 드라마에서도 다루지 않는다.

"왜 자기가 나갔을까요? 왜 자기 집, 자기 영역을 그렇게 쉽게 내줬을까요? ……어쨌든 그 남자가 일이 다 정리된 다음에 와이프한테 물었대요, 왜 그랬어? 그 자식 어디가 좋았어? 그러자 이제는 남이 된 와이프가 그랬대요, 거기가 당신보다 예뻐."

여자는 그의 두 눈을 똑바로 쳐다보며, 살짝 웃어 보였다. 거기가 당신보다 예뻐? 그는 멍청해졌다. 이상한 여자로군. 페티시즘인가, 팰리시즘인가. 자지 숭배증. 그 불쌍한 친구가 집을 버린 이유는 뻔했다. 나약한 수컷이니까. 그러니까 제 영역을 그리 쉽게 내준 거다. 성기가 더 예쁜 다른 수컷한테. 정말?

그는 그런 생각을 하고 있는 자기가 바보 같았다. 그저 성기가 더 예쁘다는 이유만으로 제 영역을 내주는 수컷이란, 이해하기 힘들었다…… 이런 젠장! 이 여자는 지금 나의 반응을 관찰하고, 즐기고 있는 거다. 그런 따위 얘길 하면 남자가 어떤 반응을 보일지, 이 여자는 궁금한 거다. 그와 여자는 몇 시간이고, 서울대공원 동물원 주위만 맴돌았다. 뭔가 다른 얘기, 이를테면 그의 마누라 흉도 볼 수 있었다. 그는 언니라는 여자의 남편이 그랬다는 것처럼, 아내의 발목을 손에 쥐고 거꾸로 흔드는 자신을 상상했다. 샴페인병처럼, 기념일에 흔드는 샴페인병처럼! 터트리면 거품이 폭죽처럼 뿜어져 나올! 아내를 그렇게 쥐고 흔들어도 아무 탈만 나지 않는다면, 그도 한번 저질러보고 싶었다. 물론 진짜로 그랬다간…… 여자에게도 남편이 있을까? 여자는 자기 가정에 대해선 한마디도 꺼내지 않았다. 결혼했다거나 하지 않았다거나, 하는 그런 것까지. 교묘히 피해 밟고 있었다. 하긴, 무슨 얘길 듣더라도 그는 여자의 말을 믿지 않았을 것이었다.

"개코원숭이 등속들이 거진 그렇듯이 맨드릴도, 초원에선 맹수예요. 맨드릴 육식 원숭이."

"예?"

그는 맨드릴 육식 원숭이 얘길 하려다, 입을 다물었다. 이런 자리에선 어울리지 않아, 골판지 상자에 꽁꽁 감춰놓은 나만의 보물이야, 하고 그는 생각했다. 그는 그렇게, 여자와 삼십 분을 더 노닥거리다가 레스토랑을 나왔다. 네 시였다. 여자가 집이 과천 어디냐고, 근처까지 태워다주겠다고 했다. 그는 괜찮다고 했다. 괜찮다고 하면서 운전석에 앉은 여자의 눈을 보는 순간, 이 여자가 지금 뭘 원하고 있는지 알아챘다. 여자가 그 역시 동물원 마니아라는 것을 알곤 흥분해버린 것이었다. 그쪽은 동물원을 즐길 줄 아는 남자로군요.

"그런데 아까 버펄로 우리 앞에서 부르던 게 뭡니까?"

그가 차 도어를 닫아주다 말고 물었다.

"예?"

"노래요. 아까 버펄로 우리 앞에서."

"아…… 그건 버펄로가 아니라, 물소예요. 비슷하지만, 그 둘은 절대 피를 섞지 않아요. 노래는, 뭐 그냥 노래죠. 〈늪〉이요, 조관우의."

그는 도어를 소리 나게 닫곤 가볍게 묵례를 했다. 그러곤 정부 과천청사 지하철역으로 종종걸음 쳤다. 레스토랑에서, 여자한테 맨드릴 원숭이 얘길 하지 않은 것은 잘한 일이었다. 그걸 입 밖으로 꺼냈다간, 감정이 격해졌을 게 뻔했다.

한창림은, 동물원에서 보고 온 맨드릴 원숭이 암수의 상 때문에 일이 손에 잡히지 않았다. 맨드릴 원숭이란 것을 그때 처음 보았다. 짧고 굵은 목에 장갑을 두른 듯한 딱 벌어진 어깨. 아프리카 초원에 선 가족 단위로 무리 생활을 한다니, 놈들이 떼 지어 돌아다니면 기갑 부대 같겠어. 그런 생김생김은 비비 원숭이와 비슷했지만, 털 빛깔이며 울긋불긋한 얼굴빛이 비비완 전혀 달랐다. 코는 핏빛이었고, 부챗살 주름이 활짝 펼쳐진 두 뺨은 연보랏빛이었다. 윗눈썹 털과 턱의 갈기는 더할 나위 없이 하얬다. 그가 반했던 것은 맨드릴 원숭이가 가진 그 색깔들이, 어떤 화공 약품들과 기계들로도 조작해낼 수 없는 색깔들이라는 사실 때문이었다. 인간은 어떤 물감, 어떤 렌즈, 어떤 필름, 어떤 조명 장치, 어떤 필름, 어떤 현상 약품들로도 그런 색깔은 조작해낼 수 없다—살아 있는 피가 만들어낸 살아 있는 색깔이었다.

이 주일 후에, 그는 동물원을 다시 찾았다. 다시 일주일 후에, 또다시 삼 주일 후에, 다시 이 주일 후에. 그는 시간이 빌 때마다 동물원 동양관을 찾아 맨드릴 원숭이 우리를 기웃거렸다. 그의 지금 같은 동물원 산책은 그때 버릇으로 굳어진 것이었다. 반년 꼬박 들락거렸을 때, 그는 이제 놈들의 유쾌한 상태와 우울한 상태까지 구별할 수 있었다.

우리 속의 맨드릴 원숭이는, 암수 한 쌍이고 나이도 비슷했다. 그는 그런 둘이, 신방을 차리기는커녕, 암컷이 절대로 수컷 가까이는 가지 않는다는 사실도 알았다. 우리가 좁아 한 놈이 바닥을 돌아다니면 한 놈과 저절로 부딪치기 마련이었다. 둘이 아주 가까운 거리에 서 있게 되는 건 자연스러운 일이었다. 암컷은, 수컷과 아주 가까운 거리에 서 있게 될 때면, 철골 구조물을 타고 우리 꼭대기로 훌쩍 올라가버렸다. 암컷과 수컷 사이에 무슨, 안전거리 규정 같은 것이 있는 듯했다. 안전거리는, 육체를 가진 생물이면 어느 것에나 있는 것이었다. 육체란, 공간이라서 그렇다. 해수 속의 박테리아부터, 사우나탕 휴면실에서 잠잘 자리를 찾는 발가벗은 사내들까지. 그 살아 있는 공간인 육체는 항상, 타생물과의 일정한 거리를 필요로 하는 것이었다. 불안해지지 않으려면, 불안해지지 않고 최소한의 안정이라도 누리고 싶다면, 그리고 불안해진 나머지 이웃의 목을 물어뜯어 정맥을 끊어놓고 싶지 않다면. 안전거리를 무시하고 너무 가까이 서 있으면 다친다. 다쳐도 그건 네 책임이야— 하고 말이다.

그러던 어느 날 그는 해괴한 것을 보았다. 그 안전거리 규정을, 암컷이 무시한 모양이었다.

그는 여느 날과 마찬가지로 우리 안을 기웃거리고 있었는데, 암컷이 어슬렁거리다가 발가락을 빨고 있는 수컷의 등과 부딪쳤다. 수컷은 화가 났고, 발작하듯 개 짖는 소리를 내며 암컷의 뺨을 후려쳤다. 그가 성난 수컷을 본 것은, 그때가 처음이자 끝이었다. 수컷의 그 길고 하얀 눈썹이 이마 위로 말려 올라갔다. 그 무성한 새하얀 털이 까뒤집히며, 좁은 이마 전체를 덮었다. 암컷은 놀라 비명을 지르며 철골 구조물 위로 튀어 올라갔다. 그런 암컷을 향해, 수컷은 견치를 드러내곤 짖어댔다. 놈의 견치는 거의 그의 새끼손가락 길이만 했다. 처음 놈들과 만났을 때, 수컷의 키는 육십 센티미터 정도였다. 이젠 성체가 됐고, 키는 일 미터에 가까웠다. 송곳니도 그만큼 길어지고, 날카로워진 것이다. 수컷은 곧장 암컷을 뒤쫓아 올라가, 구조물 아래로 후려쳐 떨어뜨렸다. 그다음의 일은 한꺼번에 벌어졌다. 수컷은 떨어진 암컷을 향해 증기갑차처럼 돌진했고, 무기력하게 웅크린 채 울부짖고 있는 암컷을, 잡아먹기 시작했다. 처음엔 무턱대고 할퀴어대기만 하더니, 암컷의 몸이 뒤집어지자, 목을 물어뜯었다. 육식 포식자가 먹이의 숨통을 끊어놓고 싶을 때 항상 하는 행동이었다. 동양관 안에 있던 다른 관람객들도 맨드릴 원숭이의 우리로 모여들었다. 그들은 쇼크를 먹었다. 누군가 관리실로 뛰어가 사건을 알렸고, 관리실 직원이 왔다. 동양관은 탄식과 비명들로 뜨거워졌다. 맨드릴 원숭이 우리 양옆에 자리한 열대 앵무새 우리와 검은긴꼬리원숭이 우리는, 무질서의 깊은 심연으로 침몰해버렸다. 관리실 직원은 어, 어, 하고 어쩔 줄 모르다가 다시 관리실로 뛰어갔다. 암컷은 수컷의 이빨 아래서 경련하고 있었다. 좀 있다가, 관리실 직원은 다른 직원 몇과 함께 우리 앞으로 돌아왔다. 상황 끝날 때까지 기다려, 머리 희끗희끗한 사내가 중얼거렸다. 그들이 할 수 있는 조치란 없었다. 그 사내의 손엔 야구 배트와 열쇠 꾸러미가 들려 있었다. 상황은 그렇게 금방 끝날 게 아니었다. 거칠던 암컷의 경련이 차차 잦아들고 완전히 숨이 끊어질 때까진, 꽤 오랜 시간이 걸렸다. 떨림이 멈추자 수컷은 주저앉아, 암컷의 배를 찢어 내장을 꺼내 먹기 시작했다.

바로 그때, 냄새가 진동하기 시작했다. 눈이 어지러운 상황이라, 웬만한 다른 감각은 그냥 지나칠 만도 한데, 그 냄새는 한사코 그의 후각을 찌르고 괴롭혔다. 드릴로 콧속을 후벼 파고, 후벼 파서 그의 잔잔하게 고여 있던 뇌수를 흔들어놓고, 뇌수를 흔들고 뇌를 불판 위의 고깃덩이처럼 뒤집어놓았다. 그리고 그만 그 냄새를 감지한 게 아니었다. 눈썹을 찌푸리며 코를 막고 탄식을 내뱉으며, 뒤돌아서는 사람들이 보였다. 피비린내도 아니었고, 내장이 터져 흘러나온 배설물의 구린내도 아니었다. 발정기 때 뿜어져 나오는 암내도 아니었고, 사타구니나 겨드랑이를 더럽히는 액취(腋臭)도 아니었다. 그것은 맨드릴 원숭이가 온몸으로, 온몸의 땀샘과 기름샘, 온몸의 혈관들, 림프관들, 수백억의 체세포들로, 온몸으로 내뿜는 냄새였다. 맡는 사람을 잔뜩 질리게 만드는, 질려서 온몸을 뻣뻣하게 굳게 하는, 그런 냄새였다. 콧속뿐만 아니라 마음속에까지 기갑부대처럼 돌진해 들어와 괴롭히는, 그런 냄새였다. 마음속 저 깊은 데까지 밀고 들어와, 심연 깊이 가라앉아 일상에선 드러나지 않는, 그런 부분을 헤집어놓는 냄새였다. 그 위력이 대단한 것 같았고, 그래서 수컷인 그는 그 냄새에 매혹되었다. 그가 나중에 수컷 냄새라 부르게 되는, 그 냄새였다. 후에 그가 수컷 냄새, 독취라고 부를 그 냄새였다.

그는 그날만큼 격렬한 맨드릴 원숭이의 모습은 본 적이 없었다. 평소의, 약간 얼빠진 듯한 모습이 아니었다. 평소의, 씻기지 않은 고양이 털 냄새나 풍기는 그런 모습이 아니었다. 평소엔, 암컷이 좀 건드려도 짜증을 내며 그저 낮게 으르렁거려 쫓아버릴 뿐 할퀴거나 물어뜯지는 않았다. 오늘은 달랐다. 두 놈 중 한 놈이 죽었으니까. 그리고 살아 있는 한 놈이, 죽은 한 놈의 배를 갈랐으니까. 그제야 직원들은 주위의 넋 나간 관람객들을 몰아내기 시작했다. 동양관 밖으로 쫓겨나며, 그는 직원 하나가 손에 은색 장총을 들고 들어오는 것을 보았다. 그는, 그때의 맨드릴 수컷의 모습을 지금까지도 결코 떨쳐버릴 수가 없다. 전혀 그러고 싶지 않다. 그건 평소완 전혀 다른 모습이었고, 또 그가 퍽이나 보고 싶어 했던 그런 모습이기도 했다. 맨드릴 수컷의 커다란 견치와 까뒤집혀진 흰 눈썹은, 암컷의 피로 새빨갛게 물들어 있었다. 콧등의 부챗살 문양은 그 어느 때보다도 아름답게, 활짝 만개해 있었다. 어느 때보다도 놈은 화려했다. 놈의 화려함이 절정에 올라 있었다.

이틀 후, 그는 다시 동물원을 찾았다. 동양관 맨드릴 우리로 달려갔다. 예상했던 대로, 우리는 비어 있었다. 철망과 마른풀이 깔린 바닥에, 더러운 검은 핏자국들이 남아 있었다. 그는 관리실로 갔다.

"당분간 못 볼 거요. 어쩌면 그냥 끝날지도 모르지."

"예?"

그는 멍해진 얼굴로 되물었다. 직원은 나무 도마 위의 양배추를 고기 끊는 칼로 두 조각 내며 중얼거렸다. 직원 말은, 놈이 정신이 나갔다는 것이었다. 식솔을 공격하다니. 그러면서 그렇게 드문 일만은 아니라고 덧붙였다. 일월엔 하마 수컷 우두머리가 지 새끼들을 죄다 깔아뭉갰다. 하마가 어떤 동물인지 잘 모르지요?

"그 미친놈이 진짜로 미친 거만 아니면, 살 거요. 여기로 돌아올지도 모르고."

"그게 야생의 모습이겠죠?"

"아니지— 아저씨 영화 만드는 사람 맞아요? 몰라서 그래요? 포유류는 야생도 미친 거만 아니면, 같은 과 동물의 고기는 잡아먹지 않아요."

일주일 후에 동물원을 다시 찾았다. 그는 유인원관에 들렀다가, 맨드릴 원숭이가 한 마리 늘어난 것을 보았다. 그 새 식구는 제 무리에서 떨어져, 자그마한 방에 혼자 갇혀 있었다. 그놈일까, 그놈이 맞을까. 우리를 덮고 있는 플렉시 유리도 탁하고 더럽고, 동양관에서 사고를 친 바로 그놈이라고 확신할 뚜렷한 표식도 없어서, 그는 긴가민가하는 심정으로 동양관으로 올라갔다. 동양관의 직원은 자리에 없었다. 폐장 시간이 다 되어서야, 그가 처음 보는 다른 직원이 나타났다. 이 교대 근무이고 자신은 오후 근무자라는 것이었다.

"아, 그놈요. 미친 건 아니래요."

직원 말에 의하면, 다행히도 놈은 목숨을 건졌다. 미친 게 아니라, 히스테리성 발작이라는 것이었다. 사람만 물어뜯지 않으면 뭐. 그래도 어쨌든, 한 번 몹쓸 꼴을 보였기 때문에 그놈은 유인원관의 독방으로 옮겨졌다고 했다. 태어나자마자 부모를 잃은 새끼나, 구박받는 늙은 놈이나, 식구들과 원만한 관계를 유지하지 못하는 놈들은 무리 보호 차원에서, 독방에 거주시킨다고 했다. 형씨 얘긴 들었어요, 그런데 왜 원숭이 같은 것에 관심이 있는 거요? 독방에 살면 수명을 다 채우지 못해요, 몇 년 못 살고 죽을 거요. 우선, 놀질 못하니까.

"그 자식은 육식이 됐어요."

"예?"

"육식이 됐다니까. 식성이 바뀌었어요. 육식 원숭이가 돼버렸대
요."

그는 깜짝 놀랐다. 무슨 얘길까. 직원의 말에 의하면, 잡식이던 놈
의 식성이 그 일이 있고 난 후로 육식이 되었다는 것이었다. 이젠 양
배추 따윈 먹지도 않는다, 닭이나 토끼 고기를 준다, 유인원관 친구
들이 골치를 썩고 있다, 는 얘기였다. 암컷을 잡아먹은 후론 쭉, 채
소는 제쳐놓는다는 것이었다. 왜 그런진 모르겠대요. 그놈, 고기를
안 줬더니 자기 손가락을 먹어버렸어요. 예? 고기를 안 주니까 자기
손가락을 잘라 먹었다우, 무슨 시위하듯. 아까는, 유리가 탁해서 알
아보지 못했던 것 같았다.

"그게 미쳤나!"

직원은 한숨을 내쉬곤 무어라 혼잣말로 욕을 해댔다. 놈이 죽임을
당하지 않고 살아남을 수 있었던 건, 사람한텐 대들지 않았기 때문
이라고 했다. 맨드릴 원숭이란 게 워낙 비싼 탓도 있었고, 그래서 동
물원 측은 놈이 예전의 귀여운 잡식성으로 돌아올 때까지 한번 기다
려보기로 했다는 것이었다.

"젠장맞을, 육식 원숭이!"

직원은 탄식했다. 그 때문에 관리 소홀로 시말서까지 썼다는 것
이었다. 유인원관 직원들의 일은 늘어났다. 놈에게 주는 고기에, 사
람이 먹는 온갖 영양제들을 가루 내어 박아준다는 것이었다. 그는
그때부터 그놈을 맨드릴 육식 원숭이, 라고 부르기 시작했다. 삼 년
전, 장마철의 일이었다.

한창림의 기분은 좀 나아졌다. 어제 동물원에 다녀왔거든, 하고 지하 작업실에서 사내애에게 말했다. 오늘이 며칠인 줄 알아? 십구일, 수요일. 오 분 있다 죽더라도 날짜와 시간은 알아둬야 해. 그래야 저승 가서 신고식 할 때, 써먹지. 거의 일주일 만에 내려와본 것이었다. 사내애의 상태는 괜찮아 보였다. 눈으로 봐선 멍 든 곳이 한 군데도 없었다. 박태자가 힘 좀 썼군, 그는 중얼거렸다.

"이제 너로 뭘 할까? 응? 뭘 했으면 좋겠어? 뼈는 뽑아내서 가루를 내고 고기는 발라내서 원숭이 먹이로 줄까? 응?"

그런 말을 하면서 그는, 아직도 분을 삭이지 못한 자신이 부끄러웠다. 계집애처럼 꽁, 삐쳐가지고. 어디 한번 일어나봐. 한 바퀴 돌아봐. 사내애는 시멘트 바닥에 잔뜩 웅크리고 앉았다, 엉거주춤 일어서니 빙글 맴을 돌았다. 한 번 더. 사내애는 한 번 더 맴을 돌았다. 내가 그만하랄 때까지 계속. 사내애는 수치심 때문인지, 거의 울상이 되어 있었다.

"음, 괜찮군."

그가 팔짱을 끼곤, 고개를 끄덕였다. 쓸 만한 몸이야. 사내애는, 거시기만 달려 있지 않으면 여자애로 성을 바꿔도 좋을 만큼, 그가 선호하는 예쁜 몸뚱일 갖고 있었다. 여자애도 아주 예쁜 여자애 말이다. 특히 엉덩이가. 이리 와봐. 사내애가 몇 발짝 주저하며 다가서자, 그는 사내애의 가슴팍을 손으로 쓸어 보였다. 희고, 보드랍고, 촉촉했다. 가슴의 살갗은, 십여 년 전의 아내의 살갗에서 느끼던 감촉을 떠올리게 했다. 이십 대 초반의 여자. 젖살이 채 빠지지 않은,

몸에 물이 많은, 몇 시간이고 스킨십만 해도 좋은, 맛 좋은. 그는 좀 핥아보고 싶었지만, 참기로 했다.

"이젠 좀 착해졌어?"

그가 사내애를 살짝 밀치며 물었다. 넌 너무 건방져. 어른을 대하는 태도가 그게 뭐야. 안 그래? 사내애는 고개를 끄덕였다. 좋아, 나도 사과할게. 그는 가능한 진심 어린 표정을 지으려고 노력했다. 제 진심을 사내애가 알아줬으면 했다. 저번엔 내가 심했어. 사내애가 다시 고개를 끄덕였다. 그렇게 패주려고 널 데려온 건 아냐. 우리가 널 왜 데려왔는지 알아?

"예."

"알아? 박태자가 얘기해줬어? 벌써?"

그는 좀 놀랐다. 그가 아는 한 아내는 거름들에게, 앞으로 그들이 무엇에 이용될 것인지 귀띔해준 적이 없었다. 거름들이 불쌍하다는 이유였다. 악역은 당신이 맡아, 아내는 조잘거리곤 했다. 그것 가지고 둘이 토론까지 했다. 그는, 그들의 용도가 무엇인지 미리 얘기해줌으로써 거름들 스스로 준비를 하게 하자는 주장을 폈다. 아내는 그러잖아도 패닉인 거름들에게 미리부터 쇼크를 줄 이유는 없다고 했다. 그는 그들 코앞에 닥친 문제는 죽음이기 때문에 용도가 무엇이건 전혀 무관심해할 거라고 했다. 게다가 뭐 별것도 아닌, 카메라 앞에 서서 연기를 좀 하는 것뿐 아닌가. 아내는 바보 같은 소리! 하고 그의 말을 잘라먹었다. 거름들의 코앞에 닥친 문제가 죽음이라고? 거름들의 코앞에 닥친 문제는 엄마와 떨어져 갇혀서 구박받고 있다는, 그런 서러움 아닐까. 그는 식탁머리 논쟁에서, 졌다.

"박태자가 뭐라고 그랬는데?"

"아저씨는 돌았대요. 그래서 나 같은 애들을 잡아다가 개 끈으로 묶어놓고 화풀이를 하는 거래요. 돌아서."

"하."

그는 상황이 지금 어떻게 돌아가는 것인지 알아챘다. 젠장맞을 이 수컷 새끼가 또 한번 날 갖고 놀았다. 그는 주먹을 폈다 쥐었다 하며 숨을 몰아쉬었다. 지금은 딱 열한 시야, 널 열두 시 오 분까지 때려주겠어, 그리고 나서 같이 점심을 먹자. 그가 침대에서 일어나 막 한 대 쥐어박으려는데, 지하 작업실 밖에서 부르는 소리가 났다. 높고 앙칼지면서도, 그 끝은 개개풀어져 늘어지는 듯한. 아내다. 목소리에서조차 조울증 끼가 묻어난다. 젠장.

"뭐!"

지하 작업실 수직 통로에 그가 고개를 내밀곤 소리쳤다. 저놈 아직 길이 안 들었어, 어떡하면 착한 학생이 되는 거지? 아내가 혀 차는 소리가 수직 통로를 타고 내려왔다. 언제까지 어린애하고 장난만 치고 있을 거야, 씻! 수컷들은 애고 어른이고 따로 없다니깐. 뭐 해! 빨랑 올라오지 않고!

"나랑 갈 데가 있어."

아내는 뭔가 당장 해치워야 할 일이 생겼다는 듯, 다급한 목소리로 소리 질렀다. 빨랑 올라와, 시동 걸어놓을게. 그는 트레이닝복에 슬리퍼 차림으로 정원으로 뛰어나가 차에 올라탔다. 이러고 가? 파티에 가는 게 아냐. 아내가 나지막이, 들릴락 말락 하게 중얼거렸다. 뷰티풀 피플 언니한테 전화가 왔어. 언니 남편이 언니를 지금 팔아 버린대. 세일해버리겠대. 우리더러, 지금 당장 와서 사래. 아내는 입을 꼭 다물곤, 인덕원 쪽으로 방향을 잡았다.

3부

목화밭에
무슨 일이
있었을까

*

"밴댕이 소갈머리!"

박태자는 거실 소파에 앉아 졸았다 깨었다 하면서, 탁한 목소리로 투덜거렸다. 배앤댕이, 배앤댕이……. 그녀는 그닥 추위를 타지 않는 편이었다. 그래서 히터도 얼마 전에야 켰다. 히터를 켜니, 실내 온도를 겨우 십구 도로 맞춰놓았는데도, 기분이 나빠졌다. 실내 온도가 높아진 탓이 아니었다. 히터에 데워진 공기가 기분을 가라앉히고, 탁하게 하기 때문이었다. 그녀는 바지를 벗어 던지고, 팬티 바람으로 돌아다녔다. 손님이 찾아오거나 외출하는 경우만 아니라면, 팬티에 히프를 덮는 기다란 티셔츠만으로 온 집 안을 쏘다닐 것이었다. 겨울이 지날 때까지 항시.

그녀는 깜빡깜빡 정신이 나갔다 들었다 하다가, 문득 눈을 떴다. 흐렸다. 수정체가, 박아 넣은 유리 눈알처럼 투명하니 텅 비어버린 것 같았다. 뻑뻑했다. 손을 뻗어 소파 옆의 전화 테이블을 더듬었다. 내려놓은 수화기 옆에서, 흰 약 종이에 놓인 캡슐 두 개가 만져졌다. 그녀는 캡슐 두 개를 잠시 조몰락거리다, 입께로 가져갔다. 그러곤, 호흡이 차분해질 때까지 숨을 골랐다. 캡슐 두 개를 입속 깊이 밀어 넣었다. 위아래 어금니 사이에 끼우곤, 침이 고일 때까지 기다렸다 간, 깨물었다. 틱.

"틱, 틱, 틱, 틱……."

입안이, 쓴맛으로 온통 환해졌다. 눈꺼풀이 파르르 떨렸다. 그녀는 입속말로 캡슐이 깨지는 소리를 흉내 내며, 차분해질 때까지 계속 숨을 골랐다. 킥, 킥, 킥, 킥…… 풀린 홍채 위로, 뭔가가 날렸다. 노란 털빛의 치와와 강아지들이었다. 홍채 위로, 셀 수도 없을 만치 많은 수의 치와와들이 날리고 있었다. 긱, 긱, 긱, 긱…… 재수 없어, 재수 없어, 그녀는 숨을 고르고 또 골랐다.

얼마쯤 지나자 빛이 돌아왔다. 맞은편 저쪽에서, 무언가 네모난 형상의 검은 윤곽이 잡혔다. 전원이 나간 텔레비전 세트…… 맞은편 저쪽 벽에도, 색이 돌기 시작했다. 실크 벽지, 미들 크롬 색상의…… 그녀는 차분하게 숨을 내뱉으며, 혀로 입술을 닦았다.

박아 넣은 유리 눈알이 빛으로 채워지는 느낌이었다. 수정체가 다시 빛으로 채워지고 있었다. 그 빛은, 조명기구의 그것처럼 터지듯 오는 게 아니었다. 그 빛은, 수정체 벽을 스미듯 핥듯 흘러내리듯, 왔다. 끈적끈적하니, 끈적끈적하니. 그녀는 잘 알고 있었다. 그 끈적끈적한 질감의 빛이, 어디서 오는지. 빛은, 그녀의 위아래 어금니 사이에서 왔다.

황색과 회색이 반반인 캡슐에서 왔다. 캡슐이 틱, 하고 깨지는 순간에 왔다. 약으로부터 왔다.

그녀는 비스듬히 몸을 일으켰다. 테이블 위에, 머그잔 두 개가 놓인 게 보였다. 테이블 이쪽에, 또 저쪽에. 저쪽에 놓인 머그잔은 테두리 한쪽이 깨져 있다. 누군가 꼭, 한입 베어먹은 것 같다. 비디오 덱 패널의 디지털 시계는 06:55를 가리키고 있었다. 거실 창밖은 벌써 어둡다. 거실 창 바깥쪽 창틀에 달아놓은 조명등 불빛이, 잔디밭 위에 노란빛의 짧은 반원을 그려놓고 있다. 빛의 세기로 봐선, 거의 쓸모가 없는 조명등이었다. 그저 장식 차원에서, 지난여름 이쪽저쪽 두 개 설치한 것이었다. 지난여름엔 그 조명등 아래 테이블과 의자를 갖다 놓곤 수박 화채를 먹곤 했다. 둘 중 왼편 것은, 벌써 나갔다. 불쾌한 얼굴로 거실 여기저기를 둘러보다, 그녀는 남편을 찾았다.

남편이 집 안 어디선가 왜? 하자, 그녀는 다시 소리쳤다.

"리모컨이 없어! 리모컨이 보이질 않아!"

잠시 후, 현관으로 통하는 복도 모퉁이에서 남편이 나타났다. 손엔, 플라스틱 솔의 자루가 삐죽이 고개를 내민 양동이가 들려 있다. 꼼짝도 하기 싫어, 그녀는 파들파들 떨리는 목소리로 혼잣말처럼 중얼거렸다. 남편은 기막히다는 표정을 지으며 양동이를 내려놓곤, 성큼성큼 걸어왔다.

"어디에 둔 거야!"

"여기 있잖아."

남편이 허리를 굽히며, 볼멘소리를 했다. 테이블 아래 선반에 손을 집어넣곤 리모컨을 꺼내, 여기 있지 않으냐는 듯 흔들어 보였다. 그러곤 다시 허리를 굽혀 그녀의 꼭 다문 손을 폈다. 됐어? 그녀 손에 리모컨을 쥐여주면서 남편이 말했다. 얼마나 힘을 주고 있었는지, 손바닥엔 손톱자국이 빨갛게 나 있었다.

"고마워."

그녀는 리모컨의 파워 버튼을 눌러 텔레비전을 켰다. 그러곤 손톱자국이 난 손바닥을 가슴에 대고 몇 번 문질렀다.

"지하 작업실에 내려가?"

그녀가 채널 서핑을 하며 물었다. 코미디 프로그램을 찾고 있었다.

"좀 씻기게."

남편은 내려놓았던 양동이를 다시 들곤, 거실을 나갔다.

그녀는 뒤숭숭한 기분으로 테이블 위를 뚫어져라 쳐다봤다. 어제, 남편이 과천 서울대공원 동물원에 다녀와선 그녀 신경을 건드렸다.

머그잔 입술 닿는 자리에 때가 꼈느니 어쩌느니 퉁을 놓더니, 여자 얘기를 꺼냈다. 들소사 앞에서 웬 여자를 만났다는 것이었다. 그 여자가, 한 무리의 버펄로를 향해, 노래를 불러주고 있었다는 것이었다. 그녀는 그때, 과외에서 막 돌아와 따뜻하게 데운 우유를 홀짝이고 있었다. 무슨 노래? 그녀가 물었다. 머그잔엔, 알리시아 실버스톤의 상반신이 프린팅돼 있었다. 브래지어도 없이 카우보이 재킷만 한 장 걸치고 있었다. 〈늪〉, 조관우의. 남편이 대답했다. 수업이 짧은 것이건 긴 것이건 애들을 상대로 수학 공식을 짰다 풀었다 하는 작업은, 그녀를 아프게 했다. 그래서 과외 수업이 끝나고 집에 돌아와 꼭 우유를 데워 마셨다. 배 속에 따뜻한 우유라도 한잔 들어가 있지 않으면 목소리가 떨리고 시야가 흐려졌다. 어제도 그랬다. 무슨 노래? 그녀는 말꼬리를 높였다. 히스테리가 발동했다. 남편은 둔하게, 실실 웃으며 다시 대꾸했다. 하, 조관우의 〈늪〉.

남편이 말을 채 맺기도 전에, 그녀는 머그잔으로 테이블을 내리쳤다. 머그잔이 깨어지면서, 조각이 그녀의 이마에까지 튀어 올랐다. 그녀는 데운 우유를 흠뻑 뒤집어썼다. 머그잔의, 한 입 베어먹은 듯하게 깨어져나간 부분은 그렇게 해서 생긴 것이었다. 테이블을 덮고 있는 투명한 청색의 강화 유리판엔 금 한 줄 가지 않았다.

"딴 사람 기분 파악도 좀 하고 그래!"

그녀가 소리 질렀다. 남편은 난처해하는 표정으로 어깨를 으쓱했다. 그녀는 짜증이 나서 그랬을 뿐이었다. 남편은 걸레와 쓰레받기를 가져와 사방에 튄 우유를 닦고, 머그잔 조각들을 주워 담았다. 깨진 머그잔을 치우려는데, 그녀가 짜증으로 그르렁거리는 목소리로 다시 말했다.

"그건 놔둬. 딴 사람 기분 파악을 못 하면 어떻게 되는지, 교훈으로 삼게. 며칠만."

그녀는 남편이, 버펄로에게 노래를 불러주고 있었다는 그 여자와 뭘 했는지 그런 따위는 묻지도 않았다. 빠안히 알 수 있는 일이었다. 커피나, 뭐 밥 한 끼 먹고 헤어졌겠지.

박태자는 거실 전면 창을 열고 밖으로 나왔다.

티셔츠에 팬티만 입고 나다니기엔 추운 날씨였다. 잠도 깨고 리모컨도 찾고 히스테리도 부려봤지만, 개운치가 않았다. 아직 씻겨 내려가지 않은 뭔가가 있었다. 뭐지? 그녀는 고개를 몇 번 가로저었다. 가냘프게 잉잉거리는 듯한 소리가 귓불을 간질였다. 굳이 찾지 않아도 알 수 있는 소리였다. 저 너머, 과천 서울대공원 서울랜드의 폐장을 알리는 음악 소리였다. 그녀의 집은 과천 서울대공원과 면해 있다. 그래서, 폐장 음악이건 개장 음악이건 무엇이건 들려오지 않는게 없었다. 그렇지만 그 음악들은, 그녀의 집까지 달려오는 동안 대기에 조금씩 닳고 닳아 결국엔 뭔지 모를, 잉잉거리는 소음이 돼버린다.

그녀는 음악이 들려오는 쪽으로 고개를 들었다. 그쪽 밤하늘의 한 귀퉁이가, 서울랜드에서 쏘아 올린 레이저 광선들의 파장들로, 창백하고 파리하게 일그러져 있었다. 빛으로 짠 커튼이 밤하늘을 배경으로 바람에 나부끼는 듯한 모양이다. 폭죽도 솟아올랐다.

늘 겪고 보는 일이었다. 처음 이사 와서 그 광경을 보았을 땐 그런대로 볼만했지만, 나중엔 잇새로 한숨이 새 나올 만치 신경에 거슬렸다. 이사 온 지 몇 년이 지난 지금은, 밤하늘에 별이 뜨는 것만큼이나 당연히 여기는 광경이 돼버렸다.

싫어도 할 수 없는 일이었다. 과천 서울대공원 옆구리에 꼭 끼어 있는 줄 알고, 이 집을 샀던 것이니까.

그녀는 몇 발짝 앞으로 나갔다. 발밑으로 흐릿하게 늘어진 자기 그림자가 보였다. 맨발바닥에 흙 알갱이와 마른풀이, 따끔따끔 밟혔다. 티셔츠 밑으로 바람이 새어 들어왔다. 그녀는 움찔하며 허벅지 새를 다물었다. 찬 바람이, 히터에 데워진 실내 공기의 답답한 맛을 쓸어가주긴 했지만 여전히 께름칙했다. 뭔가 질서에서 벗어나 있었다. 매일 매 순간을 익숙히 느껴왔던 질서에의 감각 어딘가가, 뒤틀렸다. 뭘까, 어딜까. 팔짱을 끼곤 몇 발짝 앞으로 더 나갔다. 이제 그림자는 더 흐릿해지고, 길어졌다. 개운치가 않았다.

질서란, 평소의 그녀에겐 그닥 신경이 쓰이는 요소가 아니었다. 질서에 집착을 보이는 쪽은 오히려 남편이었다. 남편의 집착은 그녀를 짜증 나게 했다. 그녀는 살림하는 데 있어, 그저 흉잡히지 않을 정도의 성의만 보이면 된다고 생각했다. 어쨌거나 이 순간 당황하고 있는 건 그녀였다. 그 질서 감각이라는 것 때문에 불안한 쪽은 이번엔, 그녀였다. 어디가 어긋났을까.

그녀는 몇 발짝 더 나갔다. 그림자는 더 흐릿해졌다. 그림자가 발밑으로 완전히 사라졌을 때, 문득 아 하는 탄식이 흘러나왔다.

"아."

그녀는 거실로 뛰어들어왔다. 소파에 엎어지듯 하면서 손을 뻗어, 꺼놓았던 전화기를 다시 켰다. 과외를 끝내고 와 잠깐 졸면서, 방해받기 싫어 전화를 꺼놓았던 것이었다. 켜자마자, 주홍빛 표시등이 빠르게 깜박였다.

갑자기 머릿속이 환해졌다. 단순히 꺼놓은 전화기 때문에 그녀가 께름칙했던 게 아니었다. 께름칙했던 건, 바로 지금 걸려온 이 전화를 놓치게 될까 봐서였다. 수화기를 낚아채듯 들었다. 굳이 듣지 않아도 그게 무슨 전화지 알 수 있었다. 수화기를 귀에 바싹 갖다 댔을 때, 날카롭게 째지는 목소리가 들렸다.

남자였다. 남자는 흥분 상태에 있었다.

"박태자 씨 댁이죠?"

그녀는 예, 했다. 예상이 빗나간 걸까. 수화기를 들면서 기대했던 건 여자 목소리였다. 과천에 있는 찻집 뷰티풀 피플의 언니 목소리였다. 남자가 아니었다.

"무슨 통화가 그리 길어요?"

남자가 다시, 째지는 목소리로 물었다. 흥분 상태에 있고, 알코올이 꽤 들어간 목소리였다. 그녀는 당황해서, 잠시 입을 다물었다. 무슨 통화가 그리 길어요? 황당한 질문이었다. 응답이 없자, 남자가 다시 말했다.

"내 마누라를 지금 세일할 건데, 와보겠소?"

남자는 이제 분통을 터뜨리고 있었다. 내 마누라를 지금 세일할 건데 와볼 거야, 말거야.

"와서 내 마누라를 사 가지그래? 응? 내 집에서."

"……아."

그녀는 풀썩, 소파에 주저앉았다. 이제야 이 남자가 누군지, 이 엉뚱한 통화의 배경이 무엇인지 알아챘다. 제에길, 그녀는 입속말을 했다. 일을 저질렀군. 남자는 뷰티풀 피플 언니의 남편이었다. 널 팔아버릴 거야, 널 세일해버릴 거야, 라는 협박을 입에 달고 다닌다던

바로 그 남편이었다. 그 남편이 지금 세일을, 공고하고 호객하는 것이었다. 언니를 팔아버릴 거라고.

"처음 인사드리는 거네요."

그녀는 너무 건조해서 숨이 막힐 것 같은, 착 가라앉은 목소리를 냈다. 뭘 파신다고요? 그러곤 저쪽에서 듣지 못하게 수화기를 손으로 가리고, 가만히 호흡을 골랐다.

"잔말 말고, 지금 사러 와. 파산 세일 기간은 오늘 밤뿐이거든."

그녀는 몇 박자 늦춰서, 몇 박자 어긋나게 해서, 다시 물었다.

"……파산? 파산 세일요?"

"세일 기간은 지금 이 밤뿐이니까, 알아서 해. 오늘로 팔리지 않으면 이년은 폐기 처분될 거야. 썰어서, 썰어서 오십 리터짜리 쓰레기 봉투에 넣어버릴 거야."

박태자는 수화기를 내려놓자마자 현관으로 달려나갔다. 차 키를 꺼내고, 집히는 대로 주워 신곤, 뒤뜰을 가로질렀다. 뒤뜰 주방 환풍창 아래, 지하 작업실 출입구로 갔다.

그녀는 바닥에서 약간 돌출해 있는 널빤지 뚜껑 문을 쾅 소리가 나게 들어 올렸다. 모르는 사람이 보면 그저, 흙바닥에 널빤지 한 장이 버려져 있는 것으로 알 것이었다. 널빤지 문 아랜 지하실로 통하는 쇠 사다리가 있고, 그 아래 작업실이 있다. 그 작업실엔 침실이 있고, 침실엔 남편과 거름이 있을 것이었다. 널빤지 문 밑으로 고개를 디밀곤, 남편을 불렀다.

"한창림! 한창림!"

"뭐!"

지하 작업실 저 안쪽에서 남편 목소리가 들려왔다. 이리 와봐, 그녀는 소리쳤다. 잠시 후, 수직 통로 쇠 사다리 끝에 남편이 나타났다.

"뭐 해?"

"저놈 아직 길이 안 들었어, 어떡하면 착한 학생이 되는 거지?"

남편 투덜대는 목소리가 수직 통로를 타고 올라왔다. 가만 보니, 거름과 또 다투는 모양이었다. 기가 막혔다. 서른 넘은 어른이 고등학교 이 학년 사내애를 다루지 못해 저토록 쩔쩔매다니. 평소에 그토록 자부하던 진짜 수컷은 다 어디 갔나.

"언제까지 어린애랑 장난만 치고 있을 거야, 씻! 수컷들은 애고 어른이고 따로 없다니깐. 뭐 해, 빨랑 올라오지 않고."

"왜 그래?"

남편이 어깨를 으쓱하며 난처한 표정을 지었다. 난 할 일이 좀 남았어.

"나랑 갈 데가 있어. 빨랑 올라와! 차에 시동 걸어놓을게."

차에 올라타는 남편의 행색을 보니 웃음이 나왔다. 트레이닝복에 슬리퍼 차림이었다. 뷰티풀 피플 언니한테 어떤 일이 벌어지고 있는진 모르겠지만, 이런 행색으론 무슨 일이든 처리하기에 불편할 것이었다. 그녀 자신의 차림도 볼만했다. 티셔츠 한 장에 팬티뿐이었다. 신발도 그랬다. 꺼내 신고 보니, 낙엽 쓸 때나 신는 단화였다. 잘못하단 우스운 꼴을 당하겠어. 그녀는 일단 가봐서 상황이 좋지 않으면, 경찰을 부를 생각을 했다. 그릇이나 집어 던지는 부부 싸움이면 어떻게 해보겠지만, 그 이상이면……. 그녀는 인덕원 쪽으로 방향을 잡았다.

"이러고 가?"

남편이 슬리퍼 신은 발을 까딱까딱해 보이며 물었다.

"파티에 가는 게 아냐. ……전화가 왔어. 뷰티풀 피플 언니 남편이야. 언니 남편이 언니를 지금 팔아버리겠대. 세일해버리겠대."

남편이 심상한 표정으로 고개를 끄덕였다. 얘기를 알아먹은 건지 아닌지 알 수가 없었다.

"우리더러, 지금 당장 와서 사래. 미친놈."

남편은 여전히 심상한 표정이었다. 잠시 후, 남편의 무반응이 답답해서 다시 입을 열었다.

"가봐서, 상황이 나쁘면 경찰을 부르자. 끼어들지 말고."

"상황이 나쁘면? 얼마나 나쁘면?"

그제야 남편은 입을 열었다. 표정엔 드러나지 않았지만, 귀찮은 일에 말려들었다고 불평하는 빛이 역력했다.

"얼마나 나쁘면? 글쎄, 누가 다쳤거나 하면. 언니가 다쳤거나 할 정도로 나쁘면."

"하. ……깨져서 피가 나든, 어디가 부러졌든, 경찰이 와도 할 수 없어. 부부 싸움은 둘 중 하나가 고소해야만 경찰이 개입할 수 있어. 부르면 오긴 오겠지, 하지만 우리 말은 듣지 않을 거야."

"그럼 언니더러 얘기하라고 하면 되잖아. 언니가 경찰한테 얘기하면……."

그녀는 또 뭔가가 뒤틀려버린 듯한 기분이 들었다. 또 뭔가. 남편이 하, 하고 헛웃음을 내며 혼잣말처럼 중얼거렸다.

"얘기할 수 없는 상황이면? 언니라는 사람이 말 한마디 할 수 없는 상황이면?"

남편의 그 말을 들으니, 그녀는 더 불안해졌다. 얘기할 수 없는 상황이라면? 그런 상황이 어떤 상황일지 떠올려보았다. 입을 러닝셔츠로 틀어막았다면? 아무도 만나지 못하게 어딘가 가둬놓았다면? 정신을 잃었다면? 그러다 끔찍함에 소름이 돋았다. 입을 재봉 바늘로 꿰매놓았을 수도 있었다. 뷰티풀 피플의 언니는, 자기 남편에게서 무서운 냄새가 난다고 했다. 공장을 팔아치운 올해 초부터, 정신이 조금씩 이상해졌다고 했다. 전에 없이 수다를 떨어대고, 언니의 손가락을 지끈 밟고 때리고, 유일한 재산인 과천의 가게를 팔아치우자고 대책도 없이 요구해오고, 무서운 냄새까지 난다고 했다. 바로 얼마 전엔 언니를 뷰티풀 피플의 층계 난간에 거꾸로 매달아놓기까지 했다.

그 일은 그녀가 잘 알고 있었다. 현장에 갔었으니까. 일일구 구급대를 부른 게 그녀였으니까. 언니 남편은 언니를 거꾸로 쥐곤, 와인병처럼 흔들다 층계 아래로 던져버렸다. 그때 남편을 고소했어야 했는데. 고소하도록 언니를 설득했어야 했는데. 후회스러웠다.

도로 양편으로 희끄무레하게, 비닐하우스들이 보였다. 화훼 농가들이었다. 여름이면, 드라이플라워 다발들이 도로변을 따라 몇백 미터나 늘어서 있곤 했다. 뷰티풀 피플 언니의 집은 이 지역의 깊숙한 데 있었다. 차는 좁다란 비포장도로로 올라섰다. 속도를 줄였다. 언니가 남편한테서 난다는 무서운 냄새는, 그녀도 익히 알고 있는 냄새였다. 언니는 그 냄새를 무서운 냄새라고 불렀지만, 그녀는 그 냄새를 나쁜 냄새라고 불렀다. 나쁜 냄새는 그녀 남편인 한창림한테서 나는 냄새였다. 언니 남편과 그녀 남편의 냄새는 아마도, 같은 종류의 냄새였다.

그녀는 여태껏, 자기 남편 하나뿐인 줄 알고 있었다, 그런 냄새를 피우는 수컷이. 그런 수컷이 세상에 또 하나 있다는 생각에, 끔찍해졌다. 나쁜 냄새는, 남편을 만나기 전까진 결코 맡아본 적이 없는 냄새였다. 어떤 냄새인지는, 그녀의 어휘 실력으론 형언키 어려웠다. 어떤 악취도 그보다 더할 순 없었다. 세상 악취들을 몽땅 증류해, 몇 방울의 익스트랙트로 만든 것 같았다. 남편의 몸뚱이가 그런 냄새를 어떻게 해서 풍기게 되는지 알 수 없었다. 어떤 생리작용이 그런 냄새를 만드는지 알 수 없었다. 수백만 개의 땀샘과 수백만 개의 기름샘들이 극한까지 활성화되어, 활짝 열리어, 한꺼번에 내뿜는 듯한 냄새였다. 냄새가 지나간 다음엔 남편이 입고 있던 팬티며 러닝셔츠며 와이셔츠가, 싯누런 분비물들로 역겹게 구토 나게 절어 있곤 했다. 악취가 폭풍처럼 쓸고 지나간 흔적이었다.

독취였다. 아니, 그 표현도 부족했다. 얼마나 독한지 코로 맡는 게 아니라, 눈으로 보고 있다고 느껴질 정도였다. 사타구니나 겨드랑이에서 흔히 나는 액취(腋臭)도 아니었다. 남편 자신의 표현을 빌리자

213

면 그건, 수천 세대 이전에 존재했다가 지금은 잊힌 냄새였다……
인간 염색체의 유전물질 중엔, 휴면하고 있는 것들이 있다. 형질로
서 밖으로 드러나는 게 아니라, 그저 가능성만으로 존재하는. 그런
비활성 유전물질 중엔 휴면 기간이 수천 세대에 이르는 것도 있다고
했다. 남편이 언젠가 말했었다. 그것이 깨어났어, 그게.

수천 세대 만에, 활성화됐다는 얘기였다. 남편은 그걸 수컷 냄새
라고 불렀다.

무서운 냄새건, 나쁜 냄새건, 수컷 냄새건, 남편이 하는 이야기를
곧이곧대로 믿어줄 수 없었다. 믿기 어려운 얘기였다. 무엇보다, 그
녀 자신의 몸에선 그런 냄새가 나지 않으니까. 어쩌면 그저 자신의
이상체질에 대한, 자가 진단 같은 것일지도 몰랐다. 자기의 특이체
질을 스스로에게 납득시켜줄 필요를 느껴, 억지로 짜 맞춘 해석일지
도 몰랐다.

사실, 이상체질을 가진 사람들이란 드문 게 아니었다. 해외 토픽
이나 초자연적 현상을 다룬 깜짝 쇼 같은 데서 이따금 보듯이. 어떤
이상체질은 몸 안 가득, 콜레라균을 싣고 다녔다. 말하자면, 콜레라
균의 인간 배양기 같은 존재였다. 정작 자신은 콜레라균에 절대적인
면역을 갖고 있었다. 걸어 다니는 콜레라균 배양기는, 브라질에서
교통사고로 죽는다. 늑대인간처럼 짧고 검은 털로 온몸이 덮인 이상
체질도 있고, 전기에 유달리 민감한 이상체질도 있다……

흔치는 않지만 이상체질이란 확실히 존재한다. 사람들이 좀처럼
상상하기 힘든 방식으로. 나쁜 냄새를 풍기는 남편 역시 그런 부류

일지 몰랐다. 어쨌거나 그녀에겐, 이런 식의 설명 역시 얼토당토않아 보였다.

박태자 그녀가 자신을 갖고 확인할 수 있는 사실이라곤 냄새, 그 자체뿐이었다. 냄새의 존재, 자체까지 부인할 순 없었다. 남편의 냄새와 비교할 만한 냄새를 굳이 찾자면, 과천 서울대공원 동물원의 악취를 들 수 있다. 대기가 무거운 날, 동물원 실내 관람장에 터질 듯 포화돼 있는 독취를 들 수 있다. 시멘트와 플렉시 유리의 사육장에 갇혀, 몇 년씩이나 인스턴트의 삶을 산 동물들의 독취를 들 수 있다. 자연의 바람에 실려 보내지 못하고, 사육장 속에서 몇 년씩이나 고이고 고인. 그렇게 고이고 고이다 마침내, 손가락 끝에 묻어날 것 같은 질감까지 갖게 된.

그 앞에 서면, 코는 물론이요 눈까지 확— 타오를 듯했다. 특히, 맨드릴 육식 원숭이의 냄새가 남편의 그것과 가장 가까웠다. 그렇지만, 그것조차 남편의 냄새완 다른 것이었다. 비교할 수 없는 것이었다.

"시동은 끄지 말래?"

그녀가 차를 세우자 남편이 말했다. 십여 미터 앞에 뷰티풀 피플 언니의 집이 있었다. 아담한 이 층 양옥에, 널따란 정원이 딸려 있다. 정원이 넓어서 좋아, 언니는 일부러 정원이 넓은 집으로 전세를 얻었다고 했다. 전세긴 하지만, 벌써 오 년째 살고 있는 집이었다.

남편이 차에서 내렸다. 그녀가 운전석 쪽 도어를 열고 내리려 하자, 남편이 어깨를 눌러 좌석에 도로 앉혔다.

"넌 그냥 여기 있었으면 해."

"왜?"

"그냥."

"그놈도 수컷이야."

그녀는 가능한 한 진지한 표정을 지어 보이려고 노력했다. 그놈도 수컷이야, 너처럼 그놈도. 그놈한테서도 너와 똑같은 냄새가 나. 그러자 남편의 손가락 끝이 움찔, 했다.

"하."

남편이 그렇냐는 투로 하, 했다. 그때였다.

뭔가가 훅, 끼쳤다. 냄새였다. 눈물이 비어져 나왔다. 그녀는 재빨리 입을 다물곤, 손으로 덮었다. 심장이 콩닥거렸다. 나쁜 냄새야! 남편 몸뚱이가, 냄새를 풍기기 시작했다. 일의 형편이 좋지 않은 방향으로 진행될 거라는 징조였다. 남편이 나쁜 냄새를 풍기기 시작하면, 핏내도 함께 공기를 더럽힌다……. 남편 몸뚱이가 항상 그런 냄새를 풍기는 것은 아니었다. 냄새는, 냄새 자체가 특이한 것처럼 특이한 때만 풍겼다. 특이한 경우, 특이한 자극이 남편에게 가해졌을 때만. 오늘 밤처럼. 속이 뒤집혔다. 남편은 벌써, 질질 슬리퍼짝을 끌며 저만치 가고 있다. 그녀도 차에서 뛰어내려 뒤를 쫓았다. 집이, 캄캄하다.

"없잖아."

남편이 주위를 두리번거리며, 경쾌하고 발랄한 목소리를 냈다. 경쾌하고 발랄하고, 속이 텅 빈 듯한. 남편이 후끈, 달아오를 때 나오는 목소리였다. 땀샘과 기름샘들이 극한까지 활성화되어, 끓을 때. 나쁜 냄새의 싯누런 폭풍이, 사타구니와 겨드랑이를 휩쓸 때. 나는 피가 좋아, 하고 노래라도 부르는 것처럼.

앞뜰은 비어 있었다. 마주 보이는 거실도, 이 층 방 창문도, 다 깜깜했다. 불빛이라곤 없었다. 어디 갔을까. 고객을 초대해놓고.

"하, 어디 갔지?"

남편이 마치 들으라는 듯, 소리를 높였다. 나쁜 냄새는, 더 나빠졌다. 박태자는 남편 곁에서 몇 발짝 물러섰다. 물러서서 보니, 남편 주위로 캄캄하게 몰려들고 있는 어둠이 보였다. 어둠이 초고속으로 몰려들고 있었다. 몰려들어선, 소용돌이처럼 휘감아 돌며 뭉치고 있었다. 캄캄하게, 점점 더 캄캄하게, 소용돌이치며 뭉치고 있었다. 밀도가 치솟는 게 느껴질 정도였다. 그 뭉친 어둠의 질량이 느껴졌다. 어둠에서 질량이 느껴졌다. 바로, 눈에 보이는 나쁜 냄새였다. 코로 맡는 게 아닌, 눈으로 보는 나쁜 냄새였다…… 착시(錯視)였다. 나쁜 냄새가 그녀의 눈에 그런 착시를 가져온 것이었다. 그녀는 씻, 하고 치를 떨었다. 남편 곁이 아니라면 어디서도 겪어볼 수 없는 착시 현상이었다. 남편의 키가 적어도 손가락 두 개 길이 만큼은 더 커 보였다. 더 커졌다.

"안녕하세요?"

남편이 경쾌하고 발랄하고, 속이 빈 목소리로 소리 질렀다. 그러곤 정원 안쪽으로 성큼성큼 걸어 들어갔다. 나쁜 냄새는 이제 남편을 감싼 채 각질화되고 있었다. 바짝 다가가면, 튕겨버릴 것 같았다.

"여기 좀 봐요, 아무도 없어요?"

그때, 정원 저쪽 귀퉁이에서 흐린 빛이 나타났다. 백열등 불빛이었다. 남편이 문득 걸음을 멈췄다. 날카롭게 째지는 듯한 목소리가 났다.

"아무도 없긴!"

불빛 너머에서, 누군가 걸어 나왔다. 상체를 천천히, 좌우로 흔들면서. 까딱까딱 고개를 끄덕이며. 거구였다. 이 미터는 더 돼 보였다. 남편보다 머리 하나는 더 커 보였다. 거구는, 스무 발짝쯤 떨어진 곳에 멈춰 서선, 뺨을 어루만졌다. 언 뺨을 녹이기 위해 그러는 것처럼, 두 뺨을 손바닥으로 비비고 있었다. 스스로 밝히지 않아도 정체를 알 수 있었다. 아까 그녀의 집에 전화를 걸어 소리를 질러댄, 그 작자였다. 뷰티풀 피플 언니의 남편이었다.

"넌 뭐니?"

거구가 물었다. 남편은 하, 하고 신음을 지르곤 쯧쯧, 혀를 찼다.

"넌 뭐니? 하, 날 언제 봤다고 그래요?"

남편은, 목소리에서 감정을 비우고 있었다. 텅, 비우고 있었다.

"박태자란 년이 너야?"

"언니는 어딨어요?"

그녀는 남편이 뭐라 하기도 전에, 다급한 마음으로 끼어들었다. 남편이 손을 들어 잠자코 있으란 신호를 보냈다. 모른 척 다시 물었다. 언니는 어딨어요. 좀 봤으면 좋겠어요. 상황을 먼저 파악해야 했다. 뷰티풀 피플 언니가 어떤 상태에 처해 있는지도 모르는 채 사고가 나면 큰일이었다. 그녀는 남편의 경쾌하고 발랄한 목소리 뒤에 숨은, 또 다른 목소리를 듣고 있었다. 난 피를 좋아해, 라고 노래를 부르고 있는.

거구가 몇 발짝 다가왔다. 러닝셔츠에 반바지, 한여름에나 가능한 차림이었다. 그렇긴 하지만, 결코 추워 보이진 않았다. 열기가 느껴졌다. 러닝셔츠를 싯누렇게 그을려버릴 것 같은 냄새의 열기였다. 거구도, 수컷이었다.

"어땠냐고? 암, 봐야 사든가 말든가 하지…… 포장까지 근사하게 해놨는데."

거구는 뒤돌아서선 느릿느릿 불빛 쪽으로 걸음을 옮겼다. 경계는 하지 않는 눈치였다. 그녀 남편이 자기 같은 류의 인간인 걸 모르는 눈치였다.

그 집의 뒤뜰이었다. 평소엔 차를 세워두거나, 드라이플라워를 널어 말리는 따위의 온갖 잡다한 일에 쓰이는 곳이었다. 맨흙이 벌겋게 드러난 흉한 곳이었다. 장마철이면 흙탕물이 담벼락 밑동까지 타고 올라와 시뻘겋게, 물들이곤 했다. 잔디가 다년생 화초들과 예쁘장하게 어우러지곤 하는 앞뜰관 비교되는 곳이었다. 백열등은 앞뜰에서 뒤뜰로 돌아가는 모퉁이 벽에 붙어 있었다.

"누가 널 사줬으면 좋겠냐고 하니까…… 마누라가 당신들을 찾더군."

목소리는 창고 겸 차고로 쓰이는 가건물 안쪽에서 들려왔다. 안쪽은 더 깜깜해서 거의 아무것도 보이지 않았다. 이 집에 몇 번 놀러 와봤지만 가건물은 항상 닫혀 있었다.

"깎을 생각은 마."

그녀와 그녀의 남편은 여전히 스무 발짝쯤, 거리를 유지하고 있었다. 스무 발짝이란 한달음에 건너오기엔 좀 먼 거리였다. 거구가 그들을 덮치더라도 몇 초간 여유를 벌 수 있는 거리였다. 그녀는 가건물 안쪽에 신경을 집중하고 있었다. 거구가 거기 있어서가 아니었다.

"언닌 어딨어요?"

그녀가 몇 발짝 앞으로 나서며 물었다. 차고 안쪽에서, 끙— 소리가 났다. 틀림없이 뭔가 있었다.

"포장값은 안 받을게. 그리고 다른 물건들도 많으니까……."

그 말과 함께, 차고 안쪽에서 형광등 불빛이 깜빡깜빡거렸다. 씻, 나지막한 탄식이 흘러나왔다. 몇 번인가 희고 차가운 빛이 차고 안을 훑을 때, 그녀는 봤다. 뷰티풀 피플 언니가 거기 있었다. 형광등 불빛이 완전히 밝아지자 그녀는 두 팔을 옆구리에 딱 붙인 채, 굳어버렸다. 하, 남편 신음이 들렸다.

정말, 파산 세일이라 할 만한 광경이었다. 살림 세간들이 몽땅, 그리로 쏟아져 나온 듯했다.

다기 세트부터 스리 도어의 대형 냉장고까지, 재작년에 이탈리아에서 사 온 양탄자에서부터 파나소닉제의 스테레오 세트까지. 올 초에 들여놓은 펜티엄 피시부터 밥솥까지. 주방에서 떼어낸 가스레인지부터 거실에서 떼어낸 열대어 수족관까지. 수족관은 떼어낼 때 물을 버렸는지 휑, 하니 비어 있었다. 세간이란 세간은 죄다 끌려 나온 것 같았다.

개중엔, 거구의 말대로 언니도 있었다. 거구의 말대로 그럴싸하게, 끔찍하게 포장도 돼 있었다.

"씻!"

박태자는 놀랍고 기가 질려서, 그저 씻 소리만 지를 뿐이었다. 남편도 그 광경에 넋이 나간 모양이었다. 하아— 하는 신음이 남편 입술 새로 흘러나왔다.

뷰티풀 피플 언니는 세간들의 한가운데 놓여 있었다. 발가벗기어진 채로, 어디에 쓰이는지 짐작이 가지 않는 커다랗고 등받이가 높다란 의자에 매어져 있었다. 거꾸로.

보기 민망한 광경이라기보다는, 끔찍해 절로 눈 감기는 광경이었다. 언니의 두 다리는 차고 천장을 향해 브이 자처럼 활짝 벌려져 있었다. 다리를 다물지 못하게, 손목을 발목에 포개어 노끈으로 친친 감아놓았다.

허리와 가슴도 대여섯 군데나 의자 등받이에, 몸을 비틀지 못하게 끔 묶여 있었다. 젖가슴 위아래에도 노끈이 가로지르고 있었다. 젖가슴은 주먹만 하게, 터질 듯 부풀어 올라 있었다. 작고 탱탱하고 핏기 없이 파리한 빛깔의 풍선처럼. 피가 통하지 않아 핏기 없이 파리한 풍선처럼. 바늘로 찌르면, 물컹하고 터져버릴 것 같은. 빨갛고 파란 드라이플라워 몇 다발이, 불꽃을 피운 것처럼 의자 등받이에 꽂혀 있었다.

언니의 기다란 머리카락은 차고 바닥까지 흘러내려, 널따랗게 흩어져 있었다. 그녀가 선 자리에선, 언니의 이마밖엔 보이지 않았다. 이마는 시뻘겋게 물들어 있었다. 눈을 감았는지 떴는지조차 알 수 없었다. 씻, 그녀의 잇새로 다시 한숨이 새어 나왔다. 여기저기 내놓은 물건들마다 무슨 숫자 같은 것이 적힌, 손바닥만 한 종이가 붙어 있었다. 언니의 배꼽에도 있었다. 그러니까, 오늘의 세일가를 명시해놓은 가격표였다. 텔레비전 삼만 원, 냉장고 오만 원, 수족관 이만 원, 백과사전 한 질 칠만 원, 다기 세트 만오천 원, 언니 이십칠만원……

언니를 비롯한, 이른바 파산 세일의 물건들이 진열된 그 모든 광경을 파악하는 데는, 겨우 한순간밖엔 걸리지 않았다. 하지만 그 한순간이 지나고 다음 순간이 다가왔을 때도, 그녀는 행동을 결정할 수 없었다. 어떻게 수습해야 좋을지 결정할 수가 없었다. 결정은커녕, 아무 생각도 떠오르지 않았다. 남편도 마찬가지인 것 같았다. 등을 돌리고 있어 표정은 알 수 없었지만, 숨소리가 거칠어지고 있는 것만은 느낄 수 있었다. 남편은 지금, 달아오르고 있었다.

거구는 차고 맨 뒤쪽, 세탁기 위에 걸터앉아 술을 마시고 있었다. 병째 들이켜고 있었다. 거북 등껍질 문양의 사각형 병, 산토리 위스키였다. 언니가 남편이 좋아한다며, 오리지널을 일본에까지 우편 주문해 가져다 놓은 것이었다.

"어때? 살 만한 것이 좀 있나?"

거구는, 술병을 입에서 떼곤 세탁기에서 내려와, 천천히 앞쪽으로 걸음을 옮겼다.

"좀 오래 쓴 것들이긴 하지만, 고장 난 것은 없어. 비양심적인 세일이 아냐. 고장 나거나 못 쓰게 된 건 없어. 물론 좀 낡긴 했지."

거구는, 언니가 거꾸로 매어져 있는 의자 등받이에 손을 얹곤 상체를 기울였다. 상체를 기울이곤 턱을 높이 든 채로, 이쪽을 똑바로 쳐다봤다. 이것도 아직 쓸만해…… 거구는, 그 커다란 손바닥으로 언니 사타구니 새를 쓰다듬었다. 윤기 없이 헝클어진 언니의 까만 치모가 손바닥 이쪽저쪽에서, 사라졌다 나타났다 했다. 바삭바삭, 소리가 들릴 듯했다. 불두덩이, 핑크빛으로 속을 드러냈다.

"고장 나거나 망가지거나, 죽은 건 팔지 않아. 아예 가져 나오지도 않았지."

거구는 찰싹, 소리 나게 사타구니 새를 때렸다. 남편이 하, 하고 입을 뗐다.

"하, 그 물건 아직 살아 있나?"

"그럼."

거구는 확인해주겠다는 듯이, 다시 한번 사타구니 새를 내리쳤다. 끙— 소리가 의자 받침대 부근에서 들려왔다. 살아 있어, 그녀는 속으로 중얼거렸다. 그저 끙, 소리일 뿐이지만 그건 뷰티풀 피플 언니의 목소리가 틀림없었다. 그때, 언니의 이마가 아래로 젖혀지는 게 보였다.

젖혀진 이마 너머에서, 새빨갛게 반들거리는 언니의 두 눈이 보였다. 충혈되어 그런 것인지, 피를 뒤집어써 그런 것인지는 알 수 없었다. 그 새빨간 두 눈이 몇 번 깜박였다. 아, 그녀는 작게 탄식했다. 언니가 지금, 자신을 향해 눈을 깜박였다는 확신이 들었다. 그 확신은 기쁨이 되었고, 그녀 입에서 다시금 탄식이 흘러나오게 했다.

그때, 남편이 움직이기 시작했다. 경쾌하고 발랄하고, 속이 텅 빈 듯한 목소리를 냈다.

"우리가 사겠어."

"그래."

"얼마지?"

"여기 가격표 붙어 있는 게 안 보이나? 이십칠만 원이야."

"아니…… 네 새끼의 냄새를 맡고 싶어."

남편의 느닷없는 말에 거구가 좀 놀란 모양이었다. 사타구니 새에서 손을 떼더니 상체를 곧추세웠다.

"뭐?"

"네 새끼한테도 수컷 냄새가 난다며? 어디 한번, 맡아볼까. 하!"

여전히 경쾌하고 발랄한, 속이 텅 빈 듯한 목소리였다. 목소리만 듣는다면, 벌어지고 있는 상황을 전혀 짐작도 못 할.

남편은 차고 쪽으로 한 발 내디뎠다. 거구의 눈이 휘둥그레졌다.

"……목화밭이 뭘 먹고 크는지 알아?"

남편이 한 발짝 한 발짝 차분한 걸음을 옮기며, 계속 말을 이었다.

"하, 수수께끼를 내는 거야, 수수께끼…… 목화밭이 뭐로 기름져 가는지 알아? ……목화밭이 해마다 그토록 기름져가는 이유를 알아? ……뭘 먹길래!"

이제 남편은 언니가 매어져 있는 의자 바로 앞까지 다가가 있었다. 팔을 뻗으면 거구의 턱도 쥐어 비틀 수 있을 만치, 거구에 가까이 다가서 있었다. 하, 하는 소리가 그녀 귀에까지 들렸다.

"썰어서 오십 리터 쓰레기봉투에 넣어버린다고? ……쓰레기봉투는 준비했나? 쓰레기봉투는 준비했나? 준비됐나? ……하, 넌 죽었어."

남편의 팔이 공중 높이 솟는 게 보였다. 뭔가, 핏물 같은 게 형광등께까지 흩날렸다. 다음 순간 거구가 한쪽 뺨을 감싸 쥔 채, 의자 뒤로 사라졌다. 그다음 순간 남편이 기우뚱하더니, 옆으로 쓰러졌다간, 스프링처럼 되튀어 올랐다. 그때 이미 거구는 뒤뜰의 저편을 달리고 있었다. 남편은 엉거주춤 제자리에 버티고 서 있을 뿐 거구의 뒤를 쫓진 않았다. 거구는 이제 뒤뜰 저편의 담벼락을 뛰어오르고 있었다. 러닝셔츠와 반바지가 온통 피투성이였다. 손으로 감싸 쥔 뺨 쪽에서 핏줄기가 흩날렸다. 하. 형광등 불빛에 희미하게 미소 짓고 있는, 남편의 일그러진 입술이 어른거리는 듯했다.

"넌 뭐야!"

거구가 뒤뜰 담벼락에 걸터앉아선 이쪽을 향해 소리쳤다. 어두워 표정은 보이지 않았지만, 목소리에 담겨 있던 그 터무니없던 자신감은 사라지고 없었다. 당황하고 낭패한 목소리였다.

"머리를 활짝 열어놓고 있어!"

남편이 소리쳤다. 남편은 웃고 있었다.

"활짝, 머리를 열어놓고 있어야 돼! 조만간 내가 부를 테니까 말이야. 내가 부르는 소리가 들리면, 재깍 달려와야 돼! 알겠어? 재깍!"

"목화밭으로! 목화밭으로 말이야!"

박태자는 일일구 구급대를 불렀다. 그녀가 수화기를 내려놓고 뭔가 걸쳐줄 만한 옷가지를 찾고 있을 때, 남편이 뷰티풀 피플 언니를 등에 업고 거실로 들어왔다. 얼마나 난장판을 만들어놓았는지, 변변히 누일 자리조차 없다. 이삿짐을 옮기고 난 뒤 허접쓰레기만 널려 있는 꼴이나 다름없었다.

그녀는 안방에서 찾은 담요와 옷가지들로 언니의 알몸을 대충 덮어놓았다. 사체의 살갗처럼 차가웠다. 같은 차가움이라도, 죽은 사람 살갗의 차가움과 산 사람 살갗의 차가움은 달랐다. 사체 살갗의 차가움은 손가락 끝에서 미끈거리는 차가움이었다. 기분 나쁘게 미끈거리는 차가움이었다. 언니는 정신이 나가 있었다. 눈을 뜨고 있고 눈꺼풀도 깜빡거렸지만, 시선은 느껴지지 않았다. 정수리 어디가 깨진 모양이었다. 이마와 뺨이 피투성이가 돼 있었다. 노끈으로 얼마나 죄었는지, 피부가 다 벗겨져 있었다. 그 외에 별다른 외상은 보이지 않았다. 일일구 앰뷸런스의 경보음이 귀 따갑게 울려댔다.

그녀는 앰뷸런스에 기다시피 해서 올라타면서, 남편의 손을 봤다. 채 닦지 못해, 새빨갛게 얼룩져 있었다.

"그게 뭐야?"

남편의 손에 뭔가가 꼭 쥐어 있었다. 그녀가 묻자, 남편이 손을 들어 펴 보였다.

"귀."

그건 귀였다. 거구의 귀였다. 귓불 옆에 터럭 한 줌이 붙어 있었다. 아까 차고에서, 남편의 팔이 공중을 갈랐을 때 무슨 일이 있었는지 그녀는 그제야 알았다. 남편은 거구의 귀 한쪽을 뜯어낸 것이었다.

"……그걸로 뭘 할 거야?"

그녀가 기막히다는 듯, 기운 빠진 목소리로 물었다. 수컷들은 정말 못 말려.

"뭘 할 거냐고? 이걸로 놈을 꾀어내어…… 한쪽 귀마저 떼어내야지."

남편이, 닫히고 있는 앰뷸런스 문 저쪽에서 경쾌한 목소리로 지껄였다.

*

하룻밤 새 환율이 천백삼십구 원이 돼버렸다. 한밤 자고 일어났더니, 백삼 원이 치솟아버린 것이었다. 어제, 이십일 일의 일이다.

"이게 그러니까, 뭐가 어쨌다는 거야?"

한창림은 침대에 걸터앉아 잠 덜 깬 머리를 주억거리며 조간신문을 펼쳐 들었다. 쪼그만 숫자 몇 개가 아침부터 그를 괴롭혔다. 오늘의 스케줄은 상당히 바쁜 것이고, 또 중요한 것이었다. 가장 중요하다. 촬영이 있을 테니. 그래서 숫자 몇 개에 질겁해 있을 여유가 없었다. 그렇지만 신문 일 면의 천백삼십구라는 숫자와 백삼이라는 숫자는, 그 앞에 불길함의 징조처럼 까발려져 있었다. 평소, 나랏일이란 그에게 아무래도 좋은 것이었다. 이번 경우는 어떨까? 그에겐 나라의 경제 앞날을 예측할 만큼의 정보가 없었고, 그래서 더 불안했다. 마누라는 과외 거래처를 잃고, 자기는 강사 자리에서 쫓겨나는 것은 아닐까.

어쨌거나 그는 침대 머리에서 제일 먼저 떠오른 것이, 돼지 떼가 꽃밭에서 뛰노는 것 같은 희망에 찬 어떤 것이 아니라, 천백삼십구라는 네 자리 숫자라는 것이 영 켕겼다. 재수가 없었다. 오늘 스케줄이 꼬이는 것은 아닐까. 그는 주방으로 가 커피를 끓였다. 아내는 아직 자고 있다. 내버려두자…… 고생은 저 혼자 다 한다고 종일 칭얼댈 테니.

그는 커피잔을 들고 거실로 나와 소파에 엉덩이를 묻었다. 비디오덱 패널의 디지털 시계는 07:05를 가리켰다. 그는 작업을 오늘 마무리 짓기로 했다. 서두르는 게 아니다. 작업에 열흘 이상을 끌어보았던 적이 없었다. 이번 건은 사내애를 길들이는 데 시간을 너무 썼다. 린치의 상처도 거의 아물었다고 하니, 서로가 한가한 주말을 이용해 해치워버리기로 아내와 얘기를 끝냈다. 아내는 이제, 까놓고 사내애와 섹스할 수 있게 된 것이다. 그도 함께.

그는 이번 작업에 진저리를 쳤다. 별의별 것들이 죄다 끼어들었다. 작업의 모든 단계에 이물질이 끼어들었다. 납치해 올 때 사내애를 잃어버려 고생했다. 바로 그날, 오장근 형사란 기분 나쁜 자식이 나타났다. 지금도 어디선가 이 집 주변을 탐문하고 있을지 모른다. 지하 작업실의 사내애는 사내애대로 새끼 수컷답게, 길길이 날뛰며 속을 썩였다. 그동안 뷰티풀 피플의, 언니라는 여자도 한몫 거들었다. 한밤중에 뛰어나가 언니의 남편이란 싱거운 덩치를 골려준 게 며칠 전이었다. 덩치가 가만있어줄까. 입 닥치고 가만있어줄까. 혹, 도전 정신이 넘쳐 건강을 돌보지 않는 놈은 아닐까. 회계사가 미쳐서 다시 등장하지는 않을까. 불안하지 않을 수 없었다. 시간을 더 끌었다간, 또 무엇이 끼어들지 몰랐다. 무엇이 또 불현듯 나타나 훼방 놓을지 영 꺼림칙했다. 날씨가 좋은데, 하고 그는 중얼거렸다.

"오늘 촬영해버리는 거야."

"거름 줄 때가 된 거야."

거실 테이블에는, 어제 짜놓은 콘티가 가지런히 정리돼 놓여 있었다. 에이포 용지 다섯 장 분량이다. 분량이 적은 건 어쩔 수 없었다. 정교하지도 않았다. 침대에 올라가 해 보일 수 있는 연기란 정말 많지 않고, 정교할 수도 없는 법이니까. 그리고 아내도 사내애도 일단 침대에 올라가면 감독의 지시 따윈 무시해버릴 것이었다. 타임 시트도 다이얼로그 박스도 비워놓았다. 60:00분 내내 카메라는 움직이지 않을 것이고, 배경도 결코 바뀌지 않을 것이었다. 대사도 어쩔 수 없이, 즉흥적일 것이었다. 대사가 필요 없어서도 그랬지만, 아내나 그의 말소리가 들어가는 것만큼 큰 실수도 없기 때문이었다. 다만 딱하나, 50:00이라는 시간 표시는 분명히 해두었다.

50:00이라는 타임 시트의 표시가 의미하는 것은, 지하 작업실의 사내애에게 아주 중요한 것이 될 터였다. 사내애는 50:00이라는 표시에 이르러, 자기 몸으로부터 거름이 생성되는 것을 목도할 것이었다.

콘티를 한 장 한 장 넘겨보았다. 그는 유럽과 일본의 여러 포르노 영화에서 인상 깊었던 장면들을 '아마추어'들이 연기하기 쉽게 끄적여놓았다. 그가 끄적여놓은 그 그림들은, 상(像)은 추잡하고 솜씨는 추레했다. 화장실 벽을 분탕질해놓은 춘화 낙서를 보는 것 같기도 하고, 파블로 피카소가 말년에 미쳐서 휘갈겨놓은 〈브레스누 컬렉션〉을 보는 것 같기도 하다. 피카소도 한몫했던 수컷이다. 죽어가면서까지도 포르노를 탐했으니 말이다. 그는 첫 장면부터 다시 주의 깊게 살폈다. 첫 장면에서 사내애는 가죽 개 목걸이와 사슬에 묶여 침대에 큰대자로 누워 있다. 입에도 개 목걸이 재갈이 물려 있다. 검은 천이 두 눈을 가렸다. 브리프를 입고 있다. 샛노란 형광빛의. 이 촌스러운 팬티 소품을 구하기 위해 어제 쇼핑까지 했다. 여기서 그는 사내애는 죽은 듯 보인다, 라고 토를 달아놓았지만 사내애가 지시를 따라줄 가능성은 거의 없었다. 공포에 질린 나머지 사슬을 끊으려고 발버둥이나 치지 않았으면 하는 바람이었다.

두 번째 장면에서 여자는, 침대 밑에 숨어 있다. 캄캄한 침대 밑에서 흰빛이 언뜻 비친다. 여자가 손을 내민다. 느릿느릿하게, 여자는 스트레칭을 하듯 온 관절을 쭉쭉 늘이며 바깥으로 기어 나온다. 그러곤 더 천천히, 침대 위로 기어오른다. 여자는 게나 거미처럼 보인다. 엉덩이는 약간 뒤로 빼선, 엉덩이와 허리가 이루는 다이아몬드 형상의 맨 아래 꼭짓점이 두드러지게 만든다. 그런 그림이 나오게 하기 위해선 무엇보다, 가랑이를 최대한 찢어 벌려야 한다.

여자는 가면을 썼다. 가면은 여자의 머리통을 다 덮고, 가린다. 여자는 정수리 부분의 머리카락과, 턱만 겨우 드러난다. 여자가 쓸 가면은 지금, 아내의 방 화장대에 올려놓아져 있다. 뒤집어쓰기 편한 가죽제 가면이다. 가면 하나에 시뻘건 얼굴이 셋 달렸다. 코도 셋, 입도 셋, 초승달처럼 휘어진 새까만 콧수염도 셋 달렸다. 눈은 여섯이다. 상징하는 바는 몰라도, 거름을 생산하는 작업에는 결코 뒤지지 않을 분위기다.

세 번째 장면에서 여자는 사내애 위에 올라타 있다. 여자는 두 팔을 활짝 펼치곤 홰를 친다. 두 팔을 올렸다 내렸다 하면서 고개를 끄덕인다. 사내애를 죽음에서 깨우려는 듯한 동작이다. 허리도 좌우 앞뒤로 유연히 흔든다. 이 장면이 잘 되리라고 기대를 해선 안 될 것이다. 여자는 그의 의도와는 무관하게, 진짜 닭이 홰를 치듯 두 팔을 경박하게 퍼덕일 것이고, 어쩌면 균형을 잃고 침대 아래로 굴러떨어질지도 모른다.

네 번째 장면이 의도대로 풀린다면, 그림은 환상적일 것이다. 사내애는 서서히 요동친다. 무언의 주문을 알아들은 모양이다. 얼굴 셋 달린 주술사가 미소년에게 신체의 제어장치를 되돌려준다. 여자는 기쁨에 사내애를 핥고 빤다. 눈을 가린 천을 풀어준다. 허벅지 아래로 내려와 팬티를 조각조각 찢는다. 그건 여자의 평소 특기다. 그가 바보짓을 하면 그의 옷장을 뒤집어놓곤 닥치는 대로 찢고 휘저어 놓는다. 사내애의 성기가 드러난다. 마침 발기해 있거나 금세 발기한다면 다행이지만, 그렇지 않다면 여자는 꽤 공을 들여야 한다. 시간이 지나치게 걸려 그림이 추잡해지면, 편집해 잘라내야 한다. 불쾌해져서 참다 못해 여자가 한 대 후려칠지도 모른다. 진정제가 너무 과하면 안 된다. 아무튼 여자는 오럴 섹스를 할 것이다. 이제 진짜 포르노가 펼쳐진다. 여자는 사내애 입에 물린 개 목걸이 재갈을 풀어준다.

다섯 번째와 여섯 번째 장면은 오럴 섹스다. 이것저것 형태를 지정해주긴 했지만, 뜻대로 되어갈지는 두고 봐야 한다. 사내애가 여자를 핥을 때 물어뜯지 않도록 하는 게 중요하다. 혀나 성기가 물어뜯길 가능성은 항상 존재했다. 그도 위험하다. 그래서 그토록 새끼 수컷 사내애를 길들이려 했던 것이다. 기를 죽여, 감히 이빨을 함부로 놀리지 못하도록 하려 했던 것이다. 끝까지 재갈을 풀어주지 않고 작업을 진행할 수도 있다. 재갈을 풀어주느냐 마느냐는 촬영 직전에 최후 결정할 계획이다.

일곱 번째 장면에서는, 절정에 오른 여자가 사내애를 포박에서 풀어준다. 사지를 놀릴 수 있게 해준다. 목을 묶은 사슬만은 그대로다. 열 번째 장면까지는 성행위다. 갖가지 성행위들이 파노라마처럼 펼쳐진다. 체위는 삼 분마다 바뀐다. 여자와 사내애가 채 다 이해 못할 체위도 있다. 어떤 체위는 자세 잡기 힘들 것이고, 어떤 것은 곤혹스러울 것이다. 큰 기대는 않지만 어쨌든 표시해두었다. 성행위

중에는 관절들이 긴장이 풀려 나긋나긋해지기 마련이지만, 어떤 체위는 숙련된 자가 아니면 위험할 수 있다. 척추가 나갈 수도 있고, 엉치뼈가 어긋날 수도 있다. 그는 조금 아쉬웠다. 돈을 적당히 투자한다면, 정말 환상적인 그림이 나올 텐데…… 설정 자체는 나체의 주술사가, 흰 피부의 사내애와 벌이는, 섹스의 향연이다. 신께 제를 올리는 것이다. 제물은 섹스이고, 체액이고, 신체이다.

원하는 그림이 나오기엔 환경이 열악하다. 형편없다. 조명은 주술사와 사내애의 피부색을 생기 없이, 죽은 사람의 그것처럼 창백한 잿빛으로 만들어놓을 것이었다. 소품이라곤 가면과 가죽 개 목걸이 몇 개뿐이다. 특수효과란 꿈도 못 꾼다. 이 주술사는 공중 부양술도 쓰지 못할 것이다. 피아노 줄 여덟 개와 간이 기중기만 있으면 될 것을, 그는 포기했다. 이런 최저 예산 제작 환경에선 신도 주술사도 보여줄 수가 없다. 무성영화 시절처럼 '주술사'라고 자막을 넣어주어야 관객이 겨우 그의 의도를 이해할 것이었다. 돈이 부족해! 그는 속이 상해 담배 필터를 질근질근 씹어댔다.

열한 번째 장면에서부터 남자가 등장한다. 남자도 가면을 썼다. 새빨간 혀가 목젖까지 늘어지고 귀걸이가 어깨까지 치렁치렁한 가면이다. 역시 가죽제고, 꽤 커서 얼굴을 감추기에 적당하다. 뒤집어쓰면 두 귀와 뒤통수만 보일 것이다. 가면은 이마 위로, 십여 개의 목 잘린 두상들을 얹어놓고 있다. 입가에 피가 흥건한 것을 보아, 몸통은 그 긴 혓바닥으로 핥아 삼켜버린 모양이다. 가면은 어제 벌써 지하 작업실에 갖다 놓았다.

가면 쓴 남자가 침대에 올라 가장 먼저 하는 것은 사내애를 엎어 놓고, 사내애의 엉덩이를 활짝 까는 것이다. 그때부터 여자와 남자, 사내애의 트리플 섹스가 진행된다. 바이브레이터가 있다면 더 좋겠지만, 없어도 좋다. 셋이 뒤엉켜 뒹구는 것이니 볼거리는 충분하다. 지루하지는 않을 것이다. 열다섯 번째 장면까지 이 트리플 섹스가 계속된다.

콘티는 열여섯 번째 장면에서 끝이 난다. 이제 50:00이다. 주술사와 주술사의 노예는 이쯤 해서 지칠 만큼 지쳐 있을 것이었다. 여자는 지나친 섹스로 헛구역질을 할 것이었다. 사내애도 수치심과 체력 소모로 차라리 죽여주었으면 하고 바랄 것이었다. 하긴, 바라지 않아도 마땅히 그리될 것이다. 사내애는 남은 시간 동안 아주 천천히, 아주 느릿느릿, 제 신체로부터 거름이 생성되는 것을 바라보아야 할 것이었다. 제 죄지은 신체가 주술사의 저주를 받아, 거름으로 바뀌는 것을 지켜봐야 할 것이었다.

그리고 완전히 거름으로 뒤바뀌었을 때, 사내애는 그 무엇도 더 바랄 것이 없는, 바랄 수도 없는 상태가 될 것이었다. 거름화가 진행되는 그 십 분 안짝의 시간은, 남자에게도 여자에게도 사내애에게도 너무나 길어, 며칠 밤낮과 같을 것이었다.

"하."

그는 기지개를 켜며 한숨을 길게 토해냈다. 감동적인 콘티다. 제목은 뭐가 좋을까. 이제까지 제목이 필요했던 적은 없었다. 아무도 그에게 제목까지 요구해오지 않았다. 그의 영화의 유일한 관객인 펫숍 삼촌은, 제목 따위야 아무래도 좋을 사람이었다. 치장이고 껍데기고 싹 다 치워버리고 본내용만 괜찮으면 다 괜찮은 취향의 사람이었다. 펫숍 오 층이 바로 그러한 것처럼.

그래도 그는 제목이 떠오르는 걸 어쩔 수 없었다. 그건 학습된 본능이다. 제목 몇 개가, 그의 흐리멍덩한 두 눈앞을 지나갔다. '주술사', '성스러운 본능', '처벌은 섹시하다', '벵갈의 흑마술'…… 그러다 그는, 느닷없이 중얼거렸다.

"패악."

"패악?"

그는 하, 하고 놀란다. '패악'은 교훈적이다. 어울리지 않게, 교훈적이다. 포르노가 스스로, 자기 존재를 부정하는 제목이다. 압수된 테이프에 '자녀 안심하고 학교 보내기 운동 연합'에서 붙여놓은 금지 스티커 같다.

여덟 시가 넘었다. 아내가 일어나기 전에 준비를 끝마쳐두어야 한다. 그는 콘티를 덮곤 소파에서 일어섰다. 그러곤 욕실로 가 뜨거운 물로 샤워를 했다.

한창림은 빈 잔을 싱크대에 내려놓곤 냉장고의 냉동고를 열었다. 문을 여는 힘에 찬김이 빨려 나와 그의 뺨을 간질였다. 먹다 남긴 생선 토막과 돼지고기 덩어리 뒤쪽으로, 구겨진 위생 비닐 팩이 보였다. 팩 안쪽에 서리가 끼어 뿌옇다. 그는 손을 뻗어 돼지고기 덩어리를 옆으로 밀쳤다. 팩 한 귀퉁이의 서리는, 핑크빛이다. 어렸을 때

먹곤 하던, 적색 식용 물감을 탄 아이스바 같다. 예쁘다.

비닐 팩을 꺼내 살살 털어보았다. 핑크빛 서리가 작은 조각들로 덩어리져 떨어진다. 냉동고 불빛에 비추자, 안쪽의 내용물이 드러난다. 그의 손가락 서너 개를 합쳐놓은 크기의 내용물이다. 딱딱하다. 무게는 별반 느껴지지 않는다. 귀가 이토록 가벼운 물건이었나? 그는 입가를 일그러뜨리며 씨익, 웃었다. 팩을 열었다. 살갗이 푸르딩딩한 회빛으로 변색돼 있다.

거의 완전한 형태의, 사람 왼쪽 귀였다. 덤으로 검은 터럭 한 줌도 딸렸다. 칼로 자른 것이 아니어서 가장자리가 너덜너덜 말끔하지 못하다. 이 귀는, 아내가 언니라고 부르는 뷰티풀 피플 여사장의 남편 귀다. 그 머리가 돌아버린 얼간이 덩치의 귀다. 자기 아내를 발가벗겨선 의자에 거꾸로 세워 묶어놓곤, 세일해버리겠다고 협박하던 그 작자. 서리 조각이 핑크빛인 건 핏덩이가 엉겨 붙어서이다.

"하."

그는 짧게 조소를 터뜨렸다. 그렇담 그 작자는 지금, 오른쪽 귀만 달고 다니겠구나. 한쪽 귀만 달고 다니는 덩치. 그 꼴을 떠올리니, 웃겼다. 왼쪽 귀가 있어야 할 자리에 손톱만 한 구멍만 하나 뚫려 있는 형상일 것이다. 병원에서 치료는 받았겠지만 플라스틱 귀를 해 달지 않는 이상 그 괴상한 꼴은 도리가 없을 것이다. 잃어버린 귀를 찾으러 온다면, 나머지 성한 한쪽마저 뜯어내줄 작정이다.

그는 팩을 들어 이리저리 흔들어본다. 핑크빛 서리 조각이 냉동고 불빛을 받아 빛을 낸다. 팩 속의 피가 검게 변하지 않고 아직 싱싱한

빨간빛이라니, 이상한 일이다. 하. 뒤늦게 깨달은 사실이다. 서리가 낄 정도라면 낮은 온도이기는 하지만, 며칠이 지난 오늘까지 피가 갓 짜낸 듯할 만치 낮은 온도는 아니다. 꺼림칙하다.

"그 자식……."

기분이 나빠졌다. 그는 팩을 도로 던져 넣곤 냉동고 문을 쿵, 소리 나게 닫아버렸다.

"아직 기운이 팔팔한가 보구나. 정신을 덜 차렸어!"

그는 바깥 뜰로 나왔다. 찬 바람이 뺨을 때렸다. 계절이 바뀌는 시기라 바람이 유난스럽게 느껴진다. 하늘은 기막히게 맑다. 상쾌한 초겨울 날씨다. 요 며칠 하늘을 덮고 있던, 우중충한 회빛 파상운은 가버리고 없다. 온기 없는 싸늘한 볕이긴 하지만, 볕을 쬐기에 좋은 날이다. 촬영 스케줄만 잡혀 있지 않다면 지하 작업실의 사내애를 꺼내 와, 지상에서의 마지막 볕이라며 쬐어주고 싶을 정도로 좋은 빛이다. 한 상자 가득 담아 리본을 묶고 카드를 끼워, 누군가에게 선물 주고 싶을 정도다. 그는 한입 베어 물기라도 하려는 듯 고개를 치켜들곤 입을 크게 벌렸다간 딱, 다물었다.

둔덕의 잔디들에 아직 파릇파릇한 빛이 남아 있다. 건강한 잔디들이다. 그는 사랑이 넘치는 눈빛으로 둔덕의 잔디들을 바라봤다. 거름을 줄 자리는 미리 봐두었다. 안채 전면 창을 뒤로하고 똑바로 스무 걸음쯤 걸어 올라간 자리다. 경솔히 아무 데나 무작정 파들어가다가는, 지표 일 미터쯤 아래서 한창 썩는 중인 또 다른 거름을 건드릴 수도 있다. 거름은 금방 썩지 않는다.

한창림은 지하 작업실로 내려갔다. 사내애는 등 뒤로 손을 묶인 채 침대에 넋을 놓고 앉아 있다. 목에도 기다랗게 사슬이 늘어져 있다. 눈에 시선이 없다. 하긴 갇힌 지 열흘도 넘었으니, 공포도 희망도 새끼 수컷다운 사나움도 그 밖의 그 어떤 감정도 소진되어 남아 있지 않을 터였다. 아무것도 남아 있지 않을 터였다. 그가 어깨에 손을 얹어도 반응이 없고, 기름땀으로 뻣뻣하게 덩이진 머리카락을 쓰다듬어도 역시다. 머리카락이 덩이진 건, 나빠진 몸 상태 탓에 줄곧 진땀을 흘려서 그렇다. 브렛 앤더슨 헤어스타일은 간 데가 없구만, 하. 덩이지고 멋대로 웃자란, 빗질 한번 하지 않은 더벅머리뿐이다. 어제 한 차례 목욕을 시켜주었건만 또 이 모양이다.

"이제 좀 겸손함을 배웠어?"

그는 사내애의 뒤통수를 툭툭, 쳤다. 반응이 없다. 눈꺼풀도 꿈쩍하지 않는다.

"곧 있으면 태자 누나가 내려올 거야. 대들지 말고 잘해."

사내애는 여전히 반응이 없다. 아내 얘길 들으니 아내에게도 이런 식이라고 했다. 아내가 어제 내려와 최후의 만찬으로 초밥을 말아주었는데, 이미 거름이 된 것처럼 행동해 깜짝 놀랐다는 것이었다. 요 며칠간 죽 이래왔다는 것이었다. 린치 때 머릿속 어디가 잘못되었던 걸까. 자기 죽을 날을 알아차린 걸까.

"날 봐."

그가 말하자, 사내애는 고개를 들었다. 눈빛을 보니 이미 죽은 사람의 눈빛이다. 수정체가 까맣게 죽어 있다. 여러 차례 보아왔던, 낯

익은 눈빛이었다. 하, 그는 혀를 찼다. 사내애는 텅— 비었다. 작업을 위해선 잘된 일이다. 곧 거름이 될 처지로선 잘된 일이다. 물렁물렁하게 녹아내리다 검은 기름 몇 방울 남기고 사라질 처지로선. 솔직히 말해서 사내애의 손에 전화기를 쥐여줄 수도 있다. 집에 전화를 걸어 엄마나 아빠를 찾아 몇 분쯤 통화를 하게 해줄 수도 있다. 엄마, 나 잘 지내고 있어. 혹은 아빠, 너무 걱정하지 마세요. 이렇게. 아니면 유언을 남길 수도 있다. 내 시디는 친구 아무개한테 물려주고 내 마지막 성적표는 불태워버려, 라고.

위험하지만 않다면 그 정도의 기회는 주고 싶기도 했다. 사람은 하이에나나 코요테가 아니라서 일찍 젖을 떼지 못한다. 게다가 우리나라 아이들의 이유기는 유난히 늦다. 대학 졸업 때까지도 부족해서 결혼, 취업 때까지도 부모의 젖을 빨려 든다. 용돈부터 학비까지, 애 한둘을 젖 먹이다 보면 젖통이 허리까지 늘어진다. 이 사내애도 보나 마나 그럴 것이다. 아르바이트는 해본 적도 없으며 경제적인 독립생활이란 꿈도 꿔보지 않았을 것이다. 부모와 통화하게 해주면 얼마나 좋아할까.

"예까진 전화선이 안 내려와. 집 지을 때부터 그랬어. 하지만 지금처럼 고분고분하기만 한다면 위층 전화를 쓰게 해줄 수도 있지."

그는 단숨에 내리 지껄였다. 그의, 최후의 수작이었다. 지나치게 잔인한 계략이다 싶다. 하지만 사내애는, 들었는지 말았는지 대꾸가 없다. 어쨌거나 난 지금의 이런 네가 좋아, 그는 흡족하게 미소 지으며 말했다. 그러곤 케이블을 끌어다가 무비 카메라에 연결하기 시작했다. 받침대를 펼쳐 세우곤 카메라를 얹어 침내에 앵글을 맞췄다. 묵묵부답인 사내애의 머리통이 앵글의 삼 분의 이 지점에 오도록 했다. 이 파나소닉 무비 카메라는 구십이 년 기종이다. 투자할 자금만 있다면 이것도 최신 기종으로 갈아치우고 싶다. 만 원짜리 천 장쯤이면 조명 기구도 들여놓을 수 있다.

쇠 사다리가 덜컹이는 소리가 났다. 아내다.

"침대 시트부터 갈아야지?"

아내의 손에 새 침대 시트와 베갯잇, 얼굴 세 개짜리 가면이 들려 있다. 나머지 손엔 플라스틱 대야가 들려 있다. 세면도구가 가득하다. 아내는 트레이닝복 차림에, 머리 손질도 했고 옅게 화장까지 했다. 가면을 쓸 텐데 화장은 왜 했을까? 누구한테 잘 보이겠다는 걸까. 여긴 거울이 없어 자기 자신한테도 잘 보일 수가 없다. 암컷은 못 말려.

"글쎄, 목욕부터 시켜야 하나? 어제 시켰잖아."

"목욕은 필수야. 약부터 먹이고."

아내는 대야를 내려놓았다. 그가 사내애의 손목에 채운 개 목걸이를 푸는 동안 아내는 대야에서 약병을 꺼내 사내애에게 먹일 준비를 했다. 사내애에게 건네주는 것을 보니 열 알쯤이나 돼 보였다. 한입에 털어 넣어, 아내가 말했다. 사내애 목구멍에서 꿀꺽 소리가 났다. 나쁜 공기, 추운 날씨 탓에 식도며 기관지가 상했을 것이었다. 부어올랐거나 가래가 찼거나 조직이 헐었거나 했을 것이었다. 사내애는 힘겨워하며 아내의 명령대로 한입에 삼켜 넘겼다. 자 이제 네가 알아서 닦아. 아내는 사내애의 다문 두 무릎 위에 칫솔과 치약을 놓아주었다. 박박 닦아. 구취는 못 참아. 때 밀리는 것도 못 참고. 더 더군다나 사타구니 때는. 대야에서 쏟아놓은 내용물을 보니 향수병도 있다. 남편인 내겐 이렇게 잘해준 적이 있었나. 향수까지 챙겨주다니.

사내애는 세면대로 가 대야로 물을 퍼, 몸에 끼얹기 시작했다. 너무나 순종적이어서 기이해 보일 정도다. 아직 살아 있지만, 처음 데려왔을 때의 그 사내애는 이미 죽고 없었다. 사내애가 양치질을 하고 목욕을 하는 동안, 그는 침대 시트와 베갯잇을 갈았다. 어차피 흐트러질 것이긴 하지만, 꼼꼼하게 각까지 맞췄다. 갓 빨아 말린 천 냄새가 향기롭다. 지저분해서 죽겠어, 뒤에서 아내가 새된 소리를 질렀다. 새것으로 갈아도 불결하긴 마찬가지란 뜻이었다. 촬영 생각에 아내는 예민해졌다.

"목욕 다시 해."

아내가 다시 새된 소리를 질렀다. 사내애가 오줌을 누자, 아내는 다시 목욕하라며 돌려보냈다. 사내애는 군말 없이 곧장 세면대로 돌아가 대야에 물을 받기 시작했다. 그는 웃음을 참으며 거시기만 닦아, 했다. 어깨 너머에서 사납게 추켜올라간 아내의 눈초리가 느껴졌다. 위층에서 약을 먹고 내려왔을 것이었다.

목욕을 끝내고 수건으로 물기를 닦자 그는 브리프를 던져주었다. 빨랑 입고 이리 와. 그는 사내애를 침대에 눕혀놓곤 가죽 개 목걸이와 사슬로 이리저리 묶어 고정시켰다. 입에는 재갈을 물렸다. 눈도

가렸다. 눈가리개는, 유행에 뒤떨어져 이젠 입지 않는 그의 수영 팬
티에서 찢어낸 천 조각이다. 여전히 반응이 없다. 사지를 묶고 조이
는데도 아프지도 않은지 신음 한마디 지르지 않는다. 약 기운이 벌
써 돌기 시작했나.

"이제 할래?"

그는 아내를 할금거리며 기어들어가는 목소리를 냈다. 그러지 뭐,
아내는 까짓것 하는 표정으로 고개를 끄덕였다. 아내는 난폭하게 트
레이닝복 상의를 훌렁 벗어버리곤, 하의도 끌어 내려 멀리 차버렸
다. 아내는 알몸이 되었다. 브라도 팬티도 입고 있지 않았다. 팬티를
입지 않은 것은 평소의 버릇이니 이해할 만했지만, 브라까지 입지
않은 건 알 수 없었다. 영화판 찍새들 얘기로는, 아무리 도색영화에
출연하는 여배우라도 고! 소리가 떨어지기 직전까진, 브라와 팬티만
은 꼭 챙긴다던데.

"어때?"

아내는 가면을 뒤집어쓰곤 한 바퀴 돌아 보였다. 몸이 어느 쪽 방
향을 향하든, 그 시뻘건 얼굴은 항상 정면을 직시하고 있었다. 하,
그는 감탄했다. 소품을 잘 썼다. 기막히지 않은가. 결코 시선을 놓지
않는 얼굴이라. 그는 말했다, 몸매 죽여주는데. 당신 몇 살이야? 아
내는 쉰 목소리로 칼칼거렸다, 이젠 어떡하면 돼?

"응, 콘티 좀 보고."

주위를 둘러보았지만 콘티는 없었다. 위층에 놓고 내려왔다. 아내
의 얼굴이 금세 일그러졌다, 빨리 갖고 내려와. 나 추워! 그는 고개

를 끄덕이곤 우선 첫 장면을 설명해주었다. 침대 밑에 들어가 숨어 있으라고 했다.

"침대 밑? 숨어 있으라고! 이 찬 바닥에?"

"응. 머리카락 한 올도 보여선 안 돼."

그는 뒤통수를 긁적였다. 그러곤 그렇게 설정한 이유를 들려주려는데, 등 뒤에서 흐릿하게 찌릉찌릉 하고 현관 벨 소리가 났다. 그와 아내는 깜짝 놀라 지하 작업실의 수직 통로 쪽으로 고개를 돌렸다. 다시 한번 벨 소리가 이어졌다. 딱딱하니 표정이 굳어졌다.

"누가 오기로 했어?"

그는 아내를 돌아보고 말했다. 아내의 표정은 그만큼은 긴장되어 보이지 않았다. 이런 방면으론 아내의 심장이 더 튼튼하다. 아니, 없어.

"요구르트 아줌마 아냐? 오늘 돈 주기로 했어?"

아내는 고개를 저었다. 몇 시쯤인지 알 수 없었다. 작업실엔 시계가 없고 그도 손목시계를 차지 않았다. 아침 열 시쯤 되지 않았을까. 토요일 아침 열 시에 예까지 찾아올 손님이 누굴까. 있어봐, 금방 올라갔다 올게.

"콘티 잊지 마."

아내가 그의 등 뒤에 대고 쉰 목소리로 소리를 질렀다.

한창림은 쇠 사다리를 기어올라가 뒤뜰로 이어지는 안채의 모퉁이를 뛰어 돌았다.

"문을 이렇게 열어놓고 어딜 갔었어요?"

안채 현관문 앞에 웬 사내가 서 있는 게 보였다. 낯이 익다. 아니, 낯이 익은 정도가 아니라 요 몇 주 동안 스테인리스 스틸 조각들처럼 두개골 안에 박혀, 그의 골치를 쑤시게 했던 작자였다. 그의 영역에 자꾸만 그 동그란 발끝을 디밀며 그를 귀찮게 하고 불안게 했던 작자였다. 빨간색 티코가 마당 한가운데 세워져 있었다. 그걸 몰고 온 모양이었다.

"웬일이슈?"

그는 우뚝 멈춰 섰다간 한 발짝 뒤로 물러나선 거의 황당해하는 표정을 지어 보였다. 겁에 질린 의혹이 그의 표정에서 뭉게뭉게 피어올랐다.

"왜 놀라요? 반갑지 않아요?"

오장근 형사가 말했다. 빌어먹을 자식이 말끝마다 생글생글 미소를 짓는다. 오장근 형사는 성큼성큼 다가와, 어깨를 잔뜩 움츠리고 있는 그에게 대뜸 악수를 청했다. 얼떨결에 그의 손이 앞으로 나갔다. 형사는 얼굴에서 미소를 싹 지우곤 좀 물어보고 싶어서 왔습니다, 하고 말했다. 바쁘세요? 바쁘시면 돌아갔다가 오후쯤에 다시 오죠. 아니라면 기름값도 아낄 겸, 아이엠에프잖아요, 지금이 좋겠고요. 좋으실 대로, 그는 추켜올라가려는 팔뚝을 꾹 눌러 참으며 친절한 목소리로 답했다.

거실로 형사를 안내하곤 한창림은 커피를 끓여 내오겠다며 주방으로 들어갔다. 뭣 좀 드시겠습니까? 팝콘 좀 튀길까요? 그가 주방에서 소리를 지르자 형사도 거실 쪽에서 예 좋습니다, 하고 소리를 질렀다. 그는 커피를 끓인다 팝콘을 튀긴다 법석을 떨면서 질질 시간을 끌었다. 그렇게 해서라도 거실의 저 뻔뻔스러운 자식과 마주 앉아 있는 시간을 단 일 분이라도 줄이고 싶었다.

"근데 무슨 일이에요?"

그가 전자레인지에 즉석 팝콘 봉지를 밀어 넣으며 다시 소리를 높였다.

"천천히 얘기하죠."

거실 쪽의 형사도 따라 소리를 높였다. 짜증이 약간 섞여 있다.

"전화라도 하시지."

이번에는 대꾸가 없었다. 변명거리를 찾고 있는 걸까. 전화 통고도 없이 불쑥 찾아온 것은, 그러니까 기습의 일종일까. 전화를 했더라면 그가 달아나기라도 할 줄 알았을까. 도대체 뭘 알아냈을까. 아니면 여전히 아무것도 없는데, 무어라도 밝혀낸 것처럼 허풍을 피려는 걸까. 다른 수컷의 영역을 이렇게 함부로 짓밟아도 되는 걸까. 하필이면 왜 오늘이고 지금일까. 잠시 후, 거실 쪽에서 다시금 낮고 침착하게 울리는 소리가 들려왔다.

"회계사가 돌아왔습니다."

그는 찔끔했다. 찔끔해선, 하마터면 커피포트를 발 등에 떨어뜨릴 뻔했다. 가슴에서, 덜커덩 소리가 났다. 비명이 터져 나오고 거실로 뛰어가 형사의 목을 조를 뻔했다. 회계사가 돌아왔다고? 언젠가도 그 비슷한 소리를 들었었다. 펫숍에서 직원이 전화를 하며 불쑥 내뱉은 소리였다. '삼촌이 돌아왔습니다.' 어떤 상황의 어떤 맥락인지도 모르면서도, 그저 '돌아왔다'는 것일 뿐이었는데도, 그 소리는 한없이 끔찍하게 들렸다.

"……그래요? 그런데요?"

그는 짐짓, 자기는 상관할 바 없는 남의 일이라는 투로 되물었다. 전자레인지 속의 팝콘 봉지가 몇 배 크기로 부풀고 있었다. 그의 기분은 진정됐다. 따져보니 흥분할 필요가 없었다. 이건 저 너절한 화상의 유인 작전이야, 하고 그는 생각했다. 미끼를 던져놓곤, 그가 당황해 먼저 입을 열거나 실수하길 유도하는 것이라고 생각했다. 사실 형사는 아직 아무것도 얘기하지 않은 것이나 마찬가지였다. '회계사가 돌아왔습니다'는 '회계사가 돌아왔다'는 아주 단순한 사실, 그 이상도 이하도 아니었다. 게다가 회계사는, 펫숍 삼촌이 아니었다.

그는 화가 났다. 날 바지저고리로 아나. 그는 팝콘 그릇과 커피잔을 형사 앞에 내려놓으며 이걸로 자식의 이마를 깨주는 건 어떨까, 생각했다. 형사는 자기가 방금 뭐라 지껄였는지 잊어먹기라도 한 듯한 표정으로 아무 말 없이, 팝콘을 한 줌이나 집어 입에 털어 넣곤 커피를 몇 모금 홀짝였다. 따뜻한 게 들어가니 좋습니다, 형사가 버터와 팝콘 찌꺼기가 묻은 손을 쓱쓱 바지춤에 문질러 닦으며 말했다. 그도 형사와 함께 소파에 나란히 앉아 커피를 홀짝이고 팝콘을 씹었다. 왜, 외국영화를 보다 보면 주인공이 낯선 마을에 들어가 커피를 얻어 마시며 맛에 대해 한마디씩 품평하는 장면들이 종종 나오지 않습니까? 그렇죠. 형사 자식이 또 딴소리다. 날 방심케 하려는 수작이야, 하고 그는 생각했다. 그런데 왜 우리나라 영화에는 그런 장면이 나오지 않을까요? 하긴, 우리나라 사람이 가장 즐겨 마시는 커피가 자판기 커피니까. 그렇죠? 그러니까, 우롱차나 녹차라면 가능하겠군요. 물어놓곤 혼자 답한다. 아침부터 불쑥 찾아와놓곤 헛소리다. 재수 없다.

"회계사를 만나봤는데, 사람이 못쓰게 됐더군요. 요양을 갔던 건 틀림없었나 봐요. 그런데 병치레가 잘 안 됐나 봅니다. 한 형에 대해서 물어봤는데, 아무 말 안 합디다. 돈은 어디에 흘린 것일지도 모른대요, 한 형이 자길 찾아온 적도 없었고."

"그렇겠죠."

그는 그 회계사 정직한 사람이군요, 하고 덧붙이려다가 그만두었다. 괜한 사족을 달았다간 꼬투리 잡힐지 몰랐다.

"뭘 숨기고 있는 듯한 건 여전한데……."

형사는 얼버무렸다. 그는 대꾸하지 않았다. 형사와 그는 말없이 커피와 팝콘을 먹었다. 다시 잠시 후, 형사가 그런데…… 하고 말문을 열었다.

"어제 이상한 전화가 왔었어요. 어떤 아저씬데, 누가 자기 귀를 뜯어갔다고 하더군요."

그는 움찔했다. 그 통에 팔뚝에 걸려 커피잔이 엎어졌다. 그의 입에서 저도 모르게 하, 소리가 흘러나왔다. 그의 얼굴에서 핏기가 가셨다. 그는 방금 실수 한 가지를 저질렀다.

"이런 커피를 쏟으셨군요."

오장근 형사의 동글동글한 얼굴에 함박 미소가 떠올랐다. 말소리
는 더할 나위 없이 사근사근하고 친절했다. 끔찍하고 징그러운 자식
이다. 그는 주방에 가 행주를 가져오겠다며 일어섰다. 주방에서 그
는, 소리 나지 않게 싱크대 서랍을 뒤져 캔 따개를 찾았다. 톱날 기
어가 달린 길쭉한 캔 따개였다. 언젠가 참치 캔 몇 개를 샀더니 보너
스 상품이라며 끼워준 것이었다. 전체가 쇠로 이뤄졌고 끝에는 날카
로운 끌도 달렸다. 그는 그걸 트레이닝복 하의 주머니에 넣었다. 주
머니가 좀 튀어나오고 길쭉하게 늘어지긴 했지만 형사는, 미처 의심
할 틈도 없을 것이었다.

"정말 웃기는 일 아니에요? 경찰서에 전화를 걸어선 누가 자기 귀
를 뜯어갔으니 좀 찾아달라니 말입니다. 하하."

형사는 폭소라도 터뜨릴 기세다. 그는 행주로 테이블과 거실 바
닥을 열심히 닦고 또 닦았다. 형사가 귀 사건에 대해 알고 있는 것
모두를 다 얘기할 때까지 그렇게 허리를 굽히고 있을 셈이었다. 형
사가 무엇을, 얼마나 알고 있는지에 따라 다음 행동을 결정할 것이
었다.

"거짓말이 아니라면, 남의 귀를 뜯어간 그 작자 참, 괴력의 소유자
겠더군요. 귀라는 게 그렇게 쉽게 뜯어집니까. 사람의 팔다리를 단
숨에 뽑아내고 뭐 그러는 건 순전히 거짓말인데. 사람이 개구리도
아니고."

커피를 닦아내자, 테이블 청색 강화 유리판에 그의 얼굴이 비쳤

다. 눈이 커다랗게 떠져 있다. 눈알이 미끄러져 굴러떨어질 것 같았다. 팔을 움직일 때마다 겨드랑이에서 솔솔, 냄새가 맡아졌다. 그냥 겨드랑이 내가 아니었다. 이제 곧 그의 수컷 냄새가, 새어 나온 엘피지 가스처럼 온 거실을 가득 메우고 채울 것이었다. 메우고 채워서 불꽃만 당기면 꽝, 폭발할 것이었다.

"거참, 난처한 일이지. 서로 와서 소장을 작성하라고 그랬더니 자기는 결코 그럴 수가 없대요. 다음엔 자기 목을 뽑을 거라나? 귀를 뜯어간 사람하곤 한시라도 다시 마주하기 싫대요. 한 형, 근데 그 사람이 귀 찾아달라며 전화번호를 하나 댔어요. 한 형의 전화번호요. 이름은 한 형 와이프의 이름이고."

바닥을 닦다 말고 그는 허리를 둥그렇게 말았다. 행주를 놓고 주머니의 캔 따개를 잡았다. 발목에 힘을 잔뜩 싣곤, 당장 튕겨나갈 자세를 취했다. 그러곤 고개를 드는데, 형사가 그의 얼굴 앞에 무언가 새하얀 것을 디밀었다. 콘티였다.

"이게 뭡니까? 여기서 대체 무슨 일이 있는 겁니까?"

그는 다시 뒤로 움츠러들었다. 캔 따개를 쥔 손에서 힘이 빠져나갔다. 콘티의 존재를 깜빡 잊고 있던 것이다. 그러고 보니 테이블에 놓여 있어야 할 게, 보이지 않았었다. 그가 주방에 있는 동안 형사가 들춰보곤 안 보이는 곳에 잠깐 감춰두었던 것임이 틀림없었다. 젠장. 형사를 거실에 혼자 버려두는 것이 아니었다. 콘티를 그의 눈앞에 들이민 형사의 얼굴이 자동차 핸들만치 커다래 보였다. 근엄 같은 게 어려 있었다. 조금 전까지 소파에 나란히 앉아 사이좋게 커피와 팝콘을 나눠 먹던, 친밀한 사이는 확실히 아니었다. 형사가 비로소, 형사다워 보이는 순간이었다.

"예서 대체 무슨 일이 있곤 하는 거냐니까요?"

그는 형사를 덮쳤다. 그는 스프링처럼 거실 바닥에서 튕겨나가며 머리로, 형사의 콧등을 받았다. 거의 동시에 캔 따개의 끝으로 형사의 목을 긁어내렸다. 피가 그의 얼굴까지 튀었다. 형사가 소파에 쓰러지자 그는 캔 따개를 가능한 한 길게 늘여잡고 형사의 이마며 정수리를 몇 번이고 내리쳤다.

이제 형사의 머리는 형체를 알아볼 수 없게 됐다. 형사는 완전히 뻗었다. 그는 두 눈을 가늘게 뜨곤 모든 것을 지켜봤다. 마치, 때리는 그와 지켜보는 그가 별개의 눈을 갖고 있는 것 같았다. 한쪽은 미친 듯 격렬했고 나머지 한쪽은 명상이라도 하듯 고요했다. 명상하는 쪽 그의 두 눈은, 형사의 머리가 깨져나는 그 모든 과정 과정을 밤하늘 우주 공간의 몇백 광년 떨어진 별을 관찰하는 듯한, 그윽한 호기심으로 가득 차 있었다. 불과 일 분도 채 안 되는 시간의 일이었다. 그 일 분 동안, 한편에선 형사의 머리가 깨졌고, 한편에선 그의 육체와 영혼이 몇백 광년을 사이에 두고 떨어졌다 붙었다 하고 있었다.

그는 피범벅이 된 채 몸을 일으켰다. 소파며 테이블이며 바닥이며 튄 피와 흘러내린 피로 흥건했다. 마지막 순간에 그의 눈에도 피가 튀었다. 용접 불꽃으로 눈알을 후비는 듯했다. 눈물이 펌프처럼 쏟아졌다. 손바닥으로 눈을 가렸어야 했다. 그는 너무 아파서 비명을 질렀다. 그는 비틀거리며 뒤로 돌다가, 테이블에 걸려 고꾸라졌다. 다시 비명을 질렀다. 이런 제길! 이럴 줄 알았다니까! 그는 주방으로 달려가 수도꼭지를 돌렸다. 쏟아지는 물줄기에 눈알을 씻었다. 몇 번을 더 들이대자, 화끈거리던 것이 가라앉고 시야가 돌아왔다. 그는 주방을 나와 거실을 흘금 들여다보고는 밖으로 나갔다. 형사는 아무래도 죽은 듯하다. 지하 작업실의 아내가 궁금하다. 걱정이 앞선다. 거실 소파에 형사가 죽어 누워 있다는 걸 어떻게 설명하지? 뒤뜰로 뛰는데 훅, 독한 내가 그의 코를 쑤셔왔다. 수컷 냄새였다. 이제야 겨우 정점에 이르렀다. 오늘은 뒷북을 친 셈이었다. 원래는 사건의 정점에 냄새도 정점이어야 옳았다.

어이없는 일은 안채뿐 아니라, 아내와 사내애가 있는 지하 작업실에서도 벌어지고 있었다. 쇠 사다리를 타고 막 내려가는데, 안쪽에서 울부짖음 같은 것이 들렸다. 한창림은 급히 통로 모퉁이를 돌다 마침 걸어 나오던 아내와 부딪혔다. 아내는 몇 발짝 물러서며 비틀거렸다. 표정이, 밟아 터트린 종이 팩처럼 형편없이 일그러져 있다. 한쪽 가슴을 질끈 움켜쥐고 있었다. 손가락 틈새로 검은 핏줄기가 비어져 나와 흘러내리고 있었다. 하의까지 흘러내려선, 검붉은 부챗살 모양으로 넓게 퍼져나가며 물들이고 있었다.

"어, 어."

아내는 얼빠진 눈으로 젖가슴과 그를 번갈아 쳐다보며 반쯤 입을 벌리고선 어, 어, 했다. 약을 과다 복용했을 때 나타나곤 하던 모습은 아니었다. 어떤 흥분, 격렬함, 놀라움이 아내로부터 잠시 혼을 빼앗아가버린 듯했다. 뭘까? 지하 작업실 안쪽에서 다시 울부짖음이 들려왔다. 뭔가 부글부글 끓는 듯한 소리가, 울부짖음 사이에 끼어 커다랗게 소용돌이치고 있었다.

"뭐야?"

그가 다그쳤다. 아내는 대답 대신 좀 보라는 듯 시선을 내리깔며 젖가슴을 쥐고 있던 피투성이 손을 치웠다. 순간적으로 출혈이, 엄청났다.

"새끼가 널 물어뜯었구나!"

그가 외치자, 아내는 여전히 얼빠진 눈을 하곤 고개를 끄덕였다. 오른쪽 가슴 젖꼭지 아랫부분 살점이 삼 센티미터정도 잘려져 있었다. 거칠게 잡아 찢은 것처럼 잘린 윤곽이 너덜너덜했다. 소름이 돋았다. 그는 일단 아내를 바닥에 앉혀놓곤 모퉁이를 돌았다. 사내애가 누운 침대도 피투성이다. 울부짖음은 좀 전과는 달리, 이제 거의 신음처럼 들렸다. 대신 소용돌이치는 듯한 끓는 소리는 더 커졌다. 그는 침대에 아주 가까이 다가가 섰다. 그러곤 허리를 굽혀 사내애의 얼굴을 들여다보았다. 입에 물려놓았던 개 목걸이가 끌러져 있었다. 가슴팍 위에는 반쯤 부서진 비누와 깨진 향수병이 굴러다니고 있었다.

침대를 적신 피는 그러니까, 아내의 가슴으로부터만 나온 게 아니었다. 사내애의 위아래 입술과 이빨이 거의 폐허처럼 부서지고 부러져 있었다. 피가 불길처럼 폐허의 위아래로 흘러 번지고 있었다. 그

것이 울부짖음과 신음에 섞여 있던 부글부글 소리의 정체였다. 사내
애의 입안에서 피가 끓는 소리였다. 사내애는 한입 가득 피를 물고
선, 그것을 뱉어내고 숨을 토해내려고 안간힘을 다하고 있었다. 목
을 이리저리 휘둘러보지만 피와 부러진 이빨이 깊이까지 박히고 가
라앉았는지 별 재미는 보지 못하고 있었다. 가뜩이나 좁아진 기도였
다. 아까까지만 해도 창백하던 얼굴은 이제 숨이 막혀 새빨개져 있
었다.

그는 고개를 숙여 사내애의 눈을 들여다보았다. 순간 그를 알아보
는 듯하더니, 곧 눈동자에서 초점이 사라졌다. 그건 이미 폐까지 피
가 흘러들어갔다는 얘기였다. 폐까지 피가 찼으니, 다른 수는 없다.

"죽어버려."

그는 중얼거렸다. 무슨 일이 있었는지 대충 짐작이 갔다. 아내는
살점을 물어뜯긴 분풀이로, 비누가 부서지고 향수병이 깨지도록 사
내애의 입을 후려치고 후려갈겼던 것이다. 사내애는 살점을 물어뜯
어선 어떡했을까. 꿀꺽 삼켰을까. 그렇다면 아내는, 살점을 되찾았
을까. 되찾았다면 어서 병원에 가 봉합 수술이라도 받아야 하지 않
을까? 그는 생각했다. 그가 알고 있는 그의 아내는, 이런 상황에서는
사내애의 혀를 뽑아서라도 잃어버린 것을 되찾고 말 사람이었다. 사
내애가 살점을 삼켰고, 그리고 이미 식도를 넘어갔다면, 목부터 배
까지 길게 갈라서라도 되찾을 사람이었다.

"괜찮아?"

그가 통로 저편을 향해 소리 질렀다. 아무 대꾸도 없다. 괜찮을 리

가 있겠어. 그는 사내애의 머리 밑에서 베개를 빼내 사내애의 코와 입에 덮어씌웠다. 두 손의 엄지로 입과 코를 틀어막았다. 사내애는 몇 분쯤, 꽤 오래 발버둥 쳤다. 그는 시간만 충분하다면…… 하고 생각했다. 자기라도 이 새끼 수컷의 혀를 뽑아 아내의 살점을 찾고 싶다고. 당연하게, 그들은 부부니까.

그는 베개에서 손을 떼곤 잠시 멍해졌다. 머릿속이 텅 비었다. 누군가 그의 입속에 비닐 빵 봉지를 억지로 쑤셔 박아 넣은 것 같았다. 사실 그는 이러고 있을 틈이 없었다. 위층 거실 소파에는 이마가 깨진 형사가 누워 있고, 지하 작업실에는 당장 지혈이 필요한 아내와 죽은 새끼 수컷이 있었다. 형사가 과천서에 자기 스케줄을 알리고 왔을지도 모른다. 몇 시간 후, 어쩌면 삼십 분쯤 후에 빌어먹을 형사들이 떼거리로 몰려들지 모른다. 아내를 병원에 데려가는 것도 꺼림칙하다. 응급실 의사에게 무어라 해야 할 지 우선 알 수 없었고, 형사들이 언제 찾아낼지 모르니 입원도 시킬 수 없을 것이었다. 사내애를 어떻게 처리해야 할지 그것도 서둘러 생각해야 했다. 형사가 자기 행방을 알리고 왔다면, 사내애를 둔덕에 묻고 있을 시간적 여유란 전혀 없을 것이었다. 삽질을 하고 있는데 저 멀리서 경찰차의 사이렌 소리가 들려올 수도 있다. 그렇다면 그냥 두고 갈까. 언젠가는 형사들이 들이닥칠 것이고, 그러면 사내애의 존재를 알게 될 것이었다. 회계사나 '귀' 분실 사건이 아닌, 그의 진짜 '패악'을 들춰내게 될 것이다. 경찰 수십 명이 동원돼 저마다 삽을 들고, 둔덕 사방을 파헤치게 될 것이었다. 어쩌면 페이로드까지 동원될지도 모른다.

구멍을 백 개쯤 팔 것이고, 그 속에서 시체를 몇 구나 발견하게 될까. 그런 지경까지 이르는 것이 싫다면 어서 서둘러 사내애의 시체를 치워버려야 한다. 둔덕에 파묻든, 둘러업고 나가 차 트렁크에 처넣고 며칠이고 끌고 다니든. 그리고 지하 작업실의 핏자국이며, 펫숍의 존재를 모르는 사람의 눈에는 그로테스크하기 짝이 없어 보일 개 목걸이들 따위를 말끔히 청소하고 지워버려야 한다. 여기에 아무것도, 아무 일도 없었던 것처럼. 그렇다면 가장 좋은 방법은? 가장 좋은 청소 방법은? 그에겐 손을 놓고 멍청히 앉아 있을 시간이 없었다.

그럼에도 불구하고, 그의 머릿속은 텅 비어 있고 두 손은 마냥 맥없이 펼쳐져 있었다. 아니 텅 비었다기보다는 따지고 처리해야 할 정보의 양이 너무 많아, 한꺼번에 몰려들어, 그의 뇌에 과부하가 걸려버렸다고 해야 옳았다. 뭐가 뭔지 전혀 정리가 되지 않는 수십 수백 가지의 정보와 가능성들이 주전자 속의 찻물처럼 끓고 있었다. 도무지 무엇부터 해야 할지 판단이 서지 않았다.

그는 바닥에 떨어진 트레이닝복 상의를 주워 들고 아내에게 갔다. 아내부터 차에 태워놓고 병원에 가든 청소를 하든 해야 했다. 아내는 모퉁이 벽에 기대앉은 채였다. 여전히 정신이 반쯤 나간 상태였다. 이거 입어, 그가 뻣뻣이 굳은 자세로 상의를 내밀었다.

"반으로 찢어줘."

아내는 상의를 껴입는 대신 그걸 찢어, 젖가슴을 묶었다. 오른쪽 어깨부터 등을 에둘러 왼쪽 갈빗대까지 사선으로. 상처를 묶는 속도보다 상처에서 피가 배어 나오는 속도가 더 빨랐다. 상의는 검붉게

물들었다. 묶는 것을 도와주는 그의 손이 다시 한번 피에 젖어 끈적
거렸다. 재수 없어. 손에 피를 또 묻혔다. 오늘로 벌써 세 번째다.

"재수가 없는 게 아니라……."

그의 두 눈과 입이, 문득 깨달은 사람처럼 커다랗게 떠졌다. 아내
가슴의 매듭에서 손을 떼며 그는, 절망에 차서 으르렁거렸다.

"이건 망한 거야. 그러니까, 몰락이라고!"

몰락이란 끔찍한 단어에, 아내의 눈도 크게 떠졌다. 아내는 그저
막연히 불안해할 뿐 아직, 상황 파악이 덜 되어 있는 듯했다. 하긴
위층에서 방금 무슨 일이 벌어졌는지 알 리 없을 테니. 사다리 올라
갈 수 있겠어? 그는 아내의 손을 잡아끌어 일으켜 세웠다. 그러곤 통
로를 지나 쇠 사다리를 탔다. 그는 어깨로 아내의 엉덩이를 밀어 올
렸다. 그는 괴력을 발휘했다.

"병원부터 가지."

그는 차에 아내를 태우며 말했다. 아내의 시선이 빨간색 티코에 멈
춰 섰다. 얼굴이 이내, 고통 섞인 놀라움으로 커다랗게 일그러졌다.

"누가 왔어?"

"과천서 형사 새끼."

아내의 머리가 뒤로 젖혀졌다. 좌석 쿠션이 들썩였다. 긴 얘기를
하지 않아도 아내는 일이 어떻게 돌아가는지 그 한마디로 단숨에 파
악했을 것이었다. 더불어 그의 몸뚱이에서 풍겨 나오는 수컷 냄새
와, 그의 흐트러진 얼굴 표정을 보고. 아내는 아랫입술을 깨물고 잠
시 생각에 잠기더니, 죽었어? 하고 물었다.

"아마."

"수영이도?"

"확실히."

아내는 좌석에 앉은 채로 그쪽으로 고개를 치켜들더니 아주 짧게, 거역할 수 없을 정도의 단호함을 실어, 태워버려 하고 명령했다.

"응?"

"뭘 기다려? 태워버려. 창고에 휘발유 사다 놓은 게 좀 있을 거야."

아내는 얼굴을 돌렸다. 아내의 말이 옳다. 당장 필요한 것은 휘발유 한 통과 라이터, 불쏘시개로 쓸 신문 몇 장일 것이었다.

한창림은 창고에서 휘발유 통을 꺼내 거실로 돌아갔다. 형사가 뻗어 누워 있을 소파에 휘발유를 좀 끼얹고 불을 댕기고 나오기만 하면 될 것이었다. 휘발유가 많이도 필요 없다. 소파 새미가죽의 비닐 코팅이 알아서 잘 타줄 것이었다. 불길은 금세 형사를 감싸곤 타오를 것이고, 일단 거기까지면 더 걱정할 필요가 없다. 지하 작업실의 거름도 마찬가지다. 합성섬유 재질의 매트리스와 쿠션이 잘 알아서 거름을 태워 없애줄 것이다. 운이 좋다면, 일 층 거실 바닥이 무너져 내려 저 잊고 싶은 '패악'의 현장을 남김없이 덮어버려줄 수도 있다. 훗날, 그의 기억에 다시는 나타나지 않게끔.

"정말 그랬으면 좋겠어!"

그는 이를 갈았다. 어깨며 옆구리며 온통 쑤셨고, 다리는 후들거렸다. 긴장이라는 신체의 내부 압력이 한계점에 달해 꽝, 하고 가죽을 찢어버리곤 그를 폭발시켜버릴 듯했다. 뭐가 어찌 됐든 싸그리 그의 눈앞에서 사라져줬으면 했다. 그러곤 거의 본능처럼, 이 빌어먹을 생을 그만 접고 새 생을 깔끔하게 시작할 수 있게 되길 바랐다. 한마디로, 아무것도 책임지고 싶지 않았다. 하, 젠장. 어디로 사라져버렸으면 좋겠어. 푸들푸들 떨리는 그의 두 뺨이 찔끔거리는 눈물로 젖어 들었다. 그는 눈물이 뺨을 타고 턱을 타고 목까지 흘러내리도록 그저 내버려두었다.

"하."

거실로 들어가 고개를 돌려 소파를 향했을 때, 그는 또 한번 실수를 저질렀다는 것을 깨달았다. 형사가, 있어야 할 자리에 없었다. 그의 눈에 띄는 것은 다만, 소파에 고여 있는 작은 피 웅덩이 몇 개뿐이었다. 그는 비명을 질렀다. 그의 머릿속에서 새하얗게 섬광이 번뜩였다. 수컷 냄새의 폭풍이, 그의 사타구니와 겨드랑이 새를 새까맣게 태우며 지나갔다. 그는 어깨를 들썩이며 악, 악, 하고 계속 비명을 질러댔다. 거실 전면 창이 반쯤 열려 있었다. 핏자국은 그 너머로 이어져 있었다. 핏방울과, 피에 푹 전 양말 자국이었다. 그는 휘발유 통을 내던지곤 핏자국을 쫓아나갔다. 맨손이었다. 따로 연장은 필요 없었다. 그는 형사를 찢어 죽일 작정이었다.

"하."

그는 다시 한번 하, 했다. 형사는 바깥에도 없었다. 빨간색 티코도 없었다. 아내만이 차 좌석에 깊숙이 몸을 가라앉히곤, 열과 땀에 벌겋게 달아올라 있었다. 아내는 그를 보자마자 그 새끼가 나한테 뭐라고 했는 줄 알아, 하고 혀 짧은 소리를 했다.

"뭐라고 했는 줄 아느냐고?"

"그 새끼가 나한테, 여기 있지 말고 빨리 도망치래. 십 분만 더 미적거리고 있으면 자기가 돌아와 우리 미친 년놈들 마빡을 다 깨주겠다고."

"하."

그는 눈을 들어 그의 집으로부터 과천으로 빠져나가는 좁은 비포장도로를 바라봤다. 그런 몸으로 용케 일어나 차를 몰고 도망쳤다. 게다가 아내를 협박할 정신과 여유까지 있었다니……. 이미 시야에서 사라졌지만 그는 어쩐지, 티코의 빨간 지붕이 저 멀리 내려다보이는 것만 같은 착각이 들었다. 차 엔진의 경련하는 소리가 손을 흔들며 저 멀리 떠나가고 있는 듯한 착각이 들었다. 이 세상이, 그 자신으로부터 멀리 떠나가버리는 듯했다.

*

벌써 나흘이나 지났다. 남편과의 연락은 없었다. 박태자 그녀로서도 남편에게 연락을 취할 길이 없었다. 여기에는 전화도 호출기도 휴대폰도 팩스도 아무것도 없었다. 주소를 갖고 있지 않으니, 편지를 쓸 수도 없었다. 설혹 주소를 가졌더라도, 편지 쓸 종이와 펜을 달라고 할 용기가 그녀에겐 없었다. 종이와 펜을 얻었다손 치더라도, 무언가 사연을 끄적여볼 기력도 없었다. 가끔씩 들락거리는 낯선 사내들에게 남편의 행방을 물어본다는 것도, 거의 불가능하게 느껴졌다.

여기는 펫숍 오 층이다. 남편 한창림은 이곳에 그녀를 은신시켰다. 남편의 표현이 그랬다. 숨어 있어! 당분간만! 그래서 그녀는 펫숍 오 층에 혼자 놓이게 되었다. 펫숍 오 층이라니. 들어와보고 나서야 그녀는, 남편이 왜 이곳을 그토록 끔찍하게 여기곤 했는지 이해할 수 있었다. 끔찍하게 여기는 이유? 이곳에, 아무것도 없기 때문이었다.

그녀도 남편처럼, 이 아무것도 없는 곳의 무게에 눌려 숨조차 마음껏 쉬어보지 못하고 있었다. 소파도, 테이블도, 세면대도, 전화도, 텔레비전도, 소리도, 색채도, 공기의 흐름도, 빛의 산란도, 아무것도 없었다. 과천 동물원 옆 그녀의 집 거실과 방과 주방과 작업실을 비좁게 하고 꽉꽉 넘쳐나게 했던 그 모든 것이 느닷없이, 그녀의 남편처럼 그녀의 눈앞에서 꺼져버린 듯했다. 행방을 알 수 없게 되고, 다시는 되찾을 수 없을 것같이 그녀를 불안케 했다. 이곳엔, 숨 쉴 최소한의 공기조차 존재하지 않는 듯했다. 어쩌면 이다지도 살풍경할 수 있을까. 시야에 두드러지는 거라곤 퀴퀴한 잿빛의 기둥 몇 개뿐이었다. 층을 빙 둘러싸며 난 창문에는 하나같이 블라인드를 쳐놓았다. 바깥풍경을 보고 싶다면 언제든 블라인드를 젖히면 되었지만, 그녀는 감히 손끝도 댈 수 없었다. 펫숍은 그녀에게 블라인드를 열고 닫는 것조차 허락을 받아야 할 곳, 허락받지 않으면 처벌이 내려지는 곳으로 여겨졌다. 블라인드 따위는 차치하고서라도 우선 텔레비전이 없다는 사실 하나만으로도 그녀는 충분히 죽을 지경이었다.

하지만, 아무것도 없었지만 모든 게 다 있었다. 해머가 공기를 가르는 소리, 이마가 시멘트 바닥과 부딪혀 쫙— 울리는 소리, 핏줄기들이 사방으로 튀는 소리, 핏줄기들이 검붉은 형상들을 그리며 시멘트 바닥으로 스며드는 소리, 사각사각 바닥을 문질러대는 걸레질 소리, 캐주얼 차림의 사내들이 와자지껄하는 소리, 개 목걸이가 바닥에 끌리는 소리, 고기는 발라내고 뼈는 가루를 내자는 소리…… 그녀는 자기의 공상으로부터 나온 것들로 펫숍 오 층을 그득그득 채웠다. 펫숍 오 층에 은신한 지 나흘 만에 그녀는, 울증의 최저점에 이르렀다. 펫숍 직원이 가져다준 매트리스에 쪼그리고 앉아 하루 스물한 시간씩 하얗게, 핏발이 서도록 눈을 부릅뜬 채 보냈다.

핸들을 쥔 남편의 손에서 수컷 냄새와 함께, 휘발유와 화학섬유 탄 내가 났다. 남편이 말했다. 경찰놈들보다 소방대원들이 먼저 올 거야. 남편은 운전하는 내내 굉장한 수다쟁이가 되어선, 침을 튀기며 오장근 형사에 대해 떠들어댔다. 그놈이 곧 계장으로 승진할 거라, 검찰 특수 수사대에 있었을 거라, 그놈도 수컷일 거라, 출세를 위해서라면 마누라까지 잡아먹을 거라, 별의별 욕지거리를 다 늘어놓았다. 남편은 뜻밖에도, 형사에 대해 아무것도 알고 있지 못했다. 떠들어댄 얘기는 죄다 창작이었다. 적에 대해 그렇게 무지한 상태이면서, 어떻게 적과 붙어볼 생각을 다 했을까. 박태자는 기가 막혀서,

그 게으름에 대한 처벌로 뺨을 좀 긁어주려고까지 했다.

그녀는 남편이 이끄는 대로 안양 구치소 근처의 후미진 시가지로 들어갔다. 검누렇게 찌든 사 층짜리 빌딩의, 이 층 병원으로 올라갔다. 정형외과 개인병원이었다. 추레한 가운을 걸친 의사와 작달막한 간호사가 그들을 맞았다. 의사는 그녀의 가슴을 한번 훑어보더니 연유도 묻지 않고 곧 봉합 수술에 들어갔다. 수술실의 타일 벽은 닦아낸 지 몇 년은 돼 보였다. 여름이 한참 지난 십일월 중순인데도 천장 한 귀퉁이에 죽은 파리가 말라붙어 있었다.

"이 친구가 뭘 해서 벌어먹고 사는지 알아?"

남편은 알 듯 모를 듯 수수께끼 같은 미소를 지었다. 수술은 간단히 끝났다. 마취하고, 소독하고, 꿰매고, 다시 소독하고, 가슴을 빙 둘러 압박붕대를 감고, 입원하는 것이 좋겠다고 권했다. 남편은 여기 입원실이나 있느냐고 빈정댔다. 의사와 알고 지내는 사이인 듯했다. 그들은 그냥 돌아가기로 했다. 의사는, 가용성 봉합사를 썼으니 실 뽑으러 올 필요는 없다고 했다. 항생제쯤 돼 보이는 알약 몇 개를 처방해주었다.

"좀 나은 병원에 가서 다시 수술받으세요. 흉터가 남지 않게."

의사의 말에 그녀도 남편도 실실 웃었다. 그들에겐 사실 그런 여유는 사치였다. 다시 수술받을 기회가 올까. 무엇이든, 그 어떤 기회든 그들에게 다시 주어질까.

병원을 나오면서 남편이 말했다.

"펫숍에 가 있어."

그러곤 이렇게 덧붙였다.

"아무것도 약속해줄 수 없어. 미안해."

허풍 치기 좋아하는 평소의 수컷 기질로 봤을 때 남편 입에서 그런 말이 나왔다는 것 자체가, 사태의 심각함을 날것 그대로 전해주고 있었다. 그녀는 가타부타 말없이 남편을 따라나섰다.

과천의 펫숍 빌딩 앞에서 남편과 헤어졌다. 그녀 혼자 펫숍까지 올라갔다. 사 층과 오 층 사이 안전 문 앞에 직원으로 보이는 사내가 나와 있었다. 사내는 그녀를 오 층으로 안내했다. 그러곤 매트리스와 갈아입을 옷가지를 좀 가져다주었다. 어디서 얻어 왔는지 중학생이 소풍 갈 때나 입을 듯한 옅은 담자색의, 치맛단이 짧은 원피스였다. 캐주얼 진도 있었다. 세끼 식사는 외부에서 시켜 먹었다. 아침과 저녁이면 세숫대야와 물이 가득 담긴 양동이를 가져다주었다. 수발을 드는 직원들은 간단한 인사 정도만 건넸다. 괜찮아요? 좋아요? 맛있어요? 그 유명한 펫숍 삼촌은 보지 못했다. 아주 보지 않는 편이 훨 나을 것이라고 생각했다.

아이에게 가슴을 물어뜯긴 건 그녀의 실수였다. 남편이 지하 작업실을 나간 다음, 그만 무료해져서 엉뚱한 생각이 들었다. 아이가 한낱 거름이 아니라, 남자처럼 보였던 것이다. 느닷없이, 그녀에겐 꼬리뼈처럼 태생부터 퇴화되어 있었다시피 한 모성 본능이 발동됐다. 곧 거름이 될 아이라는 생각도 그녀를 자극했다. 그녀는 녹진녹진해졌다.

"네 뼈가 어떨지 궁금해."

그녀는 혼잣말하듯 중얼거렸다. 목소리도 눈빛도 자상했다.

"뼈도 지금의 너처럼 예쁠지 궁금해."

벌써 상당히 훼손되었겠지만 그래도 얼마쯤이라도, 작업이 진행되는 동안만이라도, 아이다운 부분이 남아 있어야 했다. 아이는, 거름이 되든 무엇이 되든 당분간은, 아이로 남아 있어야 했다. 아이의 살갗이, 생채기 하나 없이 매끄러워야 하는 것처럼.

"네 뼈는 틀림없이 매력적일 거야. 이 누나나 아저씨의 뼈는 벌써 쇠토막이나 다름없어졌단다."

그녀는 자기의 자상함이 아이의 가슴에 맺힌 걸 조금이나마 풀어주었으면 하고 바랐다. 아이들이란 위선에 곧잘 넘어가니까, 하는 생각도 들었다. 그녀는 젖을 물리려고 했다. 그녀는 재갈을 풀고 아이가 굳은 턱을 푸는 동안 허리를 굽혔다. 그녀가 그 순간 무엇을 떠올렸는지 그녀 자신에게도 아직 의문이었다. 그러니까, 엄마가 되고 싶었던 걸까.

"누나나 아저씨의 뼈는 쇠토막이나 벌써 다름없어졌단다. 인간적인 멋이 없어진 거지. 그저 서른이 넘으면 죽어야 한다니까."

그렇게 속삭이곤 아이에게 젖꼭지를 물리려는 순간, 그녀는 흠칫 놀라 가슴을 뒤로 뺐다. 아이의 두 눈에서 불꽃이 튀기고 있었던 것이다. 눈치채고 몸을 뒤로 젖혔을 땐, 이미 한입 깨물린 뒤였다.

그래도 젖꼭지가 아닌 게 다행이었다. 0.1초만 늦었어도 그녀는 아이의 배 속을 뒤져 뜯긴 젖꼭지를 찾아야 했을 것이었다.

박태자는 매트리스에 양반다리를 하고 앉아 벌써 몇 시간째 고개를 주억거리고 있다. 이따금 눈꺼풀을 깜박이고, 흘린 침과 콧물을 닦기 위해 무의식적으로 혓바닥을 내미는 것이 그녀 행동의 전부였다. 얼마간의 주기를 두고 왼뺨도 심하게 경련했다. 거의 진전(震顫) 증세였다. 약물 후유증인지, 심리 쇼크의 결과인지, 아니면 중추신경 몇 가닥이 끊어져 그런 것인지 그녀도 알지 못했다. 알 수 없었다. 그녀는 자기가 지금 무얼 하고 있는지조차도 알고 있지 못했다.

아직 해가 떨어지지 않았다. 조금 전에 직원 하나가 올라와, 내려온 것인지 올라온 것인지 그녀는 알 수 없었다, 블라인드를 빠끔히 열곤 밖을 내다보았을 때 햇빛이 들이쳐 직원의 얼굴을 하얗게 둘러쌌었다.

"어디 아파요?"

직원은 다시 블라인드를 내리곤 그녀에게 다가와 아프냐고 물었다. 그녀는 대꾸하지 못했다. 그녀의 눈이 시선을 잃어버린 것처럼, 그녀의 귀도 주의를 잃어버린 탓이었다. 직원은 물끄러미 그녀를 내려다보고 있더니 곧 뒤돌아 오 층을 나가버렸다. 매트리스를 두 장이나 깔아놓긴 했지만, 생시멘트 바닥의 냉기는 여전히 무시무시하게 치밀어 올라오고 있었다. 그래서 잠을 잘 때는 다시 그 위에 담요를 깔고 침낭으로 들어갔다. 그렇게라도 하지 않으면, 시멘트의 독이 뼛속까지 박박 긁어놓을 것 같았다.

지금 그녀의 엉덩이 밑엔 아무것도 깔려 있지 않았다. 담요는 매트리스 바깥으로 밀려나 있고, 침낭은 착착 접혀선 귀퉁이에 덩그러니 놓여 있었다. 그녀의 여근에선 벌써 냉이 흘러나오기 시작했다. 캐주얼 진의 아랫도리가 된 침을 발라놓은 것처럼, 찐득찐득하니 젖어 들기 시작했다. 대개는 탁한 흰빛이었지만 때론 새빨갛기도 했고, 검푸르기도 했고, 새까맣기도 했다. 그녀의 엉덩이는 대하(帶下)에, 삭아가는 낙엽처럼 물들었다. 간부터 폐를 거쳐 신장까지, 그녀의 몸은 초 단위로 망가져가고 있었다.

하지만 가랑이 살이 헐고 엉덩이가 짓물러가도 그녀는 알지 못했다. 그녀는 그저 매트리스 위에 구부정히 앉아 고개를 주억거리고 이따금 빰을 떨 뿐이었다.

하루가 더 지났다. 십일월 이십육 일이었다. 박태자는 물론, 하루가 더 지난 것도 오늘이 이십육 일인 것도 몰랐다. 언제부터 잠을 잃어버렸는지도 알지 못했다. 긴 세월의 약물복용에 뇌 어딘가에 구멍 뚫린 것처럼, 그녀의 정신은 뻥 뚫려버렸다. 햇빛이 블라인드 새로 들어와 잿빛 시멘트 바닥의 먼지들 위에서 쇳가루처럼 빛났다. 매트리스 앞엔 아침 식사로 가져온 선지해장국과 세면도구가 놓여 있었다. 그것들은 그녀와 아무 상관도 없이, 하늘에서 뚝 떨어진 낯선 물체처럼 거기 놓여 있었다.

"이런 하나도 안 드셨네요."

직원이 몇 발짝 멀찌감치 떨어진 자리에서 그녀에게 물었다.

"벌써 열 시 반인데, 그릇 찾으러 왔단 말입니다."

그녀가 대답이 없자 직원은 차게 식은 해장국과 세면도구를 챙겨

오 층을 나갔다.

　"정말 어디가 아픈가 보지?"

　잠시 후 다른 직원이 와서 그녀를 살펴보았다. 멀찌감치 떨어져 서서 허리를 굽히곤 그녀를 들여다보았다. 그녀가 아무 반응도 보이지 않자, 직원은 말없이 고개를 몇 번 끄덕이더니 오 층을 나갔다.

　"어쩌지?"

　잠시 후, 다시 두 명의 펫숍 직원이 들어와 그녀를 살폈다. 이번엔 아주 가까이 서서, 팔짱을 끼곤 심각하게 몇 마디를 주고받았다. 병원에 데려갈 수 있을까? 글쎄, 어제 신문에 나왔던데. 뭐라고? 시체가 나왔대. 그뿐이야? 오늘 신문은 못 봤어.

　"병원에 갈래요?"

　역시 이번에도 그녀는 반응을 보이지 않았다. 얼마쯤 시간이 더 지나서, 이번엔 너덧 명이 뚜벅뚜벅 구둣발 소리를 내며 오 층을 가로질러왔다. 개중 하나가 그녀 앞에 쭈그리고 앉더니, 의사 흉내를 내며 그녀를 찬찬히 뜯어보기 시작했다. 턱을 조금 들어 올려보기도 하고, 눈꺼풀을 까보기도 했다. 손가락을 콧물로 범벅된 콧구멍 아래 대보기도 했다. 손목을 이마에 대곤 열을 재기도 했다.

　"맛이 갔어!"

　직원은 진찰 결과를 큰 소리로 외쳤다.

　"완전히?"

　"완전히."

　다른 직원 하나가 원피스의 지퍼를 내리고, 어깨끈을 허리까지 끌어내렸다. 젖가슴이 드러났다. 놀라움이 섞인 탄식들이 그녀를 둘러싸고 흘러나왔다. 그녀 가슴의 압박붕대는 허리까지 흘러내려와 있었다. 봉합한 상처를 덮었던 가제도 이미 거기 없었다. 상처가 덧났다. 오른쪽 젖가슴은 크나크게 부어올라선, 짙푸른 빛을 띠고 있었다. 손에 쥐고 조금만 힘을 쥐면 물총처럼, 누렇고 빨간 피고름이 뿜어져 나올 것 같았다. 펫숍에 들어오고 나서 그녀가 약을 챙겨 먹은 건, 처음 하루 두 끼뿐이었다. 그녀는 다른 모든 것들처럼, 약의 존재도 뜯긴 가슴의 존재도 하얗게 잊어버렸다. 남편은 지금 어디서 뭘 하고 있을까, 하는 것이 그녀의 정신이 까무러지기 전 가까스로 그녀가 한 마지막 생각이었다.

"다쳤다는 말은 안 했었잖아."

"그러게 말이야."

"우리 책임은 아냐."

직원들은 와자지껄했다. 그녀를 귀찮아하는 기색들이었다. 원피스도 허리까지 끌어 내린 채 내버려두었다. 은신시켜주는 것만도 귀찮은데, 이젠 아프기까지 하다.

"병원에 데려갈까?"

"그것도 좋지. 그러려면 누구 주민증을 좀 빌려야 해."

"삼촌 계시지?"

누군가 그렇게 말하자 직원들은, 무언가 느닷없이 깨달은 사람들처럼 입을 다물어버렸다. 직원들은 갑자기 등을 돌리고는 우르르, 오 층에서 몰려나갔다. 몇 분 후 직원 둘이 다시 나타나 그녀를 부축

해 일으켜 세웠다. 그러곤 들리지도 않는 그녀의 귀에 대고 정중히,
소리 질렀다.

"육 층으로 갑시다."

"삼촌이 보재요."

아늑한 분위기가 제법 괜찮은 가정집 거실이었다. 펫숍 육 층이
이런 분위기일 줄은 남편 한창림은 꿈에도 생각지 못했을 것이었다.
남편이 여기 올라와봤다면, 오 층하고는 너무나 판이한 분위기에 눈
이 다 아렸을 것이었다. 아늑하고 따뜻하고, 부유한 티가 났다. 꽤
넓은 바닥 전체에 수제 양탄자가 깔려 있었다. 벽마다 빙 둘러가며
고풍스러워 보이는 액자가 걸려 있었다. 청회색 가죽 소파 뒤편으로
난 창문은, 블라인드나 커튼 없이 그저 환했다. 쏟아져 들어온 햇빛
이 박태자의 얼굴을 더욱 하얗게 태웠다.

그녀의 얼굴은 햇빛을 받아 더할 나위 없이 환했지만 그녀 맞은
편 가죽 소파에 앉아 있는 사내의 얼굴은, 그림자가 짙게 드리워져
거의 알아볼 수 없었다. 역광 효과로 윤곽만 과장되어 도드라진 얼
굴이었다. 소파에 앉은 사내 얼굴의 윤곽은 언젠가 남편이 설명했던
것처럼, 어째서 그런 느낌이 드는지는 잘 알 수 없지만, 금방이라도
흩날려 공기 중에 흐트러질 것 같은 연기 같은 윤곽이었다. 약간 바
람 불어도 흐트러지고 흩날릴 것 같은 인상의 윤곽이었다.

"창림이 마누라야?"

그녀의 맞은편 청회색 가죽 소파에 앉아 있던 사내, 펫숍 삼촌이

무릎 꿇은 그녀를 향해 입을 열었다.

"창림이, 그 자식은 귀빠지고 나서 처음 신문에 난 게 글쎄, 살인 사건이야. 마누라를 좀 맡아달라고 했을 때 내가 알아봤지. 난 언니를 언제나 지켜보고 있었어. 특히 외로울 때는 말이야. 언니는 내가 초면이지?"

삼촌의 말투는, 그녀에게서 과외 수업을 받는 아이들이 수학 교과서를 읽어 내려갈 때의, 그런 말투였다. 아무 감정 없이, 억양도 빠르기도 변화 없이 일정한. 사실을 말하자면, 듣기에 대단히 편한 말투였다.

그녀는 물론 아무 대꾸도 하지 않았다. 못 했다. 그녀는 고개를 주억거리거나 하지는 않았지만 오 층의 그 살풍경처럼 여전히 휑 비어 있는 상태였다.

"얼굴이 꽤 예쁜데. 언니 얼굴을 본 건 나도 처음이지. 한번 만나보고 싶었어. 남자 배우는 항상 바뀌는데, 여자 배우는 항상 그 몸매라서 말이지. 그런 괴상한 가면은 다 어디서 구해 오나?"

거실 천장엔 크리스털제의 가정용 샹들리에가 앙증맞게 달려 있었다. 창을 통해 들어온 햇빛이 크리스털 조각을 통과하여 여기저기 사방에, 마름모꼴 빛의 파편들을 흩뿌려놓고 있었다. 그녀의 넋 나간 얼굴에도 파편 몇 개가 깊숙이 어려, 천천히 흔들렸다. 환한 대낮인데도, 샹들리에 가운데 놓인 석유 램프 이미테이션엔 불이 들어와 있었다. 그것은 천장에 커다랗게 흐린 빛의 원을 그려놓았다. 천장 넓이의 거의 반을 차지한 그 빛의 원은 느릿느릿, 고요하게, 물결처럼 일렁였다.

일렁이는 천장의 원을 계속 바라보고 있자면, 멀미가 날 것이었다. 그것은 보는 이의 가슴을 가라앉게 하고, 평온하게 하고, 동시에 그 평온한 수면에 조용하면서도 돌이킬 수 없는 파문을 일으키는 성질의 것이었다. 멀미 나게 하는 성질의 것이었다. 그녀는 물론, 아까부터 시선을 줄곧 천장에 두고 있었지만, 멀미 나거나 하진 않았다.

멀미 나지 않는 건 당연했다. 그녀에게는 이제, 가라앉거나 평온해질 가슴도 파문이나 현기증이 일 가슴도 없었기 때문이었다. 그녀의 존재를 지금 증명해줄 수 있는 것이라곤, 그녀의 바지를 적시는 기분 나쁘게 끈적거리는 액체뿐이었다. 냉뿐이었다. 냉은 아주 조금씩 조금씩, 쉴 새 없이 그녀의 여근에서 흘러나와 바지를 적시고 바닥에 깔린 고급 수제 양탄자를 물들였다.

그녀가 여기, 펫숍 육 층의 거실에 지금 와 있다고, 한때 왔었다고 증명해줄 수 있는 것이라곤 피가래 같은, 그녀의 내장이 녹아내려 몸 밖까지 흘러나온 더러운 냉뿐이었다.

"이번 작품은 다 끝냈나? 응? 어쨌어? 작품은 끝내고 일을 벌인 거야, 아니면 작품도 안 끝났는데 니들 맘대로 일을 벌여놓은 거야? 이번 남자 주인공이 한 엉덩이 한다고 창림이가 칭찬이 대단했는데."

소파의 사내는 손가락 관절을 똑똑, 꺾었다. 목소리를 들어선 알 수 없지만 그런 행동을 보면, 약간 짜증이 나 있는 것 같다.

"어린애들한테 일을 맡긴 내가 잘못이지. 안 그래?"

"대체 어디서부터 일이 잘못된 걸까. 회계사 얘긴 들었어. 창림이가 전활 해서 우리 아이한테 차적 조회를 부탁했다더군. 회계사 그 자식이 뭐야? 니들하고 무슨 관계야? 이런 지랄같이!"

삼촌의 말소리에 드디어 강약이랄 게 생겼다. 삼촌은 짜증에 복받친 듯 말꼬리를 높여 느낌표를 찍었다. 그리고 숨을 한 차례 몰아쉬더니 다시 이전의, 수학 공식을 읊는 듯한 말소리로 돌아갔다.

"좀 일찍 나랑 상의해줄 순 없었어? 응? 내가 니들한테 이것밖에 안 돼? 내가 니들한테 밑닦개밖에 안 돼? 응? 생각해봐, 난 어른이야. 사전에 상의라도 좀 했으면 일이 이렇게까진 되지 않았을 거 아냐?"

"이런 씨발! 오장근이, 그 개새끼!"

삼촌의 목소리가 경기를 일으켰다. 새되고, 찢어지는 듯한 고음의 목소리가 터져 나왔다. 당장이라도 소파에서 튕겨 오를 듯이 엉덩이와 어깨를 들썩였다.

"오늘 아침 텔레비전 뉴스에까지 나왔어! 니들 집 뒷산에서 시체가 몇이나 나왔는지 알아! 오장근 그 새끼가 발굴 작업을 지휘하고 있대! 오장근이 그 새끼 봉 잡았어! 오장근이 얘기를 나한테 했었어야지!"

그녀는 여전히 암것도 보지 못하고 암것도 듣지 못했다. 그녀는 삼촌의 발치에 늘어져 있는 길쭉한 그림자처럼 말이 없었고, 그저 공허했다. 자기 집 뒤편 둔덕이 지금 파헤쳐지고 있다는 것도, 파헤쳐진 자리에서 시체가 나오고 있다는 것도, 시체 발굴 작업의 지휘자가 바로 얼마 전에 자신이 꽃게찌개를 대접한 오장근 형사라는 것도, 그녀는 듣지 못했다.

"젠장. 애, 어디 아파?"

그러자 사방에서 예, 소리가 들렸다. 삼촌은 이제 그만 지겹다는 듯이 손뼉을 딱, 쳤다.

"시체는 그렇게 처리하는 게 아냐. 시체를 어떻게 처리하는지, 모범 답안을 내가 보여줄게. 잘 보고 배워."

삼촌은 그러면서, 그녀의 등 뒤쪽을 향해 손가락을 튀겼다. 그녀의 겨드랑이 양쪽에 굵직한 팔뚝이 끼워졌다. 그러곤 자리에서 일으켜 세워졌다. 거실 양탄자의 그녀가 앉았던 자리엔 검붉은 된 침 같은 얼룩 하나가 남겨졌다.

그녀가 잠시 여기 왔다 갔다는 것을 알려주는, 아주 작은 유일한 물증이었다.

박태자는 거실을 돌아 나와 일단 통로로 나왔다가, 다시 그 옆에 난 다른 쪽 문으로 인도되었다. 좀 전의 가정집 거실처럼 꾸며진 곳과는 사뭇 분위기가 달랐다. 임시 거처나 싸구려 여인숙처럼 하나의 큰 방을 두어 평짜리 방 여러 개로 나눈 듯한, 어두침침하고 허름한 게 값싸 보이는 곳이었다. 바닥도 시멘트가 아니라 바니시로 광택을 낸 널빤지 마루였다. 삐걱 소리까지 났다. 펫숍 육 층에 존재하는 두 번째 장소였다. 그녀와 직원들은 마루에 올라서기 전 신발을 벗고, 비닐 슬리퍼로 갈아신었다.

그녀는 일자형 복도를 쭉 걸어 들어갔다. 복도 맨 끝 문으로 들어갔다. 욕실이었다. 좌변기와 샤워기가 있었다. 바닥이건 벽이건 천장이건 타일도 안 깔린 생시멘트 마감이었다. 거기서 그녀는 옷이 벗겨지고, 욕실 한가운데 세워졌다. 직원 하나가 그녀의 정수리에 샴푸를 부었다. 다른 직원은 샤워기를 높다랗게 치켜들곤 찬물을 뿌려댔다. 느닷없는 찬물 세례에도 그녀는 반응을 보이지 않았다. 움츠리지도 소스라치지도 않았다. 그녀가 잃어버린 것 중엔 통각도 있었다. 그녀는 자기가 방금 뭘 뒤집어썼는지도 알지 못했다.

샤워가 끝나자 펫숍 직원들은 물기를 닦고, 옷을 다시 입혔다. 그녀는 욕실에서 몇 번째쯤 되는 방으로 인도되어 갔다. 부랑자 수용소의 숙소나 다름없는 방이었다. 목련 꽃무늬 비닐 장판이 깔린 두어 평 바닥에, 침구 한 벌만 달랑 놓여 있었다. 직원들은 침구를 깔곤 그 위에 그녀를 앉혔다. 그녀는 바지도 팬티도 없이, 그저 옅은 담자색의 원피스만을 걸치고 있었다. 바지와 팬티는 지금 이 순간 벌써, 불태우기 위해 소각기에 던져지고 있었다. 그녀를 씻기고 부축했던 직원들이 그녀 주위에 둘러섰다.

방 바깥 복도까지 와자지껄했다. 펫숍 직원들이 몽땅 이리 몰려온 듯했다. 방 밖까지 기다랗게 늘어선 직원들의 소란은, 펫숍 생활의 권태로움을 누르지 못해 지르는 비명과도 같았다. 직원 하나가 뒷주머니에서 빗을 꺼내 그녀의 덜 마른 머리카락을 빗어 내렸다. 빗에 끼어 머리카락이 한 움큼이나 뽑혀 나왔다. 그녀의 머리카락은 겨우 목 뒤를 덮을 만큼밖엔 길지 않았다. 직원은 진땀을 흘리며, 그렇지만 흥미롭다는 표정을 지으며, 그녀의 머리카락을 한 갈래로 땋아내렸다. 날개를 활짝 펼친 벌 모양의 핀도 꽂았다.

그녀는 어린아이가 마음대로 쥐어뜯어놓은 못난이 인형 같은 꼴이 되었다. 직원들은 그런 그녀를 보며, 다시 한번 권태를 못 견뎌 와자지껄했다. 이제 준비가 다 되었다. 머리카락을 땋아주던 직원이 일 순위였다. 다른 직원들은 일 순위가 그녀의 입에 성기를 물리고 있는 동안 방 밖에 나가 자기 차례를 기다렸다.

오후가 됐다. 방도 복도도 이제 고요해졌다. 직원들이 차례를 기다리며 구시렁대는 소리도, 그녀의 볼살과 엉덩이 살에서 줄곧 터져나오던 철썩 소리도 사라졌다. 복도는 텅 비었고, 방에는 그녀와 그녀를 부축해 끌고 다녔던 직원 둘만 남아 있었다.

"내 눈빛을 좀 봐줘."

"응?"

"지금 내 눈빛이 산 사람을 보고 있는 눈빛이야, 아니면 죽은 사람을 보고 있는 눈빛이야?"

"미친놈."

직원 하나가 그녀 얼굴을 덮고 있던 원피스의 치맛자락을 치웠다. 직원은, 그녀의 얼굴이 드러나자 흠칫 손가락 끝을 떨었다.

"네 눈빛이 어떻건 이 여자는 벌써 죽은 여자야."

둘은 이맛살을 찌푸렸다. 숨만 쉬고 있을 뿐이지, 몸도 정신도 이미 산 사람이 아닌 그녀를 어떻게 해야 할지 몰라서였다.

"구역질 나. 지금 마누라한테 미안해 죽겠어."

둘이 불평을 늘어놓고 있는 동안 그녀는 천천히 자리에서 몸을 일으켰다. 손으로 바닥을 짚고 자리에서 일어났다. 두 펫숍 직원은 쪼그리고 앉은 채 상심한 듯 입을 다물곤, 그녀가 하는 양을 그저 바라보기만 했다.

그녀는 방을 나와 삐걱이는 소리가 나는 마루를 걸었다. 한 갈래로 땋았던 머리카락도 다 풀어져 헝클어졌다. 원피스는 구겨지고 피얼룩이 져 걸레나 다름없이 되었다. 벌 모양의 핀은 머리카락 한 움큼, 두피 한 점과 함께 떨어져나간 지 오래였다. 그녀는 뻣뻣하게 두다리 새를 벌리고 서선 마루에서, 떨리는 걸음을 한 발 한 발 떼고있었다. 걷는 모양이 꼭 무릎관절이 없는 인형 같았다.

사실 '박태자가'니 '박태자는'이니 하는 표현은 적절치 못했다. 그녀는 더 이상 주어가, 주체가 아니었다. 걷든 울든 비명을 지르든, 그녀는 자기 행동의 주체가 아니었다. 그녀는 아무것도 아니었고, 굳이 말하자면 '웃는 플라스틱'이 아니라 '우는 시체'였다. 그녀는 울고 있었다. 펫숍 육 층의 그늘진 휑한 마루를 가로지르며 눈물을 짜고 있었다. 무언가가 그녀 눈물샘의 신경을 자극한 모양이었다. 눈에 핏방울이 튀어 그런 건지도 몰랐다.

마루를 힘겹게 걷고 있는 그녀의 발바닥에, 기분 나쁘게 끈적이는 것들이 점점이 묻어났다. 마룻바닥은 원래 깨끗한 것이었다. 그것들은 그녀의 발목을 타고 내려온 것들이었다. 그녀의 찢긴 성기로부터, 허벅지를 타고 무릎을 적시고 발목을 거쳐 발바닥까지 흘러내린 것들이었다. 핏덩이였다. 그녀 허벅지 양쪽으로 피가 흥건했다. 걸쭉했고, 방울져 흘러내리고 있었다. 그녀 등 뒤 형광등이 켜진 환한 방에서부터, 그림자 두 덩어리가 그녀를 쫓아 나왔다.

"이게 꿈이었음 좋겠어."

"나도 차라리. 내 꿈이 아니라 이년 꿈 말이야."

두 개의 슬래지 해머가 그녀를 내리쳤다. 하나는 그녀의 왼편 빗장뼈를 꺾어 주저앉혔고, 하나는 그녀의 목뼈를 찍어 부러뜨렸다.

잠시 후 박태자는 펫숍 육 층의 또 다른 장소로 인도되었다. 가정집 거실, 부랑자 수용소 숙소에 이은 세 번째 장소였다. 마지막 장소였다. 이번에도 역시 이전의 두 장소와는 사뭇 분위기가 달랐다. 대여섯 평쯤 돼 보이는, 욕실과 비슷한 분위기를 풍기는 곳이었다. 푸줏간과 소각장을 합쳐놓은 것 같은 곳이었다. 백화점의 정육 코너에서 보곤 했던 고기 써는 육절기와 뼈 분쇄기가 한편을 차지하고 있었고, 다른 한편엔 소각기가 있었다. 소각기는 두어 아름쯤 돼 보일 만치 덩치가 컸다. 그녀의 과천 집 지하 작업실에 버려져 있던 청동 보일러와 비슷한 생김이었다. 다만 청동이 아닌, 은빛이 나는 내열 강판제였다. 벽에 붙어 있었고, 굴뚝이 천장을 뚫고 나가 있었다. 그러니까, 삼촌의 말이 순 공갈만은 아니었던 것이다. 육절기로 살을 저며내고 분쇄기론 뼈를 가루 내어, 소각기에 털어 넣는 것이다. 어쩌면 저며낸 고기를 일단 연육기에 넣었다가, 정말로 수육을 만들어 포인터 사냥개의 간식거리로 줄지도 몰랐다. 그녀가 걸쳤던 바지와 팬티는 아까부터 소각기 안에 들어가 있었다.

그녀는 소각기 내 동체 위에 모로 뉘어졌다. 소각기가 두어 아름은 된다지만, 그녀를 똑바로 누일 만한 자리는 없었다. 그래서, 슬래지 해머가 다시 이용됐다. 펫숍 직원들은 진땀을 흘러가며 그녀를 이리 두드리고 저리 두드려서, 이리 꺾고 저리 꺾어서, 반절 크기로 접었다. 이제 소각기에 간신히 들어갈 크기가 됐다.

"이 여자가 담배를 좋아했을까?"

직원 하나가 이마의 땀을 훔치며 담배를 꺼내 들었다. 아궁이에 불을 붙이는 일은 오늘 자정이 넘은 후에, 당직이 할 것이었다. 가스 잠금장치를 풀고 불을 붙이면, 쉭― 하고 불꽃이 세차게 공기를 빨아들이는 소리가 날 것이다. 어쨌거나 그 일은 당직 손의 몫일 것이니, 그나마 다행이다.

"껌은 좋아할까?"

불붙은 담배 한 개비와 껌 한 개가 소각기 앞에 놓여졌다. 살아 있을 적의 그녀는, 담배도 껌도 즐기지 않았다. 껌은 잇몸이 약해 원체 씹지 않았고, 담배는 별 이유 없이 이태 전에 끊었다.

직원들은 자리를 떴다.

*

한창림은 자존심이 상했다. 과천 집이 왕창 불에 탔는데도 공중파 방송에선 다뤄지지조차 않았다. 불탄 잔해를 걷자 지하실에서 사내아이의 유해가 나왔으며 신원을 조사 중이라는 것도, 일간지 사회면 한 귀퉁이에 쪼그맣게 다뤄졌을 뿐이었다. 다른 이슈들에 밀려서 그랬다. 김윤환이 '우리가 남이가―' 했다는 정치 기사에 밀렸고, 환율이 하루 새 백삼 원 올랐다는 경제 기사에 밀려서 그랬다. 대선과 아이엠에프 구제금융이 그의 자존심에까지 영향력을 행사했다.

뭐, 겨우 사체 한 구 발견된 것뿐이니 그렇다고 치고, 오늘은 어찌된 영문인가.

오늘은 겨우 사체 한 구가 아니라, 사체 네 구였다. 그의 집 뒤편 둔덕에 여기저기 구멍을 뚫어보았더니, 기다렸다는 듯이 사체 네 구가 쏟아진, 발굴된 것이었다. 물론 그건 공중파 방송을 탔다. 아침 뉴스에 났다. 일간지 사회면에서도, 기사의 박스 크기가 저번의 두 배였다. 심각하게 받아들이기 시작했다는 얘기였다.

그래도 그는 불만이었다. 여전히 다른 톱뉴스거리에 밀리고 있었다. 공중파 방송에서는 겨우 십 초짜리 현장 보도였고, 일간지 사회면에서도 한창림 그의 이름은 쏙 빠진 부실한 추측성 기사뿐이었다. 그는 드디어 올 게 왔다는 두려움에 앞서, 무시당했다는 느낌에 속이 상했다. 도대체가, 사체 네 구로도 부족하다는 말일까. 둔덕에서 몇 구나 더 찾아내야지 이름 석 자가 오르내리고 특집 수사 보도로 꾸며질까. 하긴 신원을 알 수 없는 썩어 문드러진 사체 네 구가, 대통령 선거에 나선 네 명의 후보보다 중요하게 다뤄지길 바라는 건 무리였다.

신원도 얼굴도 피부도 없는 사체 네 구가, 이회창 김대중 이인제 권영길보다 티비 시청자와 신문 구독자의 시선을 더 끌 순 없는 것이었다. 흙 속에서 방금 파 올린 말 없는 사체 네 구가, 마이크와 확

성기를 사용하는 대통령 후보들보다 더 큰 소리를 낼 순 없을 것이었다. 오늘 이십육 일은 대통령 선거의 공식 시작일이었다. 오늘 아침 뉴스의 시작은 대통령 후보 등록 소식이었고, '언덕의 사체 네 구'에 대한 보도는 중간 어디쯤 끼어 잡담처럼 다뤄지고 있었다. 게다가 어제 '검은 월요일'의 충격이 각종 해설 보도로 증폭되고 있었다. 주가는 십 년 내 최저였고, 금리는 지난 오 년간의 최고치를 경신했다. 사체 네 구쯤은 무시당하는 게 당연했다. 바야흐로, 살아 있는 사람들까지 자길 제발 좀 파묻어달라고 그를 찾아와 애걸복걸할 시대가 도래해버린 것이었다.

그는 그 모든 걸, 여관방 침대에서 사지를 편히 뻗고 텔레비전을 통해 지켜봤다. 안양 구치소 뒷골목 어디쯤의 여관이었다. 그의 집에서도 가까운 거리였고, 아내가 있는 펫숍에서도 가까운 거리였다. 그는 그러니까 달아나지도 않았고, 숨지도 않았던 것이다. 그는 대한민국이라는 이 나라의 바닥이 얼마나 좁고 뻔한지 잘 알고 있었다. 도망가 용케 잡히지 않더라도, 평생을 숨어 살 일에 마음이 끔찍해졌다. 그는 피하기보다는 돌파하기로 결정을 보았다. 티비에서도 신문에서도, 아직 그의 이름까진 거론되고 있지 않았다. 발표를 미루고 있었다. 물론 마냥 미루진 않을 것이었다. 빠르면 오늘 정오나, 늦어도 오늘 저녁 뉴스 시간이면 그의 이름 석 자가 공중파 방송과 온갖 일간지와 일선 경찰서의 팩스와 수배 전단을 통해 전국에 뿌려질 것이었다. 그러니까, 시간이 없었다.

기사가 크게 다뤄지지 않았다고 속상해하고 있을 시간이 그에겐 없었다. 현장 보도 화면의 저 뒤쪽으로 오장근 형사가 잠깐 비쳤던 것이다. 그 빌어먹을 자식이 머리와 목에 붕대를 둘둘 감은 채, 롱코트 차림으로 현장을 오가고 있었다. 그의 집, 그의 영역, 왕수컷의 영도를 제 굴속처럼 헤집고 다니고 있었다. 이번 수사의 총괄까지는 아니더라도 최소한 사체 발굴 현장만이라도 지휘하고 있는 게 틀림 없었다. 시간이 없었다. 그는 급한 마음에, 하마터면 티비 속으로 뛰어들 뻔했다.

그는 여관을 나와 구치소 앞 해장국집에서 아침을 때우면서, 작전을 짰다. 목록을 작성했다. 회계사, 그에게 귀를 뜯긴 얼간이 덩치, 그리고 오장근이 너.

한창림은 과천 펫숍으로 갔다. 작전의 일부였다. 일을 다 해치우고 나서 그 자신도 펫숍에 몸을 의탁할 심산이었다. 그게 아내 박태자한테도 좋다. 일단 잠잠해질 때까지만. 그러고 나서 아내와 함께 강원도의 폐광촌이나 이틀에 한 번 배가 들어오는 남해의 외딴 섬에 숨어드는 거다. 공기 좋고 물이 맑고 풍광이 안정적이라면 아내의 지랄병도 잦아들지 몰랐다. 어디가 좋을까, 태백이나 삼척 쪽에 가면 폐광촌은 쌔고 쌨다. 재개발로 뜨내기들이 몰려드는 곳이라면 더욱 좋다. 섬은 어디가 좋을까. 가능하다면 큰 섬의 부속섬이 좋을 것이다. 완도의 부속섬이나 거제도의 부속섬 같은. 고흥반도쯤 되는 반도에 딸린 섬도 괜찮을 것이다. 그건 그렇고, 아내는 무사할까.

그는 안양 구치소에서 인덕원까지 버스를 탔다. 그러곤 내려서,

과천까지 천천히 걸어갔다. 걸어가면서 그는 줄곧 아내 걱정을 했다. 몇 번이나 쏟아지려는 눈물을 꾹꾹 눌러 참았다. 실제로 두어 번 찔끔거리기도 했다. 아내가 불쌍해서였다. 지랄병을 타고 난 것도 서러운데, 이십 대 젊음을 한창림이라는 괴물과 결혼해 탕진하다시피 했고, 이젠 또 혹 있을지 모를 추적을 피해 펫숍이라는 생시멘트 지옥의 배 속에 들어가 있다. 집을 나설 때 약을 챙겨주지 못한 것도 커다란 실수였다. 평소 아내 정신으로 봐서, 그 와중에 스스로 약을 챙겼을 리 만무했다. 펫숍에서 약을 구해줬을까. 그럴 가능성은 없었다. 약도 없이, 아내는 어떡하고 있을까. 외부에 의해 안전이 위협받을 걱정은 하지 않아도 좋았다. 펫숍은 존재하지 않는 곳이었다. 존재하지 않는 곳에 어떻게 수색영장을 발부할 것인가.

그는 과천 케이에프시에서 텐더 스트립스 세트를 먹었다. 연초록의 소스가 그의 혀끝에 닿자 입맛이 돌고, 난데없는 허기가 그의 주의력을 꿀걱 삼켜버렸다. 그는 거의 사 인분가량이나 먹어치웠다. 윗배가 탱탱하게 솟아올랐다. 그래도 그의 몸은 가벼웠다. 날 듯이 가벼웠다. 케이에프시 전면 유리창을 통해 도로 맞은편 펫숍 빌딩이 건너다보였다. 하! 그는 한숨을 뱉었다. 지금 이 순간 그는 슈퍼 수컷이 될 필요가 있었다. 슈퍼 수컷이 되면 저 빌딩의, 아내가 있는 오 층까지 단숨에 날아오를 수 있을까. 창밖으로 내다보이는 하늘은, 십일월 겨울의 하늘답지 않게 잔잔하고 화창했다. 그의 마음도 잔잔하고 화창했다. 살의로, 환하게 끓어올랐다. 원래 진정한 수컷일수록, 위기에 처하면 맑고 차분해지기 마련이다. 삼촌을 보면 안다. 삼촌이 가장 인간다워지는 때는…….

그는 케이에프시를 나와 과천 성당 방향으로 한 블록가량을 걸어 내려갔다. 공중전화 부스를 몇 번인가 마주쳤지만 그는 걸음을 멈추지 않았다. 블록을 돌아 펫숍 빌딩이 완전히 보이지 않게끔 되자, 가장 가까운 공중전화 부스로 뛰어들어갔다. 그는 몇 번이고 한숨을 뱉었다. 그러곤 수화기를 들고 동전을 넣고 펫숍의 전화번호를 찍었다.

신호는 꽤 오래갔다. 펫숍이 전화를 일찍 받는 일은 없었다. 신호가 울리기 무섭게 수화기를 낚아채는 것은 경망스럽고, 자존심 상하는 짓이라 여기고 있는 듯했다.

"저, 한창림이에요."

신호가 그치자 그는 가능한 건조하고 무뚝뚝한 목소리로, 재빨리 이름 석 자를 지껄였다. 평소와 다름없는 상황이라면 저쪽의 반응은 왜? 이 한마디여야 했다. 용건은 간단히, 통화는 짧게 끝내라는 얘기였다.

"왜?"

그는 안도했다.

"아내는 괜찮습니까?"

"아내? ……아, 그렇지. 그 여자."

"어떻습니까?"

"안부를 묻는 거야?"

저쪽에서 꺽꺽, 소리 죽여 웃는 소리가 한참이나 들려왔다.

"이제 안부는 없다. 개 먹이가 됐거든! 됐지?"

전화는 끊겼다. 그는 들끓는 수컷 냄새로 공중전화 부스를 가득 채웠다. 그는 길 건너편으로 교통경찰이 뻔히 마주 보이는데도, 부스를 자근자근 때려 부쉈다.

다음 날 늦은 오후, 한창림은 집 근처에 있었다. 화재로 폭삭 주저 앉은 집의 잔해만이라도 보고 싶었다. 보는 것이 가능하지 않다면, 잔해에서 솔솔 풍겨 나오고 있을 매캐한 독취라도 좀 맡아보고 싶었다. 특별히 아꼈던 몇 가지가 떠올랐다. 그가 부러 짬을 내어 사포질을 하곤 했던 지하 작업실의 청동 보일러라든가, 십수 년을 꼼꼼히 모아온 책과 비디오테이프 컬렉션이라든가, 팔 밀리 비디오 카메라, 차 키를 보관하곤 하던 고질라 인형이라든가, 가장 최근의 냉장고 속의 '귀' 같은 목록이 떠올랐다. 다 타버렸을까. 불에 흠씬 그을려 다 녹아내리고 재가 되고 날아가버렸을까. 그는 목을 빼서 집 쪽을 향해보기도 하고, 코를 킁킁거리며 혹 냄새가 예가지 흘러왔을까 기대해보기도 했지만, 물론 그 모두가 부질없는 바람이었다. 가까이 있긴 했지만 그만큼 가깝지는 않았다. 그의 바로 옆에선 굉음을 울리며 은하열차 888 롤러코스터가 공중제비를 넘고 있었다.

그가 특별히 아끼는 목록 중의 으뜸은 아내였다. 아니 아낀다기보다는, 그 자신의 신체나 같았다. 아내가 아끼던 목록인 구십오 년형 대우 컬티비나, 우유 데울 때 쓰는 덴마크제 도기 주전자 세트, 오리지널 외국 브랜드 중고 외투 몇 벌도 그 자신이었다. 아내와 아내가 아끼던 그 모든 게 그였다. 그의 피고 살이고 뼈고, 으스러져 내릴 것 같은 사랑이었다.

은하열차 888 롤러코스터가 궤도를 타며 내는 굉음이 그의 귓전을 때렸다. 그는 갈수록 화가 치밀었다. 사방에서 째지는 듯한 비명들이 그를 이리 치고 저리 치고 귀 따갑게 했다. 백여 명의 사람들이 한꺼번에 질러대는 비명들이 그의 뒤통수 뒤쪽에서 느닷없이 나타났다간, 그의 두개골을 단번에 꿰뚫곤 다시 그의 앞통수로 튀어나와, 멀리 사라져가기를 반복하고 있었다. 기이한 일이었다. 기껏 롤러코스터 위에 앉아 비명을 질러대다니. 무서울 일이 그렇게도 없는 인생들인가. 말하자면 즐거운 비명들인데, 즐거운 비명 몇 번 지르려고 오천 원 입장료에 삼천오백 원 탑승료를 내고 저걸 탄단 말인가. 그러잖아도 속이 끓는 나, 한창림을 괴롭힌단 말인가.

이십칠 일 오후 네 시 반, 그는 서울랜드 롤러코스터 구역 안에 있었다. 뒤쪽으론 은하열차 888이 있었고, 맞은편으론 비행접시 모양의 유에프오 만화영화관이 마주 보였다. 그 너머 일 킬로미터쯤 저쪽이, 비록 보이지는 않지만, 그의 불탄 과천 집이었다. 그가 서울랜드에 입장한 것은 오늘 정오쯤이었다. 정오쯤에 입장해선, 마치 이 즐거운 놀이동산의 세밀 지도라도 작성하려는 사람처럼, 사방 구석구석을 쑤시고 헤집고 다녔다. 두 시쯤엔 완전히 지쳐서, 식당에 들어가 밀전병에 싼 닭고기 간편식인 멜리케밥을 사 먹으며 긴장을 풀었다. 역시, 소스가 그의 기운을 돋워주었다. 그러곤 다시 네 시 반인 지금까지, 쉴 새 없이 두 다리와 두 눈을 놀리며, 세밀 지도 작성하는 일에 온 정력과 신경을 쏟았다. 이 정성스러운 작업은 저 아래,

킹 바이킹에서 끝이 날 것이었다. 그는 킹 바이킹을 향해 야금야금, 사위를 좁혀 들이고 있었다.

어제까지만 해도 거의 완벽해 보이던 그의 작전은, 어제 오후 이후로 폐기됐다. 어제 오후 공중전화 부스를 때려 부순 후로, 그는 모든 걸 삭제하고 폐기했다. 그를 둘러싼 상황이, 너무 많이 돌변했다……. 우선 시간의 여유가 없어졌다. 그래도 어제까지만 해도 며칠의 여유는 있었다. 그게 어제 날아가버렸고, 이제 그는 초 단위로 쫓기며 일을 진행시켜야만 하는 형편이었다. 둘째로는, 일의 차례가 없어졌다. 애초의 그의 작전은 회계사부터 처리하는 것이었다. 그 다음은 귀를 뜯긴 얼간이 덩치, 이런 식이었다. 이제 차례고 뭐고 있을 수가 없었다. 그는 이제 그 바퀴벌레 몇 마리를 한주먹에 내리쳐야 할 처지에 몰려 있었다. 셋째는, 그의 목록에 적 하나가 더 추가되었다는 괴로운 사실이었다. 펫숍 삼촌 말이다. 삼촌으로 말하자면 뜯어먹어도 시원찮겠지만 사실, 과연 삼촌 앞에서 눈이나 제대로 뜰 수 있을지 영 자신이 없었다. 그게 괴로웠다. 그는 삼촌이 버럭 소리만 한번 질러도 오줌을 지릴 사람이었다.

넷째는 가장 중요한 사항으로, 이번 작전이 성공할지라도 이제 그가 얻을 건 아무것도 없다는 엄연한 사실이었다. 어제까지만 해도 뭐랄까, 희망이랄 게 있었다. 작전만 성공하면, 그는 아내와 함께 멀리 떠나 종적을 감출 생각이었다. 어디를 은신의 처소로 삼을지, 몇 시간이고 행복한 공상에 잠겨 있기도 했다. 하지만, 이제 그런 따윈 아무래도 좋게 되었다. 아내도 없고, 펫숍은 그가 처리해야 할 또 하나의 적이 되어버렸다. 일을 성공시키더라도 그가 얻을 것이라곤, 방금 죽어 나자빠진 시체 몇 구와 대대적인 현상 수배뿐일 것이었다. 게다가 펫숍도 그를 쫓을 것이고, 그들은 그가 이 서울랜드의 정문을 나서기도 전에 그를 찾아내 찢어 죽일 것이었다. 아내가 없으니, 그의 성공을 함께 기뻐해줄 사람도 없을 것이었다. 그래서 그에겐 모든 것이 허망했고, 부질없어 보였다. 서울랜드는 인파로 북적거렸지만, 그의 눈엔 텅 빈 세상이나 다름없었다. 그는 걸음을 좀 늦추고, 그렇다면 이제 그에게 남은 일은 무엇일까 다시 한번 생각했다. 그러곤 다시, 걸음을 빨리했다.

아무리 생각해보아도 작전을 포기할 순 없었다. 그것은 그에게 내려진 사명이었다. 그의 영역을 한껏 유린한 데 대한 대가를 치르게 해서, 세상의 정의와 질서를 다시 세워야 하는 것이다…… 서울랜드는 즐거운 비명이 아닌, 진짜 비명들로 가득 차야만 하는 것이다…… 이것이 그가 내린 결론이었다. 그는 두 눈을 희번덕거리며 서울랜드 곳곳을 쏘다녔다.

한창림은 전혀 생각해본 바 없었지만 사실, 그도 그의 아내도 이 세상에 있으면 안 될 사람들이었다. 조울증 환자인 아내, 툭하면 기이한 수컷 냄새나 풍기는 그, 둘 다 처음부터 이 세상에 있으면 안될 사람들이었고 필연적으로 불행해질 사람들이었다. 그도 아내도 이 사회에서, 날 때부터 괴물로 운명지어진 존재들이었다. 〈13일의 금요일〉의 제이슨이나 〈나이트 메어〉의 프레디처럼 사냥감이 되어 평생 쫓겨 다닐 괴물의 운명을 타고난 것이다. 괴물? 괴물의 정의는 의외로 간단하다. 사회 체계 바깥의 존재.

따지고 보면 그와 아내가 이 사회에 끼친 해악이란 엄밀히 말해, 없었다. 그들은 어차피 사회 체계 바깥의 존재인 것이다. 그런 존재는, 제아무리 용을 써도 사회 체계 안의 내용물에 그 어떤 영향도 미칠 수가 없다. 괴물스러운 위력이 얼마나 막강하든, 바깥에 존재하는 한 아무런 영향도 미칠 수가 없다…… 그래서 괴물은 장난감의 수준으로 전락하고 마는 것이다. 잠들어 있던 괴물을 억지로 깨워 불러들여놓곤, 재미로 쫓아다니며 괴롭히고, 종국엔 괴물이 왔던 곳, 사회 체계의 바깥으로 다시 쫓아 보내는 악취미의 희생물로 전락하는 것이다. 바로 그처럼. 오장근과 펫숍에게 양수겸장을 당한 그처럼. 제이슨도 프레디도 그렇게 놀림감이 되어 죽임을 당했다.

그와 그의 아내가 저질러놓은 것이라곤 예쁘장한 사내아이 몇을 죽여 둔덕에 파묻은 것뿐이었다. 그저 그뿐, 그 이상도 그 이하도 아니었다. 그건 죄악도 패악도 아무것도 아니었다……. 그와 아내는, 그래서 비극적인 존재였다. 아무리 지랄을 쳐도 자기가 태어난 이 사회에 한 뼘 손톱자국조차, 한 뼘 이빨 자국조차 낼 수 없는 무력한, 비극적인 존재였다. 둔덕에 수백 구의 시체를 파묻어도 비극은 개선되지 않을 것이었다. 영원히, 바깥의 존재로 운명지어졌기 때문이다. 이렇게 될 게 뻔했던 운명들이었다.

그래도 그는, 사색할 줄 모르는 왕수컷이었기에 이러한 세상 돌아가는 이치를 모른 채, 그저 영문 몰라 하며 잔뜩 핏대만 올리고 있을 뿐이었다. 자기 운명의 뻔한 비밀을 깨닫지 못한 채, 모든 걸 오장근 형사의 책임으로만 돌렸다. 회계사의 탓으로, 펫숍 삼촌의 탓으로, 그에게 귀를 뜯긴 얼간이 덩치의 탓으로, 심지어는 지하 작업실의 가련한 거품의 탓으로만 돌렸다. 귀빠진 후 단 한 번도 불러본 적이 없는 하나님의 이름까지 들먹이며 된 침을 뱉어댔다.

한창림은 마침내 킹 바이킹 앞에 섰다. 이곳 서울랜드에서 그의 정든 집과 가장 가까운 거리의 놀이 시설이었다. 대기가 깨끗한 날이면 그의 집 거실에서도 어렴풋이 보이던 놀이 시설이었다. 모기 날갯짓 소리 같은 비명 소리를 매일같이 그의 집까지 날리던, 그래서 매일같이 그의 아내를 짜증 나게 하던, 서울랜드의 대표 격인 빅 6 놀이 시설 중 하나였다. 그는 차분히 가라앉은 얼굴로 킹 바이킹의 주위를 돌아보았다. 이 중세 북유럽풍의 전투함은, 전장이 거의 삼십 미터는 돼 보였다. 지금 그가 약간의 흥분 상태에 있어, 실제보다 좀 더 길어 보이는 것인지도 몰랐다. 그는, 킹 바이킹의 전방 이물 돛대에 시체를 몇 구나 매달 수 있을지 곰곰 따져보았다. 실제의 것보다 돛대 길이의 비율이 짧으니, 많은 수를 기대할 순 없을 것 같아 보였다.

그래도 좋았다. 넷을 매달 자리는 넉넉했다.

그는 표를 끊고 킹 바이킹에 탑승했다. 십오 분이나 줄을 서 기다려야 했다. 그는 맨 뒷자리, 후미에 자리를 잡았다. 해적선 특유의 길쭉한 선미재가, 그의 등 뒤로 날렵하게 치솟아올라 있었다. 그의 왼편엔 고등학생으로 보이는 남녀가, 오른편으론 회사원쯤으로 보이는 남녀가 엉덩이를 맞대고 앉았다. 혼자 온 사람은 자기밖엔 없는 듯했다. 벌써부터 와자지껄했다. 왼편의 여자는 자기 동생의 애완견이 아파트 이 층 베란다에서 떨어졌는데 멀쩡하더라는 얘기를 하다가 안전 바가 채워지고 킹 바이킹이 움직이기 시작하자 얕게 신음을 질렀고, 오른편의 남자는 직장 상사의 모친상에 갔었는데 참화려하더라는 얘기를 하다가 역시 안전 바가 채워지고 킹 바이킹이 움직이기 시작하자 갑자기 입을 다물어버렸다.

곧이어 비명이 터져 나왔다. 맞은편 선수재 쪽의 탑승객들이 이쪽을 향해 두 팔을 흔들며, 얼간이들처럼 턱을 호들갑스럽게 벌렸다 다물었다 하고 있었다. 그로서는, 킹 바이킹이 치솟건 치내리건 아무 흥미도 없었다. 비명 따윈 물론 없었고, 땅에 처박히지나 않을까 하는 조마조마함도 없었다. 왜들 이리 재미있어하는지도 알 수 없었다. 그는 다만 지상에 있을 때와 같이, 조용하고 나지막하게 숨을 들이쉬고 내쉴 뿐이었다. 대신 그는 킹 바이킹이 정점에 오를 때마다 좌우를 둘러보며, 찬찬히 사위를 살폈다. 지상으로부터 거의 오십 미터쯤이나 솟아오르는 덕에 그는, 가장 멀리는 과천 아파트촌에서부터 가장 가깝게는 옆 놀이 시설인 급류타기의 코뿔소상까지, 한눈에 일별할 수 있었다. 사위를 훑는 그의 눈길은 차분했다. 그의 맥박도 차분했고, 느리게 뛰었다.

계획한 대로만 되어준다면, 바로 이곳에 시체들이 쌓이게 될 것이었다. 바로 이곳에서 오늘 저녁이 피로 물들게 될 것이었다. 그는 가능한 한 가장 먼 곳까지 시야를 뻗었다. 이미 어스름이 내리기 시작한 탓에, 그의 집은 눈에 띄지 않았다. 그저 어디쯤이라는 것만 알 수 있을 정도였다. 왼편 시야 저 멀리의 과천 아파트촌도 뿌옇게 흐려지고 있었다. 왼편 시야 가까이에는 아파치 요새라는 놀이 시설이 있었다. 서바이벌 게임장이었다. 서양 중세식 성벽 모양을 흉내 낸 벽에 둘러싸인 곳이었다. 연못이 있고, 위장막이 곳곳에 드리워졌다. 서부 건맨들과 인디언들을 흉내 내며 서로에게 물감 총을 쏘아 댈 수 있도록 꾸며진, 실제 격전장의 모형이었다. 물감 총을 맞고서도 비명이 나올까. 연못의 깊이는 얼마나 될까. 거기에 빠져도 사람이 죽을까. 그의 공중에 뜬 두 발 오른편 아래쪽에는 급류타기가 있었다. 이 역시 빅 6 가운데 하나였다. 삼십 분쯤 줄을 서 기다려야 하는 인기 있는 놀이 시설이었다. 급류타기 연못 한가운데에는 코뿔소 상이 있었다. 코뿔소가 사람들을 위협하는 장면을 재미나게 연출한 시멘트 모형이었다. 흑인 꼬마 넷이 가지만 앙상한 죽은 나뭇가지에 매달려 비명을 지르고 있고, 나무 아래에서는 긴 뿔의 코뿔소가 당장이라도 박치기를 할 듯이 발을 구르고 있다. 거기서 눈을 들어 오른편 멀리를 향하면, 서울랜드의 상징물인 분수 무대와 지구별이라는 이름의 거대한 은빛 구(球)가 보였다. 직경이 십 미터는 돼 보이는, 확실히 튀는 구조물이었다. 들어가보지 않아 무엇을 하는 데인지는 잘 알 수 없었다. 더 멀리로는 롤러코스터가 보였다. 아까의 은하열차 888과, 블랙홀 2000이었다.

킹 바이킹에서 내리훑어보며, 그는 눈이 아팠다. 쑤셔왔다. 그가 받은 서울랜드의 전체적인 인상은 부조화, 그 자체였다. 모두 다섯 개 주제 구역이 서울랜드에 있었다. '세계의 광장', '환상의 나라', '삼천리 동산', '모험의 나라', '미래의 나라'가 그것이었다. 지금 그가 있는 구역은 '모험의 나라'였다. 구역 이름조차 속이 뻔히 들여다보이는, 얄팍하고 조잡한 것들이었다. 촌스럽게 '모험의 나라'라니! 추악해 보이리만치 각각의 주제 구역들이, 각각의 시설물들이, 각각의 시설물에 칠해진 페인트 색깔이, 움직임이, 위치가, 조잡하고 조악하고 촌스러웠다. 마치 네 살배기 어린아이가 총천연색 레고 블록을 갖고 놀다가, 아무렇게나 상자 안에 쓸어 담아놓은 것 같았다. 어쨌거나, 그가 받은 인상은 그랬다. 곧 닥칠 상황에의 위기감 때문에 그렇게 보였을 수도 있었다. 평소에, 아무 일 없을 때, 아내와 함께 단순히 놀러 왔던 것이라면 사실, 그런 인상은 받지 않았을 것이었다. 그런 인상은커녕, 그의 주의조차 끌지 못했을 것이었다. 지금 그의 신경은 평소의 둔함과는 정반대였다. 그의 신경은 가늘어질 대로 가늘어져선, 약간의 충격만 있어도 괴성을 지르며 끊어지리 만치 예민해져 있었다.

그는 킹 바이킹을 몇 번이나 탔다. 내렸다간 표를 끊어 줄을 서고 다시 타길, 여러 번 반복했다. 그는 킹 바이킹만 거의 한 시간을 탔다. 안전요원이 다 이상한 눈으로 쳐다볼 정도였다.

이제 여섯 시 삼십오 분이었다. 오늘의 마지막 회였다. 일곱 시가 서울랜드의 폐장 시간이었다. 이번에도 맨 뒷자리에 앉았다. 옆 좌석은 비어 있었다. 안전 바가 채워지고 킹 바이킹이 천천히 움직이기 시작하자 한창림은 허리를 펴, 좌석 등받이에 편안히 등을 기댔다. 어깨에 힘을 빼고 안전 바에 두 팔을 걸쳐놓았다. 그는 결정을 보았다. 그는 그의 적들을 향하여 텔레파시를 날렸다.

"그러니까 니들이 날 갖고 놀았단 말이지."

그는 혼잣말을 했다.

"사는 게 그렇게 재미없었다 그거지."

그는 계속 중얼거렸다. 킹 바이킹이 곤두박질칠 때마다 세차게, 바람이 그의 벌린 입속으로 쏟아져 들어왔다. 그의 미간이, 밟아 우그러뜨린 맥주 캔처럼 이지러졌다. 그의 이마는 뜨겁게 달아올랐다. 그는 그의 적들을 향해 계속해서 텔레파시를 쏘아 보냈다.

"여기로 와, 당장…… 한번 놀아보자고."

중얼거리는 그의 목소리는 경쾌하고 발랄하고, 텅 비어 있었다. 경쾌하고 발랄하고 속이 텅 비어 있는 듯한 목소리였다. 피가 혈관들 속을 질주하고 있는 것이 느껴졌다. 그는 얕게 한숨을 뱉었다. 어느 때보다도 강력한 독취를 풍기게 될 것이었다. 한번 코를 들이대면 콧속이 썩어들어가 코털이 몽땅 뽑히게 될 만치 강력한 수컷 냄새를 풍기게 될 것이었다. 폐까지 까맣게 썩어들어갈 강력한 수컷 냄새가 될 것이었다. 그의 피는 수만 가닥으로 갈라진 혈관들, 림프관들의 맨 끝에 도달해 결국, 핏빛 독취가 되어 이 역겨운 서울랜드의 밤공기 속으로 흩어질 것이다. 땀샘과 기름샘을 달구고, 온몸을 더럽게 적시고, 밤공기 속에 피에 대한 공포를 뿌려놓을 것이었다.

역겨운 밤공기를 더 역겨운 것으로, 더 참지 못할 것으로 만들 것이었다. 안전 바에 걸쳐진 그의 두 손 손바닥은, 벌써 기름땀으로 질편해져 있었다. 그는 온몸의 살갗이 끓는 듯 뜨거워지는 것을 느꼈다. 그의 몸 수백억 개의 체세포들이 단번에 달아오르는 듯한 느낌이었다. 어쩌면 이 세상에서 그의 마지막 걸친 것이 될 팬티와 러닝셔츠가, 새카맣게 그을리고 타들어가는 것을 그는 느꼈다. 킹 바이킹을 세차게 휘감는 찬 밤공기들까지 훈훈하게 데워지고 있는 듯한 느낌이었다. 이미 수천 세대 전에 잠들었던 비활성 유전물질들이 죄다 그의 몸 안에서 깨어나고 있는 듯한 느낌이었다.

그는 더없이 편안한 얼굴로 킹 바이킹을 내려왔다. 출구의 안전요원 앞을 지나칠 때, 이런 비명이 그의 귓전을 만족스레 어루만져 주었다.

"이게 무슨 냄새야! 무슨 냄새가 이래!"

그는 출구 계단을 천천히 걸어 내려와 아파치 요새와 킹 바이킹이 만나는 어두운 구석에 몸을 감췄다. 잠시 후, 폭죽이 터지고 폐장을 알리는 음악이 울려 퍼졌다. 그의 고등학교 시절, 하루 수업이 모두 끝났을 때 어둑어둑한 운동장의 스피커에서 울려 나오던 그 음악이었다.

이제, 일곱 시 십 분이었다. 그렇게 붐비던 인파는 이제 보이지 않았다. 간간이 서울랜드 직원들만이 그의 앞을 멀찍이서 오가며 뒷정리를 하고 있을 뿐이었다. 그는 고개를 약간 숙인 채로 아까의, 적들을 향해 텔레파시를 날리는 작업을 끝도 없이 계속하고 있었다. 여기로 와, 그는 끝도 없이 중얼거렸다. 여기는 서울랜드 킹 바이킹 아래야. 다들 날 찾고 싶겠지. 그렇담 여기로 와. 그의 이마가 벌겋게 달아올랐다. 와서 날 잡아봐. 다들 날 찾아 죽여버리고 싶겠지.

그는 이미 그의 적들에게 전화를 넣었었다. 아까, 세 시쯤이었다. 제일 먼저 회계사를 찾았다. 회계사는 집에 있었다.

"나야, 한창림."

수화기 저쪽에선, 아무 대꾸도 없이 회계사의 거친 숨소리만 들려왔다.

"오랜만인데, 여행은 잘 갔다 왔어요? 응? 여기 서울랜든데, 좀 오지. 보고 싶어요."

여섯 시까지 오라고 했다. 그러곤, 서울랜드에 표를 끊고 입장해 커다란 해적선이 있는 곳으로 오라고 했다. 그러면 자기가 어딨는지 곧 알게 될 것이라고 했다. 그는 또 덧붙였다, 텔레파시를 날릴 테니, 머리 뚜껑을 활짝 열어놓고 있으라고.

오장근 형사에게도 전화를 넣었다. 오장근 형사는 현장에 있었다. 그의 불탄 집, 발굴 현장에 있었다.

"거기 남의 집에서 뭘 하고 있는 거유?"

오장근 형사는 놀라서, 몇 마디 알아듣지 못할 말을 빠르게 지껄여댔다.

"붕대가 근사하던데. 지금이 여름이었으면 대가리에서 구더기가 끓을 텐데."

그는 회계사에게 했던 것과 똑같은 말을 들려줬다. 여섯 시, 서울랜드, 커다란 해적선, 텔레파시, 그리고 혼자 오지 말란 말도 덧붙였다. 혼자 가든 말든 네가 상관할 바가 아냐, 형사의 목소리는 시큰둥했다. 기동대 한 소대를 죄다 끌고 올 수도 있었다. 그래도 괜찮았다. 그는 물었다. 그래, 시체는 많이 파냈나? 얼마나 파냈나? 날 잡고 싶겠지! 서울랜드에 놀러 와본 적이 없는 나이 먹은 치들에게 '커다란 해적선'이란 낱말이 얼마나 이상하게 들릴까, 하고 그는 생각했다. 그에게 귀를 잡아 뜯긴 얼간이 덩치는 방법이 없었다. 얼간이 덩치의 이름도 연락처도 그는 몰랐다. 그 얼간이가 정말로 그의 텔레파시를 접수해 이쪽으로 오는 것 외엔 다른 수가 없었다.

끝으로, 펫숍 삼촌에게 전화를 넣을 때는 특별히 긴 호흡이 필요했다. 그는 몇 번이고 긴 날숨과 들숨을 쉬곤, 심장을 가라앉혀야 했다. 그는 자기의 전화 목소리가 겁에 질려 떨게 될까 봐, 그가 겁내고 있다는 걸 삼촌이 눈치채게 될까 봐, 두려웠다. 그럼 벌써, 실패한 것이다.

"태자를 잘 보살펴주셔서 고맙습니다."

"그래."

삼촌은 전혀 놀라거나 위협을 느끼는 눈치가 아니었다. 삼촌의 목소리는 마치, 그래 가게는 잘되고 있어, 혹은 차 좀 잘 닦아놓지그래, 하고 부하 직원에게 말하는 투였다.

"처리는 잘 하셨어요?"

"물론이지."

"하, 왜 그러셨어요?"

"차라리 죽는 게 나았어."

수화기를 쥔 그의 손이 파들파들 떨렸다. 기름땀으로 미끈거렸다. 그의 목소리는 그 어느 때보다 깔끔하게 가라앉아 있었고, 그리고 상냥했다.

"삼촌, 보고 싶어요."

그는 말했다. 그러곤 아까와 똑같은 내용의 말을 되풀이했다. 여섯 시, 서울랜드, 텔레파시…… 펫숍 삼촌이 그의 지시를 따를 것인지 따르지 않을 것인지, 그는 자신이 없었다. 오장근이는 반드시 올 것이다. 그게 그 형사놈의 직업이니까. 그렇지만 나머지는 자신이 없었다. 그는 그저 그의 적들이 이 사실 한 가지만을 파악하고 있어주길 바랄 뿐이었다. 자기가 한창림 그를 찾지 않으면 한창림 그쪽에서 자기를 찾게 될 것이라는 사실을. 그게 더 위험하리라는 사실을. 그에게 뒤통수를 내맡기느니, 차라리 정면에서 얼굴을 맞대는 것이 나으리라는 사실을.

그는 주위를 둘러본 다음, 킹 바이킹 출구를 뛰어넘어 선체 위로 올라갔다. 청소는 벌써 끝낸 듯싶었다. 기계실에도 입구 쪽에도 아무도 없었다. 그는 선수재 쪽 자리 안전 바에 엉덩이를 걸치고 앉아 느긋하게 좌우 아래를 살폈다. 역시 사람 그림자는 없었다. 킹 바이킹의 지상에서의 높이가 십 미터쯤 되니, 누군가 나타나면 금세 알 수 있을 것이었다. 그가 먼저 알게 될 것이었다.

"여기 좀 보세요."

마음을 놓고 담배나 좀 피워 물려는데, 등 뒤에서 말소리가 들렸다. 고개를 돌리니, 입구 쪽에 누군가 서 있는 게 보였다. 그의 눈이 커졌다. 그 누군가의 몸뚱어리는 입구 아치에 달린 비상등 불빛에, 정확히 두 쪽으로 쪼개져 나뉘어 있었다. 쪼개진 몸뚱어리 한쪽은 그저 새카만 그림자였다. 나머지 쪼개진 몸뚱어리 한쪽은 형광빛 주홍색의 점퍼 차림의 서울랜드 직원이었다.

"거기서 뭐 하세요? 여기 위에 계시면 안 돼요."

폐장 시간이 지났고, 킹 바이킹에서 나가라는 얘기였다. 그는 대꾸 대신 한쪽 팔을 뻗어 주홍색 점퍼를 향해 까딱까딱 손짓을 해 보였다. 그러자 점퍼는 약간 주저하는 듯하더니, 곧 그쪽으로 걸음을 옮겼다.

점퍼는 그의 앞 서너 걸음 앞에서 우뚝 멈춰 서선 허리를 굽히고 코를 움켜쥐었다. 잘 알아들을 수 없는 몇 마디를 신음처럼 질렀다. 그는 안전 바에 걸쳤던 엉덩이를 일으키곤 오른팔을 길게 뻗었다. 점퍼의 뒷머리 끄덩이를 세게 그러당겨 잡았다. 그러곤 선체 이쪽으로 낚아챘다.

신음도 비명도 몸 부딪는 소리도 없었다. 그는 침묵 속에서 일을 처리했다. 점퍼의 몸뚱어리를, 그림자와 빛이 만든 선을 따라 정확히 두 조각 냈다.

그는 피와 땀으로 범벅됐다. 어둡고 피가 묻어 손목시계의 바늘도 잘 보이지 않았다. 그는 과천 벼룩시장에서 사 입은 중고 오리털 파카를 벗어버렸다. 그걸로 사체를 덮었다. 괜한 데 힘을 낭비했다는 후회가 들었다. 하날 찢는데도 이런데, 넷을 어떻게 다 감당할 수 있을까. 그는 채 손을 닦지도 않고 담배를 빼물었다. 그의 입에서 새빨간 담뱃불 빛이 타들어갔다.

담배를 떨궈 발로 비벼 껐을 때, 사람 그림자 하나가 한창림의 시야에 잡혔다. 급류타기 티켓팅 부스 옆이었다. 가죽 점퍼 차림에, 머리에 야구 모자를 뒤집어쓰고 있었다. 어깨를 잔뜩 움츠리곤 느릿느릿, 그가 있는 킹 바이킹 쪽을 향해 걸음을 옮겨오고 있었다. 그림자가 로데오라는 간판이 붙은 레스토랑 앞을 지날 때, 그는 그것의 정체를 알아봤다. 오장근 형사였다. 그는 속으로 환호했다. 착한 녀석! 예쁜 녀석! 오장근 형사는 올 줄 알았다. 그는 가랑이를 활짝 벌리곤 될 수 있는 한 편안한 자세를 잡았다. 그의 성기는 딱딱하게 발기해 있었다. 너무 딱딱한 나머지, 바짓가랑이를 뜯고 뚫고 나올 듯했다. 이제 무엇을 어떻게 해야 할지는 그의 둔한 머리가 아니라, 수컷 냄새의 갑옷을 껴입은 그의 몸뚱어리가 알아서 할 것이었다. 형사는 킹 바이킹 입구의 몇 미터 앞에서 걸음을 멈췄다. 두 손을 점퍼 주머니에 찔러 넣은 채, 주위를 두리번거렸다.

'까짓 회계사 따위는 안 와도 좋아.'

그는 생각했다.

'텔레파시를 접수 못 했나 보군.'

그는 귀를 뜯긴 얼간이 덩치도 포기했다. 아주 단념한 것은 아니지만, 회계사나 얼간이 덩치가 오리라고 기대했던 것 자체가 무리였다. 그 둘은, 어딘가에 숨어서 그가 체포됐다는 뉴스만 나오길 눈이 빠져라 고대하고 있을 잔챙이들이었다. 그렇지만, 펫숍 삼촌까지 포기한 것은 아니었다. 펫숍 삼촌은 꼭 와야 한다, 고 그는 다짐했다. 그는 펫숍 삼촌의 그림자, 중량감이 거의 느껴지지 않는 눈에 띄게 작달막한 그림자 하나가 어디서든 어서 나타나주었으면 하고, 간절히 바랐다.

그는 담배를 빼물었다. 그는 담배 필터를 이빨 새에 단단히 물곤, 힘껏 빨아들여 담뱃불이 새빨갛게 달아오르게 했다. 그는 담배를 높이 치켜들었다. 느릿느릿 그의 머리 위를 움직이고 있는 차가운 대기가 느껴졌다. 허벅지 새를 활짝 펼쳐 앉는 것도, 담배연기를 빠는 것도, 어쩌면 이것이 마지막일지 모른다는 생각이 잠시 그의 머리를 스쳤다. 지금이 최후일지 모른다는 생각을 했다. 그래도 좋을까? 그래도 좋았다. 그는 함박 미소를 띠곤 담뱃불을 흔들었다. 잠깐 사이에 그의 머리 위로 수십 개의 새빨간 불꽃의 타원이 그려졌다.

마침내 그것을 킹 바이킹 아래의 형사가 보았다. 형사는 잠시 머뭇거리더니, 담배 불꽃을 향해, 킹 바이킹을 향해 몇 발짝 다가왔다.

"반가워."

"나도."

형사는 짧게 대꾸하며 몇 발짝 더 다가왔다. 그는 킹 바이킹 밑을 향해 몸을 기울이곤, 경쾌하고 발랄하고 속이 텅 빈 듯한 목소리를 냈다. 목화밭에 무슨 일이 있었지? ……엉? 목화밭에 무슨 일이 있었지? 자네, 궁금하지 않아? 형사는 고개를 들어 그를 똑바로 올려다보며, 야구 모자를 벗어 들었다. 머리 전체를 감싼 흰 붕대가 드러났다. 텔레비전에서 보았던 목의 붕대는 이제 흰색 거즈가 대신하고 있었다. 형사가 소리쳤다. 목화밭이라니, 그게 무슨 얘기야! 주눅 든 목소리가 아니었다. 오히려 귀찮아 죽겠다는 짜증 난 목소리였다. 역시, 만만히 볼 놈이 아니었다. 목화밭에서 시체를 몇 개나 파냈지? 엉? 파보니까 시체가 몇 개나 있었지? 형사는 아무 대꾸도 하지 않았다. 킹 바이킹의 입구를 살피고 있는 눈치였다. 바닥에서 그가 있는 선체까지 올라오려면, 겨우 한 사람 지나다닐 폭의 좁은 나무 계단을 통과해야 했다. 게다가 있는 안전장치란 좌우의, 허리 높이께의 쇠 난간뿐이어서 발길질 한번 잘못 당했다간, 굴러떨어질 위험까지 있었다. 형사도 그걸 깨달았는지, 고개를 끄덕이며 누그러진 목소리로 다시 입을 열었다.

"날 만나 자수 상담이나 하려고?"

"하!"

형사의 물음에 그는 소리 높여 웃었다. 경쾌하고 발랄하고 속이 텅 비어 있는 웃음소리였다.

"자수 상담이 아니라면, 내 머리 깬 깽값이라도 물어줄 참인가? 아무튼 넌 죽었어. 내 머릴 깨놓고 살길 바란다면 그건 바보야. 넌 여길 못 빠져나간다. 내가 널 거기 매달아줄게!"

형사는 숨 한번 쉬지 않고 지껄여댔다. 웃기는 일이다. 형사는 그와 똑같은 생각을 하고 있었다. 상대를 해적선에 매달 생각 말이다. 형사의 수다는, 괜한 협박은 아닐 것이었다. 그는 볼 수 없지만, 사방에 수많은 눈이 지금 그를 주시하고 있을 것이었다. 나는 대형 살인 사건의 용의자가 아닌가. 그런 생각이 들자, 그는 더 즐거워졌다. 포위. 하, 스릴 넘친다.

그는 재빨리 머리를 굴렸다. 형사는 이제 킹 바이킹 입구 바로 밑까지 바싹 다가와 있었다. 선체에서 나무 층계를 지나 입구 아래까지, 빠르게 뛴다면 그리고 보폭을 좀 크게 한다면, 열다섯 걸음이면 될 거리였다. 그렇다면, 그 열다섯 걸음을 걷는 데 몇 초나 얼마나 걸릴까. 얼마나 작게 잡아야, 틈을 주지 말아야, 형사가 방어하기 전에 제대로 덮칠 수 있을까. 그는 젖 먹던 힘까지 짜내 뛸 것이었다. 이제 힘을 아낄 필요도, 머리 깨진 형사를 상대로 잡담이나 하고 있을 시간도 없었다. 회계사나 얼간이 덩치, 그리고 아쉽지만 펫숍 삼촌을 막연히 기다리고 있을 시간도 없었다. 먼저 덮치지 않으면, 언제 그의 등 뒤쪽에서 경찰 기동대의 장갑 낀 손이 그를 낚아챌지 알 수 없었다. 형사로 만족해야 할까? 그는 속이 상했다. 삼촌, 치사한 새끼, 그는 중얼거렸다.

"아직 한 새끼가 덜 왔어!"

그는 소리를 높였다.

"뭐?"

형사가 뭐? 하고 되물으며 고개를 치켜들 때쯤, 그는 벌써 킹 바이킹 입구의 폭 좁은 나무 층계를 달리고 있었다. 확실히, 형사가 예상 못 했던 행동이었다. 형사는 뒤로 물러서지도 방어 자세를 취하지도 못한 채, 그저 당황해선 놀란 눈을 크게 뜨곤 허리만 몇 센티미터쯤 뒤로 젖혔다. 바로 그 순간, 그는 입구를 가로막은 쇠사슬을 박차고 날아오르고 있었다. 치사한 새끼, 공중을 날며 그는 생각했다. 끝까지 치사하게 놀아. 형사의 붕대 감은 정수리 위로 칠십구 킬로그램짜리 거구를 날리며, 그는 스스로에게 물었다. 정말 안 왔을까? 벌써 와 있는 건 아닐까? 벌써 와선, 날 지켜보고 있는 건 아닐까. 그게 삼촌다운 짓 아닐까? 그의 팽팽하게 당겨진 배 근육이, 형사의 정수리를 해머처럼 내리찍었다. 형사가 시멘트 바닥에 쓰러질 때, 짧고 둔한 타격음이 그의 귀를 울렸다. 형사의 뒷머리가 부서지는 소리였다. 곧 이은 두 번째 타격음은 짧고 날카로웠다. 그것은 그의 골 전체를 울렸다. 그의 앞니가 시멘트 바닥을 때리는 소리였다. 다시, 타격음은 여러 번 시멘트 바닥을 울렸다. 그는 형사의, 충격으로 튀어나온 왼쪽 눈알을 뽑아 바지 주머니에 쑤셔 넣었다. 삼촌은 왔다. 와선, 나를 지켜보고 있다······.

이제 본능이 그에게 삼촌의 존재를 가르쳐주고 있었다. 그는 곧장 스프링처럼 튕겨 일어나선, 달리기 시작했다. '모험의 나라' 구역의 출입구를 향해. 로데오 레스토랑에도 없고, 급류타기 티켓팅 부스에도 없다면, 삼촌의 그림자가 있을 곳은 한 곳뿐이었다. 출입구. 그는 전력을 다해 뛰었다. 그의 입안 가득 피거품이 버글거렸다. 가쁜 숨을 내뱉을 때마다 좌우 뺨으로 핏방울이 흩날렸다. 삼촌이 레스토랑 근처에 있었다면, 삼촌의 그 팍팍하고 가냘픈 목을 입간판의 모서리에 찍어 내리눌렀을 것이었다. 티켓팅 부스 근처에 있었다면, 한 손에 들어 올려 부스 창구에 머리를 박아버렸을 것이었다. 그는 뛰고 또 뛰었다.

몇 발짝이나 뛰었을까. 이제까지 고요하기만 하던 사위가 구둣발 소리들로 가득 채워지고 있었다. 기동대의 위장 군화, 그 소리였다. 그는 뒤돌아보지 않았다. 그는 앞만 보았다. 구둣발 소리와 함께, 그의 좌우 사방에서 라이트 불빛들이 그와 함께 뛰고 있었다. 환하고 강렬한 불빛들이 그를 추월하고 있었다. 그래도 그는 뒤돌아보지 않았다. 그는, 십 초 후면 폭발할 시한폭탄을 가슴에 차고 있는 사람처럼 행동하고 있었다. 십 초 후면 터질 텐데, 그는 아직 못 만난 사람이 있었다. 그는 미끄러졌다. 시멘트 바닥이 그의 턱을 강타했다. 아랫이빨이, 그의 혀를 아주 조금 잘라 먹었다. 그래도 그는 일어나 뛰었다. 아픈 줄도 몰랐다.

등 뒤에서, 아주 가깝게, 구둣발 소리가 그를 따라잡고 있었다. 백색의 라이트 불빛들은 이미 그를 저만치 추월해선, 그의 시야 저 앞쪽으로 쭉쭉 뻗어나가고 있었다. 그는 급류타기 승강장의 모퉁이를 돌았다. 그의 얼굴은 온통 새빨갰다. 피는 엄청나게 흘러나왔다. 세찬 날숨과 함께 튀어나온 핏방울들이, 바람을 타고 좌우 뺨 뒤쪽으로 흩날리고 있었다.

"하!"

마악 모퉁이를 벗어났을 때, 누군가 어깨로 그의 허리를 받았다. 그는 시멘트 바닥을 나뒹굴었다.

한창림은 킹 바이킹 입구 층계 앞에 무릎 꿇려졌다. 스포트라이트 불빛들로 온통 환했다. 앰뷸런스의 붉고 파란 경광등 불빛들도 그의 눈을 어지럽히고 있었다. 와자지껄 떠드는 소리, 모토로라의 잡음, 차량의 엔진 소리, 도무지 한두 개가 아닌 사이렌 소리, 이리저리 뛰어다니는 구둣발 소리들로 사방이 시끄러웠다. 그는 빛과 소음의 폭풍 한가운데, 조용히 버려져 있었다. 킹 바이킹은 이제 어스름에 묻혀, 시커멓게 녹슬어가고 있는 거대한 폐선처럼 보였다.

사방은 너무도 환하고 시끄러웠지만, 그는 너무도 어둡고 고요했다. 너무도 어두워서 그조차도 자신의 속을 들여다볼 수 없었다. 너무도 고요해서 그조차도 자신의 이야기를 들을 수 없었다. 그는 무릎 꿇려진 채로 수갑이 채워진 채로 한참이나, 누군가 깜박 잊고 간 물건처럼 거기 버려져 있었다.

젠장. 얼마나 더 그러고 있었을까. 그의 머리 꼭대기에서 근심 가득한 말소리가 들렸다. 오 형사가 실려 갔으니 이제 누가 확인을 해? 이봐요, 아저씨. 지갑은 어디에 버렸어? 다른 목소리가 그를 불러 깨웠다. 그는 턱을 들었다. 아저씨가 한창림이지? 나지막하게, 타이르는 듯한 목소리였다. 목소리는 바로 그의 머리 위에서 들려왔지만, 그에게는 저세상에서 울려 나오는 목소리 같았다. 이미 죽은 사람이 내는 목소리 같았다. 그는 대꾸했다. 나는 맨드릴 육식 원숭이입니다. 뭔 소리야! 한창림이가 맞지? 짜증이 단단히 난 목소리였다. 목소리의 주인공은 조바심이 나선 두 발을 소리 나게 굴렀다. 그러곤 사이렌 좀 이제 꺼! 하고 버럭 소리를 질렀다. 이거 미친놈 아냐? 다른 목소리의 주인공이 그의 접힌 무릎을 툭, 걷어찼다. 그러곤 저쪽의 누군가를 불렀다. 몇 사람이 뛰어와 그의 양 겨드랑이에 팔을 끼워 부축해 일으켜 세웠다. 그는 고분고분했다. 울컥, 핏덩이가 그의 입에서 쏟아졌다. 핏덩이는 턱을 타고 내려와 셔츠를 적시고, 그의 발밑에 떨어져 구두 앞코에 핏방울을 튀겼다. 그는 질질 끌려갔다. 그의 두 발목에 채워진 족쇄가 그렁그렁, 시멘트 바닥에서 긁는 소리를 냈다. 그는 경찰차에 태워졌다. 그에게 이름을 묻던 형사 중 하나가 따라 올라탔다.

어? 이게 무슨 냄새야? 그의 옆 좌석에 올라앉으며 형사는 코끝을 감싸 쥐었다. 수컷 냄새였다. 그가 피우던 수컷 냄새의 찌꺼기였다. 그의 수컷 냄새는 이제 다 타버려서 없었다. 형사가 맡고 있는 건 그 대단했던 폭발의 찌꺼기였다. 파편이었다. 그의 수컷 냄새는 이제, 소진됐다. 이 새끼가 똥을 지렸나! 형사는 소리 나게 문을 닫으며 투덜거렸다. 경찰차는 천천히 움직였다. 워낙 잡다한 시설물들이 많고, 도로가 좁은 탓이었다. '모험의 나라' 입구의 아치가 방금 경찰차 지붕 위를 지나갔다. 도대체 아저씨 집에서 무슨 일이 있었던 거예요? 앞좌석에서 누군가 물었다. 그는 눈을 들어 앞좌석의 후면경을 바라봤다. 더벅머리의 앳된 얼굴이 거기 있었다. 호기심이 가득한 눈빛이 거기서 깜박이고 있었다. 우리 집? 그는 깜박 졸았다 문득 깨어난 사람 같은 목소리를 냈다. 나직하고, 좀 쉬어 있는 목소리였다. 그가 입을 열자, 옆 좌석의 형사가 깜짝 놀란 얼굴을 하곤 고개를 돌렸다. 어, 이 친구 말하네. 그는 고개를 다시 차창 밖으로 향했다. 회전목마 놀이 시설이 차창 밖을 지나가고 있었다. 그는 느릿느릿 어눌하게, 혀 짧은 소리로 중얼거렸다. 통증은 없었지만, 혀끝에 무슨 커다란 쇠뭉치를 하나 달아매놓은 것 같았다. 그의 입술 끝에 선 아직도 피가 흘러나오고 있었다. 아, 내가 그걸 물어봤었지. 거기서 무슨 일이 있었는지 궁금하지 않느냐고. 그는 거의 들릴락 말락하게 말을 이어나갔다. 거기? 응, 거기. 목화밭. 옆 좌석의 형사는 목화밭이라니, 무슨 목화밭? 하고 내처 물었다. 형사의 옆얼굴은 짜증과 피곤으로 일그러져 있었다. 그의 얼빠진 두 눈은 막연히 차창 밖어딘가를 향하고 있었다. 차창 밖은 그저 짙은 어스름, 어스름뿐이었고 사람 그림자란 찾아볼 수가 없었다. 그는 확실히 펫숍 삼촌의 그림자를 쫓고 있었지만, 그는 그걸 의식하지 못하고 있었다. 삼촌을 쫓는 건 그의 머리가 아니라, 그의 육체였다. 한창림의 머리가 아니라, 육식 원숭이의 육체였다.

그의 지금 상태는 둘 중 하나였다. 완전히 텅 비어버렸거나, 완전히 소진돼버렸거나. 그의 수컷 냄새가 그런 것처럼.

그게 그건가.

한창림은 까무룩, 눈을 뜬 채로 잠이 들었다. 잠든 그의 두 눈에, 그의 집 뒤편의 둔덕이 보였다. 십일월 말의 퀭한 겨울 풍경이 아니라, 무엇이든 한창 물이 오를 초여름 무렵의 풍경이었다. 그의 발밑의 잔디들은 푸릇푸릇하다 못해, 거칠어 보이기까지 했다. 강인하고, 거세고, 카리스마까지 느껴졌다. 이건 거의 초자연이군, 그는 둔덕 한가운데 서서 중얼거렸다. 초자연. 그의 손에는 젖은 흙이 잔뜩 올라붙은 삽 한 자루가 쥐어져 있었다. 그는, 흙을 파다가 방금 숨을 돌리기 위해 허리를 편 사람처럼 보였다. 그는 흙가루 묻은 반짝이는 팔뚝으로 이마를 훔쳤다. 땀이 그의 뺨을, 싱싱하게 빛냈다. 그는 씨를 뿌리고 있었다. 씨를 뿌리다니? 오늘이 식목일인가? 그는 스스로 물었다. 그의 왼편 정강이 아래에는, 오늘 뿌릴 씨앗이 반쯤 담긴 양철 양동이가 놓여 있었다. 이 정도 양이면, 둔덕을 다 채우고도 남겠어. 그는 시선을 들어 둔덕을 휘 둘러보았다. 새파란 잔디밭 전체에, 작고 새카만 구멍들이 수백 개쯤, 셀 수도 없을 만치 뚫려 있었다. 씨 뿌릴 구멍들이었다. 보이지 않는 어떤 벌레들이, 진초록의 멋진 비단을 몽땅 쏠아놓은 것처럼 보이기도 했다. 그렇지만, 보기 흉한 것까지는 아니었다. 어쨌거나, 그가 한 것이니까. 잔디밭도 그의 것이고, 삽도 그의 것이며, 씨앗도, 구멍을 판 것도 그니까. 하, 내가 뭘 하려는 거지? 그는 허리를 굽혀 양동이 속의 목화씨를 한 주먹 집어 들었다. 내가 뭘 하려는 거지? 그는 낮게 신음을 질렀다. 여기에 뭘 심으려는 거지? 여기에 뭘 만들려는 거지? 형사 오장근이가 그랬었지, 여기에 뭘 좀 만들면 좋겠다고. 자기는 무엇이든 휑하니 텅 비어 있는 것을 가만두고 못 본다고. 못 참는다고. 그때 내가 뭐라 답했더라? ……목화밭. 하, 그랬었지. 그는 스스로를 향해 목화밭, 하고 답했다.

그런데 목화밭이라니? 그는 목화밭이 어떻게 생겼는지 알지 못했다. 나이 서른이 넘도록 한 번도 보지 못했다. 목화가 나무인지 풀인지, 다년생인지 일년초인지, 그것도 알지 못했다. 생긴 것도 몰랐다.

사과나무처럼 생겼을까? 호박 줄기처럼 생겼을까? 크기도 재배 기술도 몰랐다. 그렇담 씨앗은 어떻게 생겼을까? 무슨 색일까? 진고동색? 까만색? 초록빛이 도는 흰색? ……그는 목화, 목화밭에 대해서라면 아무것도 알지 못했다. 그는 잠깐 머뭇거리다, 씨앗을 집어 든 손을 펴보았다. 그는 고개를 바짝 숙여, 손바닥을 들여다보았다. 목화 씨앗이 거기 있었다.

있었지만, 뿌옇게 아무것도 보이지 않았다. 분명 까끌까끌한 감촉과 가볍긴 하지만 무게감도 느껴지는데, 그의 눈에는 아무것도 보이지 않았다. 그가 들여다보고 있는 그의 손바닥은, 무언가 감출 게 있을 때 흔히 하는 수작처럼 모자이크 처리가 돼 있었다. 모자이크 처리가 돼 있어, 그는 그 너머에 있는 것, 목화 씨앗을 볼 수 없었다. 그저 검은 반점들 몇 개가 보일 뿐이었다. 그는 싱겁게 웃으며, 양동이에 대고 손을 털었다. 목화 씨앗을 다시 양동이에 털어 넣었다.

그는 고개를 들어, 다시 한번 둔덕 전체를 일별했다. 거기 목화밭이 있었다. 잔디밭은 간데없고, 이번엔 목화밭이 있었다. 초여름 햇볕이 쨍, 쨍, 날카롭게 울리며 목화밭에 가득 내리 쬐고 있었다. 그는 알 수 없었다. 어째서 여기가 목화밭인가? 씨는 아직 뿌리지도 않았는데, 언제부터 목화밭인가? 그는 볼 수도 없었다. 둔덕 전체에 모자이크 처리가 돼 있었다. 둔덕 가득, 까맣거나 진초록인 사각형 반점들만이 가득할 뿐이었다. 그는 목화밭이 어떻게 생겼는지 몰랐다. 그는 삽을 놓고, 두 손을 들어 눈을 가린 다음 울기 시작했다. 누군가 그의 입속에 비닐 빵 봉지를 쑤셔 넣은 것 같았다. 커다란 쇠뭉치를 그의 입에 처넣은 것 같았다.

그는 어린애처럼, 혀 짧은 소리로 소리 내 울었다. 그는 확실히 울고 있었다.

"이 친구 왜 이래?"

옆 좌석에서 코맹맹이 소리가 들려왔다. 형사였다. 형사는 냄새에 적응이 안 되는지, 아직도 코끝을 움켜쥐고 있었다. 너, 서에 가서 우선 씻기부터 해야겠어. 그리고 각오해. 니가 한창림이 맞지?

그는 형사가 뭐라 떠들건 아랑곳없이 창밖만 쳐다보고 있었다. 차는 이제 서울랜드의 정문을 통과하고 있었다. 부드럽게, 느릿느릿 좌회전을 하고 있었다. 매표구가 그의 코앞을 스쳐 지나고 있었다. 그는 문득 고개를 들었다. 안내소 저쪽에서 언뜻, 흰 연기 같은 것이 흩날리고 있는 게 보였다.

흰 연기 같은 게 흩날리고 있었다. 그는 나지막이 탄성을 질렀다. 그 흰 연기 같은 것도 그가 탄 경찰차의 움직임을 따라 느릿느릿 이쪽으로 고개를 돌리고 있었다. 그를 따라 고개를 돌리고 있었다. 그를 보고 있었다. 펫숍 삼촌이었다. 왔구나. 그는 그 흰 연기가 펫숍 삼촌이라는 생각을 하는 데만도 안간힘을 다해야 했다. 삼촌이 왔다는 한 줄짜리 생각을 하는 데만도 남은 힘을 다 짜내야 했다. 그는 손을 들어 삼촌을 향해 흔들어 보였다.

서울랜드를 빠져나오자마자, 차는 속도를 냈다. 펫숍 삼촌은 금세 그의 시야에서 사라졌다. 삼촌이 사라지자 그는 바지 주머니에 손을 넣어, 아까 뽑아냈던 오장근 형사의 왼쪽 눈알을 꺼내 들었다. 그러곤 그것을 옆 좌석 형사의 손에 꼬옥 쥐여주었다. 옆 좌석에서, 발광하는 듯한 비명이 몇 번이고 터져 나왔다. 그래도 그는 아랑곳없었다. 그는 행복한 얼굴로 다시 까무러졌다. 역시 눈을 뜬 채였다. 이번에도 확실히 그는, 목화밭으로 가고 있었다.

그게 어떻게 생겼는지도, 그게 무언지도 알지 못했지만, 어쨌거나 거기로 가고 있었다. 그가 씨 뿌리고 거름을 주었던 거기로. 세상 밖으로.

이 소설은 내가 이십 대의 막바지에 쓴 책이다. 이 책을 내며 나는 삼십 대가 되었고 이십일 세기를 맞았다. 재출간을 위해 다시 읽어보니, 내가 그때 무엇에 흥미가 있었는지 기억이 났다. 하나는 '엽기'고, 다른 하나는 '괴물'이었다. 소설 속에서는 엽기적인 일을 저지르는 게 괴물이니 어쩌면 그저 하나의 캐릭터를 가리키는 다른 표현들일 수도 있다.

어찌된 일인지 이 책이 쓰이던 천구백구십 년대 후반에는 '엽기'니 '괴물'이니 하는 말들은 잘 쓰이지 않았고 약간은 낯선 정서에 속해 있었다. 문학 쪽에서는 더욱 그러했다. 하지만 이제는 도처에서 실제의 괴물들을 본다. 그들은 한창림과 박태자처럼 멀쩡한 겉모습과 삶을 갖고 있지만, 어떤 계기가 주어지면 잘 포장해두었던 괴물로서의 속살과 삶을 드러낸다.

소설 속에서 내가 괴물이란 무엇인가, 하고 정의하는 대목을 읽으며 웃기도 했다. 내 기억에 당시엔 괴물의 정의가 상당히 좁고 단순해서, 그 의미를 넓히지 않으면 소설에서 활용하기가 어렵다고 생각했던 모양이다. 괴물에 대해 이런저런 궁리를 하느라 애쓰던 때의 내가 떠오른다. 이젠 '괴물'의 의미도 다양해져, 사회문화적으로 큰 활동과 업적을 보여준 사람에게 긍정적으로 덧붙여지는 칭찬의 말로도 곧잘 쓰인다.

일이 년 전에 어느 중고서점에서 《목화밭 엽기전》을 찾고 있던 독자 두 분을 본 적이 있다. 그분들은 작가가 바로 옆에 서 있는데도 알아보지 못하고 검색만 하다 없네, 하고 돌아갔다. 이제 당분간은 그럴 필요가 없게 됐다. 다시 기회를 준 한겨레출판에 깊이 감사드린다.

목화밭 엽기전

ⓒ 백민석 2017

초판 1쇄 인쇄 2017년 12월 1일
초판 1쇄 발행 2017년 12월 4일

지은이 백민석
펴낸이 이상훈
편집인 김수영
기획편집 김준섭 임선영 김수현
마케팅 조재성 천용호 박신영 곽은선 노유리
경영지원 이해돈 정혜진 장혜정 이송이

펴낸곳 한겨레출판(주) www.hanibook.co.kr
등록 2006년 1월 4일 제313-2006-00003호
주소 서울시 마포구 효창목길 6 (공덕동) 한겨레신문사 4층
전화 02-6383-1602~3 **팩스** 02-6383-1610
대표메일 munhak@hanibook.co.kr

ISBN 979-11-6040-113-4   03810